W0375165

Fischer TaschenBibliothek

Alle Titel im Taschenformat finden Sie unter:
www.fischer-taschenbibliothek.de

Nobelpreis für Literatur 2013

In den dreizehn Erzählungen ihres frühen Erzählbandes »Was ich dir schon immer sagen wollte« stellt Alice Munro ihre präzise Beobachtungsgabe und den ihr eigenen unprätentiösen Erzählstil, für den sie so berühmt ist, unter Beweis. Flirrend zwischen Hoffnung und Liebe, Zorn und Versöhnung suchen die Schwestern, Mütter, Töchter, Tanten, Großmütter und Freundinnen in diesen berührenden Geschichten immer neue Wege, ihre Vergangenheit, ihre Gegenwart und das, was sie für ihre Zukunft halten, zu einem glücklichen Ganzen zusammenzufügen.

»Mit Munro kann es auf diesem Planeten allenfalls eine Handvoll Schriftsteller aufnehmen.« *Jonathan Franzen*

»Endlich eine Nobelpreisträgerin, die man auch lesen mag.« *Brigitte*

Alice Munro, geboren 1931 in Wingham, Ontario, ist eine der bedeutendsten Autorinnen der Gegenwart. Sie erhielt 2013 die höchste Auszeichnung für Literatur – den Nobelpreis. Ihr umfangreiches erzählerisches Werk wurde zuvor bereits mit zahlreichen Preisen ausgezeichnet, u. a. mit dem Giller Prize, dem Book Critics Circle Award sowie dem Man Booker International Prize. Alice Munro lebt in Ontario, Kanada.

Zuletzt erschien bei S. Fischer der Band ›Liebes Leben‹. In der Fischer TaschenBibliothek liegen in gleicher Ausstattung vor: ›Der Traum meiner Mutter‹ (Bd. 50377), ›Himmel und Hölle‹ (Bd. 51025), ›Tricks‹ (Bd. 51047), ›Die Liebe einer Frau‹ (Bd. 51053), ›Wozu wollen Sie das wissen?‹ (Bd. 51176), ›Tanz der seligen Geister‹ (Bd. 51219), ›Zu viel Glück‹ (Bd. 51300), ›Offene Geheimnisse‹ (Bd. 52049) und ›Glaubst du, es war Liebe?‹ (Bd. 52050).

Weitere Informationen, auch zu E-Book-Ausgaben,
finden Sie bei www.fischerverlage.de

Alice Munro

Was ich dir schon immer sagen wollte

Erzählungen

Aus dem Englischen von
Heidi Zerning

FISCHER TaschenBibliothek

MIX
Papier aus verantwortungsvollen Quellen
FSC® C083411
www.fsc.org

Erschienen bei FISCHER Taschenbuch
Frankfurt am Main, November 2014

Lizenzausgabe mit freundlicher Genehmigung
des Dörlemann Verlags, Zürich
Die Orginalausgabe erschien 1974 unter dem Titel
»Something I've Been Meaning to Tell You«
bei McGraw-Hill Book Company in New York
© 1974 by Alice Munro
Für die deutsche Ausgabe:
© 2012 Dörlemann Verlag AG, Zürich
Umschlaggestaltung: Hißmann/Heilmann, Hamburg
Umschlagabbildung: Leanne Shapton
Satz: Dörlemann Satz, Lemförde
Druck und Bindung: CPI books, GmbH, Leck
Printed in Germany
ISBN 978-3-596-50378-0

Für
Sheila
Jenny
Andrea

Inhalt

Was ich dir schon immer sagen wollte 11
Material 49
Wie ich meinen Mann kennenlernte 85
Auf dem Wasser gehen 121
Vergebung in Familien 161
Sag mir, ja oder nein 183
Das gefundene Boot 215
Scharfrichter 235
Marrakesch 263
Die spanische Edeldame 293
Winterwind 319
Gedenken 343
Das Tal von Ottawa 377

Was ich dir schon immer sagen wollte

»Jedenfalls weiß er, wie man die Frauen um den Finger wickelt«, sagte Et zu Char. Sie konnte nicht erkennen, ob Char bleicher wurde, als sie das hörte, denn Char war ohnehin so bleich, wie man nur sein kann. Sie sah inzwischen aus wie ein Gespenst mit ihren weiß gewordenen Haaren. Aber immer noch schön, das verlor sie einfach nicht.

»Alter und Größe sind ihm völlig egal«, setzte Et nach. »Wahrscheinlich ist das für ihn so natürlich wie atmen. Ich hoffe bloß, die armen Dinger fallen nicht drauf rein.«

»Nicht meine Sorge«, sagte Char.

Am Tag zuvor hatte Et Blaikie Noble beim Wort genommen und war seiner Einladung gefolgt, an einer seiner Touren teilzunehmen und seinen Sprüchen zu lauschen. Char war auch eingeladen, kam aber natürlich nicht mit. Blaikie Noble betrieb einen Bus. Der untere Teil war rot lackiert und der obere gestreift, damit er aussah wie eine Markise. Auf der Seite stand: SEERUNDFAHRTEN, INDIANERGRÄBER, KALKSTEINGÄRTEN, MILLIONÄRSVILLA,

BLAIKIE NOBLE, FAHRER UND REISEFÜHRER. Blaikie hatte ein Zimmer im Hotel und kümmerte sich zusammen mit einem Gehilfen um die Anlage, mähte den Rasen, beschnitt die Hecken und grub die Beete um. Was für ein Abstieg, hatte Et zu Anfang des Sommers gesagt, als sie erfuhren, dass er wieder da war. Sie und Char kannten ihn von früher.

So saß also Et in seinem Bus, eingezwängt zwischen vielen Fremden, hatte sich allerdings, bevor der Nachmittag um war, mit einigen von ihnen angefreundet und zwei Aufträge für Jacketts, die ausgelassen werden mussten, erhalten, als hätte sie nicht schon genug zu tun. Außerdem ging es ihr gar nicht darum, sie war nur darauf aus, Blaikie zu beobachten.

Und was hatte er vorzuzeigen? Ein paar grasbewachsene Buckel mit toten Indianern darunter, ein Feld voll seltsam geformter, grauweißer, traurig ausschauender Kalksteingebilde – sehr entfernte Nachahmungen von Pflanzen (das konnte der Friedhof sein, wenn man so wollte) – und ein altes Ungetüm von einem Haus, erbaut mit Schnapsgeld. Er machte das Beste daraus. Einen historischen Vortrag über die Indianer, dann einen wissenschaftlichen Vortrag über Kalkstein. Et hatte keine Ahnung, wie viel davon stimmte. Arthur würde es wissen. Aber Arthur war nicht da; es waren nur beschränkte Frauen da, die hofften, auf dem Weg zu und von den Sehenswürdigkeiten neben ihm zu gehen, beim Tee im Kalkstein-

Pavillon mit ihm zu plaudern, und sich darauf spitzten, seine starke Hand unter ihrem Ellbogen zu spüren, während seine andere Hand die Gegend ihrer Taille streifte, wenn er ihnen aus dem Bus half. (»Ich bin keine Touristin«, zischte Et ihm zu, als er das bei ihr probierte.)

Er erzählte ihnen, dass es in dem Haus spukte. Et, die ihr ganzes Leben nur zehn Meilen davon entfernt verbracht hatte, hörte das zum ersten Mal. Eine Frau hatte ihren Mann, den Sohn des Millionärs, umgebracht, zumindest hieß es, sie hätte ihn umgebracht.

»Wie denn?«, rief eine Frau, ganz außer sich vor schauriger Erregung.

»Ha, die Damen wollen immer die Methode wissen«, sagte Blaikie mit einer Stimme wie Sahne, verächtlich und liebevoll. »Es war eine langsame – Gift. Oder so sagt man wenigstens. So wird gemunkelt, aber alles nur Klatsch und Tratsch.« (*Nicht Klatsch, sondern Quatsch*, sagte Et zu sich selbst.) »Sie mochte eben seine Freundinnen nicht, die Ehefrau. Oh nein.«

Er erzählte ihnen, das Gespenst ginge im Garten auf und ab, zwischen zwei Reihen Blautannen. Es sei nicht der ermordete Mann, der umginge, sondern die Ehefrau, der es leidtäte. Blaikie lächelte seiner Busladung reumütig zu. Anfangs hatte Et gedacht, seine Aufmerksamkeiten seien alle geheuchelt, der übliche kommerzielle Flirt, um ihnen für ihr Geld etwas zu bieten. Doch allmählich bekam sie einen anderen Eindruck. Er beugte sich zu jeder Frau, mit der er redete, hinunter – ganz egal, wie dick oder knochig oder beschränkt sie war –, als hätte sie etwas in sich, was er gerne finden würde. Seine Miene war sanft und fröhlich, aber letztlich ernst, konzentriert (war das der Gesichtsausdruck, den Männer zum Schluss beim Liebesakt hatten und den Et nie sehen würde?), so dass er wirkte, als wäre er gern ein Tiefseetaucher und tauchte hinab, hinunter durch all die Leere und Kälte und Trümmer, um das eine zu entdecken, an dem sein Herz hing, etwas Kleines und Kostbares, schwer zu finden, wie ein Rubin auf dem Meeresgrund vielleicht. Das war ein Gesichtsausdruck, den sie Char gerne beschrieben hätte. Zweifellos hatte Char ihn schon gesehen. Aber wusste sie, wie freigebig er jetzt ausgeteilt wurde?

Char und Arthur hatten für diesen Sommer eine Reise geplant, um den Yellowstone Park und den Grand Canyon zu sehen, aber sie fuhren dann doch nicht. Arthur bekam gleich nach dem letzten Schultag eine Reihe von Schwindelanfällen, und der Arzt schickte ihn ins Bett. Mehreres fehlte ihm. Er litt an Blutarmut, sein Herz schlug unregelmäßig, seine Nieren waren nicht in Ordnung. Et hatte Angst, es könnte Leukämie sein. Sie wurde nachts vor Sorgen wach.

»Sei nicht albern«, sagte Char gelassen. »Er ist überarbeitet.«

Arthur stand abends auf und saß im Morgenmantel da. Blaikie Noble kam zu Besuch. Er sagte, sein Zimmer im Hotel sei ein Loch über der Küche, der reinste Dampfkochtopf. Umso angenehmer sei die Kühle auf der Veranda. Sie spielten die Spiele, die Arthur liebte, Lehrerspiele. Ein Geographiespiel und dann eines, bei dem es darauf ankam, wer die meisten Wörter aus dem Namen Beethoven bilden konnte. Arthur gewann. Er schaffte vierunddreißig. Er freute sich wie ein Schneekönig.

»Man könnte meinen, du hast den Heiligen Gral gefunden«, sagte Char.

Sie spielten »Wer bin ich?«. Jeder musste sich aussuchen, wer er sein wollte – wirklich oder erfunden, lebend oder tot, Mensch oder Tier –, und die anderen mussten es mit zwanzig Fragen erraten. Et erriet, wer Arthur war, mit der dreizehnten Frage. Sir Galahad.

»Ich hätte nie gedacht, dass du es so bald herauskriegst.«

»Ich habe mich daran erinnert, was Char vom Heiligen Gral gesagt hat.«

»*Kraft von zehn ward mir gegeben*«, sagte Blaikie Noble, »*Weil ich reinen Herzens bin.* Wusste gar nicht, dass ich das noch kann.«

»Du hättest König Arthur sein müssen«, sagte Et. »König Arthur ist dein Namensvetter.«

»Hätte ich, ja. König Arthur war mit der schönsten Frau der Welt verheiratet.«

»Ha«, sagte Et. »Wir wissen ja alle, wie die Geschichte ausging.«

Char ging ins Wohnzimmer und spielte im Dunkeln Klavier.

Die Blumen, die im Frühling blühn, trala,
Sie haben nichts damit zu tun …

Als Et im Juni dieses Jahres außer Atem ankam und fragte: »Rate mal, wen ich in der Stadt auf der Straße gesehen habe?«, antwortete Char, die auf Knien Erdbeeren pflückte: »Blaikie Noble.«

»Du hast ihn auch gesehen.«

»Nein«, sagte Char. »Ich hab's einfach gewusst. Ich glaube, durch deine Stimme.«

Ein Name, der zwischen ihnen dreißig Jahre lang nicht mehr gefallen war. Et war in dem Augenblick zu verblüfft, um an die Erklärung zu denken, die ihr später einfiel. Warum musste es für Char eine Überraschung sein? Schließlich gab es in diesem Land Postzustellung, und das schon seit Langem.

»Ich hab ihn nach seiner Frau gefragt«, sagte sie. »Die mit den Puppen.« (Als ob Char das nicht wüsste.) »Er sagt, sie ist vor langer Zeit gestorben. Nicht nur das. Er hat eine andere geheiratet, und die ist auch tot. Keine von beiden kann reich gewesen sein. Und wo ist das ganze Geld der Nobles geblieben, von dem Hotel?«

»Wir werden es nie erfahren«, sagte Char und aß eine Erdbeere.

Das Hotel war erst vor Kurzem wieder eröffnet worden. Die Nobles hatten es in den zwanziger Jahren aufgegeben, und die Stadt hatte eine Weile lang darin ein Krankenhaus betrieben. Jetzt hatten Leute aus Toronto es gekauft, den Speisesaal renoviert, eine Cocktailbar eingebaut, die Blumenbeete und den Rasen auf Vordermann gebracht, auch wenn der Tennisplatz offenbar nicht zu retten war. Eine Krocketbahn wurde wieder eingerichtet. Gäste kamen im Sommer, aber sie waren nicht wie die Gäste von früher. Rentnerehepaare. Viele Witwen und alleinstehende Damen. Niemand wäre vors Haus gegangen, um sie vom Schiff kommen zu sehen, dachte Et. Nicht, dass noch ein Schiff anlegte.

Als sie neulich Blaikie Noble zum ersten Mal auf der Straße begegnet war, hatte sie ihr Bestes getan, sich ihre Verblüffung nicht anmerken zu lassen. Er trug einen cremefarbenen Anzug, und seine Haare, schon immer von der Sonne ausgeblichen, waren jetzt endgültig weiß.

»Blaikie. Ich wusste, entweder bist du es, oder es ist eine Tüte Vanilleeis. Ich wette, du weißt nicht, wer ich bin.«

»Du bist Et Desmond, und das Einzige, was sich an dir verändert hat, du hast deine Zöpfe abgeschnitten.« Er küsste sie auf die Stirn, frech wie immer.

»Du bist also wieder da und besuchst deine alten Tummelplätze«, sagte Et und fragte sich, wer das wohl gesehen hatte.

»Nicht zu Besuch. Um mich zu tummeln.« Dann erzählte er ihr, dass er von der Wiedereröffnung des Hotels Wind bekommen und so etwas, nämlich Ausflugsbusse fahren, schon anderswo gemacht hatte, in Florida und Banff. Und als sie fragte, erzählte er ihr von seinen beiden Frauen. Er fragte gar nicht, ob sie verheiratet war, ging davon aus, dass sie es nicht war. Er fragte auch nicht, ob Char es war, also sagte sie es ihm.

Et musste daran denken, wie sie zum ersten Mal gemerkt hatte, dass Char schön war. Sie betrachtete ein Foto von ihnen, von Char und sich selbst und ihrem Bruder, der dann ertrank. Et war auf dem Foto zehn, Char vierzehn und Sandy sieben, nur ein paar Wochen weniger alt, als er je werden würde. Et saß auf einem Stuhl, Char stand hinter ihr, die gekreuzten Arme auf der Lehne, und Sandy saß in seinem Matrosenanzug im Schneidersitz auf dem Fußboden – oder auf einer Marmorterrasse, könnte man meinen, bei der merkwürdigen Wirkung von nichts als einem staubigen, vergilbten Wandschirm, der aber auf dem Foto aussah wie eine Säule mit drapiertem Vorhang vor einer Pappelallee mit Springbrunnen. Char hatte sich für die Aufnahme vorn die Haare hochgesteckt und trug ein knöchellanges hellblaues Seidenkleid – die Farbe war natürlich nicht zu sehen – mit komplizierter Paspelierung aus schwarzem Samt. Sie lächelte ein wenig, mit großer Gelassenheit. Sie hätte achtzehn sein können, sie hätte zweiundzwanzig sein können. Ihre Schönheit war nicht von der drallen, schüchternen Art, wie sie meistens zu jener Zeit auf Kalendern und Zigarrenkisten zu finden war, sondern spitz und zart, intolerant und herausfordernd.

Et schaute lange dieses Foto an, dann ging sie und betrachtete Char, die in der Waschküche stand. Es war Waschtag. Die Frau, die dabei half, zog Wäsche durch die Wringmaschine, und Mutter saß da, ruhte sich aus und starrte durch die Fliegengittertür (sie war nie über Sandy hinweggekommen, was auch niemand von ihr erwartete). Char stärkte die Kragen von Vater. Er hatte einen Tabak- und Süßwarenladen am Marktplatz und trug jeden Tag einen frischen Kragen. Et erwartete eine Metamorphose wie bei dem Hintergrund, aber es fand keine statt. Char, schweigend und schlecht gelaunt über die Schüssel mit der Stärke gebeugt (sie hasste den Waschtag, die Hitze, den Dampf, die klatschenden Betttücher und das Gerumpel der Maschine – tatsächlich war ihr jede Art von Hausarbeit zuwider), trug auf ihrem wirklichen Gesicht dieselbe fast herablassende Harmonie zur

Schau wie auf dem Foto. Dadurch begriff Et, irgendwie ein wenig ungern, dass Legenden auf realen Dingen gründen und dass diese Dinge zu Tage treten, wo und wann man es am wenigsten erwartet. Sie hätte beinahe gedacht, schöne Frauen seien eine dichterische Erfindung. Sie ging mit Char sonntags oft hinunter, um zuzuschauen, wie die Leute vom Ausflugsdampfer herunterkamen und sich zum Hotel hinauf begaben. So viel Weiß tat den Augen weh, die Kleider und Sonnenschirme der Damen, die Sommeranzüge und Panamahüte der Herren, ganz zu schweigen vom Glitzern der Sonne auf dem Wasser und der Kapelle, die spielte. Aber bei genauem Hinsehen fand Et an diesen Damen einiges auszusetzen. Lederne Haut oder dicke Hintern oder Hühnerhälse oder stumpfe Haarnester, wahrscheinlich mit Haarteilen aufgestockt. Et kannte keine Nachsicht, so jung, wie sie war. In der Schule wurde sie wegen ihrer Selbstbeherrschung und ihrer spitzen Zunge respektiert. Sie war diejenige, die es einem sagte, wenn man mit einem Loch im Strumpf oder zerrissenem Rocksaum an der Tafel gewesen war. Sie war diejenige, die die Lehrerin nachäffte (aber immer in einer sicheren Ecke des Schulhofs, außer Hörweite), wie sie »Die Grablegung von Sir John Moore« vortrug.

Trotzdem hätte es ihr besser gepasst, eine dieser Damen schön zu finden und nicht Char. Es wäre angemessener gewesen. Passender als Char mit ihrer nassen Schürze und ihrem mürrischen Gesicht, über die Schüssel mit der Wäschestärke gebeugt. Et war eine Person, die keine Widersprüche mochte, nichts, was fehl am Platz war, nichts Geheimnisvolles oder Gegensätzliches.

Sie mochte nicht die traurige Berühmtheit, die ihr durch Sandys Ertrinken anhaftete, mochte nicht, wenn die Leute sich daran erinnerten, wie ihr Vater den Leichnam vom Strand heraufgetragen hatte. Sie ließ sich in der Dämmerung sehen, schlug in ihrer Turnhose Rad auf dem Rasen des heimgesuchten Hauses. Sie zog eine Grimasse, auch wenn die niemand sah, eines Tages im Park, als Char sagte: »Das war mein kleiner Bruder, der da ertrunken ist.«

Vom Park aus hatte man Sicht auf den Strand. Sie standen mit Blaikie Noble dort, dem Sohn des Hotelbesitzers, der sagte: »Diese Wellen können gefährlich sein. Vor drei oder vier Jahren ist da ein Kind ertrunken.«

Und Char sagte – das musste man ihr lassen, sie sagte es nicht tragisch, sondern beinahe amüsiert, weil er so wenig über die Leute in Mock Hill wusste –: »Das war mein kleiner Bruder, der da ertrunken ist.«

Blaikie Noble war nicht älter als Char – wäre er älter gewesen, hätte er in Frankreich gekämpft –, aber er hatte nicht sein ganzes Leben in Mock Hill verbringen müssen. Er kannte die Einwohner dort nicht so gut wie die Stammgäste im Hotel seines Vaters. Jeden Winter fuhr er mit seinen Eltern nach Kalifornien, mit der Eisenbahn. Er hatte die Brandung des Pazifiks gesehen. Er hatte den Fahneneid geschworen. Seine Umgangsformen waren demokratisch, seine Haut war braungebrannt. Dabei, wenn Menschen zu jener Zeit braungebrannt waren, dann meistens nicht als das Ergebnis von Müßiggang, sondern nur von Arbeit. Seine Haare waren von der Sonne ausgeblichen. Sein gutes Aussehen war fast so bemerkenswert wie das von Char, aber das seine war von Charme korrumpiert, das ihre dagegen nicht.

Es war die Glanzzeit von Mock Hill und all den anderen Städtchen um die Seen, von all den Hotels, die in späteren Jahren einmal Erholungsheime für Großstadtkinder werden sollten oder Lungensanatorien oder Kasernen der R. A. F., die dort im Zweiten Weltkrieg Piloten ausbildete. Der weiße Anstrich des Hotels wurde in jedem Frühjahr erneuert, ausgehöhlte, mit Blumen gefüllte Baumstämme wurden auf die Geländer gestellt, Töpfe mit Blumen schwangen an Ketten darüber. Krocketbahnen und Schaukeln aus Holz wurden auf den Rasenflächen aufgebaut, der Tennisplatz wurde gewalzt. Leute, die sich das Hotel nicht leisten konnten, junge Handwerker, Verkäufer und Fabrikarbeiterinnen aus der Großstadt, wohnten in einer Reihe winziger Ferienhäuser, verbunden durch Gitterwerk, das die Müllkübel und die gemeinsame Außentoilette verbarg, ganz am Ende des Strandes. Mädchen aus Mock Hill mit Müttern, die ihnen sagten, was sie zu tun hatten, bekamen gesagt, nicht dorthin zu gehen. Niemand sagte Char, was sie zu tun hatte, also ging sie in der grellen Nachmittagssonne auf dem Plankenweg davor spazieren und nahm Et als Gesellschafterin mit. Die Fenster der Ferienhäuschen waren nicht verglast, sie hatten nur hochgeklappte hölzerne Läden, die nachts geschlossen wurden. Aus den dunklen Löchern kamen ein oder zwei undeutliche, traurige oder betrunkene Einladungen, das war alles. Chars Aussehen und Stil zogen Männer nicht an, schüchterten sie vielleicht ein. Während der gesamten Highschool-Zeit in Mock Hill hatte sie keinen einzigen Freund. Blaikie Noble war ihr erster, wenn er denn einer war.

Worauf lief diese Affäre von Char und Blaikie Noble im Sommer 1918 eigentlich hinaus? Et war sich nie sicher. Er kam nicht ins Haus, jedenfalls nicht öfter als ein oder zwei Mal. Er hatte viel zu tun, arbeitete im Hotel. Jeden Nachmittag kutschierte er einen offenen Ausflugswagen mit einer Markise obendrauf die Uferstraße entlang, damit die Leute sich die Indianergräber und den Kalksteingarten ansehen und durch die Bäume einen Blick auf das gotische Herrenhaus werfen konnten, erbaut von einem Schnapsbrenner aus Toronto und örtlich bekannt als die Grogburg. Er war auch für den Varietéabend verantwortlich, den das Hotel einmal wöchentlich veranstaltete, mit einer Mischung aus lokalen Talenten, mitwirkenden Gästen und eigens für die Vorstellung engagierten Sängern und Komikern.

Der späte Vormittag schien die Zeit für ihn und Char zu sein. »Komm mit«, sagte Char dann, »ich muss in die Stadt«, und sie nahm tatsächlich die Post mit und ging ein Stück weit um den Marktplatz, bevor sie in den Park abbog. Bald trat dann Blaikie Noble aus der Seitentür des Hotels und kam den steilen Weg heraufgestürmt. Manchmal hielt er sich gar nicht mit dem Weg auf, sondern sprang über den Zaun, um sie zu beeindrucken. Keins davon, weder das Heraufstürmen noch das Springen, machte er so, wie es ein Junge aus der Highschool von Mock Hill gemacht hätte, linkisch, aber natürlich. Blaikie Noble benahm sich wie ein Mann, der einen Jungen nachahmt; er machte sich über sich selbst lustig, bewegte sich aber so elegant wie ein Schauspieler.

»Der ist doch in sich selbst verliebt?«, sagte Et zu Char, als sie ihm zuschauten. Sie hatte von Anfang an beschlossen, Blaikie nicht zu mögen.

»Ja, selbstverständlich«, sagte Char.

Sie erzählte es Blaikie. »Et sagt, du bist in dich selbst verliebt.«

»Und was hast du geantwortet?«

»Ich habe ihr gesagt, das musst du ja sein, da es niemand sonst ist.«

Blaikie machte das nichts aus. Er hatte beschlossen, Et zu mögen. Er legte es immer darauf an, mit einem raschen Zupfer ihre Frisur aus aufgebundenen Zöpfen zu zerstören. Er tischte ihnen einiges über die Varietékünstler auf. Er erzählte ihnen, dass der schottische Balladensänger ein Trunkenbold war und ein Korsett trug, dass der Damenimitator sogar in seinem Hotelzimmer ein blaues Nachthemd mit Federn anlegte, und dass die Bauchrednerin mit ihren Puppen – sie hießen Alphonse und Alicia – redete, als seien es lebendige Menschen, und sie im Bett immer neben sich setzte.

»Woher weißt du das?«, fragte Char.

»Ich habe ihr das Frühstück gebracht.«

»Ich dachte, dafür habt ihr Zimmermädchen.«

»Am Morgen nach der Vorstellung tue ich das. Dann gebe ich ihnen die Lohntüte und ihre Entlassungspapiere. Einige von denen würden die ganze Woche über bleiben, wenn ich ihnen nicht Bescheid gäbe. Sie sitzt im Bett und will sie mit Schinkenstückchen füttern, redet mit ihnen und lässt sie antworten, du würdest dich totlachen, wenn du sie sehen könntest.«

»Sie ist eben übergeschnappt«, sagte Char friedlich.

Eines Nachts in jenem Sommer wurde Et wach, und ihr fiel ein, dass ihr rosa Organdykleid, das sie von Hand gewaschen hatte, immer noch auf der Wäscheleine hing. Sie meinte es regnen zu hören, gerade die ersten Tropfen. Es regnete nicht, es war nur Laub, das raschelte, aber sie war durcheinander von diesem Aufwachen. Sie meinte auch, es sei tiefste Nacht, aber als sie später darüber nachdachte, kam sie zu dem Schluss, dass es auch erst Mitternacht gewesen sein konnte. Sie stand auf, ging hinunter, knipste das Licht in der Waschküche an, öffnete die Hintertür, trat auf die kleine Veranda und zog die Wäscheleine zu sich heran. Dann, fast unter ihren Füßen, im Gras gleich neben der Veranda, wo ein großer Fliederstrauch stand, der ohne Pflege zur Größe eines Baums gewachsen war, regten sich zwei Gestalten, standen nicht auf, setzten sich nicht einmal auf, hoben nur die Köpfe wie im Bett, immer noch irgendwie miteinander verknotet. Die Küchenlampe schien nicht direkt in den Hof, warf aber so viel Licht, dass sie ihre Gesichter sehen konnte. Blaikie und Char.

Sie konnte nicht erkennen, in welchem Zustand ihre Bekleidung war, wie weit sie gegangen waren oder gingen. Nicht, dass sie es gewollt hätte. Ihre Gesichter zu sehen genügte ihr. Ihre Münder waren groß und geschwollen, ihre Wangen eingedrückt und rau, ihre Augen waren Löcher. Et ließ ihr Kleid los, sie floh ins Haus und in ihr Bett, wo sie zu ihrer Überraschung einschlief. Char erwähnte am nächsten Morgen kein Wort davon. Sie sagte nur: »Ich habe dein Kleid reingeholt, Et. Ich dachte, vielleicht regnet es.« Als hätte sie Et überhaupt nicht da draußen an der Wäscheleine ziehen sehen. Et überlegte. Sie wusste, wenn sie sagte: »Du hast mich gesehen«, würde Char ihr wahrscheinlich einreden, dass es ein Traum war. Dann brauchte sie Char nur noch im Unklaren zu lassen, ob sie ihr das abnahm. Dadurch würde Et mehr erfahren; sie würde erfahren, wie Char aussah, wenn sie die Macht verlor, ihr Amt niederlegte. Der ertrunkene Sandy, mit grünem Zeug, das seine Nasenlöcher verstopfte, konnte nicht elender ausgesehen haben.

Vor Weihnachten erreichte Mock Hill die Nachricht, dass Blaikie Noble geheiratet hatte. Er hatte die Bauchrednerin geheiratet, die mit Alphonse und Alicia. Diese Puppen, die Abendkleidung und gelackte Frisuren im Stil von Vernon und Irene Castle trugen, waren deutlicher in Erinnerung geblieben als die Dame selbst. Das Einzige, was sich den Leuten eingeprägt hatte, war, dass sie nicht unter vierzig gewesen sein konnte. Ein neunzehnjähriger Junge. Das lag daran, dass er nicht so erzogen worden war wie andere Jungen, man hatte ihm erlaubt, das Hotel zu führen, nach Kalifornien mitzufahren, mit allen möglichen Leuten zu verkehren. Das Ergebnis war Verworfenheit, wie nicht anders zu erwarten.

Char schluckte Gift. Oder was sie für Gift hielt. Es war Wäscheblau. Das Erste, was ihr auf dem Regal in der Waschküche in die Hand gefallen war. Et kam am

Nachmittag von der Schule nach Hause – sie hatte die Nachricht mittags erfahren, sogar von Char selbst, die lachend gesagt hatte: »Würde dich das nicht umbringen?« – und fand Char im Badezimmer vor, wo sie in die Toilette kotzte. »Hol das Medizinbuch«, sagte Char zu ihr. Ein schreckliches, unfreiwilliges Stöhnen drang aus ihr heraus. »Lies mir vor, was da über Gift steht.« Et ging stattdessen den Arzt anrufen. Char kam aus dem Badezimmer getorkelt, in der Hand die Flasche mit Chlorkalklösung, die hinter der Badewanne aufbewahrt wurde. »Wenn du nicht auflegst, trinke ich die ganze Flasche aus«, sagte sie in heiserem Flüsterton. Ihre Mutter schlief wahrscheinlich hinter ihrer geschlossenen Tür.

Et musste auflegen und in dem hässlichen alten Buch nachsehen, in dem sie vor langer Zeit über die Geburt und über Todeszeichen nachgelesen und erfahren hatte, dass man einen Spiegel vor den Mund halten muss. Sie nahm irrtümlich an, dass Char schon aus der Chlorkalkflasche getrunken hatte, also las sie alles darüber nach. Dann stellte sich heraus, dass es das Wäscheblau war. Über Wäscheblau stand nichts im Buch, aber das Beste schien zu sein, Erbrechen herbeizuführen, wie das Buch es für die meisten Gifte empfahl – was Char bereits getan hatte, das musste nicht herbeigeführt werden –, und dann einen Liter Milch zu trinken. Als Char die Milch schluckte, wurde ihr wieder schlecht.

»Ich habe das nicht wegen Blaikie getan«, sagte sie zwischen den Brechanfällen. »Denk das ja nicht. So töricht bin ich nicht. Ein Lump wie der. Ich habe es getan, weil ich das Leben satthabe.«

»Was hast du am Leben satt?«, fragte Et vernünftig, als Char sich das Gesicht abgewischt hatte.

»Ich habe diese Stadt satt und all die blöden Leute darin und Mutter und ihre Wassersucht und den Haushalt und jeden Tag große Wäsche. Ich glaube, ich muss mich nicht mehr übergeben. Ich könnte einen Kaffee vertragen. In dem Buch steht was von Kaffee.«

Et kochte eine Kanne, und Char holte zwei von den besten Tassen heraus. Sie fingen an zu kichern, während sie tranken.

»Ich habe Latein satt«, sagte Et. »Ich habe Algebra satt. Ich glaube, ich nehme Wäscheblau.«

»Das Leben ist eine Last«, sagte Char. »O Leben, wo ist dein Stachel?«

»O Tod. O Tod, wo ist dein Stachel?«

»Habe ich Leben gesagt? Ich meinte Tod. O Tod, wo ist dein Stachel? Entschuldige.«

Eines Nachmittags war Et bei Arthur, während Char Einkäufe machte und in der Bibliothek Bücher tauschte. Sie wollte ihm einen Eierflip machen und suchte in Chars Küchenschrank nach Muskatnuss. Bei der Vanille und der Mandelessenz und dem Rumaroma fand sie eine kleine Flasche mit einer seltsamen Flüssigkeit. *Zinkphosphid.* Sie las das Etikett und drehte die Flasche in den Händen. Ein Rodentizid. Also offenbar Rattengift. Sie hatte nicht gewusst, dass Char und Arthur von Ratten geplagt wurden. Sie hielten einen Kater, den alten Tom, der jetzt zu Arthurs Füßen schlief. Sie schraubte den Deckel auf und roch daran. Es roch selbstverständlich nach nichts. Es durfte auch nach nichts schmecken, sonst würden die Ratten nicht darauf hereinfallen.

Sie stellte die Flasche dahin zurück, wo sie sie gefunden hatte. Sie machte Arthur seinen Eierflip, brachte ihn herein und sah zu, wie er ihn trank. Ein langsames Gift. Sie erinnerte sich daran aus Blaikies alberner Geschichte. Arthur trank mit eifrigem Geräusch, wie ein Kind, mehr ihr zu Gefallen, dachte sie, als weil es ihm schmeckte. Er trank immer alles, was man ihm gab. Natürlich.

»Wie geht es dir denn so, Arthur?«

»Ach, Et. An manchen Tagen ein bisschen besser, und dann scheine ich zurückzufallen. Es dauert eben.«

Aber es fehlte nichts, die Flasche schien voll zu sein. Was für ein schrecklicher Unsinn. Wie etwas, das man gelesen hatte, bei Agatha Christie. Sie würde es Char sagen, und Char würde es ihr erklären.

»Soll ich dir etwas vorlesen?«, fragte sie Arthur, und er sagte ja. Sie setzte sich neben das Bett und las ihm aus einem Buch über den Herzog von Wellington vor. Er hatte selbst darin gelesen, aber seine Arme wurden zu müde, um das Buch zu halten. All diese Schlachten und Kriege und scheußlichen Dinge, was wusste Arthur von solchen Staatsaffären, warum interessierte ihn das so? Er wusste nichts. Er hatte keine Ahnung, warum die Dinge geschahen, warum die Menschen sich nicht vernünftig verhalten konnten. Er war zu gut. Er wusste über die Geschichte Bescheid, aber nicht über das, was vorging, vor seinen Augen, in seinem Haus, überall. Et war anders als Arthur, denn sie wusste, dass etwas vorging, auch wenn sie nicht verstand, warum; anders als er wusste sie, dass es Menschen gab, denen man nicht trauen konnte.

Sie sagte doch nichts zu Char. Jedes Mal, wenn sie im Haus war, suchte sie sich einen Vorwand, um in der Küche allein zu sein, damit sie den Küchenschrank aufmachen und auf Zehenspitzen hineinschauen konnte, um die Flasche über die anderen hinweg zu erspähen, um nachzusehen, ob der Pegel gesunken war. Ihr kam der Gedanke, dass sie vielleicht ein bisschen wunderlich wurde, wie es alte Jungfern tun; ihre Befürchtung war wie die absurden und harmlosen Ängste, die junge Mädchen manchmal haben, dass sie aus dem Fenster springen werden oder ein Baby ersticken werden, indem sie sich in seinen Kinderwagen setzen. Obwohl es nicht ihre eigenen Taten waren, vor denen sie Angst hatte.

Et betrachtete Char und Blaikie und Arthur, die auf der Veranda saßen und zu entscheiden versuchten, ob sie hineingehen und das Licht anmachen und Karten spielen sollten. Sie wollte sich von ihrer Torheit überzeugen. Chars Haare und auch Blaikies leuchteten in der Dunkelheit. Arthur war jetzt fast kahl, und Ets eigene Haare waren dünn und dunkel. Char und Blaikie kamen ihr vor wie die gleiche Art von Tier – groß, graziös, kraftvoll, von einer gefährlichen Prächtigkeit. Sie saßen getrennt voneinander, leuchteten aber zusammen. *Liebende.* Kein weiches Wort, wie viele dachten, sondern ein grausames und in Stücke reißendes. Da saß Arthur im Schaukelstuhl mit einer Decke über den Knien, unbedarft wie etwas, dem noch nicht das letzte, notwendigste Fell gewachsen ist. Doch in gewisser Weise waren Menschen wie Arthur die schlimmsten Störenfriede von allen.

»Ich liebe meinen Liebsten mit einem R, denn er ist rücksichtslos. Sein Name ist Rex, und er wohnt in … einem Restaurant.«

»Ich liebe meinen Liebsten mit einem A, denn er ist altmodisch. Sein Name ist Arthur, und er wohnt in einem Ascheimer.«

»Aber Et«, sagte Arthur. »Das habe ich ja gar nicht geahnt. Aber ich weiß nicht, ob mir das mit dem Ascheimer gefällt.«

»Man sollte meinen, wir sind alle zwölf Jahre alt«, sagte Char.

Nach der Episode mit dem Wäscheblau wurde Char beliebt. Sie wirkte mit bei den Aufführungen des Amateurtheatervereins und des Oratorienvereins, obwohl sie keine besondere Schauspielerin oder Sängerin war. In den Theaterstücken war sie immer die kalte und schöne Heldin oder die spröde, elegante junge Salondame. Sie lernte rauchen, weil sie das auf der Bühne tun musste. In einem Stück, das Et nie vergaß, war sie eine Statue. Oder vielmehr, sie spielte ein Mädchen, das vorgeben musste, eine Statue zu sein, so dass ein junger Mann sich in sie verliebte und später zu seiner Verwirrung und vielleicht auch Enttäuschung entdeckte, dass sie nur ein Mensch war. Char musste auf der Bühne acht Minuten lang stockstill stehen, in weißen Krepp gehüllt und mit dem edlen, gleichgültigen Profil zum Publikum. Alle fragten sich verwundert, wie sie das fertigbrachte.

Die treibende Kraft hinter dem Amateurtheaterverein und dem Oratorienverein war ein Highschool-Lehrer, der neu in Mock Hill war, Arthur Comber. Et hatte bei ihm in ihrem letzten Schuljahr Geschichtsunterricht. Alle sagten, er gab ihr Einsen, weil er in ihre Schwester verliebt war, aber Et wusste, es war, weil sie härter arbeitete als je zuvor; sie lernte die Geschichte von Nordamerika, wie sie in ihrem Leben noch nie etwas gelernt hatte. Der Missouri-Kompromiss. Mackenzie zum Pazifik 1793. Sie vergaß es nie mehr.

Arthur Comber war um die dreißig, mit hoher kahler Stirn, einem roten Gesicht, obwohl er nicht trank (das später bleich wurde), und einer ungeschickten, aufgeregten Art. Er stieß ein Tintenfass von seinem Katheder, so dass auf dem Fußboden des Geschichtssaals ein bleibender Fleck entstand. »Oh je, oh je!«, sagte er, hockte sich zu der zerfließenden Tinte und fuhrwerkte mit seinem Taschentuch herum. Et äffte das nach. »Oh je, oh je!« »Ach, du mein Himmel!« All seine erschreckten Ausrufe und zappeligen Gesten. Dann, wenn er an der Tür mit rotem Gesicht, das vor Eifer leuchtete, ihren Aufsatz in Empfang nahm, ihr und ihrer Arbeit solch Wohlwollen entgegenbrachte, tat es ihr leid. Deshalb arbeitete sie so hart, dachte sie, um die Verspottung wiedergutzumachen.

Er besaß einen schwarzen Talar, den er über dem Anzug trug, wenn er unterrichtete. Sogar wenn er ihn nicht trug, konnte sie diesen Talar an ihm sehen. Wenn er durch die Straßen eilte, unterwegs zu einer seiner zahllosen, freudig eingegangenen Verpflichtungen, vor den Oratoriensängern fuchtelte, auf die Bühne sprang – so dass der ganze Boden bebte –, um den Schauspielern etwas zu demonstrieren, kam es ihr so vor, als flatterten hinter ihm diese langen, lächerlichen Krähenflügel, als sei er so verschieden von anderen Männern, so absurd, aber dabei faszinierend wie der Priester vom Heiligen Kreuz. Char überredete ihn dazu, den Talar abzulegen, nachdem sie geheiratet hatten. Sie hatte gehört, dass er gestolpert war, als er darin eine Treppe in der Schule hinaufeilte. Er war lang hingeschlagen. Das reichte ihr, sie zerriss den Talar.

»Ich hatte Angst, das du dir demnächst richtig weh tust.«

Aber Arthur sagte: »Ach was. Du dachtest, ich sehe aus wie ein Tollpatsch.«

Was Char nicht abstritt, obwohl seine Augen, sein breites Lächeln sie darum anflehten. Ihre Mundwinkel zuckten gegen ihren Willen. Verachtung. Zorn. Et sah, sie beide sahen eine große Welle davon über sie hinweggehen, bevor sie ihn anlächeln und sagen konnte: »Sei nicht albern.« Dann versuchten ihr Lächeln und ihre Augen, sich an ihm festzuhalten, sich an seine Güte zu klammern (die sie sah, ebenso wie jeder andere, die sie aber letztlich nur in Rage brachte, ebenso wie seine schweißfeuchte Stirn oder sein galoppierender Optimismus), bevor die tosende Welle zurückkommen, sie mit sich forttragen konnte.

Char hatte im ersten Jahr ihrer Ehe eine Fehlgeburt und war danach lange krank. Sie wurde nie wieder schwanger. Et wohnte inzwischen nicht mehr im Haus; sie hatte sich etwas Eigenes am Marktplatz gesucht, aber sie war immer am Waschtag da und half Char die Bettwäsche von der Leine abzunehmen. Ihre Eltern waren zu jener Zeit schon beide tot – ihre

Mutter war vor und ihr Vater war nach Chars Hochzeit gestorben –, aber für Et sah es aus wie Wäsche für zwei Betten.

»Das gibt viel zu waschen.«

»Was?«

»Die Bettwäsche so oft zu wechseln, wie du es tust.«

Et war oft abends da, spielte Rommé mit Arthur, während Char im anderen Zimmer im Dunkeln auf dem Klavier herumklimperte. Oder sie las Bücher aus der Bibliothek und unterhielt sich mit Char, während Arthur Klassenarbeiten korrigierte. Arthur brachte sie dann nach Hause. »Warum musstest du überhaupt ausziehen und alleine wohnen?«, schalt er sie. »Du solltest zurückkommen und bei uns leben.«

»Drei sind einer zu viel.«

»Es wäre ja nicht für lange. Ein Mann wird eines Tages des Wegs kommen und sich heftig in dich verlieben.«

»Wenn er so ein Blödmann wäre, das zu tun, würde ich mich nie in ihn verlieben, also wäre alles wieder auf Anfang.«

»Ich war ein Blödmann, der sich in Char verliebt hat, und am Ende hat sie mich genommen.«

Genauso wie er sagte, Chars Name weise bereits darauf hin, dass sie über, außerhalb aller normalen Erwägungen sei – ein Wunder, ein Rätsel. Niemand konnte hoffen, sie je zu lösen, sie konnten schon von

Glück sagen, dass ihnen erlaubt war, sie zu betrachten. Et war drauf und dran zu sagen: »Sie hat mal wegen eines Mannes, der sie nicht haben wollte, Wäscheblau geschluckt«, doch dann dachte sie, worauf würde das hinauslaufen, Char würde ihm nur noch großartiger vorkommen, wie eine Heldin bei Shakespeare. Er kniff Et in die Taille, als wollte er ihrer beider kameradschaftliche Ratlosigkeit, unwillkürliche Verneigung vor ihrer Schwester betonen. Sie spürte hinterher die Druckstellen seiner Finger, als hätten sie direkt über ihrem Rockbund Dellen hinterlassen. Es hatte sich angefühlt, als probierte jemand geistesabwesend Klaviertasten aus.

Et hatte sich als Damenschneiderin niedergelassen, in einem langen, schmalen Raum am Marktplatz, ein ehemaliger Laden, wo sie das Zuschneiden, Nähen, Bügeln und die Anproben erledigte und hinter einem Vorhang kochte und schlief. Sie konnte im Bett liegen und die Platten aus gepresstem Blech an ihrer Decke betrachten, deren Blumenmuster, alle ihr Eigentum. Arthur hatte es nicht gefallen, dass sie Schneiderin wurde, denn er fand, sie sei dafür zu intelligent. Ihre harte Arbeit in Geschichte hatte bei ihm zu einer übertriebenen Vorstellung von ihren Geistesgaben geführt. »Außerdem«, sagte sie ihm, »braucht man mehr Grips fürs Zuschneiden und Anpassen, wenn man's richtig macht, als dafür, jemandem was über den Krieg von 1812 beizubringen. Denn wenn man das mal gelernt hat, hat man's gelernt, und es wird einen nicht verändern. Während jedes Kleidungsstück, das man anfertigt, ein völlig neues Vorhaben ist.«

»Trotzdem ist es überraschend«, sagte Arthur, »zu sehen, wie du Fuß fasst.«

Es überraschte alle, nur nicht Et selbst. Ihr fiel die Verwandlung leicht, von einem Rad schlagenden Mädchen zu einer festen Einrichtung der Stadt. Sie vertrieb die anderen Damenschneiderinnen aus dem Geschäft. Es waren ohnehin bescheidene, unbedeutende Geschöpfe gewesen, die zu den Leuten ins Haus kamen, in Hinterzimmern nähten und dankbar für Mahlzeiten waren. Nur eine ernsthafte Rivalin erschien in all den Jahren, und das war eine Finnin, die sich Modeschöpferin nannte. Einige Frauen probierten es mit ihr, weil Frauen nie zufrieden sind, aber bald stellte sich heraus, dass bei ihr der Stil alles war und die Passform nichts. Et sprach nie von ihr, sie überließ es den Kundinnen, es selbst herauszufinden; aber hinterher, als diese Frau die Stadt verlassen hatte und nach Toronto gegangen war – wo, nach dem, was Et auf den Straßen gesehen hatte, niemand ein gut sitzendes Kleid von einem schlecht sitzenden unterscheiden konnte –, tat Et sich keinen Zwang an. Sie sagte zu einer Kundin bei der Anprobe ohne Weiteres: »Wie ich sehe, tragen Sie immer noch das

Fischgrät, das meine ausländische Freundin Ihnen zusammengeheftet hat. Ich habe Sie auf der Straße gesehen.«

»Ja, ich weiß«, antwortete dann die Frau. »Aber ich muss es doch auftragen.«

»Sie können sich ja gottlob nicht von hinten sehen, also was macht das schon.«

Die Kundinnen nahmen derlei von Et hin, erwarteten es schließlich sogar. Sie hat ein Schandmaul, sagten sie, Et hat ein Schandmaul. Sie war ihnen gegenüber im Vorteil, hatte sie in Schlüpfer und Korsett vor sich. Damen, die äußerlich recht fest und gebieterisch aussahen, waren hier außer Gefecht gesetzt, kleinlaut, mit den zur Schau gestellten wabbeligen, ins Korsett eingezwängten Hüften, den langen, traurigen Falten zwischen den Brüsten, dem aufgedunsenen, von Kindern und Operationen verunstalteten Bauch.

Et zog immer die Schaufenstervorhänge zu, verschloss den Spalt mit einer Sicherheitsnadel.

»Das soll die Männer davon abhalten, zu glupschen.«

Die Damen lachten nervös.

»Das soll Jimmy Saunders davon abhalten, herüberzustapfen und sich sattzusehen.«

Jimmy Saunders war ein Veteran aus dem Ersten Weltkrieg mit einem kleinen Laden gleich neben Et für Zaumzeug und Lederwaren.

»Ach, Et. Jimmy Saunders hat doch ein Holzbein.«

»Seine Augen sind nicht aus Holz. Und soweit ich weiß, auch sonst nichts.«

»Et, Sie sind schrecklich.«

Et versorgte Char ständig mit schönen Kleidern. Die zwei häufigsten Kritiken an Char in Mock Hill waren, dass sie sich zu elegant kleidete und dass sie rauchte. Als Lehrersfrau stand ihr weder das eine noch das andere zu, aber Arthur ließ sie natürlich tun, was ihr gefiel, und kaufte ihr sogar eine Zigarettenspitze, damit sie aussah wie eine Dame in einer Illustrierten. Sie rauchte auf einem Highschool-Ball, trug ein rückenfreies Abendkleid aus Satin und tanzte mit einem Jungen, der eine Schülerin geschwängert hatte, und all das machte Arthur nichts aus. Er wurde nicht zum Rektor ernannt. Zwei Mal überging ihn die Schulbehörde und holte jemanden von außen, und als er schließlich den Posten erhielt, im Jahre 1942, da war es nur provisorisch, weil so viele Lehrer im Krieg waren.

Char kämpfte in all diesen Jahren hart, um ihre Figur zu bewahren. Niemand außer Et und Arthur wusste, welche Anstrengungen sie das kostete. Niemand außer Et wusste alles. Beide Eltern waren korpulent gewesen, und Char hatte die Anlage dazu geerbt, auch wenn Et immer dünn wie ein Stock war. Char machte Gymnastik und trank vor jeder Mahlzeit ein Glas warmes Wasser. Aber manchmal ging die Fresssucht mit ihr durch. Et hatte erlebt, wie sie ein Dutzend Windbeutel hintereinanderweg verschlang, ein Pfund Erdnusskrokant oder eine ganze Zitronenbaisertorte. Dann schluckte sie bleich und entsetzt Epsomer Bittersalz, drei oder vier oder fünf Mal mehr als die vorgeschriebene Dosis. Worauf sie zwei oder drei Tage lang an Brechdurchfall litt, dehydriert war und ihre Sünden purgierte, wie Et sagte. In diesen Phasen konnte sie kein Essen sehen. Et musste kommen und Arthurs Abendessen kochen. Arthur wusste nichts von der Torte oder dem Erdnusskrokant oder was es nun war und auch nichts von dem Epsomer Bittersalz. Er dachte, sie hatte ein oder zwei Pfund zugenommen und quälte sich nun durch eine fanatische Diät. Er machte sich Sorgen um sie.

»Was macht das denn schon aus?«, sagte er jedes Mal zu Et. »Sie wäre doch immer noch schön.«

»Sie wird sich nichts Ernstes antun«, sagte Et, genoss ihr Essen und freute sich zu sehen, dass die Sorge ihm den Genuss an seinem nicht verdarb. Sie kochte ihm immer etwas Gutes.

Es war in der Woche vor dem Tag der Arbeit Anfang September. Blaikie war nach Toronto gefahren, für ein oder zwei Tage, hatte er gesagt.

»Es ist still ohne ihn«, sagte Arthur.

»Mir ist nie aufgefallen, dass er so gesprächig ist«, sagte Et.

»Ich meine damit nur, wie man sich an jemanden gewöhnt.«

»Vielleicht sollten wir ihn uns abgewöhnen«, sagte Et.

Arthur war unglücklich. Er würde wahrscheinlich nicht an die Schule zurückkehren; er war bis nach Weihnachten beurlaubt worden. Niemand glaubte, dass er dann zurückkehren werde.

»Ich nehme an, Blaikie hat seine eigenen Pläne für den Winter«, sagte er.

»Vielleicht hat er seine eigenen Pläne für gleich jetzt. Du weißt, ich habe meine Kundinnen aus dem Hotel. Ich habe meine Freundinnen. Seit ich an dem Ausflug teilgenommen habe, höre ich so einiges.«

Sie hatte keine Ahnung, woher ihr die Eingebung für das kam, was sie dann sagte. Sie hatte es überhaupt nicht geplant, doch es ging ihr so leicht von der Zunge, so glaubhaft.

»Wie ich höre, hat er sich mit einer vermögenden Frau im Hotel eingelassen.«

Arthur interessierte das, Char nicht.

»Einer Witwe?«

»Zwei Mal verwitwet, glaube ich. Genau wie er. Und sie hat das Geld von beiden Männern. Es gab seit einiger Zeit Vermutungen, und sie hat offen darüber geredet. Er hat jedoch nichts gesagt. Hat er je was zu dir gesagt, Char?«

»Nein«, antwortete Char.

»Ich habe heute Nachmittag gehört, dass nicht nur er weg ist, sondern auch sie. Es wäre nicht das erste Mal, dass er so was geliefert hat. Char und ich können uns daran erinnern.«

Worauf Arthur wissen wollte, was sie damit meinte, also erzählte sie ihm die Geschichte von der Bauchrednerin, sogar mit den Namen der Puppen, obwohl sie alles über Char wegließ. Char saß das aus, trug sogar ein wenig dazu bei.

»Vielleicht kommen sie zurück, aber ich vermute mal, dass es ihnen peinlich wäre. Ihm wäre es peinlich. Jedenfalls wäre es ihm peinlich, hierher zu kommen.«

»Wieso?«, fragte Arthur, den die Geschichte mit der Bauchrednerin ein wenig aufgemuntert hatte. »Wir haben doch nie eine Regel aufgestellt, dass ein Mann nicht heiraten darf.«

Char stand auf und ging ins Haus. Nach einer Weile hörten sie Klavierklänge.

Die Frage ging Et in den Jahren danach oft durch den Kopf – was wollte sie mit dieser Geschichte anfangen, wenn Blaikie zurückkam? Denn sie hatte keinen Grund zu der Annahme, dass er nicht zurückkommen würde. Die Antwort war, dass sie überhaupt keine Pläne gemacht hatte. Sie hatte nichts geplant. Sie nahm an, vielleicht wollte sie für Ärger zwischen Char und ihm sorgen – Char dazu bringen, einen Streit mit ihm anzufangen, da ihr Argwohn geweckt war, auch wenn die Gerüchte sich nicht als wahr erwiesen, Char dazu bringen, sich klarzumachen, was er ein weiteres Mal tun konnte, in Anbetracht dessen, was er schon einmal getan hatte. Sie wusste nicht genau, was sie wollte. Einfach Verwirrung stiften, denn sie war damals überzeugt, dass jemand das tun musste, bevor es zu spät war.

Arthur erholte sich so gut, wie man es in seinem Alter erwarten konnte, unterrichtete wieder Geschichte in der Oberstufe und arbeitete halbtags, bis es für ihn Zeit wurde, in den Ruhestand zu gehen. Et blieb in ihrem eigenen Quartier am Marktplatz und versuchte außerdem noch für Arthur zu kochen und zu putzen. Schließlich, nachdem er im Ruhestand war, zog sie ins Haus zurück und behielt die andere Räumlichkeit nur zu Geschäftszwecken. »Sollen die Leute sich doch das Maul zerreißen, so viel sie wollen«, sagte sie. »In unserem Alter.«

Arthur lebte immer weiter, obwohl er gebrechlich und langsam war. Einmal am Tag lief er zum Marktplatz hinunter, schaute bei Et vorbei, ging dann und setzte sich in den Park. Das Hotel machte zu und wurde wieder verkauft. Es hieß, dass darin ein Rehabilitationszentrum für Rauschgiftsüchtige untergebracht werden sollte, aber die Stadt protestierte dagegen mit einer Eingabe, und dieser Plan scheiterte. Schließlich wurde es abgerissen.

Et konnte nicht mehr so gut sehen wie früher, sie musste kürzertreten. Sie musste Kundinnen wegschicken. Trotzdem arbeitete sie immer noch jeden Tag. An den Abenden sah Arthur fern oder las, aber sie saß bei warmem Wetter auf der Veranda oder im Winter im Esszimmer, schaukelte und ruhte ihre Augen aus. Sie kam und sah sich mit ihm die Nachrichten an und bereitete ihm sein Heißgetränk, Kakao oder Tee.

Die Flasche war spurlos verschwunden. Et schaute im Küchenschrank nach, sobald sie konnte – nachdem sie auf Arthurs Anruf hin am frühen Morgen zum Haus geeilt und zur selben Zeit wie der Arzt, der alte McClain, dort eingetroffen war. Sie lief hinaus und sah im Müll nach, fand sie aber nicht. Konnte Char die Zeit gefunden haben, sie zu vergraben? Char lag auf dem Bett, voll und schön angezogen, die Haare hochgesteckt. Es gab kein Theater wegen der Todesursache, wie das in Geschichten der Fall ist. Sie hatte am Abend zuvor, nachdem Et gegangen war, bei Arthur über Schwäche geklagt, sie hatte gesagt, sie fühle sich, als kriege sie die Grippe. Also sagte der alte Arzt, das Herz, und beließ es dabei. Et würde nie Gewissheit erlangen. Würde das, was in der Flasche war, den

Körper völlig makellos hinterlassen, so wie den von Char? Vielleicht war in der Flasche nicht das drin, was draufstand. Et war sich nicht einmal sicher, ob sie an jenem letzten Abend an ihrem Ort gestanden hatte, denn sie war von ihren eigenen Worten zu aufgewühlt gewesen, um zu gehen und nachzuschauen, wie sie es sonst immer tat. Vielleicht war die Flasche schon weggeworfen worden, und Char hatte etwas anderes genommen, Tabletten zum Beispiel. Vielleicht war es wirklich ihr Herz. All diese Abführkuren hätten jedes Herz geschwächt.

Ihre Beerdigung fand am Tag der Arbeit statt, und Blaikie Noble nahm daran teil, sagte deswegen seine Busfahrt ab. Arthur hatte in seiner Trauer Ets Geschichte vergessen und war nicht überrascht, Blaikie dort zu sehen. Er war an dem Tag, an dem Char gefunden wurde, nach Mock Hill zurückgekommen. Ein paar Stunden zu spät, wie in einer Geschichte. Et fiel in ihrer momentanen Verwirrung nicht ein, welche es war. Romeo und Julia, dachte sie später. Aber Blaikie nahm sich natürlich hinterher nicht das Leben, sondern ging zurück nach Toronto. Ein oder zwei Jahre lang schickte er eine Weihnachtskarte, dann ließ er nie mehr etwas von sich hören. Es hätte Et nicht gewundert, wenn ihre Geschichte von seiner Heirat am Ende wahr geworden wäre. Nur der Zeitpunkt, den sie gewählt hatte, war falsch.

Manchmal lag es Et auf der Zunge, zu Arthur zu

sagen: »Da ist etwas, was ich dir schon immer sagen wollte.« Sie ging davon aus, dass sie ihn nicht sterben lassen würde, ohne dass er es wusste. Das durfte er nicht. Er bewahrte ein Foto von Char auf seinem Schreibtisch. Es war das von ihr in dem Kostüm für das Stück, in dem sie das Statuen-Mädchen gespielt hatte. Aber Et schob es von Tag zu Tag hinaus. Sie und Arthur spielten immer noch Rommé und gärtnerten ein wenig, banden die Himbeerranken auf. Wenn sie verheiratet gewesen wären, hätten die Leute gesagt, sie seien sehr glücklich.

Material

Ich halte mich nicht auf dem Laufenden über das, was Hugo schreibt. Manchmal sehe ich seinen Namen, in der Bibliothek, auf der Titelseite einer literarischen Zeitschrift, die ich nicht aufschlage – ich habe seit zwölf Jahren keine literarische Zeitschrift mehr aufgeschlagen, Gott sei's gepriesen. Oder ich lese in der Zeitung oder sehe auf einem Plakat – auch das in der Bibliothek oder in einer Buchhandlung – die Ankündigung einer Podiumsdiskussion in der Universität mit Hugo, der eingeflogen wird, um über den Roman von heute oder die zeitgenössische Kurzgeschichte oder den neuen Nationalismus in unserer Literatur zu diskutieren. Dann denke ich, werden die Leute sich wirklich auf den Weg machen, werden Leute, die schwimmen oder was trinken oder spazieren gehen könnten, sich zum Universitätsgebäude hinausbegeben, den Hörsaal suchen und in Reihen sitzen, um sich diese eitlen, streitsüchtigen Männer anzuhören? Aufgeblasene, rechthaberische, ungepflegte Männer, so sehe ich sie, verhätschelt vom akademischen Leben, vom literarischen Leben, von

Frauen. Es gehen tatsächlich Leute hin, um sie sagen zu hören, dass der und der Schriftsteller nicht mehr wert ist, gelesen zu werden, und dass jener Schriftsteller unbedingt gelesen werden muss; um zu hören, wie sie verwerfen und rühmen und streiten und kichern und schockieren. Leute, sagte ich, aber ich meine Frauen, Frauen in mittleren Jahren wie ich, munter und nervös, darauf bedacht, intelligente Fragen zu stellen und sich nicht lächerlich zu machen; glatthaarige junge Mädchen, die sich vor Anbetung verzehren und hoffen, mit einem der Männer auf dem Podium Blicke zu tauschen. Mädchen und auch Frauen verlieben sich in solche Männer, sie bilden sich ein, dass ihnen Macht innewohnt.

Die Ehefrauen der Männer auf dem Podium befinden sich nicht in diesem Publikum. Sie sind dabei, einzukaufen oder sauberzumachen oder einen Schluck zu trinken. Ihr Leben dreht sich um Essen und Schmutz und Häuser und Autos und Geld. Sie müssen daran denken, die Winterreifen aufziehen zu lassen und zur Bank zu gehen und die leeren Bierflaschen zurückzubringen, weil ihre Gatten solche geistvollen, begabten, solche unfähigen Männer sind, die umsorgt werden müssen um der Worte willen, die sie absondern werden. Die Frauen im Publikum sind mit Ingenieuren oder Ärzten oder Geschäftsleuten verheiratet. Ich kenne sie, sie sind meine Freundinnen. Einige von ihnen haben sich der Literatur allein zum Zeitvertreib zugewandt, das ist wahr, aber die meisten kommen verschämt, mit ungeheuren, vergänglichen Hoffnungen. Sie lassen sich die Verachtung der Männer auf dem Podium gefallen, als hätten sie sie verdient; halb glauben sie daran, dass sie sie verdienen, wegen ihrer Häuser, ihrer teuren Schuhe und ihrer Ehemänner, die Arthur Hailey lesen.

Ich bin selbst mit einem Ingenieur verheiratet. Er heißt eigentlich Gabriel, aber er zieht den Namen Gabe vor. In diesem Land zieht er den Namen Gabe vor. Er ist in Rumänien geboren worden und hat dort bis zum Ende des Krieges gelebt, da war er sechzehn. Er kann kein Rumänisch mehr, er hat es vergessen. Wie kann man das vergessen, wie kann man die Sprache der Kindheit vergessen? Ich dachte immer, er täte nur so, als hätte er sie vergessen, weil die Dinge, die er gesehen und durchgemacht hatte, als er diese Sprache sprach, zu schrecklich waren, um sich daran zu erinnern. Aber er sagte mir, das stimmte nicht. Er sagte mir, dass seine Erfahrungen mit dem Krieg nicht so schlimm waren. Er beschrieb den Ferienjubel in der Schule, wenn die Luftschutzsirenen heulten. Ich glaubte ihm nicht so ganz. Ich wollte in ihm einen Sendboten aus schlechten Zeiten und fernen Ländern sehen. Dann dachte ich, womöglich war er überhaupt kein Rumäne, sondern ein Schwindler.

Das war vor unserer Heirat, als er mich immer in

der Wohnung in der Clark Road besuchte, in der ich mit meiner kleinen Tochter Clea wohnte. Natürlich auch Hugos Tochter, aber er hatte sie loslassen müssen. Hugo erhielt Stipendien, er machte Reisen, er heiratete wieder, und seine Frau bekam drei Kinder; er ließ sich scheiden und heiratete noch einmal, und seine nächste Frau, die seine Studentin gewesen war, bekam drei weitere Kinder, von denen das erste geboren wurde, als er noch mit seiner zweiten Frau zusammenlebte. Unter solchen Umständen kann ein Mann nicht an allem festhalten. Gabriel blieb manchmal über Nacht auf der ausziehbaren Couch, die ich in dieser winzigen, elenden Wohnung als Bett hatte; und ich betrachtete ihn, während er schlief, und dachte, eigentlich könnte er genauso gut ein Deutscher oder ein Russe sein oder sogar ein Kanadier, der eine Vergangenheit und einen Akzent vortäuscht, um sich interessant zu machen. Er war mir ein Rätsel. Lange nachdem er mein Liebhaber wurde und dann mein Ehemann, blieb er mir und bleibt mir ein Rätsel. Trotz all der Dinge, die ich von ihm weiß, der alltäglichen und körperlichen Dinge. Sein Gesicht hat lauter glatte Wölbungen, und seine Augen, die flach im Kopf sitzen, wölben sich auch unter den glatten rosa Lidern hervor. Die Falten, die er hat, haben sich auf dieser Glätte gebildet, auf dieser undurchdringlichen Oberfläche; sie sind ohne Bedeutung. Sein Körper ist schwer, ruhig. Er war früher ein guter, recht träge aussehender Schlittschuhläufer. Ich kann ihn nicht ohne ein vertrautes Gefühl des Versagens beschreiben. Ich kann ihn einfach nicht beschreiben. Hugo könnte ich, wenn jemand mich darum bäte, sehr genau beschreiben – Hugo, wie er vor achtzehn oder zwanzig Jahren war, mager und mit Bürstenschnitt, mit Knochen, die in seinem Körper und sogar in seinem Schädel so zufällig und locker zusammengefügt und miteinander verhakt zu sein schienen, dass die agilen Flächen seines Gesichts und auch die oft gefährlichen Bewegungen seiner Glieder etwas Unkoordiniertes, Unerwartetes an sich hatten. Er wird von seinen Nerven zusammengehalten, sagte eine Freundin von mir im College, als ich ihn das erste Mal mitbrachte, und das stimmte; danach konnte ich die feurigen Stränge beinahe sehen.

Als ich Gabriel kennenlernte, erzählte er mir, dass er das Leben genoss. Er sagte nicht, dass er daran glaubte, es zu genießen; er sagte, dass er es tat. Was mir für ihn peinlich war. Ich glaubte niemandem, der so etwas sagte, und brachte diese Behauptung ohnehin mit unsensiblen, sich selbst rühmenden und insgeheim unangenehm unsicheren Männern in Verbindung. Aber es scheint die Wahrheit zu sein. Er ist nicht neugierig. Er kann sich freuen und lächeln und mich streicheln und leise sagen: »Warum machst du dir darüber Sorgen? Das ist doch nicht dein Problem.« Er hat die Sprache seiner Kindheit vergessen. Seine körperliche Liebe war mir erst fremd, denn ihr fehlte die Verzweiflung. Er liebte mich sozusagen ohne Nachdruck, ohne eine Erinnerung an Sünde oder Hoffnung auf Verworfenheit. Er beobachtet sich selbst nicht. Er wird niemals ein Gedicht darüber schreiben, und es kann gut sein, dass er alles nach einer halben Stunde vergessen hat. Vielleicht sind solche Männer die Normalität. Nur dass ich mich nie mit solchen durchschnittlichen Männern eingelassen hatte. Ich habe mich immer gefragt, ob ich mich in ihn verliebt hätte, wenn sein Akzent und seine vergessene, fast vergessene Vergangenheit nicht gewesen wären; wenn er zum Beispiel ein Maschinenbaustudent im selben Jahrgang wie ich am College gewesen wäre. Ich weiß es nicht, ich kann es nicht sagen. Was jemanden an einen Mann oder eine Frau fesselt, mag so etwas Oberflächliches wie ein rumänischer Akzent oder die sanfte Wölbung eines Augenlids sein, ein halb gelogenes Geheimnis.

Hugo umgab kein derartiges Geheimnis. Es fehlte mir nicht, ich wusste nichts davon, vielleicht hätte ich nicht daran geblaubt. Ich glaubte damals an etwas anderes. Nicht, dass ich ihn kannte, durch und durch, aber der Teil, den ich kannte, war in meinem Blut und verursachte mir von Zeit zu Zeit heftigen Ausschlag. Nichts dergleichen mit Gabriel, er beunruhigt mich nicht, ebenso wenig, wie er sich selbst aus der Ruhe bringen lässt.

Es war Gabriel, der Hugos Geschichte für mich fand. Wir waren in einer Buchhandlung, und er kam mit einem großen, teuren Taschenbuch, einer Sammlung von Kurzgeschichten. Hugos Name stand auf dem Einband. Ich fragte mich, wie Gabriel es gefunden hatte, was er überhaupt in der Belletristikabteilung des Ladens verloren hatte, er liest nie Romane. Ich fragte mich, ob er manchmal hinging und nach Sachen von Hugo suchte. Er interessiert sich für Hugos Karriere, wie er sich für die Karriere eines Zauberkünstlers oder Schlagersängers oder Politikers interessieren würde, zu denen er durch mich eine einleuchtende Verbindung hätte, einen Beweis für deren Realität. Ich glaube, das liegt daran, dass er selbst solch anonyme Arbeit tut, Arbeit, die nur Berufskollegen verständlich ist. Ihn faszinieren Menschen, die wagemutig unter den Augen der Öffentlichkeit arbeiten, die ohne den Schutz eines speziellen Fachwissens – so muss es einem Ingenieur vorkommen – einfach versuchen, sich selbst zu vertrauen, die ihre Trickkiste aufmachen und hoffen, Anklang zu finden.

»Kauf es für Clea«, sagte er.

»Ist das nicht viel Geld für ein Taschenbuch?«

Er lächelte.

»Hier ist ein Foto von deinem Vater, deinem leiblichen Vater, und er hat diese Geschichte geschrieben, vielleicht magst du sie lesen«, sagte ich zu Clea, die sich in der Küche einen Toast machte. Sie ist siebzehn. Hin und wieder isst sie Toast und Honig und Erdnussbutter und Schokokekse und Sahnequark und Huhnsandwiches und Bratkartoffeln. Wenn jemand Bemerkungen über das macht, was sie isst oder nicht isst, kann es sein, dass sie hinaufrennt und ihre Zimmertür zuknallt.

»Er sieht übergewichtig aus«, sagte Clea und legte das Buch hin. »Du hast immer gesagt, er war spindeldürr.« Ihr Interesse an ihrem Vater steht ganz unter dem Gesichtspunkt der Erblichkeit und der Gene, die er an sie weitergegeben haben kann. Hatte er einen schlechten Teint, hatte er einen hohen Intelligenzquotienten, hatten die Frauen in seiner Familie große Brüste?

»Er war es, als ich ihn kannte«, sagte ich. »Woher sollte ich wissen, wie er mal wird?«

Er sah jedoch ziemlich genauso aus, wie ich es mir immer vorgestellt hatte. Wenn ich seinen Namen in der Zeitung oder auf einem Plakat sah, hatte ich ihn mir in etwa so ausgemalt; hatte vorausgesehen, wie die Zeit und das Leben ihn verändern würden. Es überraschte mich nicht, dass er dick geworden war, jedoch nicht kahl, dass er sich die Haare wild hatte wachsen lassen und sich einen krausen Vollbart zugelegt hatte. Säcke unter den Augen, Hängebacken sogar, wenn er lacht. Er lacht in die Kamera. Seine Zähne sind noch schlechter als früher. Er hasste Zahnärzte, sagte, sein Vater sei auf einem Zahnarztstuhl an einem

Herzanfall gestorben. Eine Lüge, wie so vieles andere, oder zumindest eine Übertreibung. Für Fotos lächelte er immer schief, um seinen rechten oberen Schneidezahn zu verbergen, der tot war, seit jemand ihn in der Schulzeit in einen Trinkbrunnen gestoßen hatte. Jetzt ist es ihm egal, er lacht, er entblößt diese verfaulenden Stümpfe. Er sieht leiderfüllt und gleichzeitig fröhlich aus. Ein Schriftsteller im Stile von Rabelais. Kariertes Wollhemd mit offenem Kragen, um sein Unterhemd zu zeigen, früher trug er keins. Wäschst du dich, Hugo? Riechst du aus dem Mund, bei diesen Zähnen? Redest du deine Studentinnen genervt mit liebevollen, obszönen Spitznamen an, gibt es Anrufe von empörten Eltern, muss der Dekan oder jemand ihnen erklären, dass das nicht böse gemeint ist, dass Schriftsteller nicht wie andere Männer sind? Wahrscheinlich nicht, wahrscheinlich regt sich niemand auf. Unverschämte Schriftsteller können heutzutage von einer Jubelfeier zur nächsten hüpfen, verwirrt, wie zu liberal erzogene Kinder es angeblich sind, von einem Übermaß an Anerkennung.

Ich habe keine Beweise. Ich konstruiere jemanden aufgrund dieses einen unscharfen Fotos, ich gebe mich mit solchen Klischees zufrieden. Es fehlt mir an Phantasie oder an Wohlwollen, um anders vorzugehen; und mir ist ohnehin aufgefallen, wie es jedem aufgefallen sein muss, der wie ich in die Jahre kommt, wie abgenutzt und einfach die Masken, die Identitäten, wenn man will, eigentlich sind, die Menschen sich zulegen. In der Literatur, in Hugos Gewerbe würden solche Masken nicht genügen, aber im Leben scheinen sie alles zu sein, was wir wollen, alles, was wir zustande bringen. Man sehe sich Hugos Foto an, das Unterhemd, man lese, was da über ihn steht.

Hugo Johnson wurde in den Wäldern von Nord-Ontario geboren und ging hin und wieder in den dortigen Bergwerks- und Holzindustriestädten zur Schule. Er arbeitete als Holzfäller, Bierzapfer, Kellner, Fernmeldetechniker und als Vorarbeiter in einem Sägewerk und stand sporadisch mit verschiedenen akademischen Einrichtungen in Verbindung. Er lebt jetzt meistens am Hang eines Berges oberhalb von Vancouver, mit seiner Frau und sechs Kindern.

Die studentische Ehefrau scheint also sämtliche Kinder am Hals zu haben. Was ist aus Mary Frances geworden, ist sie gestorben, hat sie sich emanzipiert, hat er sie in den Wahnsinn getrieben? Aber man höre sich diese Lügen an, diese Halblügen, diesen Unsinn. *Er lebt am Hang eines Berges oberhalb von Vancouver.* Das klingt, als hauste er in einer Blockhütte in der Wildnis, dabei bedeutet es nichts weiter, darauf möchte ich wetten, als dass er in einem normalen, behaglichen Haus in Nord- oder West-Vancouver wohnt, Stadtteile, die sich inzwischen weit bergauf erstrecken. Er *stand sporadisch mit verschiedenen akademischen Einrichtungen in Verbindung*. Was hat das zu bedeuten? Wenn es bedeutet, dass er jahrelang, den größten Teil seines erwachsenen Lebens über, an Universitäten unterrichtet hat, dass seine Lehrtätigkeit die einzige feste, gut bezahlte Anstellung war, die er je hatte, warum steht das dann nicht da? Man könnte meinen, er ist hin und wieder aus dem Wald herausgekommen, um alle mit Brocken aus Weisheit zu bewerfen, um allen zu zeigen, was ein richtiger *Schriftsteller* ist, ein *Künstler*; man würde nie auf die Idee kommen, dass er ständig *Dozent* war. Ich weiß nicht, ob er je Holzfäller oder Bierzapfer oder Kellner war, aber ich weiß, dass er nie Fernmeldetechniker war. Er sollte mal Telefonmasten anstreichen. Das hat er mitten in der zweiten Woche hingeschmissen, weil ihm von der Hitze und dem Klettern schlecht wurde. Es war ein glutheißer Juni, gleich nachdem wir beide das College abgeschlossen hatten. Verständlich. Von der Sonne wurde ihm tatsächlich schlecht, zwei Mal kam er nach Hause und musste sich übergeben. Auch ich habe Jobs, die ich nicht ausstehen konnte, hingeschmissen. Im selben Sommer schmiss ich meinen Job hin, im Victoria Hospital Verbände zu falten, weil ich vor Langeweile verrückt wurde. Aber wenn ich Schriftstellerin wäre und alle meine diversen und abwechslungsreichen Tätigkeiten auflisten würde, ich glaube, ich würde *Verband-*

falterin nicht aufführen, ich würde das nicht ganz ehrlich finden.

Danach fand Hugo einen Job, wo er Highschool-Examensarbeiten korrigieren musste. Warum führt er das nicht auf? Examensarbeitenkorrektor. Es machte ihm Spaß, Examensarbeiten zu korrigieren, mehr als auf Telefonmasten zu klettern und wahrscheinlich mehr als Bäume zu fällen oder Bier zu zapfen oder irgendeine von jenen anderen Tätigkeiten, falls er sie je ausübte; warum kann er das nicht aufführen? *Examensarbeitenkorrektor.*

Auch ist er meines Wissens nie Vorarbeiter in einem Sägewerk gewesen. Tatsächlich hat er in dem Sommer, bevor ich ihn kennenlernte, im Sägewerk seines Onkels gearbeitet. Den ganzen Tag über beschickte er die Säge und wurde von dem richtigen Vorarbeiter beschimpft, der ihn nicht leiden konnte, weil sein Onkel der Chef war. Abends, wenn er nicht zu müde war, lief er eine halbe Meile weit zu einem kleinen Bach und spielte Blockflöte. Kriebelmücken piesackten ihn, aber davon ließ er sich nicht abhalten. Er konnte »Morgenstimmung« aus *Peer Gynt* spielen und einige elisabethanische Lieder, deren Namen ich vergessen habe. Bis auf einen: »Wolseys Wilde«. Ich lernte es auf dem Klavier, damit wir es im Duett spielen konnten. War das Kardinal Wolsey gewidmet, und was war eine Wilde, ein Tanz? Führ das auf, Hugo, *Blockflötenspieler.* Das wäre inzwischen ganz in Ordnung, ganz in Mode, soweit ich es beurteilen kann, stehen Blockflötenspiel und ähnlicher altertümlicher Zeitvertreib jetzt nicht in Ungnade, ganz im Gegenteil. Es ist sogar gut möglich, dass es angesagter ist als all dieses Bäumefällen und Bierzapfen. Schau dich an, Hugo, dein Image ist nicht nur gefälscht, sondern überholt. Du hättest sagen sollen, du hast ein Jahr lang in den Bergen von Uttar Pradesh meditiert; du hättest sagen sollen, du hast Dramakurse für autistische Kinder gegeben; du hättest dir den Kopf kahl rasieren, den Bart abnehmen und eine Mönchskutte anziehen sollen; du hättest den Mund halten sollen, Hugo.

Als ich mit Clea schwanger war, wohnten wir in einem Haus in der Argyle Street in Vancouver. Es war im regnerischen Winter von außen ein derart trauriges, grau verputztes Haus, dass wir das Innere, sämtliche Räume der Wohnung, in lebhaften, unglücklich gewählten Farben anstrichen. Drei Wände des Schlafzimmers waren Wedgewood-blau, eine war magenta. Wir sagten, es sei ein Experiment, um zu sehen, ob Farben jemanden in den Wahnsinn treiben konnten. Das Badezimmer strahlte in sattem Orangegelb. »Es ist, als säße man mitten in einem Käse«, sagte Hugo, als wir fertig waren. »Das stimmt«, sagte ich. »Sehr gut ausgedrückt.« Das freute ihn, aber nicht so, als hätte er es hingeschrieben. Danach sagte er jedes Mal, wenn er jemandem das Badezimmer zeigte: »Siehst du die Farbe? Als säße man mitten in einem Käse.« Oder: »Als pinkelte man mitten in einem Käse.« Nicht, dass ich nicht dasselbe tat, auch ich merkte mir prägnante Formulierungen und wiederholte sie ständig. Vielleicht sagte ich das mit dem Pinkeln mitten in einem Käse. Wir hatten viele gemeinsame Ausdrücke. Die Hauswirtin nannten wir beide die grüne Hornisse, weil sie, als wir sie zum einzigen Mal zu Gesicht bekamen, ein giftgrünes Kostüm mit Pelzbesatz aus Rattenfell und einem Veilchensträußchen trug und eine Art giftiges Brummen von sich gab. Sie war über siebzig und führte eine Männerpension in der Innenstadt. Ihre Tochter Dotty nannten wir die Dirne des Hauses. Ich frage mich, warum wir das Wort *Dirne* wählten; das war und ist kein gebräuchliches Wort. Vermutlich hatte es einen rassigen, verworfenen Klang und stand in ironischem Gegensatz – Ironie war unsere Stärke – zu Dotty selbst.

Sie lebte in einer Zweizimmerwohnung im Keller des Hauses. Sie sollte ihrer Mutter fünfundvierzig Dollar monatlich Miete zahlen, und sie erzählte mir, sie wolle versuchen, das Geld mit Babyhüten zu verdienen.

»Ich kann nicht arbeiten gehen«, sagte sie, »wegen meiner Nerven. Mein letzter Mann, der ist mir sechs Monate lang im Haus meiner Mutter gestorben, an seiner Nierenkrankheit, und ich schulde ihr dafür immer noch dreihundert Dollar Kostgeld. Sie hat mich gezwungen, ihm seinen Eierflip mit Magermilch zu machen. Alle Tage meines Lebens bin ich pleite. Es stimmt, man braucht nicht reich zu sein, Hauptsache, man ist gesund, aber was, wenn man beides nie war? Lungenentzündung, als ich drei Jahre alt war, und seitdem Bronchitis. Mit zwölf rheumatisches Fieber. Ich war sechzehn, als ich meinen ersten Mann geheiratet habe, er ist beim Holzfällen ums Leben gekommen. Drei Fehlgeburten. Mein Unterleib ist in Fetzen. Ich verbrauche jeden Monat drei Packungen Kotex. Ich habe einen Milchviehfarmer draußen im Valley geheiratet, und seine Herde kriegte das Fieber. Hat uns vernichtet. Das war der, der an den Nieren gestorben ist. Kein Wunder. Kein Wunder, dass meine Nerven kaputt sind.«

Dies ist eine gekürzte Zusammenfassung. Es wurde wesentlich ausführlicher erzählt und keineswegs weinerlich, sondern mit Staunen und einigem Stolz, an Dottys Tisch. Sie bat mich öfter auf eine Tasse Tee herunter, danach gab es Bier. Das ist Leben, dachte ich nach all meinen Büchern, Seminaren, Essays und Diskussionen. Anders als ihre Mutter hatte Dotty ein flächiges Gesicht, weich, blass, prädestiniert für Niederlagen, die Sorte farbloser, überforderter Frauen, die man mit Einkaufstaschen auf den Bus warten sieht. Ich hatte sie tatsächlich einmal in der Innenstadt im Bus gesehen und hatte sie in ihrem duffen blauen Wintermantel anfangs nicht erkannt. Ihre Zimmer standen voll schwerer Möbel, die sie aus ihrer Ehe gerettet hatte – ein Klavier, ein zu stramm gepolstertes Sofa mit Sesseln, eine Vitrine mit Walnussfurnier und ein Esszimmertisch, an dem wir saßen. Mitten auf dem Tisch stand eine riesige Lampe mit bemaltem Porzellanfuß und einem gefältelten dunkelroten Seidenschirm, der in einem extravaganten Winkel ausgestellt war, ähnlich wie ein Reifrock.

Ich beschrieb ihn Hugo. »Das ist eine Bordelllampe«, sagte ich. Später wollte ich dazu beglückwünscht werden, wie treffend diese Beschreibung war. Ich sagte Hugo, er müsse Dotty mehr Beachtung schenken, wenn er Schriftsteller werden wollte. Ich erzählte ihm von ihren Ehemännern und ihrem Unterleib und ihrer Sammlung von Souvenirlöffeln, und er sagte, ich dürfe sie mir gern allein anschauen. Er schriebe ein Versdrama.

Einmal, als ich hinunterging, um den Heizkesselofen mit Kohlen zu füttern, traf ich auf Dotty in ihrem Morgenrock aus rosa Chenille, sie verabschiedete sich gerade von einem Mann in der Uniform eines Auslieferers oder eines Tankwarts. Es war früh am Nachmittag. Sie und dieser Mann trennten sich nicht in irgendeiner Weise, die auf Wollust oder Zuneigung deutete, und ich hätte überhaupt nichts mitbekommen, hätte ihn wahrscheinlich für einen Verwandten gehalten, wenn sie mir nicht sofort eine lange, komplizierte, etwas schräge Geschichte aufgetischt hätte, dass sie im Regen nass geworden war und ihre Sachen im Haus ihrer Mutter lassen musste und für den Heimweg ein Kleid ihrer Mutter angezogen hatte, das ihr zu eng war, und deshalb lief sie jetzt im Morgenrock herum. Sie sagte, erst hatte Larry sie darin erwischt, als er ihr etwas vorbeibrachte, was sie für seine Frau nähen sollte, und jetzt ich, und sie wisse nicht, was wir jetzt von ihr dächten. Das war merkwürdig, da ich sie schon viele Male im Morgenrock gesehen hatte. Inmitten ihrer von Gelächter begleiteten Erklärung verschwand der Mann, der mich weder angesehen noch gelächelt, noch ein Wort gesagt, noch in irgendeiner Weise ihre Geschichte bestätigt hatte, einfach zur Tür hinaus.

»Dotty hat einen Geliebten«, erzählte ich Hugo.

»Du kommst nicht genug unter Menschen. Du versuchst, das Leben interessant zu machen.«

In der Woche darauf hielt ich Ausschau, ob dieser Mann wiederkam. Er kam nicht wieder. Aber drei andere Männer kamen, und einer davon zwei Mal. Sie gingen mit gesenkten Köpfen, rasch, und brauchten an der Kellertür nicht zu warten. Hugo konnte es nicht bestreiten. Er sagte, wieder mal ein Fall, wo das Leben die Kunst nachahmte, gar nicht anders möglich, nach all den fettleibigen, krampfadrigen Huren, die ihm in der Literatur begegnet waren. Von da an nannten wir sie die Dirne des Hauses und fingen an, vor unseren Freunden mit ihr zu prahlen. Sie standen hinter den Gardinen, um sie beim Hinein- oder Hinausgehen zu erspähen.

»Das ist sie doch nicht etwa!«, sagten sie. »Ist sie das? Wie enttäuschend! Hat sie keine professionelle Aufmachung?«

»Seid nicht so naiv«, sagten wir. »Glaubt ihr, die tragen alle Pailletten und Federboas?«

Alle verstummten, um sie Klavier spielen zu hören. Sie sang oder summte dazu mit, nicht ständig, aber laut, mit der herausfordernden, übertreibenden Stimme jemandes, der allein ist oder sich allein wähnt. Sie sang »Yellow Rose of Texas« und »You Can't Be True, Dear«.

»Huren sollten Choräle singen.«

»Wir werden ihr welche beibringen.«

»Ihr seid alle solche Voyeure. Ihr seid alle so gemein«, sagte ein Mädchen namens Mary Frances Shrecker, ein großknochiges Mädchen mit stillem Gesicht und langen schwarzen Zöpfen. Sie war mit Elsworth Shrecker verheiratet, der früher ein mathematisches Wunderkind gewesen war und einen Zusammenbruch erlitten hatte. Sie arbeitete als Ernährungsberaterin. Hugo sagte, er könne sie nicht ansehen, ohne an das Wort *Lumpenpuppe* zu denken, aber wahrscheinlich sei sie recht nahrhaft, wie Hafermehlbrei. Sie wurde seine zweite Frau. Ich dachte, sie sei die richtige Frau für ihn, ich dachte, sie würde für immer bleiben und ihn ernähren, aber die Studentin vertrieb sie.

Das Klavierspiel war für unsere Freunde unterhaltsam, aber eine Katastrophe an den Tagen, an denen Hugo zu Hause war und zu arbeiten versuchte. Angeblich schrieb er an seiner Doktorarbeit, aber in Wirklichkeit schrieb er an seinem Theaterstück. Er arbeitete in unserem Schlafzimmer, an einem Kartentisch vor dem Fenster, mit Blick auf einen Bretterzaun. Wenn Dotty ein Weilchen gespielt hatte, konnte es sein, dass er in die Küche kam, mir sein Gesicht entgegenstreckte, bis es dicht vor meinem war, und im leisen, gleichmäßigen Tonfall mühsam unterdrückter Wut sagte: »Du gehst jetzt runter und sagst ihr, sie soll das lassen.«

»Geh du doch.«

»Den Teufel werd ich. Sie ist deine Freundin. Du verkehrst mit ihr. Du stiftest sie an.«

»Ich habe ihr nie gesagt, sie soll Klavier spielen.«

»Ich habe alles so arrangiert, um an diesem Nachmittag frei zu haben. Das hat sich nicht einfach so ergeben. Ich habe es arrangiert. Ich bin an einem kritischen Punkt, ich bin an dem Punkt, wo dieses Stück *entweder lebt oder stirbt.* Wenn ich runtergehe, habe ich Angst, ich werde sie erwürgen.«

»Sieh *mich* nicht so an. Erwürge *mich* nicht. Entschuldige, dass ich atme.«

Ich ging natürlich immer in den Keller hinunter, klopfte an Dottys Tür und fragte sie, ob es ihr etwas ausmachen würde, jetzt nicht Klavier zu spielen, da mein Mann zu Hause sei und zu arbeiten versuche. Ich benutzte nie das Wort *schreiben*, das hatte Hugo mir eingetrichtert, dieses Wort war für uns wie ein blanker Draht. Dotty entschuldigte sich jedes Mal, sie hatte Angst vor Hugo und Achtung vor seiner Arbeit und seiner Intelligenz. Sie hörte auf zu spielen, aber das Problem war, dass sie dazu neigte, es zu vergessen, es konnte sein, dass sie nach einer Stunde oder einer halben wieder anfing. Die Möglichkeit machte mich nervös und bedrückte mich. Da ich schwanger war, wollte ich ständig etwas essen, und so saß ich gierig, unglücklich am Küchentisch und aß etwas wie einen Teller voll mit aufgewärmtem spanischem Reis. Hugo hatte das Gefühl, dass die Welt seiner Schriftstellerei feindlich gesonnen war, nicht nur alle ihre menschlichen Bewohner, sondern auch ihre Geräusche und Ablenkungen und ihre normale Betriebsamkeit hatten sich gegen ihn verbündet, um ihn tückisch, planmäßig und teuflisch zu bedrängen und zu lähmen und von der Arbeit abzuhalten. Und ich, deren Aufgabe es war, mich zwischen ihn und die Welt zu werfen, brachte es nicht fertig, das zu tun, aus freier Entscheidung vielleicht ebenso wie aus Unfähigkeit. Ich glaubte nicht an ihn. Ich hatte nicht begriffen, warum es erforderlich sein würde, an ihn zu glauben. Ich glaubte, dass er klug und begabt war, was immer das bedeuten mochte, aber ich war nicht sicher, dass aus ihm ein Schriftsteller werden würde. Er besaß nicht die Autorität, die ein Schriftsteller meiner Ansicht nach haben musste. Er war zu nervös, zu empfindlich allen anderen gegenüber, zu angeberisch. Ich glaubte, dass Schriftsteller ruhige, traurige Menschen waren, die zu viel wussten. Ich glaubte, dass sie etwas an sich hatten, das anders war, eine harte und leuchtende, seltene, einschüchternde Eigenart, die sie von Anfang an besaßen, und Hugo besaß sie nicht. Ich dachte, dass er das eines Tages einsehen würde. Vorläufig jedoch lebte er in einer Welt, deren Bedrohungen und Bestrafungen mir so fremd, so unverständlich waren, als wäre er ein Geisteskranker. Er saß bleich und angewidert beim Abendessen; er krümmte sich in wütender Lähmung über seiner Schreibmaschine zusammen, wenn ich etwas aus dem Schlafzimmer holen musste, oder er sprang im Wohnzimmer umher und fragte mich, was er war (ein Rhinozeros, das sich für eine Gazelle hält, der Vorsitzende Mao, der einen Kriegstanz tanzt in einem Traum, den John Foster Dulles träumt), und küsste mich dann mit hungrigen, schmatzenden Geräuschen überall auf den Hals. Ich war von der Quelle dieser guten oder schlechten Laune abgeschnitten, ich hatte keinen Einfluss darauf. Ich hänselte ihn verdrossen:

»Angenommen, das Baby ist schon da und das Haus steht in Flammen, und das Baby und das Stück sind beide im Haus, welches würdest du retten?«

»Beide.«

»Aber angenommen, du kannst nur eins retten? Vergiss das Baby, angenommen, *ich* bin da drin, nein, angenommen, ich ertrinke *hier* und du bist *da* und kannst uns unmöglich beide erreichen …«

»Du machst es mir schwer.«

»Ich weiß. Ich weiß. Du musst mich doch hassen?«

»Natürlich hasse ich dich.« Danach konnte es sein, dass wir ins Bett gingen, verspielt kämpfend, kreischend, erregt. Unser ganzes Zusammenleben, der erfolgreiche Teil unseres Zusammenlebens, bestand aus Spielen. Wir dachten uns Gespräche aus, um die Leute im Bus zu erschrecken. Einmal saßen wir in einem Bierlokal, und er beschimpfte mich, weil ich mit anderen Männern ausging und die Kinder allein ließ, während er draußen im Wald für unseren Lebensunterhalt schuftete. Er flehte mich an, meine Pflichten als Ehefrau und Mutter nicht zu vergessen. Ich blies ihm Rauch ins Gesicht. Die Leute um uns herum schauten streng und befriedigt drein. Als wir draußen auf der Straße waren, lachten wir, bis wir uns an eine Wand lehnen und gegenseitig stützen mussten. Im Bett spielten wir, dass ich Lady Chatterley war und er Mellors.

»Wo steckt dieser kleine Schlingel John Thomas?«, sagte er mit belegter Stimme. »Ich kann John Thomas nicht finden!«

»Tut mir schrecklich leid, ich muss ihn wohl verschluckt haben«, sagte ich damenhaft.

Im Keller befand sich eine Wasserpumpe. Sie machte ein stetiges, stampfendes Geräusch. Das Haus stand in ziemlich tief gelegenem Gelände nicht weit vom Fraser River, und bei Regenwetter musste die Pumpe fast die ganze Zeit über arbeiten, damit der Keller nicht vollllief. Wir hatten einen dunklen, verregneten Januar, wie es in Vancouver üblich ist, und dem folgte ein dunkler, verregneter Februar. Hugo und ich, wir waren beide niedergeschlagen. Ich schlief viel. Hugo konnte nicht schlafen. Er behauptete, es war die Pumpe, die ihn wach hielt. Tagsüber konnte er ihretwegen nicht arbeiten, und nachts konnte er ihretwegen nicht schlafen. Die Pumpe hatte Dottys Klavierspiel ersetzt als das, was ihn in unserem Haus am meisten erboste und deprimierte. Nicht nur wegen ihres Geräuschs, sondern auch wegen des Geldes, das sie uns kostete. Ihre gesamten Kosten landeten auf unserer Stromrechnung, obwohl es Dotty war, die im Keller wohnte und den Nutznieß davon hatte, dass er nicht vollllief. Er sagte, ich solle mit Dotty reden, und ich sagte, Dotty könne ihre Fixkosten schon jetzt nicht bezahlen. Er sagte, sie könne ja mehr Nummern schieben. Ich sagte ihm, er solle den Mund halten. Als ich im Laufe meiner Schwangerschaft langsamer und schwerer wurde und mehr ans Haus gebunden war, kam ich Dotty näher, gewöhnte mich an sie, merkte mir nicht mehr ständig, was sie sagte, um es weiterzuerzählen. Ich fühlte mich mit ihr zu-

man die Pumpe anstellte. Was hätte er dann getan? Schlagen hätte er mich nicht können, denn ich war hochschwanger. Außerdem schlug er mich nie, es sei denn, ich schlug ihn zuerst. Er hätte sie wieder abstellen können, dann hätte ich sie wieder angestellt und so weiter, wie lange konnte das so gehen? Er hätte mich festhalten können, aber wenn ich mich gewehrt hätte, hätte er Angst gehabt, mir weh zu tun. Er hätte mich wüst beschimpfen und das Haus verlassen können, aber wir hatten kein Auto, und es regnete zu dicht, als dass er lange hätte draußen bleiben können. Er hätte wahrscheinlich einfach abwechselnd getobt und geschmollt, und ich hätte mir eine Decke nehmen und für den Rest der Nacht auf der Wohnzimmercouch schlafen können. Ich glaube, das ist das, was eine Frau von festem Charakter getan hätte. Ich glaube, das ist das, was eine Frau getan hätte, die wollte, dass ihre Ehe hielt. Aber ich tat es nicht. Stattdessen sagte ich mir, dass ich nicht wusste, wie die Pumpe funktionierte, wo man sie anstellte. Ich sagte mir, dass ich vor Hugo Angst hatte. Ich erwog die Möglichkeit, dass Hugo recht haben könnte, nichts würde passieren. Aber ich wollte, dass etwas passierte, ich wollte, dass Hugo sich den Hals brach.

Als ich wach wurde, war Hugo fort, und die Pumpe stampfte wie immer. Dotty hämmerte an die Tür, die zum Keller hinunterführte.

»Du wirst deinen Augen nicht trauen, was da unten ist. Ich stehe bis zu den Knien im Wasser. Ich habe die Füße aus dem Bett gestreckt und bin bis zu den Knien im Wasser. Was ist passiert? Hast du die Pumpe aussetzen hören?«

»Nein«, sagte ich.

»Ich weiß nicht, was mit ihr los war, vielleicht ist sie heißgelaufen. Ich hatte ein paar Biere vorm Zubettgehen, sonst hätte ich gemerkt, dass was nicht stimmt. Ich habe eigentlich einen leichten Schlaf. Aber ich habe geschlafen wie eine Tote, und ich habe die Füße aus dem Bett gestreckt und mein Gott, bloß gut, dass ich nicht im selben Moment den Lichtschalter angefasst habe, sonst hätte ich einen tödlichen Stromschlag gekriegt. Alles schwimmt.«

Nichts schwamm, und das Wasser hätte keinem Erwachsenen bis zu den Knien gereicht. Es war an manchen Stellen zehn Zentimeter tief, an anderen nur fünf oder sechs, da der Fußboden so uneben war. Es hatte die unteren Teile des Sofas und der Sessel durchweicht, war in die Kommoden und Schränke eingedrungen und ins Klavier gelaufen. Die Bodenfliesen hatten sich gelockert, die Teppiche waren vollgesogen, die Kanten der Tagesdecke tropften, das Heizgerät auf dem Fußboden war schrottreif.

Ich zog mich an, stieg in ein Paar von Hugos Stiefeln und nahm einen Besen mit hinunter. Ich fing an, das Wasser zu dem Abfluss draußen vor der Tür zu fegen. Dotty machte sich in meiner Küche eine Tasse

Kaffee, saß eine Weile lang auf der obersten Stufe der Kellertreppe und sah mir zu, hielt dabei denselben Monolog wie vorher, dass sie ein paar Biere getrunken und fester als sonst geschlafen hatte, nicht gehört hatte, dass die Pumpe aussetzte, nicht verstand, warum sie ausgesetzt hatte, falls sie ausgesetzt hatte, nicht wusste, wie sie das ihrer Mutter erklären sollte, die bestimmt ihr die Schuld geben und ihr alles anlasten würde. Wir hatten Glück, merkte ich. *(Wir?)* Ihre ständige Erwartung und ihr genüssliches Auskosten von Unglück machten Dotty ungeeigneter als fast irgendjemanden sonst, um nachzuforschen, was genau schiefgegangen war. Nachdem der Wasserpegel ein wenig gesunken war, ging sie in ihr Schlafzimmer, zog sich etwas an, auch Stiefel, die sie erst ausschütten musste, holte sich ihren Besen und half mir.

»Gibt's was, was mir nicht passiert? Ich lasse mir nie die Zukunft vorhersagen. Ich habe Freundinnen, die sich ständig die Zukunft vorhersagen lassen, und ich sage zu denen, lasst mich in Ruhe, denn wenn ich eins weiß, dann, dass sie nicht gut wird.«

Ich ging nach oben und rief die Universität an, um Hugo zu erreichen. Ich sagte, es sei ein Notfall, und sie trieben ihn in der Bibliothek auf.

»Er ist vollgelaufen.«

»Was?«

»Er ist vollgelaufen. Dottys Wohnung steht unter Wasser.«

»Ich habe die Pumpe angestellt.«

»Den Teufel hast du. Heute Morgen hast du sie erst wieder angestellt.«

»Heute Morgen war ein Wolkenbruch, und die Pumpe wurde damit nicht fertig. Das war, nachdem ich sie wieder angestellt hatte.«

»Die Pumpe ist gestern Nacht nicht damit fertiggeworden, weil die Pumpe gestern Nacht nicht an war, und erzähl mir nichts von irgendeinem Wolkenbruch.«

»Es gab aber einen. Du hast noch geschlafen.«

»Du hast keine Ahnung, was du angerichtet hast, wie? Du bist ja nicht mal hier, um es dir anzuschauen. Ich muss es mir anschauen. Ich muss damit zurande kommen. Ich muss dieser armen Frau zuhören.«

»Stopf dir die Ohren zu.«

»Halt den Mund, du widerlicher moralischer Krüppel.«

»Tut mir leid. War bloß Spaß. Tut mir leid.«

»Tut dir leid, tut dir leid! Diese Schweinerei hast du verursacht, und ich habe dir gesagt, du wirst sie verursachen, und dir tut's leid.«

»Ich muss zu einem Seminar. Tut mir leid. Ich kann jetzt nicht reden, es hat jetzt keinen Sinn, mit dir zu reden, ich weiß nicht, was du von mir hören willst.«

»Ich will nur, dass du es dir klarmachst!«

»Gut, ich mache es mir klar. Obwohl ich immer noch sicher bin, dass es heute Morgen passiert ist.«

»Du machst es dir nicht klar. Du machst dir nie etwas klar.«

»Du dramatisierst.«

»*Ich* dramatisiere!«

Das Glück blieb uns treu. Anders als Dotty war Dottys Mutter keine, die sich ohne Erklärungen zufriedengab, und immerhin waren es ihre Fußbodenfliesen und Holzfaserplatten, die kaputtgegangen waren. Aber Dottys Mutter war krank, das kalte, nasse Wetter hatte auch ihr zugesetzt, und sie wurde genau an jenem Morgen mit einer Lungenentzündung ins Krankenhaus eingeliefert. Dotty zog ins Haus ihrer Mutter und kümmerte sich um die Pensionäre. Der Keller verströmte einen widerwärtigen Modergeruch. Wir zogen auch aus, wenige Zeit später. Kurz bevor Clea geboren wurde, übernahmen wir ein Haus in Nord-Vancouver, das Freunden gehörte, die nach England gegangen waren. Der Streit zwischen uns legte sich in der Aufregung des Umzugs; er wurde nie ganz bereinigt. Wir änderten kaum die Standpunkte, die wir am Telefon eingenommen hatten. Ich sagte, du machst es dir nicht klar, du machst dir nie etwas klar, und er sagte, was willst du von mir hören? Warum regst du dich so darüber auf, fragte er ganz vernünftig. Jeder könnte das fragen. Lange nach meiner Trennung von ihm fragte ich mich das auch. Ich hätte die Pumpe anstellen können, wie ich schon sagte, und die Verantwortung für uns beide übernehmen können, wie es eine geduldige, realistische Frau, eine richtige Ehefrau, getan hätte, wie es Mary Frances getan hätte, bestimmt viele Male tat, in den zehn Jahren, die ihr vergönnt waren. Oder ich hätte Dotty die Wahrheit sagen können, obwohl sie keine gute Wahl für solch ein Geständnis war. Ich hätte es jemandem sagen können, wenn ich es für wichtig genug gehalten hätte, und Hugo in die unerfreuliche Welt hinausstoßen, ihm Unannehmlichkeiten bereiten können. Aber ich tat es nicht, ich war nicht fähig, ihn völlig zu beschützen oder allem auszusetzen, ich konnte ihn nur mit Vorwürfen überhäufen, manchmal mit dem verzweifelten Gefühl, ich müsse seinen Kopf aufreißen, um meine Sichtweise hineinzugießen, meine Vorstellung davon, was selbstverständlich war. Welche Anmaßung, welche Feigheit, welch Mangel an Vertrauen. Unvermeidlich. »Sie haben ein Problem der Unvereinbarkeit«, sagte uns die Eheberaterin eine Weile später. Auf dem trostlosen Flur des städtischen Gebäudes in Nord-Vancouver, in dem die Eheberatung erteilt wurde, lachten wir, bis uns die Tränen kamen. Das ist also unser Problem, sagten wir zueinander, was für eine Erleichterung, das zu wissen, Unvereinbarkeit.

Ich las Hugos Geschichte an jenem Abend nicht. Ich überließ sie Clea, und die, wie sich herausstellte, las sie auch nicht. Ich las sie am nächsten Nachmittag. Ich kam gegen zwei Uhr von der privaten Mädchenschule nach Hause, wo ich einen Teilzeitjob habe und Geschichtsunterricht gebe. Ich machte mir wie meistens einen Tee und setzte mich in die Küche, um die Stunde zu genießen, bevor die Jungs, Gabriels Söhne, aus der Schule nach Hause kamen. Ich sah das Buch immer noch auf dem Kühlschrank liegen, holte es mir und las Hugos Geschichte.

Die Geschichte handelt von Dotty. Natürlich ist sie in unwichtigen Details verändert worden, und das sie betreffende Hauptereignis wurde erfunden oder aus einer anderen Wirklichkeit aufgepfropft. Aber die Lampe ist da und auch der Morgenrock aus rosa Chenille. Und etwas von Dotty, das ich vergessen hatte: Wenn ich mit ihr redete, hörte sie mit leicht geöffnetem Mund zu, nickte, und dann sprach sie das letzte Wort meines Satzes mit. So eilig hatte sie es, zuzustimmen, so sehr hoffte sie, zu verstehen. Hugo hat sich daran erinnert, und wann redete Hugo je mit Dotty?

Aber das ist nicht wichtig. Wichtig ist, dass diese Geschichte von Hugo, soweit ich es beurteilen kann, eine sehr gute Geschichte ist, und ich glaube, ich kann es beurteilen. Wie ehrlich und wie schön, musste ich sagen, während ich las. Ich musste es zugeben. Ich war von Hugos Geschichte gerührt; ich war und bin froh darüber, und ich lasse mich nicht von Tricks rühren. Oder wenn doch, dann müssen es gute Tricks sein. Schöne Tricks, ehrliche Tricks. Da ist Dotty, aus dem Leben herausgehoben und ins Licht gehalten, schwebend in dem wunderbaren, klaren Gelee, dessen Zubereitung Hugo sein ganzes Leben lang erlernt hat. Es ist ein Akt der Magie, daran kommt man nicht vorbei; es ist ein Akt, könnte man sagen, einer besonderen, schonungslosen, unsentimentalen Liebe. Ein edles und glückliches Wohlwollen. Dotty konnte sich glücklich schätzen, würden vielleicht Personen sagen, die diesen Akt verstehen und schätzen (natürlich versteht und schätzt nicht jeder diesen Akt); sie hatte das Glück, ein paar Monate lang in jenem Keller zu wohnen, so dass schließlich dies mit ihr gemacht wurde, obwohl sie nicht weiß, was gemacht worden ist, und wahrscheinlich nichts darauf gäbe, wenn sie es wüsste. Sie ist in die Kunst eingegangen. Das passiert nicht jedem.

Sei nicht beleidigt. Ironische Einwände sind eine Spezialität von mir. Halb schäme ich mich dafür. Ich achte das, was gemacht worden ist. Ich achte das Vorhaben und die Mühe und das Ergebnis. Nimm meinen Dank dafür an.

Ich dachte wirklich, ich würde Hugo einen Brief schreiben. Die ganze Zeit über, während ich das Abendessen zubereitete und es aß und mich mit Gabriel und den Kindern unterhielt, dachte ich an einen

Brief. Ich dachte, ich würde ihm schreiben, wie seltsam es für mich war, festzustellen, dass wir immer noch eine Reihe von Erinnerungen teilten, und dass Dinge, die für mich nur Schnipsel und Überbleibsel, nutzloser Ballast waren, für ihn reif und benutzbar waren, eine Investition, die sich auszahlte. Auch wollte ich mich dafür entschuldigen, nicht an ihn als Schriftsteller geglaubt zu haben. Oder besser, es einräumen; das schuldete ich ihm. Ein paar wohlformulierte, dankbare Sätze.

Gleichzeitig, beim Abendessen, während ich meinen Ehemann Gabriel betrachtete, kam ich zu der Ansicht, dass er und Hugo sich in Wirklichkeit gar nicht so unähnlich sind. Beide haben etwas zuwege gebracht. Beide haben entschieden, was zu tun ist bei allem, was ihnen in dieser Welt begegnet, welche Haltung einzunehmen ist, wie Dinge zu übergehen oder zu benutzen sind. Auf ihre begrenzte und enge Art besitzen beide Autorität. Sie sind nicht hilflos ausgeliefert. Oder sie glauben, sie seien es nicht. Ich kann ihnen nicht übelnehmen, dass sie sich so arrangieren, wie sie es können.

Nachdem die Jungen zu Bett gegangen waren und Gabriel und Clea sich vor dem Fernseher niedergelassen hatten, fand ich einen Stift und legte das Papier vor mich hin, um meinen Brief zu schreiben, und meine Hand krampfte. Ich schrieb kurze, bissige Sätze, die ich überhaupt nicht geplant hatte.

Das genügt nicht, Hugo. Du denkst, das ist genug, aber das ist nicht genug. Du irrst dich, Hugo.

Das ist keine Auseinandersetzung, die man mit der Post verschickt.

Doch, ich gebe ihnen die Schuld. Ich beneide und verachte sie.

Gabriel kam vor dem Zubettgehen in die Küche und sah mich mit meinen Korrekturstiften vor einem Haufen Klassenarbeiten sitzen. Es konnte sein, dass er mit mir reden wollte, einen Kaffee oder etwas anderes mit mir trinken wollte, aber wie immer respektierte er, dass ich unglücklich war; er respektierte meine Vortäuschung, dass ich nicht unglücklich war, sondern beschäftigt, in Anspruch genommen von diesen Klassenarbeiten; er ließ mich allein, um darüber hinwegzukommen.

Wie ich meinen Mann kennenlernte

Wir hörten das Flugzeug mittags kommen, es dröhnte durch die Radionachrichten, und wir waren sicher, dass es ins Haus rasen würde, also rannten wir hinaus auf den Hof. Wir sahen es über die Baumwipfel auf uns zukommen, rot und silbern, das erste Flugzeug, das ich je von Nahem gesehen hatte. Mrs. Peebles kreischte.

»Bruchlandung«, sagte ihr kleiner Junge. Er hieß Joey.

»Ist schon gut«, sagte Dr. Peebles. »Der weiß, was er tut.« Dr. Peebles war nur Tierarzt, hatte aber eine beruhigende Art zu reden wie jeder andere Arzt.

Dies war meine erste Stellung – ich arbeitete bei Dr. und Mrs. Peebles, die sich ein altes Haus draußen an der Landstraße, etwa fünf Meilen außerhalb der Stadt, gekauft hatten. Zu der Zeit setzte der Trend ein, dass Leute aus der Stadt alte Farmen aufkauften, nicht, um sie zu bewirtschaften, sondern um dort zu wohnen.

Wir sahen das Flugzeug auf der anderen Seite der Straße landen, wo früher der Rummelplatz war. Er gab einen guten Landeplatz ab, schön eben wegen der alten Rennbahn, und die Scheunen und Buden waren als Brennholz abgerissen worden, so dass nichts im Weg stand. Sogar die alte Tribüne war von Jungen in Brand gesteckt worden.

»Na dann«, sagte Mrs. Peebles forsch wie immer, wenn sie ihre Nerven wieder in den Griff bekommen hatte. »Gehen wir zurück ins Haus. Stehen wir hier nicht rum und gaffen wie die letzten Farmer.«

Sie sagte das nicht, um mich zu verletzen. Das kam ihr gar nicht in den Sinn.

Ich stellte gerade das Geschirr für den Nachtisch hin, als Loretta Bird außer Atem in der Fliegengittertür erschien.

»Ich dachte schon, das Ding kracht ins Haus und bringt euch alle um!«

Sie wohnte auf der Nachbarfarm, und die Peebles hielten sie für eine Landfrau, erkannten nicht den Unterschied. Ihr Mann bewirtschaftete die Farm nicht, er arbeitete beim Straßenbau und war berüchtigt für seine Sauferei. Die beiden hatten sieben Kinder, und im Hi-Way-Lebensmittelgeschäft durften sie nicht mehr anschreiben. Die Peebles hießen Loretta Bird willkommen, ahnungslos, wie sie waren, und boten ihr vom Nachtisch an.

Der Nachtisch war bei ihnen nie etwas, wovon man anschließend schwärmte. Wackelpeter oder Bananenscheiben oder Obst aus der Dose. »Bleibt dein Tisch je ohne Apfelkuchen, sollen deine Lieben dich verfluchen«, sagte meine Mutter immer, aber Mrs. Peebles verfuhr anders.

Loretta Bird sah mich eine Dose Pfirsiche holen.

»Ach, lassen Sie gut sein«, sagte sie. »Ich hab nicht den richtigen Magen für Sachen, die aus Dosen kommen, ich kann nur Selbsteingewecktes essen.«

Ich hätte ihr eine knallen können. Ich war sicher, sie hatte noch nie Obst eingeweckt.

»Ich weiß, weshalb er hier gelandet ist«, sagte sie. »Er hat die Genehmigung, den Rummelplatz zu benutzen, um Leute auf Rundflüge mitzunehmen. Kostet einen Dollar. Es ist derselbe Bursche, der vorige Woche drüben in Palmerston war und davor weiter oben am Seeufer. Ich würde nicht mal mitfliegen, wenn ich's bezahlt kriegte.«

»Ich würde die Chance sofort ergreifen«, sagte Dr. Peebles. »Ich würde diese Gegend gerne aus der Luft sehen.«

Mrs. Peebles sagte, sie sähe sie lieber vom Boden aus. Joey sagte, er würde gerne fliegen, und Heather sagte das auch. Joey war neun, und Heather war sieben.

»Du auch, Edie?«, fragte Heather.

Ich sagte, ich weiß nicht. Ich hatte Angst, aber das gab ich nie zu, besonders nicht vor Kindern, auf die ich aufpassen musste.

»Die Leute werden mit ihren Autos hier rauskommen, Staub aufwirbeln und über Ihren Grund und Boden trampeln, wenn ich Sie wäre, würd ich mich beschweren«, sagte Loretta. Sie hakte ihre Füße um die Stuhlsprossen, und ich wusste, wir mussten uns auf einen langen Besuch gefasst machen. Nachdem Dr. Peebles in seine Praxis zurückgekehrt oder zu seinem nächsten Patienten gefahren war und Mrs. Peebles sich zu ihrem Nickerchen zurückgezogen hatte, saß sie dann herum, während ich abwusch, und lästerte über die Peebles in deren eigenem Haus.

»Sie hätte keine Zeit, sich mitten am Tag hinzulegen, wenn sie sieben Kinder hätte wie ich.«

Sie fragte mich, ob sie sich stritten und ob sie was in der Küchenschublade hatten, um keine Kinder zu kriegen. Sie sagte, wenn ja, wäre es eine Sünde. Ich tat so, als wüsste ich nicht, wovon sie redete.

Ich war fünfzehn und zum ersten Mal von zu Hause fort. Meine Eltern hatten das Geld zusammengekratzt und mich für ein Jahr auf die Highschool geschickt, aber da gefiel es mir nicht. Ich hatte Angst vor Fremden und tat mich schwer mit dem Lernen, sie machten es einem nicht leicht, erklärten es auch nicht, wie sie es inzwischen tun. Am Ende des Jahres wurde der Notendurchschnitt in der Zeitung veröffentlicht, und meiner stand ganz am unteren Ende. 37 Prozent. Mein Vater sagte, das reicht, und ich konnte es ihm nicht verübeln. Ohnehin war das Letzte, was mir vorschwebte, irgendwann als Schullehrerin zu enden. Genau am selben Tag, an dem die Zeitung mit meiner Schande erschien, blieb Dr. Peebles zum Abendessen bei uns, nachdem er einer unserer Kühe geholfen hatte, Zwillinge zur Welt zu bringen, und er sagte, ich käme ihm ganz gescheit vor, und seine Frau suchte ein Mädchen, das ihr zur Hand ging. Er sagte, sie fühlte sich angebunden, mit zwei Kindern draußen auf dem Land. Mag gut sein, sagte meine Mutter aus Höflichkeit, obwohl ich ihrem Gesicht ablesen konnte, dass sie sich wunderte, wie in aller Welt es möglich war, nur zwei Kinder und keine Stallarbeit zu haben und sich dann noch zu beklagen?

Wenn ich nach Hause kam, beschrieb ich, was ich tun musste, und das brachte alle zum Lachen. Mrs. Peebles hatte eine Waschmaschine und einen Trockner, die ersten, die ich je gesehen hatte. Ich habe diese Geräte jetzt seit so langer Zeit in meinem eigenen Zuhause, dass es mir schwerfällt, mich daran zu erinnern, welch ein Wunder es für mich war, nicht mit der Wringmaschine kämpfen oder die Wäsche aufhängen und abnehmen zu müssen. Ganz davon zu schweigen, kein Wasser heiß machen zu müssen. Und es wurde so gut wie nie gebacken. Mrs. Peebles sagte, sie könnte keinen Mürbeteig machen, das erstaunlichste Eingeständnis, das ich je gehört hatte. Ich konnte das natürlich, und ich konnte auch Kekse backen und Butterkuchen und Schokoladenkuchen, aber sie wollten das nicht, sie sagten, sie achteten auf ihre Figur. Das Einzige, was mir nicht daran gefiel, dort zu arbeiten, war, dass ich meistens Hunger hatte. Ich brachte mir immer eine Schachtel voll zu Hause gemachter Krapfen mit und versteckte sie unter meinem Bett. Die Kinder fanden das Versteck heraus, und ich hatte nichts dagegen, mit ihnen zu teilen, aber ich hielt es für besser, sie zum Schweigen zu verpflichten.

Am Tag, nachdem das Flugzeug gelandet war, steckte Mrs. Peebles beide Kinder ins Auto und fuhr nach Chesley, um ihnen die Haare schneiden zu lassen. Es gab damals in Chesley eine gute Friseuse. Auch Mrs. Peebles ließ sich von ihr die Haaren schneiden, und das bedeutete, dass sie und die Kinder ziemlich lange weg sein würden. Sie musste einen Tag nehmen, an dem Dr. Peebles nicht unterwegs war, denn sie hatte kein eigenes Auto. Autos waren damals, gleich nach dem Krieg, immer noch rar.

Ich war sehr gern in dem Haus allein, um meine Arbeit in aller Ruhe zu tun. Die Küche war ganz in Weiß und Hellgelb, mit Leuchtstoffröhren. Das war, bevor irgendjemand daran dachte, sich Küchengeräte in völlig verschiedenen Farben zuzulegen und Küchenschränke mit Furnier wie altes dunkles Holz und indirekte Beleuchtung. Ich liebte das Licht. Ich liebte die doppelte Spüle. Das würde jeder, der Geschirr bisher in einer Schüssel mit einem lumpenverstopften Loch auf einem Tisch mit einer Wachstuchdecke im Licht einer Petroleumlampe abwaschen musste. Ich brachte alles auf Hochglanz.

Auch das Badezimmer. Einmal pro Woche nahm ich darin ein Bad. Sie hätten nichts dagegen gehabt, wenn ich öfter gebadet hätte, aber das schien mir zu viel verlangt, fast, als wäre es dann weniger wunderbar. Das Waschbecken, die Wanne und die Toilette waren alle rosa, und um die Wanne herum konnte man Glastüren mit aufgemalten Flamingos zuziehen. Das Licht hatte einen rosigen Ton, und die Badematte gab unter den Füßen nach wie Schnee, nur dass sie warm war. Der Spiegel hatte zwei Klappflügel. Wenn der Spiegel völlig beschlagen und die Luft von Dingen, die ich benutzen durfte, wie eine Parfümwolke war, stellte ich mich auf den Rand der Badewanne und bewunderte mich nackt, von drei Seiten. Manchmal dachte ich darüber nach, auf welche Art wir zu Hause lebten und auf welche Art wir hier lebten und wie schwer es fiel, sich die eine Art vorzustellen, wenn man auf die andere lebte. Aber ich dachte, Leute, die so lebten wie wir zu Hause, hatten es viel leichter, sich etwas wie das hier auszumalen, die Flamingos und die Wärme und die weiche Matte, während jemand, der nur Dinge wie diese kannte, es schwerer hatte, sich auszumalen, wie es auf die andere Art war. Und warum war das so?

Ich hatte meine Aufgaben im Nu erledigt, hatte auch das Gemüse fürs Abendessen geputzt und in kaltem Wasser angesetzt. Dann ging ich in Mrs. Peebles Schlafzimmer. Ich war schon oft zum Saubermachen darin gewesen, und ich hatte immer einen ausgiebigen Blick in den Kleiderschrank geworfen, auf die Sachen, die sie dort hängen hatte. Ich hätte nie in ihre Schubladen geschaut, aber ein Kleiderschrank ist für jedermann offen. Das ist gelogen. Ich hätte auch in Schubladen geschaut, aber ich hätte mich dabei noch schlechter gefühlt und noch mehr Angst gehabt, sie könnte es merken.

Einige Sachen in ihrem Schrank trug sie andauernd, ich kannte sie gut. Andere zog sie nie an, sie hingen ganz hinten. Ich war enttäuscht, kein Hochzeitskleid zu finden. Aber ich entdeckte ein langes Kleid, von dem ich nur den Rock sehen konnte, und ich fieberte danach, den Rest zu sehen. Also prägte ich mir ein, wo es hing, und nahm es heraus. Es war aus Satin, ein entzückendes Gewicht auf meinem Arm, von heller, bläulichgrüner Farbe, fast silbrig. Es hatte eine schmale, spitz zulaufende Taille, einen weiten Rock und Volants an den Schultern, um die kurzen Ärmel zu verbergen.

Das Nächste war einfach. Ich zog meine eigenen Sachen aus und schlüpfte in das Kleid. Ich war mit fünfzehn schlanker, als jemand, der mich jetzt kennt, glauben würde, und es passte wunderbar. Ich trug natürlich keinen trägerlosen Büstenhalter, was hier erforderlich war, also schob ich die Träger zur Seite unter den Stoff. Dann versuchte ich mir die Haare hochzustecken, um die Wirkung zu verstärken. Eins führte zum anderen. Ich legte Rouge und Lippenstift auf und benutzte den Augenbrauenstift aus ihrer Frisierkommode. Die Hitze des Tages und das Gewicht des Satins und die ganze Aufregung machten mich durstig, und ich ging, so aufgemacht, wie ich war, in die Küche, um mir aus dem Kühlschrank ein Glas Gingerale mit Eiswürfeln zu holen. Die Peebles tranken den ganzen Tag lang Gingerale oder Fruchtsaft wie Wasser, und ich gewöhnte es mir auch an. Außerdem gab es Eiswürfel in unbegrenzter Menge, die ich so sehr mochte, dass ich sie mir sogar in ein Glas Milch tat.

Ich stellte die Eiswürfelschale zurück, drehte mich um und sah einen Mann, der mich durch die Fliegengittertür beobachtete. Es war reine Glückssache, dass ich mir nicht sofort das Gingerale über das Kleid schüttete.

»Ich wollte Sie nicht erschrecken. Ich habe angeklopft, aber Sie haben gerade das Eis herausgeholt und mich nicht gehört.«

Ich konnte nicht erkennen, wie er aussah, er war dunkel wie jemand dicht vor einer Fliegengittertür mit dem hellen Tageslicht hinter sich. Ich merkte nur, er war nicht von hier.

»Ich bin aus dem Flugzeug da drüben. Mein Name ist Chris Watters, und ich möchte gern wissen, ob ich Ihre Pumpe benutzen darf.«

Im Hof stand eine Pumpe. So hatten die Leute sich früher mit Wasser versorgt. Jetzt fiel mir auf, dass er einen Eimer trug.

»Ja, sicher«, sagte ich. »Aber ich kann Ihnen das Wasser vom Hahn holen und das Pumpen ersparen.« Wahrscheinlich wollte ich ihm klarmachen, dass wir Leitungswasser hatten und nicht zu pumpen brauchten.

»Ich hab nichts dagegen, mich anzustrengen.« Er regte sich jedoch nicht und sagte schließlich: »Wollten Sie auf einen Ball gehen?«

Der Fremde vor der Tür hatte mich völlig vergessen lassen, wie ich angezogen war.

»Oder kleiden sich die Damen in dieser Gegend nachmittags immer so?«

Mir fiel keine witzige Antwort ein. Ich war zu verlegen.

»Wohnen Sie hier? Sind Sie die Dame des Hauses?«

»Ich bin das Dienstmädchen.«

Manche Menschen werden anders, wenn sie das herausfinden, ihre ganze Art, dich anzuschauen und mit dir zu reden, ändert sich, aber bei ihm nicht.

»Ich wollte Ihnen nur sagen, Sie sehen ganz reizend aus. Ich war völlig überrascht, als ich zur Tür hereinschaute und Sie sah. Einfach, weil Sie so reizend aussahen und so schön.«

Ich war damals noch nicht alt genug, um zu erkennen, wie ungewöhnlich es für einen Mann ist, so etwas zu einer Frau zu sagen oder zu einem Mädchen, das er wie eine Frau behandelt. Ein Wort wie *schön* zu sagen. Ich war nicht alt genug, um es zu erkennen oder etwas zu erwidern, um irgendetwas anderes zu tun als zu wünschen, er würde weggehen. Nicht, dass ich ihn nicht mochte, aber es brachte mich ganz durcheinander, dass er mich ansah und mir nichts zu sagen einfiel.

Er muss verstanden haben. Er sagte Auf Wiedersehen, bedankte sich bei mir, ging und füllte seinen Eimer an der Pumpe. Ich stand hinter der Jalousie im Wohnzimmer und beobachtete ihn. Als er fort war, ging ich ins Schlafzimmer, zog das Kleid aus und hängte es wieder an seinen Platz. Ich zog meine eigenen Sachen an, ließ die Haare herunter und wischte mir das Gesicht mit Kleenex-Tüchern ab, die ich in den Papierkorb warf.

Die Peebles fragten mich, was für ein Mann er war. Jung, älter, klein, groß? Ich wusste es nicht zu sagen.

»Sieht er gut aus?«, neckte Dr. Peebles mich.

Ich konnte nur daran denken, dass er wiederkommen würde, um sich Wasser zu holen, er würde mit Dr. oder Mrs. Peebles reden, sich mit ihnen anfreunden, und er würde erzählen, wie herausgeputzt er mich an jenem ersten Nachmittag gesehen hatte. Warum es nicht erzählen? Er würde es komisch finden. Und keine Ahnung haben, in welche Schwierigkeiten er mich damit brachte.

Nach dem Abendessen fuhren die Peebles in die Stadt, um ins Kino zu gehen. Mrs. Peebles wollte mit ihren frisch frisierten Haaren noch etwas unternehmen. Ich saß in meiner hellen Küche und grübelte, was ich tun konnte, denn ich wusste, an Schlaf war nicht zu denken. Möglich, dass Mrs. Peebles mich nicht entließ, wenn sie es herausfand, aber ihre Einstellung zu mir würde sich ändern. Dies war meine allererste Arbeitsstelle, doch ich hatte schon etwas mitbekommen von den Erwartungen, die Menschen haben, wenn man für sie arbeitet. Sie denken gerne, dass man nicht neugierig ist. Nicht nur, dass man redlich ist, das genügt nicht. Sie haben gerne das Gefühl, dass man nichts wahrnimmt, dass man sich über nichts wundert und über nichts nachdenkt als darüber, was sie gerne essen, wie sie ihre Sachen gebügelt haben wollen und so weiter. Ich meine nicht, dass sie mich nicht gut behandelten, denn das taten sie. Sie ließen mich die Mahlzeiten mit ihnen zusammen einnehmen (was ich, um die Wahrheit zu sagen, auch erwartete, ich wusste nicht, dass es Familien gab, die es nicht so hielten) und nahmen mich manchmal im Auto mit. Aber trotzdem.

Ich ging hinauf und sah nach, ob die Kinder schliefen, dann ging ich hinaus. Ich konnte nicht anders. Ich überquerte die Straße und ging durch das Tor zum alten Rummelplatz. Das Flugzeug, das dort stand, sah unnatürlich aus und leuchtete im Mondlicht. Am anderen Ende des Rummelplatzes, wo die Natur sich wieder durchsetzte, sah ich sein Zelt.

Er saß davor und rauchte eine Zigarette. Er sah mich kommen.

»Hallo, geht's um einen Rundflug? Ich fange erst morgen damit an.« Dann sah er noch einmal hin und sagte: »Ach, Sie sind's. Ohne Ihr langes Kleid habe ich Sie gar nicht erkannt.«

Mein Herz schlug wie wild, mein Mund war ausgetrocknet. Ich musste etwas sagen. Aber ich konnte nicht. Meine Kehle war zugeschnürt, und ich war wie eine Taubstumme.

»Wollten Sie mitfliegen? Setzen Sie sich. Nehmen Sie eine Zigarette.«

Ich konnte nicht einmal den Kopf schütteln, um nein zu sagen, also gab er mir eine.

»Stecken Sie sie in den Mund, sonst kann ich sie nicht anzünden. Bloß gut, dass ich schüchterne Damen gewohnt bin.«

Ich steckte sie in den Mund. Es war nicht einmal meine erste Zigarette. Meine Freundin zu Hause, Muriel Lowe, stahl sie immer ihrem Bruder.

»Ihre Hand zittert ja. Wollten Sie nur plaudern oder was?«

In einem Atemzug sagte ich: »Bitte sagen Sie bloß nichts von dem Kleid.«

»Welches Kleid? Ach, das lange Kleid.«

»Das gehört Mrs. Peebles.«

»Wem? Ach, der Dame, für die Sie arbeiten, stimmt's? Sie war nicht zu Hause, also haben Sie sich ihr Kleid angezogen? Sie haben sich feingemacht und Prinzessin gespielt? Kann ich Ihnen nicht verübeln. Sie rauchen die Zigarette nicht richtig. Nicht nur paffen. Einatmen. Hat Ihnen noch niemand gezeigt, wie man inhaliert? Haben Sie Angst, ich verrate Sie? Ist es das?«

Ich schämte mich so, ihn um sein Schweigen bitten zu müssen, dass ich nicht einmal nicken konnte. Ich schaute ihn nur an, und er sah, *ja*.

»Werd ich nicht. Ich werde kein Wort davon sagen und Sie nicht in Verlegenheit bringen. Ich gebe Ihnen mein Ehrenwort.«

Dann wechselte er das Thema, um mich zu erlösen, denn er sah, dass ich ihm nicht mal danken konnte.

»Wie finden Sie dieses Schild?«

Es war ein Holzschild, das dicht vor meinen Füßen lag.

SEHEN SIE DIE WELT VOM HIMMEL AUS. ERWACHSENE $1,00, KINDER 50 C. ERFAHRENER PILOT.

»Mein altes Schild ging langsam kaputt, ich dachte, ich mache ein neues. Damit habe ich mir heute die Zeit vertrieben.«

Die Schrift war nicht besonders schön, fand ich. Ich hätte es innerhalb einer halben Stunde besser gemacht.

»Ich bin kein Experte im Schildermalen.«

»Es ist sehr gut«, sagte ich.

»Ich brauch's nicht zur Reklame, Mundpropaganda genügt meistens. Heute Abend habe ich schon zwei Wagenladungen abgewiesen. Ich wollte meine Ruhe haben. Ich habe denen nicht gesagt, dass ich Damenbesuch erwarte.«

Mir fielen die Kinder ein, und ich hatte Angst, eins könnte aufgewacht sein, mich gerufen haben, und ich war nicht da.

»Müssen Sie schon gehen?«

Ich erinnerte mich an meine Manieren. »Danke für die Zigarette.«

»Nicht vergessen. Sie haben mein Ehrenwort.«

Ich rannte über den Rummelplatz, voller Angst, ich könnte das Auto aus der Stadt nach Hause kommen sehen. Mein Zeitgefühl war durcheinander, ich wusste nicht mehr, wie lange ich fort gewesen war. Aber alles war in Ordnung, ich kam nicht zu spät, die Kinder schliefen. Ich ging selbst zu Bett, lag da und dachte darüber nach, welch glückliches Ende der Tag doch genommen hatte und wie dankbar ich sein konnte, dass es nicht Loretta Bird war, die mich in meinem Aufputz erwischt hatte.

Der Hof und die Beete wurden nicht platt getrampelt, so schlimm war es nicht. Trotzdem schien um das Haus herum viel Trubel zu sein. Das Schild hing am Tor zum Rummelplatz. Die meisten Leute kamen nach dem Abendessen, aber viele fanden sich auch nachmittags ein. Die Bird-Kinder kamen alle, brachten aber keine fünfzig Cent zusammen und lungerten am Tor herum. Wir gewöhnten uns an die Sensation des startenden und landenden Flugzeugs, es war keine Sensation mehr. Ich ging nach jenem einen Mal nie mehr hinüber, sah ihn aber, wenn er sich Wasser holte. Ich versuchte es so einzurichten, dass ich Arbeit hatte, die ich im Sitzen tun konnte wie Gemüse putzen, und saß dann draußen auf den Stufen der Veranda.

»Warum kommen Sie nicht rüber? Ich nehme Sie im Flugzeug mit.«

»Ich spare mein Geld«, sagte ich, weil mir nichts anderes einfiel.

»Wofür? Für die Hochzeit?«

Ich schüttelte den Kopf.

»Ich nehme Sie umsonst mit, wenn Sie zu einer Zeit kommen, wo nichts los ist. Ich dachte, Sie würden kommen und noch eine Zigarette rauchen.«

Ich zog ein Gesicht, damit er schwieg, denn man wusste nie, ob die Kinder um die Veranda herumschlichen oder ob Mrs. Peebles selbst im Haus lauschte. Manchmal kam sie heraus und unterhielt sich mit ihm. Er erzählte ihr Dinge, die er mir nicht gesagt hatte. Aber schließlich hatte ich ihn auch nicht danach gefragt. Er erzählte ihr, dass er im Krieg gewesen war, dort hatte er fliegen gelernt, und jetzt konnte er sich nicht an ein normales Leben gewöhnen, dieses hier gefiel ihm. Sie sagte, sie konnte sich gar nicht vorstellen, dass jemandem so etwas gefiel. Obwohl ihr manchmal die Langeweile so zusetzte, dass sie fast bereit war, selbst irgendwas auszuprobieren, sie war nicht geschaffen für das Landleben. Das war die Idee meines Mannes, sagte sie. Was mir neu war.

»Vielleicht können Sie ja eine Flugschule aufmachen«, sagte sie.

»Würden Sie Unterricht nehmen?«

Sie lachte nur.

Der Sonntag war ein arbeitsreicher Flugtag, obwohl von zwei Kanzeln dagegen gepredigt wurde. Wir saßen alle draußen und schauten zu. Joey und Heather saßen mit den Bird-Kindern drüben auf dem Zaun. Ihr Vater hatte es ihnen erlaubt, nachdem ihre Mutter es ihnen die ganze Woche über verboten hatte.

Ein Auto kam die Straße herunter, fuhr an den parkenden Autos vorbei und hielt in unserer Auffahrt. Es war Loretta Bird, die ausstieg, voller Wichtigkeit, und auf der Fahrerseite stieg eine andere Frau aus, wesentlich gelassener. Sie trug eine Sonnenbrille.

»Diese Dame will zu dem Mann, der das Flugzeug fliegt«, sagte Loretta Bird. »Ich hab gehört, wie sie sich im Hotelcafé, wo ich gerade eine Cola trank, erkundigte, und da habe ich sie hergebracht.«

»Entschuldigen Sie die Störung«, sagte die Dame. »Ich bin Alice Kelling, die Verlobte von Mr. Watters.«

Diese Alice Kelling trug eine braunweiß karierte Freizeithose und ein gelbes Oberteil. Für meine Begriffe hatte sie einen üppigen Hängebusen. Ihr Gesicht war besorgt. Ihre Haare hatten mal eine Dauerwelle gehabt, aber die war herausgewachsen, und sie trug ein gelbes Band, damit sie ihr nicht ins Gesicht fielen. Nichts an ihr, was irgend hübsch oder auch nur jung aussah. Aber an ihrer Redeweise merkte man, dass sie aus der Stadt kam oder gebildet war oder beides.

Dr. Peebles stand auf, stellte sich, seine Frau und mich vor und bat sie, Platz zu nehmen.

»Der ist jetzt gerade in der Luft, aber wenn Sie möchten, können Sie gerne auf ihn warten. Er holt sich hier immer Wasser, und er war heute noch nicht da. Er macht wahrscheinlich so gegen fünf Pause.«

»Das ist er also?«, sagte Alice Kelling und spähte blinzelnd in den Himmel.

»Er hat doch wohl nicht die Angewohnheit, Sie sitzen zu lassen und einen anderen Namen anzunehmen?« Dr. Peebles lachte. Er war es, nicht seine Frau, der Eistee anbot. Sie schickte mich dann in die Küche, welchen machen. Sie lächelte. Auch sie trug eine Sonnenbrille.

»Er hat nie was von einer Verlobten erwähnt«, sagte sie.

Ich machte gerne Eistee in hohen Gläsern mit vielen Eiswürfeln und Zitronenscheiben drin. Ich sollte noch erwähnen, dass Dr. Peebles Abstinenzler war, zumindest zu Hause, sonst hätte ich die Stelle gar nicht annehmen dürfen. Ich musste für Loretta Bird auch ein Glas machen, obwohl mich das wurmte, und als ich herauskam, hatte sie sich in meinem Liegestuhl breitgemacht, mir blieben nur die Treppenstufen.

»Als ich Sie im Café gehört habe, wusste ich gleich, dass Sie Krankenschwester sind.«

»Wie können Sie so etwas wissen?«

»Ich habe so meine Ahnungen. So haben Sie ihn kennengelernt, im Lazarett?«

»Chris? Ja. Ja, das stimmt.«

»Ach, Sie waren in Übersee?«, fragte Mrs. Peebles.

»Nein, das war, bevor er nach Übersee ging. Ich habe ihn gepflegt, als er in Centralia stationiert war und einen geplatzten Blinddarm hatte. Wir haben uns verlobt, und dann ging er nach Übersee. Mein Gott, ist das erfrischend, nach der langen Fahrt.«

»Er wird sich freuen, Sie zu sehen«, sagte Dr. Peebles. »Bei seinem turbulenten Leben, an keinem Ort lange genug, um Freundschaften zu schließen.«

»Das ist aber eine lange Verlobung«, sagte Loretta Bird.

Alice Kelling ging darüber hinweg. »Ich wollte mir ein Zimmer im Hotel nehmen, aber als mir angeboten wurde, den Weg gezeigt zu kriegen, bin ich erst einmal herausgekommen. Könnte ich vielleicht dort anrufen?«

»Nicht nötig«, sagte Dr. Peebles. »Sie sind fünf Meilen weit von ihm weg, wenn Sie im Hotel übernachten. Hier brauchen Sie nur über die Straße zu gehen. Bleiben Sie bei uns. Wir haben Zimmer über Zimmer, schauen Sie sich dieses große Haus an.«

Leute zum Bleiben aufzufordern, einfach so, ist sicherlich auf dem Land Sitte, und vielleicht hielt er es inzwischen für selbstverständlich, aber nicht Mrs. Peebles, nach der Art zu urteilen, wie sie sagte, oh ja, wir haben viel Platz. Auch nicht Alice Kelling, die immer wieder protestierte, schließlich aber den Widerstand aufgab. Ich hatte das Gefühl, es war verlockend für sie, so nah zu sein. Ich versuchte, ihren Ring zu erspähen. Ihre Nägel waren rot lackiert, ihre Finger sommersprossig und faltig. Es war ein winziger Stein. Muriel Lowes Kusine hatte einen doppelt so großen.

Chris kam Wasser holen, am späten Nachmittag, wie Dr. Peebles vorausgesagt hatte. Er hatte das

Auto bestimmt schon von Weitem erkannt. Er kam lächelnd.

»Hier bin ich und jage dir nach, um zu sehen, was du so treibst«, rief Alice Kelling. Sie stand auf und ging ihm entgegen, und sie küssten sich vor uns, berührten sich nur ganz kurz.

»Auf die Weise wirst du viel Geld für Benzin ausgeben«, sagte Chris.

Dr. Peebles lud Chris ein, zum Abendessen zu bleiben, da er schon sein Schild aufgestellt hatte, auf dem stand: KEINE FLÜGE MEHR BIS 19.00. Mrs. Peebles wollte, dass im Hof angerichtet wurde, trotz der Insekten. Für alle vom Land ist dieses Draußen-im-Freien-Essen etwas Sonderbares. Ich hatte schon Kartoffelsalat zubereitet, und sie hatte Gemüsesülze gemacht, etwas, was sie konnte, also ging es nur darum, beides hinauszutragen und dazu noch aufgeschnittenen Braten und Gurken und frischen Kopfsalat. Loretta Bird lungerte noch eine Weile herum und sagte: »Na, ich muss dann wohl mal nach Hause zu diesen Schreihälsen« und »Es ist so schön, einfach hier zu sitzen, ich hasse es, aufzustehen«, aber zu meiner Erleichterung lud niemand sie ein, und schließlich musste sie gehen.

Nachdem an jenem Abend die Flüge beendet waren, fuhr Chris mit Alice Kelling in ihrem Auto fort. Ich lag wach, bis sie zurückkamen. Als ich die Autoscheinwerfer meine Zimmerdecke streifen sah, stand ich auf, um die beiden durch die Spalten meiner Jalousie zu beobachten. Ich weiß nicht, was ich zu sehen erwartete. Muriel Lowe und ich schliefen immer auf der vorderen Veranda, um zu beobachten, wie ihre Schwester ihrem Freund gute Nacht sagte. Hinterher konnten wir nicht einschlafen vor lauter Verlangen, dass jemand uns küsste und sich an uns rieb, und wir erzählten uns, angenommen, du wärst auf einem Boot mit einem Jungen, und er würde dich nur wieder an Land bringen, wenn du es tätest, oder was, wenn jemand dich in einer Scheune gefangen hält, dann müsstest du doch, es wäre nicht deine Schuld. Muriel sagte, ihre beiden Kusinen versuchten mit der Papprolle aus dem Toilettenpapier, dass eine von ihnen der Junge war. Wir machten nichts Derartiges; lagen nur da und rätselten.

Es geschah weiter nichts, als dass Chris auf der einen Seite des Autos ausstieg und sie auf der anderen und dass beide in verschiedene Richtungen gingen – er zum Rummelplatz und sie zu unserem Haus. Ich ging wieder zu Bett und stellte mir vor, wie ich mit ihm nach Hause kam, ganz anders.

Am nächsten Morgen stand Alice Kelling spät auf, und ich machte ihr eine Pampelmuse zurecht, wie ich es gelernt hatte, und Mrs. Peebles setzte sich zu ihr, um noch eine Tasse Kaffee zu trinken. Es schien ihr mittlerweile recht gut zu gefallen, Gesellschaft zu haben. Alice Kelling sagte, vielleicht sollte sie besser einen Tag einlegen, um Chris nur beim Starten und Landen zuzuschauen, und Mrs. Peebles sagte, sie wüsste nicht, ob sie es vorschlagen durfte, denn Alice war diejenige mit dem Auto, aber bis zum See waren es nur fünfundzwanzig Meilen, und was für ein schöner Tag für ein Picknick.

Alice Kelling griff die Idee auf, und um elf Uhr saßen sie im Auto, mit Joey und Heather und einem Sandwich-Mittagbrot, das ich gemacht hatte. Der einzige Haken war, dass Chris noch nicht gelandet war und sie ihm sagen wollte, wohin sie fuhren.

»Edie wird rübergehen und es ihm ausrichten«, sagte Mrs. Peebles. »Kein Problem.«

Alice Kelling zog die Stirn in Falten und stimmte zu.

»Und richte ihm aus, dass wir um fünf zurück sind!«

Wie ich es sah, lag ihm nicht besonders viel daran, das sofort zu erfahren, und ich dachte daran, was er sich da drüben auf seinem Spirituskocher zusammenbraute und dann alleine aß, also machte ich mich ans Werk und buk einen Streuselkuchen, zwischen der anderen Arbeit, die ich zu tun hatte; dann, als er ein bisschen abgekühlt war, wickelte ich ihn in ein Geschirrtuch. Ich machte mich nicht zurecht, nahm nur die Schürze ab und kämmte mir die Haare. Ich hätte gern etwas Make-up aufgelegt, aber ich hatte Angst, das würde ihn an unsere erste Begegnung erinnern, und dann würde ich mich wieder in Grund und Boden schämen.

Er hatte ein neues Schild am Tor befestigt: KEINE FLÜGE MEHR HEUTE NACHMITTAG. BEDAURE. Ich machte mir Sorgen, dass es ihm nicht gut ging. Draußen war nichts von ihm zu sehen, und die Zeltklappe war zu. Ich klopfte an die Stange.

»Herein«, sagte er mit einer Stimme, die eher klang wie *Draußen bleiben.*

Ich hob die Zeltklappe.

»Ach, Sie sind's. Tut mir leid. Wusste nicht, dass Sie's sind.«

Er saß auf dem Bett und rauchte. Warum nicht wenigstens draußen sitzen und in der frischen Luft rauchen?

»Ich bringe einen Kuchen und hoffe, Sie sind nicht krank«, sagte ich.

»Warum soll ich krank sein? Ach – das Schild. Alles in Ordnung. Ich hatte nur keine Lust mehr, mit Leuten zu reden. Ich meine nicht Sie. Nehmen Sie Platz.« Er machte die Zeltklappe auf. »Mal frische Luft reinlassen.«

Ich setzte mich neben ihn auf die Bettkante, einen anderen Platz gab es nicht. Es war eigentlich nur eine von diesen zusammenklappbaren Pritschen. Ich erinnerte mich an meinen Auftrag und richtete ihm die Nachricht seiner Verlobten aus.

Er aß etwas von dem Kuchen. »Gut.«

»Heben Sie sich den Rest auf, falls Sie später Hunger kriegen.«

»Ich verrate Ihnen mal was. Ich werd nicht mehr lange hier sein.«

»Werden Sie heiraten?«

»Haha. Wann, haben Sie gesagt, kommen sie zurück?«

»Um fünf.«

»Na, bis dahin bin ich hier verschwunden. Mit dem Flugzeug kommt man weiter als mit dem Auto.« Er wickelte den Kuchen aus und aß geistesabwesend noch ein Stück.

»Jetzt werden Sie Durst haben.«

»Im Eimer ist noch Wasser.«

»Das wird nicht kalt sein. Ich könnte frisches holen. Und Eiswürfel aus dem Kühlschrank.«

»Nein«, sagte er. »Ich will nicht, dass du gehst. Ich will mich richtig schön von dir verabschieden.«

Er legte den Kuchen sorgfältig weg, setzte sich wieder neben mich und gab mir ganz kleine Küsse, so zart, dass ich gar nicht daran denken darf, so lieb sein Gesicht und solche lieben Küsse, auf die Augenlider, den Hals und die Ohren, überall, dann erwiderte ich seine Küsse, so gut ich konnte (ich hatte davor nur einen Jungen als Mutprobe geküsst und zum Üben meine Arme), und wir legten uns auf die Pritsche und schmiegten uns aneinander, ganz sanft, und er machte noch anderes, nichts Schlimmes oder nicht auf schlimme Art. Es war herrlich in dem Zelt, dieser Geruch nach Gras und heißer Zeltleinwand, auf die die Sonne niederbrannte, und er sagte: »Ich würde dir um nichts in der Welt etwas antun.« Dann, als er auf mir lag und wir irgendwie zusammen auf der Pritsche schaukelten, sagte er leise: »Oh, nein«, machte sich los, sprang auf und holte den Wassereimer. Er spritzte sich etwas auf Hals und Gesicht und das bisschen, das noch übrig war, auf mich, die ich noch dalag.

»Das wird uns abkühlen, Miss.«

Als wir uns verabschiedeten, war ich überhaupt nicht traurig, denn er hielt mein Gesicht in den Händen und sagte: »Ich werde dir einen Brief schreiben. Ich werde dir schreiben, wo ich bin, und vielleicht kannst du mich besuchen kommen. Würdest du das gerne tun? Also gut. Du wartest.« Ich glaube, eigentlich war ich froh, von ihm fortzukommen, es war, als überhäufte er mich mit Geschenken, an denen ich mich gar nicht freuen konnte, erst, wenn ich sie alleine betrachtete.

Anfangs gab es keine Bestürzung, weil das Flugzeug fort war. Sie dachten, er machte einen Rundflug, und ich klärte sie nicht auf. Dr. Peebles hatte angerufen, dass er über Land fahren musste, also waren nur wir zum Abendessen da, und dann steckte Loretta Bird den Kopf zur Tür herein und sagte: »Wie ich sehe, ist er weg.«

»Was?«, sagte Alice Kelling und schob ihren Stuhl zurück.

»Die Kinder sind heute Nachmittag gekommen und haben mir erzählt, dass er sein Zelt abbaut. Hat er gedacht, er ist mit seiner Kundschaft hier durch? Er ist doch nicht abgehauen, ohne Ihnen was zu sagen?«

»Er wird mir Bescheid geben«, sagte Alice Kelling. »Wahrscheinlich wird er heute Abend anrufen. Er ist schrecklich unruhig seit dem Krieg.«

»Edie, hat er denn was davon erwähnt?«, fragte Mrs. Peebles. »Als du ihm die Nachricht überbracht hast?«

»Ja«, sagte ich. So weit, so wahr.

»Warum hast du denn nichts gesagt?« Alle schauten mich an. »Hat er gesagt, wo er hin will?«

»Er hat gesagt, vielleicht versucht er's mit Bayfield«, sagte ich. Wieso erzählte ich solch eine Lüge? Ich hatte nicht vorgehabt, zu lügen.

»Bayfield, wie weit ist das?«, fragte Alice Kelling.

Mrs. Peebles sagte: »Dreißig, fünfunddreißig Meilen.«

»Das ist nicht weit. Nein, wirklich überhaupt nicht weit. Das liegt doch am See?«

Man sollte meinen, ich schämte mich dafür, sie so auf die falsche Spur zu bringen. Ich erfand das, um ihm mehr Zeit zu geben, die Zeit, die er brauchte. Ich log für ihn, und auch, das muss ich zugeben, für mich. Frauen sollten zusammenhalten und so etwas nicht tun. Das sehe ich jetzt ein, aber damals nicht. Ich kam überhaupt nicht auf die Idee, dass ich irgend wie sie war oder je dieselben Probleme haben würde.

Sie ließ mich nicht aus den Augen. Ich war sicher, sie hatte mich im Verdacht, zu lügen.

»Wann hat er das zu dir gesagt?«

»Schon vor einer Weile.«

»Als du drüben beim Flugzeug warst?«

»Ja.«

»Du musst auf ein Schwätzchen geblieben sein.« Sie lächelte, aber es war kein freundliches Lächeln. »Du musst länger bei ihm geblieben sein.«

»Ich habe ihm einen Kuchen gebracht«, sagte ich, denn ich dachte, ein Stück von der Wahrheit würde mir die ganze Wahrheit ersparen.

»Wir hatten keinen Kuchen«, sagte Mrs. Peebles ziemlich scharf.

»Ich hab einen gebacken.«

Alice Kelling sagte: »Das war sehr nett von dir.«

»Hattest du die Erlaubnis?«, fragte mich Loretta Bird. »Man weiß nie, was diesen Mädchen als Nächstes einfällt«, sagte sie in die Runde. »Gar nicht mal, dass sie's böse meinen, sie sind eben ahnungslos.«

»Auf den Kuchen kommt es nicht an«, fiel Mrs. Peebles ein. »Edie, mir war gar nicht klar, dass du Chris so gut kanntest.«

Ich wusste nicht, was ich sagen sollte.

»Überrascht mich überhaupt nicht«, sagte Alice Kelling mit hoher Stimme. »Ich wusste es, sowie ich sie gesehen habe. Solche landen andauernd bei uns im Krankenhaus.« Sie sah mich durchdringend mit ihrem schmalen Lächeln an. »Um ihre Babys zur Welt zu bringen. Wir müssen sie wegen ihrer Geschlechtskrankheiten in einer Spezialstation unterbringen. Kleine Stricherinnen vom Land. Vierzehn, fünfzehn Jahre alt. Und Sie sollten erst mal die Babys sehen.«

»Hier in der Stadt war mal eine, die kriegte ein Baby, dem Eiter aus den Augen lief«, flocht Loretta Bird ein.

»Moment mal«, sagte Mrs. Peebles. »Was soll dieses Gerede? Edie. Was ist mit dir und Mr. Watters? Warst du mit ihm intim?«

»Ja«, sagte ich. Ich dachte daran, wie wir auf der Pritsche gelegen und uns geküsst hatten, war das etwa nicht intim? Und ich würde es nie leugnen.

Alle waren eine Minute lang still, sogar Loretta Bird.

»Tja«, sagte Mrs. Peebles. »Ich bin überrascht. Ich glaube, ich brauche eine Zigarette. Solche Neigungen sehe ich an ihr zum ersten Mal«, erklärte sie Alice Kelling, aber Alice Kelling sah nur mich an.

»Schamloses kleines Luder.« Tränen liefen ihr übers Gesicht. »Ein schamloses kleines Luder, das bist du!

Ich wusste es, sowie ich dich gesehen habe. Männer verachten Mädchen wie dich. Er hat dich nur benutzt und ist auf und davon, weißt du das nicht? Mädchen wie du sind nichts, bloß öffentliche Bedürfnisanstalten, bloß schmutzige kleine Putzlappen!«

»Also bitte«, sagte Mrs. Peebles.

»Schmutzig«, schluchzte Alice Kelling. »Schmutziger kleiner Putzlappen!«

»Regen Sie sich nicht so auf«, sagte Loretta Bird. Sie war ganz aufgebläht vor Vergnügen, diese Szene mitzuerleben. »Die Männer sind doch alle gleich.«

»Edie, ich bin sehr überrascht«, sagte Mrs. Peebles. »Ich dachte, deine Eltern sind so streng. Du willst doch wohl kein Baby kriegen?«

Ich schäme mich immer noch für das, was dann passierte. Ich verlor die Beherrschung und fing an zu heulen wie eine Sechsjährige. »Man kriegt kein Baby, wenn man nur das tut!«

»Da sehen Sie's. So ahnungslos sind manche von denen«, sagte Loretta Bird.

Aber Mrs. Peebles sprang auf, packte meine Arme und schüttelte mich.

»Beruhige dich. Werd nicht hysterisch. Beruhige dich. Hör auf zu weinen. Hör mir zu. Hör zu. Ich habe meine Zweifel, ob du weißt, was intim sein bedeutet. Jetzt sag es mir. Was dachtest du, was es bedeutet?«

»Küssen«, heulte ich.

Sie ließ mich los. »Ach, Edie. Hör auf. Sei nicht albern. Alles in Ordnung. Das ist alles ein Missverständnis. Intim sein bedeutet wesentlich mehr als das. Ich hatte ja gleich meine Zweifel!«

»Jetzt versucht sie es zu vertuschen«, sagte Alice Kelling. »Ja. So dumm ist sie nämlich nicht. Sie merkt, dass sie sich in Schwierigkeiten gebracht hat.«

»Ich glaube ihr«, sagte Mrs. Peebles. »Das ist eine schreckliche Szene.«

»Es gibt die Möglichkeit, das festzustellen«, sagte Alice Kelling und stand auf. »Schließlich bin ich Krankenschwester.«

Mrs. Peebles sog den Atem ein und sagte: »Nein. Nein. Geh auf dein Zimmer, Edie. Und hör mit dem Geheul auf. Das ist ja abscheulich.«

Wenig später hörte ich das Auto wegfahren. Ich versuchte, mit dem Weinen aufzuhören, kämpfte gegen jede Welle an, die mich überkam. Schließlich gelang es mir, und ich lag schwer atmend auf dem Bett.

Mrs. Peebles kam und stand in der Tür.

»Sie ist fort«, sagte sie. »Diese Bird auch. Du weißt natürlich, du hättest nie zu diesem Mann gehen dürfen, und das ist der Grund für all diesen Ärger. Ich habe Kopfschmerzen. Sobald du kannst, wasch dir das Gesicht mit kaltem Wasser und mach dich an den Abwasch, und wir werden kein Wort mehr darüber verlieren.«

Was wir auch nicht taten. Erst Jahre später wurde mir das Ausmaß dessen klar, was mir erspart geblieben war. Mrs. Peebles war hinterher nicht sehr freundlich zu mir, aber sie war anständig. Nicht sehr freundlich ist die falsche Beschreibung für ihr Verhalten. Sie war nie sehr freundlich gewesen. Nur dass sie mich jetzt ständig sehen musste, und das ging ihr ein wenig auf die Nerven.

Ich für mein Teil verbannte das alles aus meinen Gedanken wie einen bösen Traum und konzentrierte mich darauf, auf meinen Brief zu warten. Die Post kam jeden Tag außer sonntags, immer zwischen halb zwei und zwei Uhr nachmittags, eine gute Zeit für mich, weil Mrs. Peebles dann ihr Mittagsschläfchen hielt. Ich machte in der Küche alles sauber, dann ging ich zum Briefkasten, setzte mich ins Gras und wartete. Ich war vollkommen glücklich, während ich wartete, ich vergaß alles, Alice Kelling und ihren Kummer und ihr schreckliches Gerede, Mrs. Peebles und ihre Frostigkeit und die Peinlichkeit, ob sie es Dr. Peebles erzählt hatte, das Gesicht von Loretta Bird, die sich an den Problemen anderer Leute weidete. Ich lächelte immer, wenn der Postbote kam, lächelte auch noch, nachdem er mir die Post gegeben und ich gesehen hatte, dass heute nicht der große Tag war. Der Postbote war ein Carmichael. Ich erkannte es an seinem Gesicht, denn in unserer Gegend gibt es viele Carmichaels, und sehr viele davon haben eine vorstehende Oberlippe. Also fragte ich ihn nach seinem Namen (er war ein junger Mann, schüchtern, aber gutmütig, jeder konnte ihn alles fragen), und dann sagte ich: »Das habe ich schon Ihrem Gesicht abgelesen!« Das gefiel ihm, er freute sich immer, mich zu sehen, und wurde ein bisschen weniger schüchtern. »Sie haben das Lächeln, auf das ich den ganzen Tag gewartet habe!«, rief er immer aus dem Autofenster.

Lange Zeit kam mir überhaupt nicht in den Sinn, dass nie ein Brief eintreffen könnte. Ich glaubte an den Brief, genau wie ich daran glaubte, dass am Morgen die Sonne aufgehen würde. Ich hoffte einfach von Tag zu Tag weiter, um den Briefkasten herum blühte die Goldrute, die Kinder gingen wieder zur Schule, das Laub wurde welk, und ich hatte einen Pullover an, wenn ich warten ging. Eines Tages, als ich nur mit der Wasserrechnung in der Hand zurückging, das war alles, und zum Rummelplatz hinüberschaute mit den herbstlichen Gänsedisteln und Karden, da überkam es mich: *Nie würde je ein Brief kommen.* Sich an diesen Gedanken zu gewöhnen war unmöglich. Nein, nicht unmöglich. Wenn ich an das Gesicht von Chris dachte, als er sagte, er werde mir schreiben, war es unmöglich, aber wenn ich das vergaß, wenn ich an den leeren Blechbriefkasten dachte, war es vollkommen klar. Ich ging weiter hin, um die Post in Empfang zu nehmen, aber mein Herz war jetzt schwer wie ein Klumpen Blei. Ich lächelte nur noch, weil ich dachte, dass der Postbote darauf zählte, und er hatte ja kein leichtes Leben, mit dem Winter vor sich.

Bis mir eines Tages dämmerte, dass es Frauen gab, die damit ihr ganzes Leben zubrachten. Es gab Frauen, die warteten nur immerzu neben Briefkästen auf einen Brief oder einen zweiten. Ich stellte mir vor, wie ich diesen Gang Tag um Tag und Jahr um Jahr machte und meine Haare langsam grau wurden, und dann dachte ich, ich bin nicht dafür geschaffen, so weiterzumachen. Also hörte ich auf, die Post entgegenzunehmen. Wenn es Frauen gab, die ihr ganzes Leben lang warteten, und Frauen, die tätig waren und nicht warteten, dann wusste ich, welche ich sein musste. Auch wenn es Dinge geben mag, die Frauen der zweiten Sorte auslassen müssen und nie kennenlernen, trotzdem ist es besser.

Ich war überrascht, als der Postbote abends bei den Peebles anrief und nach mir fragte. Er sagte, er vermisste mich. Er fragte, ob ich gern nach Goderich fahren würde, wo ein ganz bekannter Film lief, ich weiß nicht mehr, welcher. Also sagte ich ja und ging zwei Jahre lang mit ihm aus, und er machte mir einen Heiratsantrag, und wir waren ein weiteres Jahr lang verlobt, während ich meine Aussteuer zusammenbrachte, und dann heirateten wir. Er erzählt den Kindern immer die Geschichte, wie ich mich an ihn heranmachte, indem ich jeden Tag neben dem Briefkasten saß, und natürlich lasse ich ihn und lache, denn mir ist es lieber, wenn andere denken, was ihnen gefällt und was sie glücklich macht.

Auf dem Wasser gehen

Dies war ein Stadtviertel, in dem immer noch viele alte Leute lebten, obwohl etliche in Hochhäuser jenseits des Parks gezogen waren. Mr. Lougheed hatte eine Reihe von Freunden, oder vielleicht sollte man besser sagen, von Bekannten, die er nahezu täglich auf dem Weg ins Stadtzentrum, an der Bushaltestelle oder auf den Spazierwegen am Meer traf. Gelegentlich spielte er mit ihnen in ihren Zimmern oder Wohnungen Karten. Er war Mitglied in einem Rasenkegelverein und in einem Verein, der im Winter in einem Saal im Stadtzentrum Filme von Ferienreisen zeigte. Er war diesen Vereinen nicht aus einem echten Verlangen nach Geselligkeit beigetreten, sondern als Vorkehrung gegen seine natürlichen Neigungen, die ihn dazu führen könnten, fürchtete er, zu einem Einsiedler zu werden. Während seiner Jahre im Drogeriefachhandel hatte er gelernt, alle möglichen Gespräche mit allen möglichen Leuten zu führen, freundlich zu plaudern und dabei weiter seinen eigenen Gedanken nachzuhängen. So hielt er es auch mit seiner Frau. Sein Ziel war, den Menschen zu geben, was sie zu wollen glaubten, und dabei weiter ungestört für sich zu bleiben. Bis auf seine Frau waren ihm nur wenige je auf die Schliche gekommen. Aber jetzt, wo er nicht mehr dazu verpflichtet war, irgendjemandem in der alltäglichen, üblichen Art irgendetwas zu geben, ließ er es sich angelegen sein, es so einzurichten, dass er es hin und wieder tun musste, denn er glaubte, das sei bestimmt gut für ihn. Wenn er es ganz seiner eigenen Wahl überließ, mit wem würde er dann reden? Nur mit Eugene. Er würde Eugene lästig fallen.

Auf der Uferpromenade hörte Mr. Lougheed zum ersten Mal von Eugenes Unterfangen.

»Sagt, er kann auf dem Wasser gehen.«

Mr. Lougheed war sicher, dass Eugene nichts dergleichen gesagt hatte.

»Es geht darum, das Gewicht aus dem Körper rauszudenken, meint er. Es gibt nichts, was man nicht unter Kontrolle bringen kann, wenn man es darauf anlegt. Sagt er.«

Das waren Mr. Clifford und Mr. Morey, die auf der Aussichtsbank saßen und verschnauften.

»Der Sieg des Geistes über die Materie.«

Sie luden Mr. Lougheed ein, sich zu ihnen zu setzen, aber er blieb stehen. Er war groß und hager, und wenn er ein vernünftiges Tempo einhielt, geriet er nicht außer Atem.

»Eugene redet viel über solche Dinge, aber das sind reine Spekulationen«, sagte er. Der Ton, in dem sie über Eugene sprachen, gefiel ihm gar nicht, obwohl er wusste, dass dieser Ton teilweise berechtigt war. »Er ist sehr intelligent. Er ist kein Spinner.«

»Wir müssen die Vorführung abwarten, bevor wir uns darüber ein Urteil bilden.«

»Entweder er ist ein Spinner, oder ich bin einer. Es sei denn, er ist Jesus.«

»Was für eine Vorführung?«, erkundigte sich Mr. Lougheed vorsichtig und voller Vorahnungen.

»Er wird vom Ross-Point-Pier aufs Wasser gehen.«

Mr. Lougheed sagte, er sei überzeugt, Eugene habe nur einen Scherz gemacht. Mr. Clifford und Mr. Morey versicherten ihm, es sei kein Scherz, sondern ein ernsthaftes Unternehmen. (Mr. Clifford und Mr. Morey lachten in sich hinein, als sie davon sprachen, dass es Ernst war, und schüttelten lächelnd den Kopf, während Mr. Lougheed, als er darüber sagte, dass es ein Scherz war, die Stirn runzelte und sich heraushielt.) Der Sonntagmorgen war dafür anberaumt. Heute war Freitag. Zehn Uhr war der genaue Zeitpunkt, damit einige nach dem Gehen oder Untergehen noch rechtzeitig zum Gottesdienst kamen. Aber genau wie Mr. Lougheed vermutet hatte, wussten weder Mr. Clifford noch Mr. Morey aus erster Hand von dieser Veranstaltung, sie hatten von jemand anders davon erfahren. Mr. Morey hatte davon gehört, als er mit Freunden Karten spielte, und Mr. Clifford hatte im Christlichen Lesesaal davon gehört.

»Alle zerreißen sich darüber das Maul.«

»Dann sollten sie das Maul lieber halten, denn Eugene ist nicht töricht, jedenfalls nicht derartig töricht«, sagte Mr. Lougheed barsch und setzte seinen Spaziergang fort. Er ging auf einem kürzeren Weg nach Hause als sonst.

Er klopfte an Eugenes Tür, die seiner eigenen gegenüber lag. Eugene sagte mit ruhiger, aber warnender Stimme: »Herein.«

Mr. Lougheed machte die Tür auf und wurde von einer kräftigen kalten Brise getroffen, direkt vom Meer blies sie zu Eugenes Fenster herein, das so weit hochgeschoben war, wie es nur ging.

Eugene saß auf dem kahlen Fußboden vor dem Fenster, die Beine in jener unnatürlich aussehenden Art verschränkt und verknotet, die für ihn angeblich inzwischen vollkommen natürlich war. Er hatte nur Jeans an, weiter nichts. Mr. Lougheed betrachtete den schmächtigen, zarten Oberkörper dieses jungen Mannes. Welche Arbeit konnte er verrichten, wie viel Pfund konnte er heben? Doch er brachte all diese Verrenkungen fertig, konnte seinen Körper in höchst unbequem aussehende Stellungen verdrehen, von denen er selbstverständlich behauptete, sie seien wunderbar. Sie waren sein ganzer Stolz.

»Setzen Sie sich«, sagte Eugene. »Ich komme heraus.«

Womit er meinte, dass er aus der Meditation herauskam, mit der er seine Übungen immer beendete. Manchmal saß er da und meditierte, ohne die Tür zuzumachen. Wenn Mr. Lougheed dann vorbeiging, wandte er stets rasch den Blick ab. Er mochte Eugenes Gesichtsausdruck nicht sehen. Verzückt, vermutlich? Er war im tiefsten Winkel seiner selbst so erschrocken, so entsetzt, als hätte er jemanden beim Geschlechtsverkehr gesehen.

Auch das war passiert.

Unten im Haus wohnten drei junge Leute. Sie hießen Calla, Rex und Rover. Rover war offenbar ein scherzhafter Spitzname für einen knochigen, kränklichen Jungen mit dem Körper eines Zwölfjährigen und mit einem an manchen Tagen fünfzig Jahre alten Gesicht. Mr. Lougheed hatte ihn auf dem Teppich in der Diele schlafen sehen wie ein Hund. Aber Rex und Calla waren auch seltsame Namen, passten eigentlich eher zu einem Tier und einer Blume; waren das die Namen, die ihre Eltern ihnen gegeben hatten? Sie wirkten auf Mr. Lougheed, als seien sie ohne Eltern hier angelangt, ohne jede Erfahrung von Kinderhochstühlen oder Dreirädern oder Bollerwagen; sie schienen so, wie sie waren, der Erde entsprungen zu sein. Zweifellos dachten sie auch so von sich selbst.

Er war eines Tages ins Haus gekommen, und die Tür zur unteren Wohnung hatte offen gestanden. Als wäre gerade jemand hinausgelaufen. Im hinteren Teil der Diele – trotzdem ganz zu sehen, nicht unter der Treppe – waren zwei ineinander verschlungene Gestalten. Rex und Calla. Das Mädchen trug einen langen Rock wie üblich und schien auf allen vieren zu knien, sie kreischte und kämpfte, als wäre sie gestoßen worden. Der Rock war über ihren Kopf gestülpt, sein Stoff behinderte und dämpfte sie. Mr. Lougheed sah nichts weiter als einen Halbmond aus schwammigem Fleisch, ihren Hintern, und der wurde rasch von dem Jungen verdeckt, der sie bestieg. Vermutlich bemerkte er Mr. Lougheed und stieß deshalb einen Juchzer – der Ausgelassenheit ebenso wie der Überraschung – aus und ließ sich nach vorn fallen, so dass beide platt auf dem Boden landeten, wodurch ihre wichtigste Verbindung wahrscheinlich vorübergehend getrennt wurde; ihre Stimmen fanden jedoch zusammen, in Gelächter, das Mr. Lougheed nicht nur schamlos vorkam, sondern auch voller Hohn. Offenbar war er derjenige, der ausgelacht wurde, weil er mitansah, weil ihn schockierte, wie sie miteinander bumsten.

Es hatte ihn nicht schockiert, hätte er ihnen gerne gesagt. Als Junge war er auf eine Schule gegangen, die als Knochenschule im übelsten Kiez von Killop bekannt war, er hatte mit vielen anderen dafür bezahlt, um zuschauen zu können, was einer der Brewer-Brüder mit seiner jüngeren Schwester trieb. Das fand im Vorraum der Jungstoilette statt, einem üblen Ort.

Nichts war vorgetäuscht. Niemand kam auf den Gedanken, sie hätten es frei erfunden.

Aber wenn er nicht schockiert war, was war er dann? Sein Herz hämmerte, im Kopf spürte er einen düsteren Andrang. In seinem Zimmer angelangt, musste er sich hinsetzen. Ihr Gelächter würde er noch eine ganze Weile lang hören. Er stellte sich vor, wie ihre behaarten Teile ineinandertrieben, mit selbständiger, angeschwollener Heftigkeit und schmatzenden Geräuschen, die mit diesem Gelächter endeten. Wie Tiere. Nein, das nahm er zurück. Tiere gingen diesem Geschäft nach, ohne die Aufmerksamkeit darauf zu lenken, und mit Ernsthaftigkeit. Was er beanstandete, hatte er zu Eugene gesagt, was er an dieser Generation, wenn man sie so nennen durfte, auszusetzen hatte, das war, dass sie nichts tun konnte, ohne damit anzugeben. Warum dieses Heckmeck über alles und jedes, fragte er. Sie konnte nicht mal eine Mohrrübe produzieren, ohne sich dazu zu gratulieren.

Zum Beispiel. Auf dem Weg ins Stadtzentrum gab es einen kleinen Laden, bei dem er vorbeizuschauen pflegte, denn er mochte den Anblick der Kisten auf dem Bürgersteig, voll mit Gemüse, an dem noch Erde klebte. Das erinnerte ihn an das Gemüse in den Läden seiner Kindheit und im Keller seines Elternhauses. Aber die jungen Leute in dem Laden mit ihren langen, ungepflegten Haaren und den Indianerstirnbändern, mit ihren Kostümen aus gestreifter Latzhose und löcherigem Unterhemd (was war das anderes als ein Kostüm? Kein zurechnungsfähiger Farmer, egal wie arm, würde sich in solch einer Aufmachung in der Stadt blicken lassen), mit ihren säuselnden, frommen Gesprächen über Gartenbau und Ernährung hatten ihn so aufgebracht, dass er inzwischen nicht mehr hineinging. Sie beweihräucherten sich zu sehr. Brot war auch schon früher gebacken worden, Radieschen waren auch schon früher geerntet worden. Das hier war verlogen, in gewisser Weise verlogener als die Supermärkte.

»Ich meine, sie sind eher nervig als verlogen«, sagte Eugene einlenkend. »Wie die frühen Christen. Die waren bestimmt nervig.«

»Die werden es nicht lange machen. Ihre Landwirtschaft wird den Bach runter gehen.«

»Schon möglich. Aber manche Menschen bauen ihr Leben auf eine Philosophie und sind sehr erfolgreich. Die Hutterer. Die Mennoniten.«

»Die haben eine andere Mentalität«, sagte Mr. Lougheed. Ihm entging nicht, wie er sich anhörte – starrsinnig, verdrossen, alt.

Eugene kam jetzt ganz aus seiner Meditation heraus, stand auf, streckte sich und fragte Mr. Lougheed, ob er einen Tee wollte. Mr. Lougheed sagte ja. Eugene stellte den elektrischen Wasserkessel an, ging im Zimmer umher und räumte Sachen weg. Sein Zimmer war sehr ordentlich. Er schlief auf einer Matratze auf dem Fußboden, aber nicht ohne Bettwäsche, und die war sauber, denn er brachte sie immer in den Waschsalon. Seine Bücher standen auf Regalen aus Brettern und Ziegelsteinen oder stapelten sich auf dem Fußboden und den Fensterbrettern. Er hatte hunderte von Büchern, fast alles Taschenbücher, sie beherrschten das Zimmer. Mr. Lougheed betrachtete oft ihre Titel, mit einem Gefühl von Ehrfurcht und eigener Nichtigkeit. *Von Heidegger bis Kant*. Er wusste natürlich, wer Kant war, auch wenn er nie etwas von ihm gelesen hatte, nur über ihn in der *Geschichte der Philosophie*. Er mochte einmal gewusst haben, wer Heidegger war, aber jetzt wusste er es nicht mehr. Er hatte nie das College besucht. Seinerzeit brauchte man nicht aufs College zu gehen, um Drogist zu werden, man musste nur eine Lehre absolvieren, wie er bei seinem Onkel. Aber später hatte er eine ganze Zeit lang viele Bücher gelesen. Wenn auch nicht solche wie diese hier. Er wusste gerade genug, um die Namen zu kennen, das war alles. Meister Eckart. Simone Weill. Teilhard de Chardin. Loren Eiseley. Hochgeachtete Namen. Glänzende Namen. Und außerdem hatte Eugene diese Bücher nicht nur gesammelt, um sie irgendwann einmal zu lesen. Nein. Er hatte sie gelesen. Eugene hatte praktisch alles gelesen, was es über die wichtigsten, die anspruchsvollsten Themen zu lesen gab. Philosophie. Religion. Mystik. Psychologie. Naturwissenschaften. Eugene war achtundzwanzig Jahre alt, und es ließ sich mit Sicherheit sagen, dass er die letzten zwanzig Jahre seines Lebens mit Lesen verbracht hatte. Er besaß akademische Grade. Er hatte Stipendien und Preise gewonnen. Wofür er nur Spott übrighatte, oder zumindest tat er das fast entschuldigend ab. Er hatte hin und wieder kurz unterrichtet, aber offenbar nie eine feste Stellung gehabt. Irgendwann hatte es einen Zusammenbruch gegeben, eine längere Krise, von der er sich vielleicht immer noch zu erholen meinte. Ja, er machte den Eindruck jemandes, der seine Genesung überwacht und beschützt. Er war bedachtsam, sogar in seinen geschmeidigen Bewegungen, seiner Fröhlichkeit. Er trug eine Frisur wie ein mittelalterlicher Edelknabe. Seine Haare und seine Augen leuchteten, weich und fuchsrot. Er ließ sich einen kleinen Schnurrbart stehen, was ihm nicht half, so alt auszusehen, wie er war.

»Ich habe von diesem Auf-dem-Wasser-Gehen gehört«, sagte Mr. Lougheed und versuchte, einen scherzhaften Ton anzuschlagen.

»Honig?«, fragte Eugene und ließ einen Klumpen davon in Mr. Lougheeds Tee gleiten.

Mr. Lougheed, der seinen Tee gerne ungesüßt trank, nahm geistesabwesend einen Teelöffel entgegen.

»Ich habe es nicht für wahr gehalten.«

»Oh, doch«, sagte Eugene.

»Ich habe gesagt, so töricht wären Sie nicht.«

»Sie haben sich geirrt.«

Beide lächelten. Mr. Lougheeds Lächeln war schmal, aber hoffnungsvoll, taktisch. Eugenes war offen und freundlich. Und doch – was steckte hinter dieser Offenheit? Sie war nicht natürlich, sie war eine Errungenschaft. Eugene, der sich in Militärgeschichte, Mystik, Astronomie und Biologie auskannte, der Vorträge über indianische (oder auch indische) Kunst oder die Kunst des Giftmords halten konnte, der in der Ära der Quizshows ein Vermögen hätte machen können, wie Mr. Lougheed einmal zu ihm gesagt hatte (worauf Eugene lachend erwiderte, zum Glück für sein Seelenheil sei diese Ära vorbei) – in allen Belangen des täglichen Lebens war dieser Eugene eine Errungenschaft angesichts von etwas, das er nie erwähnte. Sein Zusammenbruch? Sein überbordendes Wissen? Sein Durchblick?

»Nun, ich weiß nicht, ob ich mich da so vertan habe«, sagte Mr. Lougheed. »Wie ich es verstanden habe, war das Unterfangen, auf dem Wasser zu gehen.«

»Stimmt.«

»Und was ist der Sinn dahinter?«

»Der Sinn dahinter ist, auf dem Wasser zu gehen. Falls das möglich ist. Meinen Sie, dass es möglich ist?«

Darauf hatte Mr. Lougheed keine Antwort.

»Ist es eine Art Scherz?«

»Kann schon sein«, sagte Eugene, immer noch sehr aufgeräumt. »Ein ernsthafter Scherz.«

Mr. Lougheeds Blick wanderte zu einem Bord mit einer anderen Sorte von Büchern, die Eugene las und die ihm nicht recht zu der ersten Sorte zu passen schien. Diese Bücher waren von Leuten und über Leute, die Prophezeiungen machten, sie waren über den Astralleib und parapsychische Erfahrungen und übernatürliche Kräfte und jede Art von Humbug oder, wenn man es so nennen wollte, Magie. Mr. Lougheed hatte sich sogar von Eugene einige dieser Bücher – wie andere auch – ausgeliehen, war aber nicht fähig, sie zu lesen. Ungläubigkeit blockierte sein Gehirn. Er hatte ein Wort aus seiner Jugend benutzt, als er Eugene erklärte, dass ihn all das perplex machte. Er konnte nicht glauben, dass Eugene es ernst nahm, obwohl er das Eugene hatte sagen hören.

Nicht lange nach dem Vorfall im unteren Flur war Mr. Lougheed eines Tages nach Hause gekommen und fand auf seiner Tür ein Zeichen aus frischer Farbe vor. Etwas wie eine unbeholfen gemalte Blume, mit dünnen roten Blütenblättern und dazwischen schwarzen, die am falschen Ende dünner wurden. Ein roter Kreis in der Mitte und darin ein schwarzer Kreis, ein schwarzes Loch. Er berührte die Farbe und stellte fest, sie war noch feucht, aber nicht mehr nass, heutzutage gab es Farben, die im Nu trockneten. Er rief Eugene, damit er sich das ansah.

»Das ist nichts«, sagte Eugene. »Zumindest nichts Besorgniserregendes. Ich erkenne es nicht. Das haben die sich bloß ausgedacht.«

Mr. Lougheed kam nicht gleich dahinter, was er meinte.

»Das ist kein Zeichen«, sagte Eugene.

»Zeichen«, sagte Mr. Lougheed.

»Wie ein Zauberbann. Es gibt einen Unterschied zwischen dem hier und einem echten Zeichen, genauso, wie es einen Unterschied zwischen irgendwelchem Abrakadabra und einem echten Zauberspruch gibt, obwohl sich vielleicht für die Uneingeweihten beides wie Abrakadabra anhört.«

»Ich war nicht in Sorge, es könnte ein … Zeichen sein«, sagte Mr. Lougheed und fasste sich. »Ist es das, was Sie meinen, eine Art magisches Zeichen? Ich bin in Sorge, weil die meine Tür verunstaltet haben. Die haben hier oben nichts zu suchen und schon gar nicht meine Tür anzumalen.«

»Ich vermute mal, das sollte ein Scherz sein. Oder es war für sie eine Mutprobe. Sie sind sehr kindisch – Rex und Calla sind unglaublich kindisch. Rover sieht nur kindisch aus, der ist ein ziemliches Rätsel. Vielleicht hat er eine alte Seele.«

Das Alter von Rovers Seele interessierte Mr. Lougheed nicht. Ihn interessierte – und verblüffte – die Möglichkeit, dass so etwas, ein Zeichen an der Tür, für jemanden, der durchaus kein Schwachkopf war, eine geheime Bedeutung haben konnte. »Sind Sie«, fragte er mit einer Stimme voll unbezähmbarer Neugier, »wären Sie von einem Zeichen an Ihrer Tür beunruhigt? Würden Sie glauben, dass so etwas tatsächlich eine Wirkung haben kann?«

»Unbedingt.«

»Das kann ich nur schwer glauben«, sagte Mr. Lougheed. Er dachte nach, seufzte und sagte fester: »Das kann ich einfach nicht glauben.«

»Toter Punkt«, sagte Eugene friedlich.

Mr. Lougheed dachte, er hätte das schon früher erkennen müssen, hätte sich das Ausmaß einer solchen Denkweise klarmachen müssen, dann wäre er jetzt nicht so bestürzt.

»Die Welt, die wir akzeptieren – die äußere Wirklichkeit, verstehen Sie«, sagte Eugene freundlich, »ist keineswegs so fest gefügt, wie uns weisgemacht worden ist. Es gibt mehr Methoden, sie uns dienstbar zu machen, als nur die, die man für gültig erklärt und uns beigebracht hat.« Wenn er Mr. Lougheed etwas erläuterte, neigte er dazu, in solch langen, strukturierten Sätzen zu sprechen. Wenn er mit dem Trio unten redete, benutzte er eine Sprache, die reichlich gebrochen, ekstatisch und vage war, offenbar, um mit ihnen auf einem Niveau zu kommunizieren, das dem ihren nahe war. »Ihre sogenannten Gesetze sind nicht endgültig. Das Gesetz, an das Sie denken, besagt, dass ein Körper wie dieser« – er tippte Mr. Lougheed auf die Schulter – »sich nicht auf dem Wasser bewegen kann, weil er nicht die Schwerelosigkeit erlangen kann.«

Es konnte immer noch ein Scherz sein.

»Glauben Sie, dass bestimmte Menschen über glühende Kohlen gelaufen sind und keinerlei Hautverbrennungen erlitten haben?«

»Ich habe davon gelesen.«

»Es ist allgemein bekannt. Haben Sie Fotos gesehen? Glauben Sie es?«

»Es sieht so aus.«

»Aber ihre Füße sind aus Fleisch und mit Haut bedeckt, die nach allem, was wir wissen, verbrennen müsste? Scheint es also nicht so zu sein, dass wir zugeben müssen, dass der Geist fähig ist, die Materie so weit zu beherrschen, dass einige Gesetze nicht mehr gelten?«

»Ich möchte ihn mal über das Gesetz der Schwerkraft herrschen sehen.«

»Aber das hat er getan! Menschen waren fähig, durch reine Willenskraft mehrere Zentimeter über dem Boden zu schweben.«

»Bis ich mit eigenen Augen sehe, wie der Papierkorb da aufsteigt und über meinen Kopf hinwegschwebt«, sagte Mr. Lougheed aus tiefster Überzeugung, auch wenn er sich Mühe gab, bei guter Laune zu bleiben, »werde ich nichts dergleichen glauben.«

»Der Weg nach Emmaus«, sagte Eugene.

Er kannte sogar die Bibel. Außer ihm war Mr. Lougheed noch nie einem Menschen unter vierzig begegnet, der sie kannte. Die Zeugen Jehovas nicht mitgezählt.

»Ein Papierkorb hat keine Kontrolle über sich selbst, er kann sich Energie nicht zunutze machen. Wenn jedoch jemand, der sich eine bestimmte Art von Energie zunutze machen kann, da säße, wo Sie jetzt sitzen ...«

Er sprach über eine Frau in Russland, die schwere Möbel durchs Zimmer ziehen konnte, ohne sie zu berühren. Die Kraft saß in ihrem Solarplexus, behauptete sie.

»Aber was bringt Sie auf den Gedanken«, fragte Mr. Lougheed, »dass Sie diese Kräfte besitzen? Dass Sie sich Energie zunutze machen können oder die Schwerkraft anhalten können oder was auch immer?«

»Wenn ich irgendetwas anhalten könnte, dann nur für den kleinsten Zeitraum. Nur für Sekunden. Ich bin nichts weiter als ein Novize. Aber es wäre genug, um die Menschen zum Nachdenken zu bringen. Ich interessiere mich auch dafür, den Körper zu verlassen. Ich habe es nie geschafft, diesen Körper zu verlassen.«

»Sie müssen darauf achten, dass Sie wieder in ihn zurückgelangen können.«

»Das geht. Das ist schon gelungen. Eines Tages wird es vielleicht etwas sein, was wir lernen wie Schlittschuh laufen. Mal angenommen, ich setze die Füße aufs Wasser, und mein sichtbarer Körper – *dieser* Körper – geht unter wie ein Stein, dann besteht die Möglichkeit, dass mein *anderer* Körper aufsteigen wird, und ich werde in der Lage sein, ins Wasser hinunterzuschauen und mich selbst zu beobachten.«

»Beim Ertrinken«, sagte Mr. Lougheed. Eugene lachte, aber nicht völlig unbekümmert.

Mr. Lougheed hätte zu gerne gewusst, was dahintersteckte? Denn es steckte etwas dahinter, ein Spaß oder ein Schabernack, den er nicht begriff. Wenn Calla oder Rex so geredet hätten – vorausgesetzt, sie wären fähig gewesen, so ausführlich zu reden –, wäre ihm kein Verdacht gekommen. Aber bei Eugene musste solche Einfältigkeit ein Trick sein, und wenn sie tatsächlich von ihm Besitz ergriffen hatte, dann war es nur ein umso größerer Trick.

»Der Sinn ist also, dass es den Leuten einen Ruck gibt? Dass sie an ihren Sinnen zweifeln?«

»Das könnte es bewirken.«

»Wie sind Sie da hineingeraten?«

»Anfangs war es fast ein Scherz. Ich habe mich mit diesen beiden Damen unterhalten – den Schwestern, wissen Sie –, der blinden und der anderen, ich weiß ihre Namen nicht …«

»Ich weiß, welche Sie meinen.«

Eugene plauderte öfter mit alten Leuten, er war bei ihnen sehr beliebt; sie sahen in ihm einen sanften Botschafter aus dem schrecklichen Land der Jugend.

»Wir sprachen über solche Dinge, und ich sagte, es ist durchaus möglich. Es ist tatsächlich gemacht worden, auf dem Wasser gehen. Erst vor Kurzem, meine ich. Sie haben mich gefragt, ob ich bereit wäre, es selbst zu versuchen, und ich habe ja gesagt.«

»Vielleicht war das ein wenig selbstherrlich von Ihnen«, sagte Mr. Lougheed nachdenklich, listig.

»Ja, ich weiß. Als ich an dem Abend meditiert habe, ließ ich die Frage in mich einsinken, tue ich das für mein eigenes Ego? Es ergab sich, dass es darauf nicht ankommt. Es kommt nicht darauf an, wofür ich es tue. Was auch immer mich auf diesen Gedanken gebracht hat, dem muss ich trauen. Es kann eine Tat sein, deren Sinn über mich hinausweist. Ich weiß, wie sich das anhört. Aber ich gebe mich nur dafür her, ich werde benutzt. Das Ganze hat sich wirklich ausgewachsen. Ich wollte es nur für die beiden alten Damen tun, aber ich konnte es nicht sofort tun, denn ich wollte Zeit zur Vorbereitung haben, also haben wir es für Sonntag vereinbart, und jetzt höre ich von Leuten auf der Straße davon, Leute, die ich gar nicht kenne. Ich bin baff.«

»Macht Ihnen nicht der Gedanke zu schaffen, dass Sie sich vor so vielen Leuten zum Narren machen könnten?«

»Das ist kein Ausdruck, der mir irgendetwas bedeutet, wirklich nicht. *Sich zum Narren machen*. Wie kann irgendwer das tun? Wie kann man einen Narren aus sich machen. Den Narren zeigen, ja, den Narren bloßstellen, aber ist der Narr nicht einfach man selbst, ist er nicht die ganze Zeit über da? Sich selbst zeigen. Was sonst kann man tun?«

Sie können, wenn möglich, an Ihrem gesunden Verstand festhalten, hätte Mr. Lougheed sagen können, aber das fiel ihm erst später ein. Doch selbst wenn es ihm eingefallen wäre, so war der Moment dafür, es auszusprechen, vorbei.

Am Sonntagmorgen fand Mr. Lougheed vor seiner Tür einen toten Vogel. Er war bereit zu glauben, dass eine Katze ihn angeschleppt hatte. Katzen kamen nämlich ins Haus, wurden von Calla oder Rover gefüttert und hinterließen den Gestank ihres Urins im unteren Hausflur. Er hob den Vogel auf und trug ihn hinunter, hinaus auf den Hinterhof. Ein Blauhäher. Er bewunderte die kalte, leuchtende Farbe. Obwohl sie keine liebenswerten Vögel waren, die Häher. Er war auf einer Farm aufgewachsen und konnte nicht anders, als über alle Formen tierischen und pflanzlichen Lebens solche Urteile abzugeben. Er erinnerte sich an eine Besucherin auf der Farm, eine nicht mehr junge Dame, die angesichts eines Feldes voll mit wildem Ackersenf in Begeisterungsschreie ausgebrochen war. Sie hatte eine Kopfbedeckung in Altrosa oder Beige getragen, aus Chiffon, falls der Stoff so hieß, und die auffällige Aberwitzigkeit dieses Hutes verband sich in seiner Erinnerung bis auf den heutigen Tag mit dem Aberwitz ihrer Begeisterung. Natürlich waren es das Aussehen und dann die Äußerungen der Erwachsenen, die ihm beibrachten, was aberwitzig war.

Er hatte vor, den Vogel unter die Erde zu bringen, konnte aber nichts finden, mit dem sich ein Loch graben ließ. Die Tür zum Keller war aufgebrochen worden. Früher gab es darin einige Geräte, aber er nahm an, dass sie inzwischen verschwunden waren. Der Erdboden auf dem Hinterhof war ohnehin wie aus Beton. Überall Steine, zerbrochenes Glas. Er tat den toten Vogel in die Mülltonne.

Er wohnte seit zwölf Jahren in diesem Haus, nachdem er seinen Drugstore verkauft hatte und hierhergezogen war, um in der Nähe seiner verheirateten Tochter zu sein. Die Tochter war mit ihrer Familie weggezogen, aber er war hiergeblieben. Das Haus und der Hof waren damals schon in einem heruntergekommenen Zustand gewesen, aber niemand, auch er nicht, hatte den Zustand voraussehen können, in dem sie sich heute befanden. Haus und Grundstück hatten einer Miss Musgrave gehört, die aus einer begüterten Familie kam. Sie lebte damals noch und bewohnte die unteren Räume, in denen jetzt Rex, Calla und Rover hausten. Bald nach seinem Einzug holte

Mr. Lougheed die Sense und fing an, das lange Gras in den Ecken des Hofes zu mähen. Er hatte vor, einen ordentlichen Rasen anzulegen, was allen Bewohnern zugutegekommen wäre. Aber kaum hatte er damit begonnen, da wurde ein Fenster hochgeschoben, und eine laute, gar nicht damenhafte, sondern alkoholisierte Stimme schrie ihn an.

»Das ist Musgrave-Eigentum!«

Es war Miss Musgrave, und sie war verrückt, aber auf eine ihm vertraute Weise. In seiner Drugstore-Zeit hatte er Damen wie sie gekannt, sie kamen herein, mit schief und krumm angemaltem Mund und schief und krumm aufgesetztem Hut, bemogelten ihn mit ihren Rezepten, beschwatzten ihn, belogen ihn und taten beleidigt. Miss Musgrave war inzwischen lange tot, und ihre vertraute Verrücktheit fehlte ihm fast. Jetzt war er umringt von diesen jungen Leuten, und er vermochte beim besten Willen nicht zu entscheiden, ob sie nun verrückt waren oder nicht. Nicht einmal bei Eugene. Am allerwenigsten bei Eugene.

Bekannte hatten auf ihn eingeredet, dass er ausziehen musste. Warum tat er es nicht? Er mochte große Mietshäuser nicht, sagte er, mochte Hochhäuser nicht, wollte sich nicht mit einem Umzug plagen. Aber da war noch mehr. Was immer er hier lernte, er bedauerte nicht, es zu lernen. Wenn er seinen Altersgenossen zuhörte, dachte er, ihre Schädel würden zerbrechen wie Eier, wenn sie auch nur ein Zehntel von dem wüssten, was es zu wissen gab. Letztendlich bedauerte er nicht, die Vorführung von Rex und Calla gesehen zu haben oder die Zeitung gelesen zu haben, die Rover verkaufte und die er ihm eines Tages zum Scherz aufgedrängt hatte. Er las trotz des unsauberen Drucks, der seinen Augen weh tat, jedes Wort darin. Der schlechte Druck, die Rechtschreibung, einige hingeschmierte, womöglich obszöne Illustrationen ebenso wie die eingestandenen Bedürfnisse in den Inseraten und ein Leitartikel, der den Stadtrat angriff – dessen Mitglieder durchweg als Arschlöcher und Hühnerficker bezeichnet wurden –, quälten ihn an einer schon gereizten und wunden Stelle; aber er gab nicht auf, aus der sonderbaren Hoffnung auf eine Botschaft, die fast zu schnell vorbeihuschte, um vom Auge erfasst zu werden, wie er es von einigen Werbespots im Fernsehen gehört hatte.

Diese Vorführung von Eugene jedoch war etwas, das er sich nicht anschauen mochte. Sie kränkte ihn zu sehr, ging ihm zu nahe. Er machte sich sein Frühstück, das wie üblich aus zwei Scheiben braunem Toast, einem gekochten Ei und Tee bestand. Er hörte von Eugene keinen Laut und nahm an, dass er schon fort war. Während er aß, erinnerte er sich an ein Gefühl, das er im Hinterhof gehabt hatte, als er den Vogel in der Hand hielt und an die Dame mit dem Chiffonhut und das Feld voller Ackersenf und seine Eltern dachte. Danach hatte er sich noch an etwas anderes erinnert, und jetzt fiel ihm ein, es war sein Traum gewesen. Er wusste, er musste ihn in der vergangenen Nacht wieder geträumt haben, und ihm schien keine andere Wahl zu bleiben, als sich hinzusetzen und darauf zu besinnen, an welchen Teil davon er sich erinnern konnte.

Dieser Traum, den er, seit er über vierzig war, immer wieder träumte, hatte seinen Ursprung in einem realen Vorfall, der sich ereignet hatte, als er ein Kind war und auf der Farm mit seinem älteren Bruder Walter und seiner Schwester Mary lebte, die im Alter von achtzehn Jahren an Diphtherie sterben sollte. Mitten in der Nacht hatte er das Telefon klingeln hören, dreimal lang. Jede Familie entlang der Straße hatte ihr eigenes Klingelzeichen – ihres, erinnerte sich Mr. Lougheed, war zweimal lang und zweimal kurz –, aber dreimal lang bedeutete Alarm, ein Signal an alle, ans Telefon zu gehen. Mr. Lougheeds Vater brüllte in der Küche direkt unter dem Schlafzimmer der Jungen ins Telefon. Die Funktionsweise des Telefons war ihm immer fremd geblieben, und er schien sich auf die Kraft seiner Stimme zu verlassen, um jedwede Entfernung zu überbrücken. Von dem Gebrüll wurden alle wach und gingen hinunter, um zuzuschauen, wie ihr Vater die Stiefel und die Jacke anzog – das war im Mai, im Frühling, aber die Nächte waren noch kühl –, und obwohl Mr. Lougheed sich nicht daran erinnern konnte, was gesprochen wurde, wusste er, dass sein Vater ihnen gesagt hatte, wohin er ging, und dass sein Bruder Walter danach gefragt und die Erlaubnis erhalten hatte, mitzugehen, ebenso wie er selbst danach gefragt hatte, aber zurückgewiesen wurde, mit der Begründung, dass er zu klein war und nicht mithalten konnte.

Sie wollten einen wahnsinnig gewordenen Jungen einfangen, einen jungen Mann eigentlich, neunzehn oder zwanzig Jahre alt, der im nächsten Dorf zu Hause war. Mr. Lougheed konnte sich nicht erinnern, was sein Vater über diesen Jungen außer seinem Namen mitgeteilt hatte, und der war Frank McArter. Frank McArter war der Jüngste in einer großen, armen, anständigen, katholischen Familie. Er war nach einer Reihe von Anfällen für eine Weile lang weggebracht worden, war aber als geheilt zurückgekehrt, lebte dort still und kümmerte sich um seine alten Eltern, denn seine Brüder und Schwestern waren alle fortgegangen. Mr. Lougheed glaubte nicht, dass sein Vater zu der Zeit den Grund genannt hatte, warum alle Männer zusammengerufen wurden, um Frank McArter zur Strecke zu bringen. Der hatte nämlich an jenem Abend, wahrscheinlich vor Einbruch der Dunkelheit (und auf alle Fälle vor dem Melken, denn es war das Gebrüll der ungemolkenen Kühe, das einen auf der Straße vorbeigehenden Nachbarn herbeiholte), in der Scheune mit einer Mistgabel und einer Schaufel seinen Vater erschlagen und dann in der Küche mit derselben Schaufel, die er zu diesem Zweck aus der Scheune mitgenommen haben musste, seine Mutter.

Das waren die Tatsachen. Der Traum, soweit er das zu sagen vermochte, enthielt sie, ohne dass sie darin vorkamen. In wachem Zustand waren ihm all diese Informationen über den Mord, den Doppelmord, im Gedächtnis, auch wenn er nicht wusste, wann und wie er an sie gelangt war. Im Traum verstand er nie genau, worum es bei all der Hast und Aufregung ging, er wusste nur, dass er seine Stiefel finden und mit seinem Vater und seinem Bruder hinauslaufen musste (wenn er sich beeilte, so der Traum, würde er nicht zurückgelassen werden). Er wusste nicht, wohin er lief, und erst nach einer ganzen Weile dämmerte ihm, dass da etwas war, was sie finden würden. Sie mochten anfangs leicht und fröhlich vorankommen, aber oft wurden sie von verwirrenden, unsichtbaren Kräften aufgehalten, so dass Mr. Lougheed von den anderen getrennt wurde und sich wiederfand, wie er in seinem Drugstore Rezepturen zusammenstellte oder mit seiner Frau zu Abend aß. Dann erfasste ihn zu spät verzweifeltes Bedauern, und durch vorwurfsvolle, ungefällige Nachbarn und ein ewig graues Wetter, das wenig freigab, versuchte er, dorthin zurückzugelangen, wo er eigentlich sein müsste. Er träumte den Traum nie zu Ende. Oder er erinnerte sich nicht daran. Was wahrscheinlicher war. Als ihn der Traum zum ersten Mal ereilte, waren seine Eltern und seine Schwester schon tot, aber sein Bruder lebte noch, in Winnipeg, und er hatte daran gedacht, ihm zu schreiben, ihn nach Frank McArter zu fragen und ob sie ihn in dieser Nacht tatsächlich gefunden hatten oder nicht. An dieser Stelle war in seinem Gedächtnis eine Lücke. Aber er schrieb ihm nie – oder wenn doch, dann stellte er nie diese Frage, weil er sie vergaß oder sie, falls sie ihm einfiel, zu töricht fand –, und dann starb sein Bruder.

Dieser Traum bedrückte ihn immer. Er nahm an, das war, weil er für einen Teil des Tages die Toten mit sich herumtrug, Vater und Mutter, Bruder und Schwester, an deren Gesichter er sich im Wachzustand nicht deutlich erinnern konnte. Wie wollte er jemandem die Festigkeit, Vielschichtigkeit und Wirklichkeit dieser Gestalten vermitteln – falls er jemanden dafür gehabt hätte? Es kam ihm fast so vor, als müsse es einen Ort geben, wo sie sich unabhängig und mit unverminderter Kraft bewegten, außerhalb seines eigenen Kopfes; es war schwer zu glauben, dass er sie selbst hervorgebracht hatte. Eine weit verbreitete Erfahrung. Ihm fiel ein, wie seine Mutter sich an den Frühstückstisch gesetzt und mit erstaunter Stimme, fast im Ton der Beschwerde gesagt hatte: »Ich habe von deiner Großmutter geträumt! Sie war *da*!«

Auch machte er sich immer wieder Gedanken über die Unterschiede zwischen jener Zeit und der heutigen. Es waren zu viele. Niemand konnte von einer solchen Zeit in eine völlig andere gelangen, wie hatte er das nur fertiggebracht? Wie konnte ein Mensch Mr. Lougheeds Vater und Mutter kennen und jetzt Rex und Calla? Ihm kam der Gedanke, und das nicht zum ersten Mal, dass vielleicht doch etwas dafür sprach, mit den Dingen so umzugehen, wie die meisten Leute seines Alters es zu tun schienen. Vielleicht war es vernünftig, nichts mehr wahrzunehmen, zu glauben, dass die Welt, in der sie lebten, immer noch dieselbe war, wenn auch mit einigen fürchterlichen, aber heilbaren Fehlbildungen, nie zu verstehen, wie sich die gesamte Ordnung verändert hatte.

Der Traum brachte ihn mit einer Welt in Berührung, von der die Welt, in der er jetzt lebte, ihm nur ein schwacher Abklatsch zu sein schien – in der Struktur, könnte man sagen, in der Schärfe, im Nachdruck. Es stimmte natürlich, dass seine Sinne nachgelassen hatten. Trotzdem. Das Gewicht des Lebens, seine Wichtigkeit war irgendwie verschwunden. Ereignisse fanden jetzt in einer verkleinerten Landschaft statt und waren von gleicher oder keiner Bedeutung. Bei einer Busfahrt durch Stadtstraßen oder sogar über Land hätte es Mr. Lougheed nicht sehr gewundert, etwas Ausgefallenes zu sehen – eine Moschee zum Beispiel oder einen Eisbären. Wie es auch aussah, am Ende stellte es sich als etwas anderes heraus. Mädchen im Supermarkt trugen Grasröckchen, um Ananas zu verkaufen, und er hatte einen Tankwart gesehen, der mit einer Narrenkappe auf dem Kopf Windschutzscheiben putzte. Immer weniger Dinge waren überraschend.

Manchmal hörte er von den Schallplatten, die sie unten spielten, eine völlig klare, vertraute, unveränderte Melodie, und er wusste, was passieren würde, wie sie verspottet und verdreht werden würde, aufgeputzt und bis zur Unkenntlichkeit aufgeblasen. Überall gab es ähnliche Scherze, und man musste in Betracht ziehen, dass es Leute gab, die sie mochten.

Der Ross-Point-Pier war eine schon lange nicht mehr benutzte, baufällige Mole, die bei Flut fast völlig verschwand und bei Ebbe am äußersten Ende ins Meer glitt. Mr. Lougheed bog um die Kurve der Uferpromenade – er hatte doch kommen müssen, war zu unruhig gewesen, um fortzubleiben – und erwartete fast, niemanden zu sehen, zu entdecken, dass er sich das Ganze nur eingebildet hatte oder, noch wahrscheinlicher, dass er einem ausgemachten Schelmenstreich aufgesessen war. Aber so war es nicht; viele waren zusammengekommen. Hier war keine Treppe – es gab Stufen eine viertel Meile weiter hinten und noch welche ein Stück weiter vorn, hinter Ross Point –, doch Mr. Lougheed ließ sich die Böschung hinunter, hielt sich an Besenginstersträuchern fest und dachte erst hinterher an die Gefahr von Knochenbrüchen. Er eilte den Strand entlang.

Die ersten, die er erkannte, rannten die Mole entlang und sprangen von einem ihrer zerborstenen Zementblöcke zum nächsten. Rex und Calla und Rover und mehrere ihrer Freunde, die man nicht voneinander unterscheiden konnte. Calla hatte sich in etwas gehüllt, das aussah wie eine alte Tagesdecke aus Chenille und auch eine war, nur dass sie die meisten ihrer rosa und braunen Noppen eingebüßt hatte. Sie hüpften alle herum, sie planschten barfuß im Wasser. Ein Junge auf dem Strand spielte Flöte oder ein Ding wie eine Flöte, das gleiche, das Eugene hatte – eine Blockflöte. Er spielte gut, wenn auch eintönig. Die beiden alten Schwestern waren da, die blinde hob ihren weißen Stock, während sie sprach, und zeigte damit aufs Wasser. Sie erinnerte einen an Moses am Roten Meer. Die andere redete erklärend auf sie ein. Mr. Clifford und Mr. Morey und einige andere alte Männer hatten sich klugerweise ein wenig weiter weg postiert und plauderten. Insgesamt waren vielleicht drei Dutzend Leute da, alle über sechzig oder unter dreißig. Eugene saß ziemlich weit draußen auf der Mole, ganz allein. Mr. Lougheed hatte gedacht, er würde für diesen Anlass etwas Besonderes anziehen, ein grobes Gewand oder einen Lendenschurz, falls sich so etwas auftreiben ließ, aber er trug wie sonst auch Jeans und ein weißes T-Shirt.

Einer der alten Männer holte seine Taschenuhr hervor und rief in die Gegend, als redete er niemand Bestimmten an: »Wie ich sehe, ist es zehn Uhr.«

»Zehn Uhr, Eugene!«, rief Rex, der mit nacktem Oberkörper ins Wasser gesprungen und bis zu den Hüften nass war.

Eugene wandte allen den Rücken zu, er hatte die Knie angezogen, sein Kopf ruhte auf den Knien.

»Heilig, heilig, heilig«, tönte Rex, warf den buschigen Kopf in den Nacken und breitete weit die Arme aus.

»Wir sollten singen«, sagte ein Mädchen.

Gleichzeitig unterhielten sich vor Mr. Lougheed zwei Damen mit Hut.

»Ich hätte nicht gedacht, dass so viele kommen.«

»Ich bin nicht gekommen, um mir etwas Gotteslästerliches anzuhören.«

Das Mädchen fing an zu singen, im Wettstreit mit dem Blockflötenspieler. Sie wirbelte unsicher auf dem Strand umher, sang ohne Worte, von ihrem Hals flatterte ein Schal in vielen weichen Farben. Nach einem Weilchen davon blickten sich die beiden Damen an, räusperten sich, nickten und begannen mit zittrigen zarten Stimmen, voll schüchterner Entschlossenheit.

Wir sind hier versammelt, dein Loblied zu singen,
Auf dass du uns kundtust den Willen dein …

»Wann geht die Schau endlich los?«, rief Mr. Morey übermütig.

»Was passiert?«, fragte die blinde Schwester. »Ist er schon auf dem Wasser?«

Eugene erhob sich und ging weiter auf die Mole hinaus. Ohne Zögern schritt er ins Wasser, das um seine Knöchel schwappte, dann um seine Knie, dann um seine Hüften.

»Er ist mehr drin als drauf«, sagte Mr. Morey. »Sprich ein Gebet, Junge!«

Rover hockte sich auf die Steine und begann laut zu tönen: »Om, om, om, om …«

»Was, was?«, fragte die blinde Schwester, und das tanzende Mädchen unterbrach seinen Singsang lange genug, um mit liebevoller Hoffnungslosigkeit und Entsagung zu rufen: »Ach, Eugene! Eugene!«

In deiner Hand sind wir des Sieges stets sicher …

Eugene ging bis zur Taille hinein, bis zur Brust, und Mr. Lougheed schrie mit einer Stimme, die er schon verloren zu haben meinte: »Eugene, komm aus dem Wasser raus!«

»Schwerelosigkeit!«, rief Mr. Morey im selben Augenblick. »Schalt deine Schwerelosigkeit ein!«

Eugene senkte den Kopf und ging unter.

Das singende Mädchen stieß einen freudigen Schrei aus.

Mr. Lougheed war zur Mole hinuntergegangen und

dann ein Stück darauf entlang. Er fragte Calla, die in ihre Tagesdecke gehüllt war wie eine biblische Frau: »Wissen Sie, ob er schwimmen kann?«

»Schwimm, schwimm!«, rief Rex, der Possenreißer, und ließ sich ins Wasser fallen, während die nicht erblindete Schwester sich umdrehte und schrie: »Hilfe, Hilfe! Lasst ihn nicht ertrinken!«

Eugene krabbelte dort auf die Mole, wo sie aus dem Wasser ragte. Er richtete sich tropfend auf, sammelte sich und strich sich die Haare aus den Augen, während ein Mädchen rief: »Meerungeheuer! Meerungeheuer!« Die Männer, angeführt von Mr. Morey, spendeten ironischen Beifall.

Der Blockflötenspieler hatte sich durch nichts unterbrechen lassen.

»Darauf läuft es hinaus, auf dem Wasser gehen«, sagte Mr. Morey.

»Niemand soll ihn quälen«, sagte die blinde Schwester. »Er hat sein Bestes getan.«

Eugene kam langsam auf sie zu und lächelte. »Ich kann nicht einmal schwimmen«, sagte er und sog dankbar die Luft ein. Er klang fast, als hätte er einen Sieg errungen. »Ich bin die Mole hinaufgekrochen. Ich hätte mich früher aufrichten können, aber ich war so gerne … unter Wasser.«

»Gehen Sie nach Hause und ziehen Sie sich um, wenn Sie sich keine Lungenentzündung holen wollen«, sagte Mr. Lougheed.

»Das war also nur ein Scherz?«, fragte die eine der Choralsängerinnen, und obwohl sie die Frage nicht an ihn gerichtet hatte, antwortete ihr Mr. Lougheed barsch: »Was dachten Sie denn?« Die beiden Damen blickten sich an und pressten die Lippen zusammen ob solcher Unhöflichkeit.

»Es tut mir leid, wenn es nicht das war, was ihr euch alle erhofft habt«, ließ Eugene sich mit sanfter Stimme vernehmen und schaute in die Runde. »Die Schuld liegt ganz bei mir. Ich habe in meiner Beherrschung noch nicht den Punkt erreicht, den ich erreicht zu haben hoffte. Das mag zwar für euch enttäuschend gewesen sein, aber für mich war es sehr interessant und wundervoll, und ich habe etwas Wichtiges gelernt. Ich möchte euch danken.«

Worauf die Damen freundlich applaudierten und einige der jungen Leute sich ihnen mit übertriebenem Applaus anschlossen. Zwei Gruppen, die mehr miteinander gemein haben, als sie ahnen, dachte Mr. Lougheed. Keine von beiden würde es zugeben. Aber gingen ihre Erwartungen nicht in dieselbe Richtung? Und was löste in ihnen solche Erwartungen aus? Es war Verzweiflung, es war das Gefühl, ans Ende des Weges gelangt zu sein. Trotzdem sollte der Stolz es einem verbieten.

Ohne ein weiteres Wort an irgendjemanden zu richten, machte er sich davon. Er ging den Strand entlang und die Treppe hinauf und wunderte sich, wie er die Böschung hinuntergelangt war, ohne sich ein Bein zu brechen, was in seinem Alter das Ende bedeutet hätte, und all das für diesen Unsinn. Er lief etwa eine Meile weit am Meer entlang bis zu einem Café, das, wie er wusste, auch sonntags geöffnet war. Dort saß er lange bei einer Tasse Kaffee und ging dann nach Hause. Musik schallte aus den offenen Fenstern im Erdgeschoss, den Fenstern von Miss Musgrave; die Art von Musik, die sie immer spielten. Er ging hinauf, klopfte an die Tür von Eugene und rief: »Möchte nur mal nachsehen, ob Sie die nassen Sachen ausgezogen haben!«

Keine Antwort. Er wartete kurz, dann machte er die Tür auf. Eugene schloss nie ab.

»Eugene?«

Eugene war nicht da, ebenso wenig wie seine nassen Sachen. Mr. Lougheed hatte das Zimmer schon einmal ohne Eugene darin gesehen, als er ihm ein Buch zurückgebracht hatte. Der Anblick hatte ihn nicht so beunruhigt wie jetzt. Zum einen war das Fenster ganz hochgeschoben. Normalerweise zog Eugene es zu, bevor er wegging, damit es nicht auf seine Bücher regnete oder der Wind hereinblies. Jetzt ging ein Wind. Papiere waren vom Bücherregal heruntergeweht und über den Fußboden verstreut worden. Ansonsten war alles ordentlich. Das Bettzeug lag zusammengefaltet am Ende der Matratze, als hätte er nicht vor, dort noch einmal zu schlafen.

Mr. Lougheed klopfte unten an die Tür. Calla kam.

»Eugene ist nicht zu Hause. Wissen Sie, wo er ist?«

Calla drehte sich um und rief in das Halbdunkel des Zimmers, das von eingefärbter Bettwäsche und ständig zugezogenen roten und violetten Vorhängen herrührte.

»Hat wer Eugene gesehen?«

»Er ist zum Golfplatz gegangen. Nach Osten.«

»Was wollen Sie denn von ihm?«, fragte Rex freundlich, auf Callas Schulter gelehnt.

Jemand im Hintergrund rief: »Frag ihn, wie ihm seine Tür gefallen hat.«

»Frag ihn, wie ihm sein Vogel gefallen hat.«

Also nicht die Katze. Calla lächelte ihn an. Sie hatte ein breites, liebes, kalkweißes Gesicht, übersät von vielen entzündeten Pickeln.

»Danke schön«, sagte Mr. Lougheed, ohne auf Rex einzugehen.

»Was will er denn von diesem Juden-Gen?«, fragte eine andere Stimme aus dem Hintergrund, wahrscheinlich die von Rover mit ihrem blechernen Greinen. Diese Stimme bot eine Mutmaßung an, vor der Mr. Lougheed sofort die Ohren verschloss und die er auch danach nie gehört haben wollte.

»Fick gefällig?«, fragte Calla.

Er hielt sich an die Auskunft, ihm blieb nichts anderes übrig. Er machte sich auf den Weg nach Osten, am Meer entlang wie schon am Morgen. An der Mole vorbei, die jetzt menschenleer war, vorbei an dem Café, wo er die Tasse Kaffee getrunken hatte, weiter zum Golfplatz. Es war ein angenehmer Nachmittag, viele Leute waren unterwegs. Manchmal meinte er, Eugene zu sehen. Jeder Zweite der jungen Männer auf der Welt schien Jeans und ein weißes T-Shirt zu tragen, klein und zierlich zu sein und Haare derselben Länge zu haben. Er ertappte sich dabei, dass er den Leuten ins Gesicht sah und sie fragen wollte: »Haben Sie einen jungen Mann gesehen?« Er dachte, vielleicht würde er jemanden treffen, der heute Morgen an der Mole gewesen war. Er hielt nach Mr. Clifford oder Mr. Morey Ausschau. Aber er war zu weit fort, er war außerhalb ihres Reviers.

Auf der anderen Seite des Golfplatzes erstreckte sich wildes Gestrüpp aus mannshohen Sträuchern. Felsbrocken reichten bis ins Wasser. Kein Strand weit und breit. Das Wasser sah ziemlich tief aus. Ein Mann stand vorn auf den Felsblöcken und hielt eine Drachenschnur. Kleine Boote mit roten und blauen Segeln waren draußen auf dem Wasser. Konnte jemand hier hineinfallen, ohne dass es bemerkt wurde? Konnte jemand sacht hineingleiten, unauffällig, und verschwinden?

Einige Zeit zuvor, nämlich als er in dem Café saß und seinen Kaffee trank, war ihm etwas eingefallen, eine Szene, die er für das Ende seines Traums hielt. Es war eine deutliche und ausführliche Szene, ohne Anstrengung irgendwo hergeholt – entweder aus dem Traum oder aus seinem Gedächtnis, aber er hielt es für ausgeschlossen, dass sie seinem Gedächtnis entstammte.

Er ging hinter seinem Vater durch langes graues Gras. Es war grau, denn der Tag brach an und man konnte alles deutlich sehen, aber die Sonne war noch nicht aufgegangen. Sie schienen von den anderen suchenden Männern getrennt worden zu sein. Sie waren an einem Fluss und kletterten bald eine Böschung hoch auf eine Schotterstraße. Die Straße führte zu einer Brücke, die den Fluss überquerte, und Mr. Lougheed, in dieser Szene natürlich ein Kind, rannte auf die Brücke. Er hatte sie etwa zu einem Drittel überquert, bevor ihm auffiel, was für ein unwahrscheinliches und absolut unsicheres Bauwerk sie war. Bretter fehlten im Boden, und die Balken schienen irgendwie zersplittert zu sein, als sei die Brücke ein Spielzeug, auf das jemand getreten war. Er schaute sich nach seinem Vater um, aber der war nicht da; was er nicht anders erwartet hatte. Dann musste er durch den Boden der Brücke, wo eine Bohle fehlte, hinunterschauen, und im seichten Wasser des Flusses, das über weiße Steine floss, sah er den ausgestreckten Körper eines Jungen mit dem Gesicht nach unten. Der in dem Traum, wenn es denn einer war, ein ebenso natürlicher Anblick zu sein schien wie die Steine, auch genauso sauber und weiß.

Aber jetzt in wachem Zustand konnte er diesen Anblick nicht einfach so hinnehmen, und er fragte sich, ob das Frank McArter war, ob dieser junge Mann sich, nachdem er seine Eltern umgebracht hatte, tatsächlich in den Fluss gestürzt hatte. Es gab keine Möglichkeit, das noch herauszufinden.

Er hatte einmal etwas erlitten, was, so sagte ihm später der Arzt, ein winziger Schlaganfall gewesen war, in dem eine gezackte, blendend weiße Linie etwa achtundvierzig Stunden lang in einer Ecke seines Gesichtsfeldes tanzte und dann verschwand. Es blieb nichts zurück, so etwas war nicht ungewöhnlich, sagte ihm der Arzt. Jetzt vollführte der Traum oder das Ende des Traums in seinen Gedanken dasselbe. Er nahm an, das würde nach einer Weile weggehen. Und er hoffte, noch etwas anderes würde weggehen, wenn er wieder bei sich war, nämlich diese Ängste oder seltsamen Gedanken, Eugene könnte ins Wasser gehen – Selbstmord begehen wären nicht Eugenes Worte dafür; bestimmt würde er eine weithergeholte und raffinierte Beschreibung dafür wählen –, wofür die Vorführung am Morgen womöglich nur eine Probe war, eine Initiation.

Er war sehr müde. Schließlich gelangte er zu einer leeren Bank und saß dort lange Zeit, wusste nicht, ob er je die Kraft aufbringen würde, nach Hause zu gehen.

»Eugenes Tür ist nicht abgeschlossen, und sein Fenster steht weit offen«, sagte er zu Calla. Im Zimmer hinter ihr war es jetzt still. Sie lächelte ihn an wie zuvor. Er dachte daran, sich ihre Augen anzuschauen, doch soweit er es beurteilen konnte, waren sie normal. Er war so müde, so mitgenommen, dass er sich am Treppenpfosten festhalten musste.

»Er lässt seine Tür immer auf«, sagte Calla.

»Ich habe Grund zur Sorge um ihn«, sagte Mr. Lougheed zitternd. »Ich meine, wir sollten eine Behörde benachrichtigen.«

»Die *Polizei*?«, fragte Calla mit leiser, entsetzter Stimme. »Das können Sie nicht machen. Das dürfen Sie nicht!«

»Es kann ihm etwas zugestoßen sein.«

»Er kann von hier weggegangen sein.«

»Falls ja, dann hat er all seine Sachen zurückgelassen.«

»Das kann er getan haben. Er kann einfach – wissen Sie, er kann plötzlich gedacht haben, er will weg, also ist er weggegangen.«

»Ich meine, er war durcheinander. Ich meine, er kann versucht haben … er ist vielleicht wieder ins Wasser gegangen.«

»Meinen Sie?«, fragte Calla. Er hatte erwartet, sie

würde überrascht sein, dagegen protestieren, ihn für solch eine Idee sogar auslachen, doch stattdessen schien sie diese Möglichkeit langsam, verführerisch in ihrem Kopf aufblühen zu lassen. »Meinen Sie wirklich?«

»Ich weiß es nicht. Ich meine, er war durcheinander. Glaube ich. Es fällt mir schwer, zu beurteilen, wann einer von euch durcheinander ist oder nicht.«

»Er war nicht einer von uns«, sagte Calla. »Er war schon alt.«

»Aber kann sein, dass er das tun wollte«, sagte sie nach kurzer Pause. »Ist vielleicht einfach eins von all dem, was er tun wollte. Wenn er sich das vorgenommen hat, dann soll ihn niemand aufhalten, finde ich. Oder seinetwegen traurig sein. Ich bin nie wegen irgendwem traurig.«

Mr. Lougheed wandte sich ab. »Na dann gute Nacht«, sagte sie besänftigend. »Tut mir leid, wenn Ihnen Ihre Tür nicht gefällt.«

Mr. Lougheed dachte zum allerersten Mal, er könnte die Treppe nicht schaffen. Er befürchtete, seine Kraft könnte nicht einmal mehr dafür reichen. Möglich, dass er in eins der Hochhäuser umziehen musste, wie die anderen, wenn er weitermachen wollte.

Vergebung in Familien

Ich habe oft gedacht, angenommen, ich müsste zum Psychiater, und der würde natürlich etwas über meinen familiären Hintergrund wissen wollen, dann müsste ich ihm von meinem Bruder erzählen, und der Psychiater, der würde nicht mal abwarten, bis ich damit fertig bin, sondern mich einweisen.

Ich sagte das Mutter; sie lachte. »Du bist hart gegen den Jungen, Val.«

»Von wegen Junge«, sagte ich. »*Mann.*«

Sie lachte, sie gab es zu. »Aber denk dran«, sagte sie, »der Herr liebt die geistig Wirren.«

»Woher willst du das wissen?«, fragte ich. »Du bist doch Atheistin.«

Für einiges konnte er nichts. Für seine Geburt zum Beispiel. Er wurde in der Woche geboren, in der ich in die Schule kam, was ist das denn für eine Terminplanung? Ich hatte schreckliche Angst, es war nicht wie heute, wo die Kinder schon jahrelang in den Kindergarten gegangen sind. Ich ging zum ersten Mal in die Schule, und alle anderen Kinder hatten ihre Mutter dabei, und wo war meine? Im Krankenhaus und bekam ein Baby. Was mir entsetzlich peinlich war. Diese Dinge waren damals mit viel Scham verbunden.

Es war nicht seine Schuld, dass er geboren wurde, und es war nicht seine Schuld, dass er auf meiner Hochzeit kotzte. Man stelle sich vor! Auf den Boden, auf den Tisch, er schaffte es sogar, die Torte zu treffen. Er war nicht betrunken, wie einige dachten, er hatte tatsächlich eine besonders heftige Art von Grippe, die dann Haro und mich auf unserer Hochzeitsreise erwischte. Ich habe noch nie von irgendjemandem sonst mit irgendeiner Art von Grippe gehört, der einen Tisch mit Spitzendecke und silbernen Kerzenleuchtern und einer Hochzeitstorte drauf vollgekotzt hat. Man könnte noch sagen, das war Pech; vielleicht waren alle anderen Erkrankten, als es sie ankam, näher an einer Toilette. Und alle anderen gaben sich vielleicht ein bisschen mehr Mühe, es zurückzuhalten, könnte ja sein, denn niemand sonst ist so etwas Besonderes, so ein Nabel der Welt wie mein kleiner Bruder. Nennen wir ihn ein Kind der Natur. So nannte er sich später selbst.

Ich überspringe, was er zwischen seiner Geburt und seiner Kotzerei auf meiner Hochzeit tat, nur so viel: Er hatte Asthma, brauchte wochenlang nicht zur Schule zu gehen und hing bei allen Hörspielserien am Radio. Manchmal gab es einen Waffenstillstand zwischen uns, und ich ließ mir von ihm erzählen, was jeden Tag bei *Große Schwester* und *Straße des Lebens* und der Serie mit Gee-Gee und Papa David passierte. Er konnte sehr gut alle Personen auseinanderhalten und alle Handlungsstränge entwirren, das muss ich ihm lassen, und er schmökerte wirklich viel in *Wege ins Leseland*, diesen hübschen Bänden, die Mutter für uns kaufte und die er später aus dem Haus schmuggelte und für zehn Dollar verhökerte. Mutter sagte, er könnte in der Schule glänzen, wenn er nur wollte. Dein Bruder hat es faustdick hinter den Ohren, sagte sie immer, der hat einige Überraschungen für uns in petto. Womit sie Recht behalten sollte.

In der zehnten Klasse blieb er ganz zu Hause, denn er hatte ein kleines Problem, nachdem er dabei erwischt worden war, wie er für eine Mogelclique die Mathe-Prüfungsaufgaben aus dem Schreibtisch eines Lehrers stiebitzte. Einer der Hausmeister hatte ihm nach der Schule das Klassenzimmer aufgeschlossen, weil er behauptete, an einem Spezialprojekt zu arbeiten. Was in gewisser Weise stimmte. Mutter sagte, er hätte es nur getan, um sich beliebt zu machen, weil er Asthma hatte und nicht am Sport teilnehmen konnte.

Dann. Ein Beruf. Irgendwann taucht die Frage auf, was wird ein Mensch wie mein Bruder – ich sollte ihm wenigstens einen Namen geben, er heißt Cam, was für Cameron steht, Mutter fand, das sei ein passender Name für einen Universitätspräsidenten oder ehrlichen Großindustriellen (denn so sah ihre Berufsplanung für ihn aus) – was wird er machen, wie wird er seinen Lebensunterhalt verdienen? Bis vor Kurzem bezahlte einen der Staat nicht dafür, dass man herumsaß und verkündete, man habe einen kreativen Lebensstil gewählt. Als Erstes bekam er eine Stellung als Kinoplatzanweiser. Mutter hatte ihm die besorgt, sie kannte den Kinobesitzer, es war das alte International in der Blake Street. Damit musste er aber aufhören, weil er eine Dunkelheitsphobie bekam. Die vielen Menschen, die im Dunkeln saßen, sagte er, davon bekam er ein gruseliges Gefühl, ganz sonderbar. Das hinderte ihn nur daran, als Platzanweiser zu arbeiten, es hinderte ihn nicht daran, selber ins Kino zu gehen. Er wurde ein großer Filmfreund. Er verbrachte sogar ganze Tage in den Kinos, sah sich jeden Film zweimal hintereinander an, ging dann ins nächste Kino und sah sich alles an, was da lief. Er musste etwas mit seiner Zeit anfangen, denn Mutter und wir alle glaubten, dass er im Büro vom Greyhound-Busdepot arbeitete. Er ging jeden Morgen zur richtigen Zeit fort zur Arbeit und kam jeden Abend zur richtigen Zeit nach Hause und erzählte viel von dem schrulligen alten Mann, der dem Büro vorstand, und von der Frau mit der Rückgratverkrümmung, die seit 1919 dort arbeitete und auf die Kaugummi kauenden jungen Mädchen schimpfte, ach, lustige Geschichten, die so spannend wie die Radioserien geworden wären, wenn Mutter nicht angerufen hätte, um sich zu beschweren, weil man seine Lohntüte zurückhielt – wegen eines Fehlers in der Schreibweise seines Namens, behauptete er –, und erfuhr, dass er mitten an seinem zweiten Arbeitstag verschwunden war.

Na ja. In Kinos sitzen ist besser als in Kneipen sitzen, sagte Mutter. Wenigstens trieb er sich nicht auf der Straße herum und ließ sich nicht mit kriminellen Banden ein. Sie fragte ihn nach seinem Lieblingsfilm, und er entwortete *Sieben Bräute für sieben Brüder.* Seht ihr, sagte sie, er interessiert sich für das Leben im Freien, er eignet sich nicht für Büroarbeit. Also schickte sie ihn zum Arbeiten zu Vettern von ihr, die eine Farm im Fraser Valley hatten. Ich sollte noch erwähnen, dass mein Vater, Cams und meiner, zu dieser Zeit schon tot war, er starb, als Cam sein Asthma hatte und seine Radioserien hörte. Sein Tod machte uns nicht viel aus, denn er arbeitete als Schaffner auf dem Prince George Express, wenn der in Squamish abfuhr, und er wohnte teilweise in Lillooet. Nichts änderte sich, Mutter arbeitete weiter bei Eaton's wie immer, nahm die Fähre und dann den Bus; ich besorgte das Abendessen, sie schleppte sich im Winterdunkel den Hügel herauf.

Cam haute von der Farm ab, er beklagte sich, die Vettern seien fromm und ständig hinter seiner Seele her. Mutter sah das völlig ein, schließlich hatte

»Ich glaube, du kommst besser rüber und schaust mal, ob du Mom helfen kannst, Val.«

»Was hat sie denn?«

»Es geht ihr nicht so gut.«

»Was hat sie? Gib sie mir mal.«

»Kann ich nicht.«

»Warum nicht?«

Ich schwöre, er kicherte. »Ich fürchte, sie ist ohnmächtig.«

Ich rief die Feuerwehr an und schickte einen Krankenwagen zu ihr, und so wurde sie um fünf Uhr morgens ins Krankenhaus eingeliefert. Ich rief ihren Hausarzt an, er fuhr hin und holte Dr. Ellis Bell, einen der bekanntesten Herzspezialisten der Stadt, denn sie waren zu dem Schluss gelangt, es war das Herz. Ich zog mich an, weckte Haro und erzählte ihm alles, dann fuhr ich selber zum Lions Gate Hospital. Erst um zehn Uhr wurde ich reingelassen. Sie lag auf der Intensivstation. Ich wurde in das schicke kleine schauderhafte Wartezimmer gesteckt. Rote rutschige Stühle, billiger Fußbodenbelag und eine Schale voller Kiesel, aus denen grüne Plastikblätter wuchsen. Da saß ich Stunde um Stunde und las den *Reader's Digest.* Die Witze. Und dachte, so ist es also, das ist es nun, sie stirbt. Jetzt, in diesem Augenblick, hinter diesen Türen. Nichts hält an oder hält inne, wie wir es uns irgendwie und gegen unsere Vernunft einbilden. Ich dachte über Mutters Leben nach, den Teil davon, den ich kannte. Jeden Tag zur Arbeit, erst mit der Fähre, dann mit dem Bus. Einkaufen im alten Red-and-White, dann im neuen Safeway – neu, auch schon fünfzehn Jahre alt! An einem Abend in der Woche runter zur Stadtbücherei mit mir im Schlepptau, dann fuhren wir mit dem Bus nach Hause, beladen mit Büchern und einer Tüte Weintrauben, die wir uns beim Chinesen geleistet hatten. Dann die Mittwochnachmittage, als meine Kinder klein waren und ich auf einen Kaffee vorbeiging, und sie uns mit dem Apparat, den sie hatte, Zigaretten drehte. Und ich dachte, all diese Dinge kommen einem nicht gerade wie das Leben vor, wenn man sie tut, sie sind bloß das, was man tut, wenn man seine Tage füllt, und man denkt die ganze Zeit über, etwas wird aufbrechen, und dann, dann wird man im Leben sein. Gar nicht mal, dass man sich das sehnlich wünscht, dieses Aufbrechen, denn man hat es ja ganz bequem so, aber man erwartet es. Dann stirbt man, Mutter stirbt, und es sind bloß die Plastikstühle und Plastikpflanzen wie immer, und draußen ist ein ganz normaler Tag mit Leuten, die einkaufen gehen, und was man gehabt hat, ist schon alles, mehr ist nicht, und in die Stadtbücherei gehen, nur etwas wie das, und im Bus mit Büchern und einer Tüte Weintrauben den Hügel hinauf zurückfahren kommt einem jetzt so wünschenswert vor, oh Gott, es bricht einem das Herz, so sehr wünscht man sich dahin zurück.

Als sie mich zu ihr ließen, war sie blaugrau im Gesicht, und ihre Augen waren nicht völlig geschlossen, aber verdreht, der Spalt, der offen war, zeigte nur das Weiße. Ohne ihr Gebiss im Mund sah sie immer schrecklich aus, wollte nicht, dass wir sie so sahen. Cam hatte sie mit ihrer Eitelkeit aufgezogen. Es war jetzt nicht in ihrem Mund. Die ganze Zeit lang also, dachte ich, die ganze Zeit lang, sogar, als sie jung war, hatte sie in sich, dass sie eines Tages so aussehen würde.

Sie machten mir keine Hoffnung. Haro kam, warf einen Blick auf sie, legte mir den Arm um die Schultern und sagte: »Val, du musst dich aufs Schlimmste gefasst machen.« Er meinte es gut, aber ich konnte nicht mit ihm reden. Es war nicht seine Mutter, und er hatte keine Erinnerungen. Das war nicht seine Schuld, aber ich wollte nicht mit ihm reden, ich wollte mir nicht von ihm anhören, ich sollte mich besser aufs Schlimmste gefasst machen. Wir gingen in die Krankenhauskantine etwas essen.

»Du solltest Cam anrufen«, sagte Haro.

»Warum?«

»Er wird es wissen wollen.«

»Wie kommst du auf den Gedanken, dass er es wissen will? Er hat sie gestern Abend allein gelassen und war zu blöde, einen Krankenwagen zu rufen, als er heute früh nach Hause kam und sie vorfand.«

»Trotzdem. Er hat ein Recht darauf. Vielleicht sagst du ihm, er soll herkommen.«

»Wahrscheinlich ist er gerade damit beschäftigt, eine Hippiebeerdigung für sie auszurichten.«

Aber Haro überredete mich, wie er es immer schafft, und ich ging telefonieren. Niemand meldete sich. Ich fühlte mich besser, weil ich angerufen hatte, und bestätigt in dem, was ich gesagt hatte, weil Cam nicht zu Hause war. Ich ging zurück zur Station und wartete allein.

Gegen sieben Uhr abends tauchte Cam auf. Er war nicht allein. Er hatte eine ganze Sippe von Kollegen mitgebracht, aus dem Priesterhaus, nahm ich an. Sie waren alle genauso angezogen wie er, dieses Nachthemd aus brauner Sackleinwand, Ketten mit Kreuzen und heiligen Kinkerlitzchen, alle hatten lange Haare und waren wesentlich jünger als Cam, bis auf einen, der war wirklich alt, krauser grauer Bart, barfuß – barfuß im März –, keine Zähne. Ich schwöre, dieser alte Mann hatte keinen Schimmer, was vorging. Ich glaube, sie hatten ihn bei der Heilsarmee aufgelesen und ausstaffiert, weil sie einen alten Mann als eine Art Maskottchen oder Talisman oder so was brauchten.

Cam sagte: »Das ist meine Schwester Valerie. Das ist Bruder Michael. Das ist Bruder John, das ist Bruder Louis.« Und so weiter, und so weiter.

»Sie haben nichts gesagt, um mir Hoffnung zu machen, Cam. Sie stirbt.«

»Wir hoffen, nicht«, sagte Cam mit seinem verstohlenen Lächeln. »Wir haben den ganzen Tag lang für sie gearbeitet.«

»Meinst du, gebetet?«, fragte ich.

»Arbeit ist ein besseres Wort als Beten, um es zu beschreiben, wenn du nicht verstehst, was es ist.«

Natürlich verstehe ich nie was.

»Richtiges Beten ist Arbeit, glaub mir«, sagt Cam, und sie alle lächeln mich auf seine Art an. Sie können nicht stillhalten, wie Kinder, die auf die Toilette müssen, sie winden und schütteln sich und machen kleine Schritte.

»In welchem Zimmer liegt sie?«, fragt Cam mit sachlicher Stimme.

Ich dachte daran, dass Mutter starb und durch diesen Schlitz zwischen ihren Augenlidern – wer weiß, vielleicht konnte sie von Zeit zu Zeit etwas sehen – diesen Haufen von Derwischen um ihr Bett tanzen sah. Mutter, die ihren Glauben verloren hatte, als sie dreizehn war, in die Unitarische Kirche eintrat und wieder austrat, als die sich über der Frage, Gott aus den Chorälen zu streichen (sie war dafür), spaltete, Mutter, die ihre letzten bewussten Minuten damit verbringen musste, sich zu fragen, was passiert war, ob sie in eine Zeit zurückversetzt worden war, in der Irrsinnige in ihren verrückten Zeremonien umeinanderhüpften, während sie sich bemühte, mitten in deren Getümmel ihre letzten vernünftigen Gedanken zu denken.

Gott sei Dank sagte die Krankenschwester nein. Der Stationsarzt wurde geholt und sagte auch nein. Cam bestand nicht darauf, er lächelte und nickte ihnen zu, als hätten sie ihm die Erlaubnis erteilt, dann brachte er die Truppe zurück ins Wartezimmer, und da legten sie direkt vor meinen Augen los. Sie steckten den alten Mann in die Mitte, wo er mit gesenktem Kopf und geschlossenen Augen saß – sie mussten ihm auf die Schulter tippen, um ihn daran zu erinnern, was er zu tun hatte –, und sie hockten sich in einem lockeren Kreis um ihn herum, mit dem Gesicht abwechselnd nach innen und nach außen. Dann fingen sie mit geschlossenen Augen an, vor und zurück zu schaukeln und ganz leise einige Worte zu murmeln, nur nicht dieselben Worte, es hörte sich an, als hätte jeder von ihnen andere und natürlich keine englischen, sondern welche aus dem Suaheli oder Sanskrit oder sonst was. Das Gemurmel wurde lauter, langsam immer lauter, ein hämmernder Singsang, und dabei standen sie auf, alle bis auf den alten Mann, der blieb, wo er war, und aussah, als wäre er im Sitzen eingeschlafen, dann fingen sie im Stehen mit einem schlurfenden Tanz an und klatschten dazu in die Hände, nicht sehr gleichmäßig. Das taten sie eine ganze Weile lang, bis der Krach, den sie machten, obwohl er nicht furchtbar laut war, Krankenschwestern und Helferinnen und Pfleger aus den Stationen anlockte und auch Leute wie mich, die warteten, und alle waren völlig ratlos, weil es in diesem ganz normalen kleinen Wartezimmer so unglaublich, so völlig verrückt zuging. Alle starrten nur vor sich hin, als schliefen oder träumten sie oder wären kurz vor dem Aufwachen. Dann kam eine Krankenschwester aus der Intensivstation und sagte: »Sie stören. Das geht nicht. Was meinen Sie, wo Sie hier sind?«

Sie packte einen der jüngeren Brüder und schüttelte ihn bei den Schultern, anders hätte sie es nicht geschafft, dass er Ruhe gab und zuhörte.

»Wir arbeiten, um einer Frau zu helfen, die sehr krank ist«, sagte er ihr.

»Ich weiß nicht, was Sie arbeiten nennen, aber Sie helfen niemandem. Jetzt bitte ich Sie, hier zu verschwinden. Verzeihung. Ich bitte Sie nicht. Ich fordere Sie auf.«

»Sie irren sich gründlich, wenn Sie meinen, die Klänge unserer Stimmen könnten einem Kranken schaden oder lästig fallen. Diese ganze Zeremonie erschallt auf einer Tonhöhe, die den bewusstlosen Geist erreicht und tröstet und die dämonischen Einflüsse aus dem Körper zieht. Diese Zeremonie ist fünftausend Jahre alt.«

»Großer Gott«, sagte die Krankenschwester und sah aus wie vom Donner gerührt, was man ihr nicht verübeln konnte. »Wer sind diese Leute?«

Ich musste hin und sie aufklären, ihr gestehen, dass

es mein Bruder mit seinen, sagen wir, Freunden war und dass ich von ihrer Zeremonie nichts gewusst hatte. Ich erkundigte mich nach Mutter, gab es eine Veränderung?

»Nein, keine«, sagte sie. »Was müssen wir tun, um sie hier rauszuschaffen?«

»Den Feuerwehrschlauch auf sie richten«, sagte einer der Pfleger, und die ganze Zeit über ging der Tanz oder die Zeremonie weiter, und der, der aufgehört und die Erklärung abgegeben hatte, tanzte auch wieder, und ich sagte zu der Krankenschwester: »Ich rufe an, um zu hören, wie es ihr geht, ich fahre für ein Weilchen nach Hause.« Ich verließ das Krankenhaus und stellte zu meiner Überraschung fest, dass es schon dunkel war. Den ganzen Tag lang da drin, von Dunkelheit zu Dunkelheit. Auf dem Parkplatz fing ich an zu weinen. Cam hat daraus einen Zirkus zu seinem eigenen Vorteil gemacht, sagte ich zu mir selbst, und ich sagte es laut, als ich nach Hause kam.

Haro machte mir einen Drink.

»Das kommt wahrscheinlich in die Zeitungen«, sagte ich. »Cams Chance, zu Ruhm zu gelangen.«

Haro rief im Krankenhaus an, um zu hören, ob es etwas Neues gab, und sie sagten, nein. »Hatten Sie – gab es heute Abend im Wartezimmer irgendwelche Schwierigkeiten mit einigen jungen Leuten? Sind sie friedlich gegangen?« Haro ist zehn Jahre älter als ich, ein vorsichtiger Mann, viel zu geduldig mit allen. Ich hatte ihn im Verdacht, dass er Cam manchmal Geld gab, von dem ich nichts wusste.

»Sie sind friedlich gegangen«, sagte er. »Mach dir keine Sorgen wegen der Zeitungen. Schlaf ein bisschen.«

Ich hatte es nicht vor, aber ich schlief auf der Couch ein, nach dem Drink und dem langen Tag. Ich wurde davon wach, dass das Telefon klingelte und das Zimmer taghell war. Ich stolperte in die Küche, immer noch in die Decke eingewickelt, mit der Haro mich zugedeckt hatte, und sah auf der Uhr an der Wand, dass es Viertel vor sechs war. Sie ist tot, dachte ich.

Es war ihr Hausarzt.

Er sagte, er hätte ermutigende Neuigkeiten. Er sagte, es ginge ihr heute Morgen viel besser.

Ich zerrte einen Stuhl heran und klappte darauf zusammen, meine Arme und mein Kopf landeten auf der Anrichte. Als ich wieder hinhörte, sagte er, dass sie immer noch in einer kritischen Phase war und dass die nächsten achtundvierzig Stunden die Entscheidung bringen würden, aber ohne zu große Hoffnungen wecken zu wollen sollte ich wissen, dass sie auf die Behandlung ansprach. Er sagte, es wäre besonders überraschend angesichts der Tatsache, dass sie erst spät ins Krankenhaus eingeliefert worden war und alles, was man anfangs mit ihr machte, kaum Wirkung zeigte, obwohl die Tatsache, dass sie die ersten paar Stunden überlebt hatte, ein gutes Zeichen war. Gestern hatte niemand von diesem guten Zeichen etwas hergemacht, dachte ich.

Nachdem ich den Hörer aufgelegt hatte, saß ich mindestens eine Stunde lang da. Ich machte mir eine Tasse Pulverkaffee, und meine Hände zitterten so schlimm, dass ich kaum das Wasser in die Tasse kriegte und danach die Tasse nicht zum Mund führen konnte. Ich ließ den Kaffee kalt werden. Haro kam endlich im Schlafanzug an. Er warf mir einen Blick zu und sagte: »Sachte, Val. Ist sie tot?«

»Es geht ihr etwas besser. Sie spricht auf die Behandlung an.«

»Hätte ich nicht gedacht, so, wie du aussiehst.«

»Ich bin ganz durcheinander.«

»Gestern Nachmittag hätte ich keine fünf Cent auf sie gegeben.«

»Ich weiß. Ich kann's nicht glauben.«

»Das ist die Anspannung«, sagte Haro. »Ich weiß. Man macht sich stark für etwas Schlimmes, das einem bevorsteht, und wenn es dann nicht kommt, ist das ein sonderbares Gefühl, es geht einem nicht gleich gut, es ist fast wie eine Enttäuschung.«

Enttäuschung. Das war das Wort, das haften blieb. Ich war froh und wirklich dankbar, aber im Innersten dachte ich, Cam hat sie also doch nicht umgebracht, nicht mit seiner Achtlosigkeit und Verrücktheit und auch nicht damit, dass er wegging und sie im Stich ließ, und ich bedauerte, ja, in einem Teil von mir bedauerte ich, dass das stimmte. Und ich wusste, dass Haro das wusste, aber nie mit mir darüber sprechen würde. Das war der wahre Schock für mich, der wahre Grund, warum ich so zitterte. Nicht, ob Mutter weiterlebte oder starb. Es war das, was mir über mich selbst klar wurde.

Mutter wurde wieder gesund, sie erholte sich prächtig. Nachdem sie den Tiefpunkt hinter sich hatte, ging es nur noch bergauf. Sie blieb drei Wochen lang im Krankenhaus, dann kam sie nach Hause, ruhte sich noch drei Wochen lang aus und ging danach wieder zur Arbeit, trat ein bisschen kürzer und arbeitete nur noch von zehn bis vier statt ganztags, die sogenannte Hausfrauenschicht. Sie erzählte allen Leuten von Cam und seinen Freunden im Krankenhaus. Sie fing an Sachen zu sagen wie: »Also dieser Junge von mir mag ansonsten nicht sehr erfolgreich sein, aber man muss zugeben, er hat ein Talent, Leben zu retten.« Oder: »Vielleicht kann Cam ins Wundertätergeschäft einsteigen, an mir hat er jedenfalls ein Wunder vollbracht.« Zu der Zeit sagte er schon, wie jetzt auch, dass er sich mit dieser Religion nicht mehr sicher war, langsam hatte er die anderen Priester und all das satt, kein Fleisch oder Wurzelgemüse essen. Es ist eine Phase, sagt er jetzt, er ist froh, sie durchgemacht zu haben, Selbstentdeckung. Eines Tages ging ich rüber und ertappte ihn dabei, wie er einen alten

Anzug mit Krawatte anprobierte. Er sagt, vielleicht wird er die Angebote von Fortbildungskursen für Erwachsene wahrnehmen, er denkt daran, Steuerberater zu werden.

Ich dachte auch darüber nach, eine andere zu werden als die, die ich bin. Ich denke wirklich darüber nach. Ich habe ein Buch mit dem Titel *Die Kunst des Liebens* gelesen. Viele Dinge schienen klar zu sein, während ich es las, aber hinterher war ich wieder mehr oder weniger die Alte. Was hat Cam denn je getan, um mich wirklich zu verletzen, wie Haro einmal sagte. Und wieso bin ich besser als er, nach dem, was ich empfunden habe in der Nacht, in der Mutter weiterlebte, anstatt zu sterben? Ich gelobte mir selbst, dass ich es versuchen würde. Ich ging eines Tages vorbei und brachte ihnen Kuchen aus der Bäckerei mit – den Cam jetzt so gerne wie jeder andere isst –, und ich hörte ihre Stimmen draußen im Garten – jetzt im Sommer sitzen sie gerne in der Sonne –, Mutter sagte gerade zu einem Besucher: »Oh, das war ich, ich war drauf und dran, ins weite blaue Himmelreich zu entschweben, aber Cam, dieser Narr, ist gekommen und hat draußen vor meiner Tür mit einem Trupp von seinen Hippiefreunden getanzt …«

»Mein Gott, Frau«, donnerte Cam, aber man hörte ihm an, dass es ihm jetzt nicht mehr ernst war, »Mitglieder einer uralten heiligen Priesterschaft.«

Ich hatte ein sonderbares Gefühl, als ginge ich über glühende Kohlen und probierte einen Zauberspruch aus, damit ich mich nicht verbrannte.

Vergebung in Familien ist mir ein Rätsel, wie sie kommt oder wie sie anhält.

Sag mir, ja oder nein

Ich bilde mir beharrlich ein, dass du tot bist.

Du hast mir gesagt, dass du mich vor vielen Jahren geliebt hast. Vor vielen Jahren. Und ich habe gesagt, dass ich dich damals auch geliebt habe. Eine Übertreibung.

Damals war ich ein junges Mädchen, wusste es aber nicht, denn das waren andere Zeiten. In dem Alter, wo junge Mädchen sich heutzutage die Haare bis zur Taille wachsen lassen, durch Afghanistan reisen und sich glatt wie Aale – so kommt es mir vor – durch ihre verschiedenen und unschuldigen und flüchtigen Liebschaften bewegen, wusch ich verschlafen Windeln aus, bekleidet mit einem Morgenmantel aus rotem Kord, der auf dem Bauch nass war; ich schob einen Kinderwagen auf dem Bürgersteig zum Laden (so daran gewöhnt, dass sich ohne diese Stütze meine Arme beunruhigend leicht anfühlten, mein Körpergewicht musste anders verteilt werden, weiter nach hinten), abends las ich auf der Couch und schlief darüber ein. Wir werden für diese Plackerei vergangener Tage bemitleidet, wir Frauen meines Alters, wir bemitleiden uns selbst, aber um die Wahrheit zu sagen, es war nicht immer schlecht, es war manchmal ganz gemütlich – die rituellen Verrichtungen, die kleinen Belohnungen von Kaffee und Zigaretten, die verzweifelten, humorigen, vorgegebenen Zwiegespräche mit anderen Frauen, die genüsslichen Wunschvorstellungen von Schlaf.

Wir wohnten damals in einem Quartier namens Die Baracken am Rande des Universitätsgeländes. Das waren tatsächlich alte Armeebaracken, die verheirateten Studenten als Unterkunft dienten. Ich las einen ganzen Winter lang den *Zauberberg* und schlief oft mit dem Buch auf dem Bauch ein. Manchmal las ich Douglas daraus vor, wenn er zu müde war, um noch zu arbeiten. Als ich mit dem *Zauberberg* fertig war, nahm ich mir vor, uns durch die *Suche nach der verlorenen Zeit* zu steuern. Wir stolperten, die Arme umeinander, ins Bett, vereint in unserem Verlangen nach Schlaf. Aber gelegentlich musste ich ein wenig später aufstehen und ins Badezimmer gehen, um mein Diaphragma einzusetzen. Wenn ich zur oberen Hälfte des Badezimmerfensters hinausschaute, durch den Spalt zwischen den Plastikvorhängen, sah ich Licht in einigen der anderen Badezimmerfenster und stellte mir andere Ehefrauen vor, die mitten in der Nacht aus einem ähnlichen Grund aufgestanden waren. Wesen des täglichen Gebrauchs, untrennbar von

Kleinkindern, Küchenherden und Badewannen, nun unserem nächtlichen Gebrauch nachkommend mit seinen – rasch verblassenden – Verheißungen von Sünde und Seligkeit. Ich konnte mich noch von früher daran erinnern – von vor vier oder fünf Jahren, was mir sehr lange her vorkam –, dass wir Sex für eine alles verändernde Offenbarung gehalten hatten (wir lasen Lawrence, viele von uns waren mit zwanzig noch Jungfrauen). Jetzt war Sex auf diesen rührigen, gleichbleibenden, befriedigenden, begrenzten Austausch zusammengeschrumpft, schicklicherweise auf diesen häuslichen Bereich beschränkt. Ich empfand nichts so Bestimmtes wie Unzufriedenheit. Ich nahm nur die Veränderung wahr, wie ich immer noch den verminderten Zauber von Weihnachten wahrnahm. Ich glaubte, solche Veränderungen hatten stattgefunden, weil ich erwachsen geworden und in der Welt zu Hause war. Ich war jung genug, um das zu denken, wie wir alle. Ein Wort, das wir oft benutzten, war »reif«. Wenn wir jemandem begegneten, den wir vor ein paar Jahren gekannt hatten, berichteten wir, dass diese Person stark gereift war. Sie kennen, alle kennen den Katalog der falschen Vorstellungen, denen wir in den fünfziger Jahren anhingen; es ist zu leicht, sich darüber lustig zu machen, zu verkünden, Reife wurde angezeigt durch den Besitz einer Waschmaschine und die Unterdrückung politischer Unzufriedenheit, durch die Leidenschaft fürs Kinderkriegen und für Kombiwagen. Zu leicht und nicht ganz die Wahrheit, denn es lässt etwas aus, was, denke ich, rührend war an unserer Tapsigkeit und Bravheit, unserer Liebe zu Grenzen.

Es gab keine Untreue in den Baracken, jedenfalls nicht, soweit ich wusste. Wir lebten auf zu engem Raum zusammen, wir waren zu arm und zu beschäftigt. Auf Partys gab es nur wenige Ausbrüche von Lust; vielleicht konnten wir uns nicht leisten, genug zu trinken. Du sagst, dass du mich geliebt hast, und ich antworte, dass ich dich auch geliebt habe, aber die Wahrheit war sicherlich anders. Viel wahrscheinlicher ist, dass wir durch einander einen Blick auf etwas erhaschten, über das wir nicht nachgedacht hatten – beiseitegetan hatten wie in deinem Fall oder noch nicht entdeckt hatten wie in meinem.

Ich erinnerte mich an denselben Tag wie du, als wir uns vor zwei Jahren völlig unerwartet in einer Stadt begegneten, in der keiner von uns beiden lebte. Wir sprachen davon, nachdem wir bei unserem spontanen Lunch viel Wein getrunken hatten.

»Einen Tag haben wir einen Spaziergang gemacht. Ich musste dieses Ding …«

»Den Kinderwagen. Da saß damals Jocelyn drin.«

»Über Felsbrocken und Schlamm heben. Daran kann ich mich noch erinnern.«

Ein sonniger, ein schöner warmer Tag im Frühling, im April oder vielleicht sogar im März. Ich war zu dem

Drugstore im Uni-Einkaufszentrum im Wintermantel gegangen, weil ich einfach nicht geglaubt hatte, dass der Tag wirklich so warm war, wie er aussah. Sobald ich dich sah, wünschte ich, ich könnte nach Hause gehen und von vorn anfangen, mir die Haare sorgfältiger kämmen und einen dunkelgrauen Pullover aus Velourswolle anziehen, den ich besaß. Ich konnte den Mantel nicht ausziehen, weil ich ein T-Shirt trug, das Jocelyn mit Orangensaft bekleckert hatte.

Ich kannte dich nicht gut, du wohntest am anderen Ende der Baracken. Du warst älter als die meisten von uns, als Doktorand aus der wirklichen Welt der Arbeit und des Krieges an die Uni zurückgekehrt (ein Fehler, du bist nicht geblieben, bald nach dem Tag unseres Spaziergangs hast du dir eine Stellung bei einer Illustrierten besorgt). Deine Frau fuhr jeden Morgen fort, um an einer Tanzschule zu unterrichten. Sie war klein, dunkel, zigeunerisch und extrem selbstsicher, im Vergleich zu den wuschigen, verschlafenen Nur-Hausfrauen.

Wir unterhielten uns vor dem Drugstore, und du sagtest, es sei ein zu schöner Tag, um ihn mit Arbeit zu verbringen, wir sollten spazieren gehen. Wir gingen nicht in Richtung Universitätsgelände mit seinen breiten, bequemen Wegen, sondern zu jenem verwilderten Waldstück oberhalb des Flusses, in das Studenten – die unverheirateten natürlich – tagsüber gingen, um zu knutschen, und nachts, um es zu treiben. An dem Tag war niemand da. Die Jahreszeit war zu früh, die Mildtätigkeit des Wetters hatte alle überrascht. Der Ort eignete sich wenig für einen Spaziergang mit einem Kinderwagen. Wie du sagtest, du musstest ihn über Felsbrocken und schlammige Wegstellen hinwegheben. Unsere Unterhaltung hatte mit ähnlichen Schwierigkeiten zu kämpfen. Wir sagten nichts von Bedeutung. Wir berührten uns kein einziges Mal. Wir fühlten uns immer unbehaglicher, als deutlich wurde, dass unser Spaziergang uns nicht das bringen würde, was wir vorgeblich von ihm erwarteten – eine Stunde entspannter Gesellschaft an diesem schönen Tag – oder was wir eigentlich von ihm erwarteten. Diese Art von Spannung war damals für mich etwas Neues. Ich konnte die Situation nicht einschätzen und manipulieren wie später mit anderen Männern. Ich konnte nicht einmal sicher sein, dass diese Spannung über mich selbst hinausging. Ich verabschiedete mich von dir mit einem Gefühl, als hätte ich mich bei einem Rendezvous unbeholfen und uninteressant verhalten. Am nächsten Tag oder am Tag danach, als ich wie üblich auf der Couch las, spürte ich mich beim Gedanken an dich in eine liebevolle Ferne fallen, und das war der Anfang, nehme ich an, die Erkenntnis von all dem, was es außerdem noch geben konnte. Also sagte ich zu dir: »Ich war verliebt.«

Würdest du gerne wissen, wie ich von deinem Tod erfahre? Ich gehe in die Dozentenküche, um mir vor meinem Seminar um zehn Uhr eine Tasse Kaffee zu machen. Dodie Charles, die immer etwas bäckt, hat einen Kirschfrüchtekuchen mitgebracht. (Etwas, womit wir alten Hasen uns in diesen Phantasievorstellungen auskennen, ist die Wichtigkeit von Einzelheiten, von Konkretem; jawohl, ein Kirschfrüchtekuchen.) Er ist in Wachspapier und außerdem in eine Zeitung eingewickelt. *The Globe and Mail,* nicht die Lokalzeitung, die hätte ich gesehen. Beim Überfliegen dieser eine Woche alten Zeitung, während ich darauf warte, dass mein Wasser kocht, sehe ich den kleinen Artikel mit der unauffälligen Überschrift VETERANENJOURNALIST GESTORBEN. Ich denke über das Wort *Veteran* nach, bedeutet es, jemand hat im Krieg gekämpft, oder ist es nur ein Adjektiv, obwohl es in diesem Fall beides bedeuten könnte, da es besagt, dass der Mann Kriegsberichterstatter war ... Erst da geht es mir auf. Dein Name. Die Stadt, in der du gelebt hast und gestorben bist. Ein Herzanfall, das reicht.

Ich habe die Angewohnheit, deinen letzten Brief in der Handtasche mit mir herumzutragen. Wenn der nächste Brief kommt, ersetze ich ihn, ich lege ihn zu all den früheren Briefen in einen Karton in meinem Schrank. Solange der Brief in meiner Handtasche noch frisch ist, nehme ich ihn gerne in freien Augenblicken heraus und lese ihn, zum Beispiel, wenn ich in einem kleinen Café sitze oder beim Zahnarzt warte. Später nehme ich den Brief überhaupt nicht mehr heraus, ich entwickle eine Abneigung gegen seinen Anblick, mit seinen Eselsohren erinnert er mich daran, wie viele Wochen, wie viele Monate ich nun schon auf den neuen Brief warte. Aber ich lasse ihn in der Tasche, ich lege ihn nicht in den Karton, das wage ich nicht.

Nun jedoch, nachdem ich mit dem Unterricht fertig bin, mit meinen Kollegen zu Mittag gegessen, mit meinen Studenten gesprochen und alles getan habe, was von mir verlangt wird, gehe ich nach Hause und nehme diesen Brief, diesen letzten Brief, aus der Handtasche, tue ihn zu den anderen und schiebe den Karton ganz nach hinten. Absichtlich, nahezu schmerzfrei tue ich das, habe die Tat zuvor bedacht. Ich mache mir einen Drink. Ich setze mein Leben fort.

Jeden Tag, wenn ich vom Unterricht nach Hause komme, sehe ich den Briefkasten und erlebe, um die Wahrheit zu sagen, etwas Angenehmes, das Ausbleiben jeder Erwartung. Zwei Jahre lang ist dieser Blechkasten der zentrale Gegenstand in meinem Leben gewesen, und wenn ich jetzt sehe, wie er wieder neutral wird, nichts von Bedeutung verspricht und zurückhält, so gleicht das dem Gefühl, nachdem ein Schmerz aufgehört hat. Niemand weiß, dass ich etwas verloren habe, niemand wusste von diesem Teil meines Lebens außer ganz allgemein und gerüchteweise; als du herkamst, sind wir niemandem begegnet. Also kann ich weitermachen, als wäre nichts geschehen, als hätte es dich nie gegeben. Aber nach einer Weile erzähle ich es doch jemandem, einem Mann, mit dem ich zusammenarbeite, Gus Marks. Er hat sich vor Kurzem von seiner Frau getrennt. Er führt mich zum Abendessen aus, wir trinken und erzählen einander unsere Geschichten, dann gehen wir, meistens auf meine Initiative hin, ins Bett. Er ist behaart und traurig, ich bin ekstatisch. Ich überrasche mich selbst. Ein paar Tage später bittet er mich, mit ihm Kaffee trinken zu gehen, und sagt: »Ich mache mir Sorgen um dich, ich meine, vielleicht solltest du – jemanden aufsuchen.«

»Du meinst, einen Psychiater?«

»Um zu reden.«

»Ich werde darüber nachdenken.«

Aber insgeheim lache ich über ihn, denn ich bin mit einem anderen Plan beschäftigt. Sobald das Semester vorbei ist, Ende April, werde ich dich besuchen fahren, werde ich die Stadt besuchen, in der du gestorben bist. Ich bin noch nie dort gewesen. Es wurde nie vorgeschlagen. Die Aussicht auf diese Reise macht mich erstaunlich fröhlich. Ich kaufe eine modische Sonnenbrille, neue leichte Kleidung.

Liebe ist keineswegs unvermeidbar, es wird eine

Wahl getroffen. Es lässt sich allerdings nur schwer sagen, wann die Wahl getroffen wurde oder wann sie, obwohl es nichts Ernstes zu sein schien, unumkehrbar wurde. Es gibt davor keine klare Warnung. Ich erinnere mich, wie ich mit dir beim Essen saß, und als du sagtest: »Ich habe dich geliebt. Ich liebe dich jetzt«, sah ich an dir vorbei, betrachtete mich in der Spiegelwand des Restaurants, und ich schämte mich für dich. Ich dachte, Gott weiß warum, dass du nur galant wärst; ich nahm die Worte nicht ernst und dachte, dass du mich gleich anschauen und merken würdest, dass du sie zu der falschen Person gesagt hattest, zu einer Frau, die sich von der ganzen Haltung, dem Vokabular verabschiedet hatte, um mit solchen Huldigungen umzugehen. Ich hatte einige Zeit zuvor alle Intrigen, alle ängstlichen Nebenhandlungen eingestellt. Ich hatte aufgehört, meinen Haaren eine dunkle Spülung zu verpassen, und ich tat kein Eiklar mehr oder Hafermehl mit Honig oder Hormoncreme oder Rouge oder sonst was auf mein Gesicht.

Dann begriff ich, dass du meintest, was du sagtest, und ich hatte mehr denn je den Eindruck, dass du dich irren musstest.

»Bist du sicher, dass du dich nicht an jemand anders erinnerst?«

»So vermodert ist mein Verstand noch nicht.«

Davor hatten wir uns ungezwungen unterhalten. Ich erkundigte mich nach deiner Frau.

»Sie tanzt nicht mehr. Ihr Knie ist operiert worden.«

»Es muss schwer für sie sein, nicht mehr zu arbeiten.«

»Sie ist beschäftigt. Sie hat einen Laden. Eine Buchhandlung.«

Du fragtest nach Douglas, und ich erzählte dir, dass wir geschieden waren. Und dass die Kinder fort waren, beide in diesem Jahr zum ersten Mal fort. Du sagtest mir, dass du keine Kinder hast. Ich war ein wenig betrunken und erzählte dir sogar von den Selbstgesprächen, die Douglas in den letzten beiden Jahren ständig geführt hatte. Ich hatte mir angewöhnt, mich hinter den Vorhängen zu verstecken und ihn zu beobachten, wie er mit sich selbst redete, kicherte, eine Miene des Wiedererkennens oder des Abscheus aufsetzte, während er den Rasen mähte. Und welch heftig engagierten privaten Gesprächsfluss er aufrechterhielt, während er sich rasierte, in der Annahme, seine Stimme würde vom Geräusch des Elektrorasierers verdeckt werden. Ich erzählte dir, wie mir schließlich klar wurde, dass ich gar nicht wissen wollte, was er sagte.

Mein Flugzeug ging um halb fünf. Du hast mich aus der Stadt hinaus zum Flughafen gefahren. Ich war nicht unglücklich bei dem Gedanken, dich zu verlassen und nie wiederzusehen, obwohl ich sehr glücklich war, bei dir im Auto zu sein. Es war November, es dunkelte bald nach drei Uhr, die Autoscheinwerfer waren an.

»Du könntest eine spätere Maschine nehmen, weißt du.«

»Ich weiß nicht.«

»Du könntest mit mir in ein Hotel gehen und anrufen und dich auf einen späteren Flug umbuchen.«

»Ich weiß nicht. Nein, ich glaube, ich kann nicht. Ich bin zu müde.«

»Ich bin nicht so anstrengend.«

»Nein.« Wir hielten uns im Auto die ganze Zeit über bei den Händen. Ich löste meine Hand und machte eine Geste der Bedeutung, ich sei etwas anderen – der Erfahrung? – müde, und legte sie wieder in deine. Ich war selbst nicht sicher, was ich meinte, erwartete aber zu Recht, dass du verstehen würdest.

Wir bogen ab auf eine Schnellstraße nördlich der Stadt. Als wir von der Zufahrtsstraße herunterkamen, fuhren wir gen Westen. Die Himmelsstreifen zwischen den Wolken leuchteten in feurigem Rosa. Die Scheinwerfer der Autos schienen sich zu einem Strom zu vereinigen, Meile um Meile. Es war alles wie die Vision der Welt – eine fließende, friedliche Vision, vollkommen beruhigend –, die ich hatte, wenn ich betrunken war. Sie sagte zu mir: Warum nicht? Sie drängte mich, Vertrauen zu haben, auf der Gegenwart zu schweben, die sich ins Unendliche erstrecken könnte. Dabei war ich nicht betrunken. Beim Essen war ich betrunken, aber jetzt nicht mehr.

»Warum nicht?«

»Warum nicht was?«

»Warum nicht in ein Hotel gehen und anrufen und einen späteren Flug buchen?«

»Ich hatte darauf gehofft«, sagtest du.

Was meinst du, wurde die Wahl in dem Augenblick getroffen, als ich den Himmel und die Autoscheinwerfer sah? Er schien unbeschwert zu sein, nichts Besonderes. Das Hotel/Motel war aus weißen Steinblöcken erbaut. Die Innenseite der Wände glich der Außenseite, so dass die kostbar aussehenden Vorhänge und Teppiche, die schweren Möbel im spanischen Stil fehl am Platz wirkten, vorübergehend untergebracht in einem kahlen Schutzraum. Auf dem Ölbild, das wir vom Bett aus sehen konnten, spiegelten sich dunkle und orangegelbe Häuser sowie orangegelbe Boote in blauschwarzem Wasser. Du erzähltest mir von einem Mann aus deinem Bekanntenkreis, der Bilder ausschließlich für Motels malte. Er malte immer nur Boote, Flamingos und nackte braune Frauen; du sagtest, er verdiente damit viel Geld.

Flugzeuge kreischten über uns hinweg. Manchmal konnte ich nicht hören, was du, den Kopf an mich gepresst, sagtest. Ich konnte dich nicht bitten, es zu wiederholen, ich wäre mir lächerlich vorgekommen, und außerdem sind solche Dinge meistens nicht wiederholbar. Aber was, wenn du mich etwas fragtest, und als keine Antwort kam, nicht fähig warst, die Frage zu wiederholen? Diese Möglichkeit quälte mich zu einer späteren Zeit, als ich dir jede erhoffte Antwort geben wollte.

Wir zitterten beide. Wir schafften es kaum, so überwältigt waren wir – wir beide, alle beide – von Dankbarkeit und Erstaunen. Der Flut von unverdientem, unberechtigtem, nahezu nicht zu glaubendem Glück. Tränen standen uns in den Augen. Unleugbar. Jawohl.

Wenn du ein Mann gewesen wärst, den ich an jenem Tag oder zu jener Zeit meines Lebens kennengelernt hätte, hätte ich dich lieben können? Nicht so sehr. Ich glaube nicht. So sehr nicht. Ich liebte dich dafür, dass du für mich die Verbindung zu meiner Vergangenheit wiederherstelltest, zu meinem jungen Ich, das den Kinderwagen über das Universitätsgelände schob, unschuldig ohne eigenes Verschulden. Wenn ich damals Liebe entfachen und jetzt annehmen konnte, war weniger vergeudet, als ich gedacht hatte. Wesentlich weniger, als ich gedacht hatte. Mein Leben zerfiel also doch nicht in lauter Einzelteile, war nicht gänzlich verloren.

Ich beschließe also, am ersten Mai abzureisen. Ich habe zwei freie Monate vor mir, bevor eines der Kinder wieder zu mir nach Hause kommt, bevor die

Sommerkurse anfangen. Ich fliege zu der Stadt, in die ich während all der Zeit meine Briefe geschickte habe. Meine freudigen Briefe, meine schwatzhaften und vertraulichen Briefe, meine besorgten und schließlich flehentlichen Briefe. In die ich sie immer noch schicken würde, wenn ich nicht so schlau gewesen wäre, von deinem Tod Notiz zu nehmen.

Die Stadt, in der du lebtest und die du mir in deinen Briefen sarkastisch, aber insgesamt zufrieden beschriebst. Voll mit alten Kleppern und verwirrten Touristen, sagtest du. Nein. Voll mit alten Kleppern *wie mir*, sagtest du und machtest dich wie üblich älter, als du warst. Du liebtest das, so zu tun, als seist du müde und träge, voller Gleichgültigkeit. Ich hielt das für eine Attitüde, um ehrlich zu sein. Ich konnte, auch aus Mangel an Phantasie, einfach nicht glauben, dass es vielleicht die Wahrheit war. Du hast mir einmal gesagt, es sei dir völlig egal, ob du bald stirbst oder noch fünfundzwanzig Jahre lang lebst. Von einem Geliebten eine Blasphemie. Du hast mir gesagt, du dächtest nie ans Glücklichsein, das Wort käme dir nicht in den Sinn. Welche Arroganz, dachte ich und fasste diese Dinge so auf, als hätte ein junger Mann sie gesagt, unwillens, mich anzustrengen, um einen Mann zu verstehen, für den diese Aussagen die schlichte Wahrheit waren, in dem eine Kraft, die ich von ihm erwartete, erschöpft oder gänzlich in Vergessenheit geraten war. Obwohl ich aufgehört hatte, mir die Haare zu färben, und, wie ich dachte, gelernt hatte, auf einer gemäßigten Ebene der Erwartungen zu leben, begegnete ich dir mit Hoffnungen, riesigen Hoffnungen. Ich weigerte mich, weigere mich noch, dich zu sehen, wie du dich selbst zu sehen schienst.

In meiner Vorstellung bist du vermutlich wie eine warme und fühlende Flut, hast du mir einmal geschrieben, *und ich habe die übliche menschliche Sorge, überschwemmt zu werden, wie Fluten es nun einmal tun.*

Ich schrieb zurück, dass ich nichts weiter als das zahmste Bächlein sei, in das du waten könntest. Du wusstest es besser.

Wie ich zu der Zeit versuchte, dich zu bestricken und zu täuschen, sowohl in meinen Briefen als auch, wenn wir zusammen waren! Die Hälfte meiner Sorge in der Liebe galt bald dem Problem, die Liebe zu bemänteln, sie harmlos und fröhlich zu machen. Wie demütigend diese Scharaden waren. Und du, du hast immer auf eine bestimmte Art gelächelt, auf eine sanfte Art; ich glaube, du hast dich meinetwegen ziemlich geschämt.

Ich finde ein großes Mietshaus nahe am Meer, ein Gebäude, das meiner Ansicht nach aus den zwanziger Jahren stammt, gelblicher Putz mit abblätternden Fensterbrettern, über der Haustür ein leeres Medaillon und eine unentzifferbare Schriftrolle. Viele alte Leute, wie du mir gesagt hattest, die in dem glitzernden Meereslicht vorbeigehen. Ich laufe durch die Straßen. Ich gehe gar nicht erst zum Friedhof. Ich weiß ohnehin nicht, welcher es ist. Ich gehe auf Bürgersteigen, über die du wahrscheinlich gelaufen bist, und betrachte Dinge, die du mit ziemlicher Sicherheit gesehen hast. Schaufenster, die dein Spiegelbild enthielten und mir jetzt meines zeigen. Es ist ein Spiel. Ich finde diese Stadt völlig anders als die Städte, die ich gewohnt bin. Die steilen Straßen, die hell verputzten Häuser, viele von ihnen mit Flachdächern und erbaut in dem seltsamen Tankstellenstil, der vor dem Zweiten Weltkrieg als »modern« galt. Schmale Schmuckfenster aus Glasbausteinen. Manchmal ein spanisches Dach oder deplatzierte Bullaugen und Decks. Die berühmten Gärten. Rhododendren, Azaleen, Hortensien in roten, orangen und violetten Farbtönen, die den Augen weh tun. Tulpen groß wie Becher, endloses Protzen. Und die Geschäfte sehr merkwürdig für jemanden aus einer Industrie- und Universitätsstadt, für jemanden, der trotz schicker Einkaufszentren an eine gewisse kommerzielle Schlichtheit und Zweckmäßigkeit gewöhnt ist. Eisdielen im Stil der Jahrhundertwende. Wildwestausrüstungen. Freizeitkleidung aus Hawaii, mit Palmen in Kübeln. Tudor-Teesalons mit putzigen Giebeln. Flechtsandalen in einer Art von Höhle, aus der Dschungelgeräusche vom Tonband dringen. Süßwarenläden mit falschen Fassaden wie winzige Burgen.

Die Maskeraden sind zu vielfältig, zu ermüdend. An einem Tag gehe ich in einen Supermarkt, um Brot und Apfelsinen zu kaufen, und das Mädchen an der Kasse ist mit einem Rupfensack bekleidet, ihr Gesicht ist mit Schlamm und roter Farbe beschmiert, und in ihren Haaren steckt ein Plastikknochen. Der Supermarkt wirbt für Rosinen und Rindfleisch aus Australien. Aber durch den Schlamm und die Farbe lächelt sie mich menschlich an, müde, sie beruhigt mich; in den meisten dieser Läden gibt es jemanden, der das vermag.

Ich sehe mich diese Straßen nach einer Erinnerung an dich absuchen, wie ich früher nach persönlichen Hinweisen in allen Artikeln suchte, die du für Zeitungen und Zeitschriften schriebst, in den Büchern, die du so wirkungsvoll schriebst, um den Zielen anderer zu dienen, niemals deinen eigenen. Amüsant und unterhaltsam bist du, so versiert, dass es an Eleganz grenzt, aber du hütest dich davor, sogar davor. Ist das wirklich alles, höre ich mich fragen, worauf du nachsichtig lachst; was mehr kann es geben? Aber ich bin nicht überzeugt, ich bleibe dir auf der Spur, ich sehne mich nach Enthüllungen.

Wenn ich beschreiben müsste, wie ich dich insgeheim sehe, würde ich sagen, dass du kompromisslos bist. Und du würdest ungeduldig sagen, dass du dein ganzes Leben lang Kompromisse gemacht hast. Aber das ist nicht, was ich meine. Ich werde es sagen:

Du bist kompromisslos, eckig auf besonders gründliche Art (an Körper und Geist), keusch, freundlich, aber nicht mitfühlend. Ich würde betonen, dass du etwas Ritterliches an dir hast. Ich erwarte von dir wie von einem Ritter Taten von altmodischer Selbstaufopferung und auch von bewundernswerter Brutalität, beide vollbracht in einem Stil, der auf Gehorsam gegenüber geheimen Befehlen deutet.

Du dagegen würdest dich als umgänglich, bestechlich, normal egoistisch und genussfreudig beschreiben. Du würdest mich über den Rand deiner Brille hinweg anschauen wie ein nachsichtiger, unbeugsamer Schulmeister, verstimmt von meiner Seelennot. Wir würden meine Liebe betrachten müssen, die Art, wie ich liebe, als sei sie ein heilbarer Auswuchs, eine anmaßende Behauptung in einem Essay.

Natürlich wusste ich von Anfang an, dass dies eine gefährliche Lebensweise war. Jeden Augenblick können die Bande durchtrennt werden, sind durchtrennt worden, es lässt sich nicht feststellen, von wo das Scheitern ausging, ob es auf deinen Wunsch geschah oder außer deiner Macht stand; es gibt niemanden, bei dem ich mich beklagen kann. Immer kam früher im letzten Augenblick die Rettung. Mein kurzer heftiger Brief aus letzter Verzweiflung, und dann dein Brief, entschuldigend, humorig, ein wenig zärtlich, der mir sagt, dass nie irgendeine Gefahr bestand. Ich war die ganze Zeit über auf festem Boden, du hast mich nie verlassen. Als sei dieses Loch, in das ich falle, das Loch deiner fortwährenden Abwesenheit, nichts als ein Traum, mit dem ich mir selbst Angst mache, oder schlimmstenfalls ein Ort, an dem ich nur laut genug, überzeugend genug um Hilfe rufen muss, und Hilfe wird kommen.

Ich ertappe mich dabei, dass ich Artikel in Frauenzeitschriften lese. Fallgeschichten. Wenn mein Vertrauen wiederhergestellt und auf der Höhe ist, überspringe ich abergläubisch diese Lektionen; wenn es am Boden ist, tief am Boden und fort, lese ich sie zum Trost, denn es ist ein Trost, zu entdecken, dass der eigene Fall keine außergewöhnlichen Qualen enthält, nur einen abgenutzten, allbekannten Schmerz. Andere Frauen haben sich davon erholt und bieten Ermutigung. Martha T., fünf Jahre lang die Geliebte eines Mannes, der sie betrog, verhöhnte und faszinierte. Ich habe mich in ihn verliebt, weil er so sanft zu sein schien, sagt sie. Emily R., deren Geliebter behauptete, verheiratet zu sein, und es gar nicht war. Und wie oft höre ich mich im Gespräch sowohl mit Männern als auch mit Frauen witzig und reumütig über dieses Thema reden – wie Frauen ihre Schlösser auf Fundamenten errichten, die kaum stark genug sind, um ein Obdach für eine Nacht zu tragen; wie Frauen sich selbst betrügen und sinnlos leiden, denn sie eignen sich zum Ausnutzen wegen der Leere ihres Lebens und eines tiefen – aber undefinierbaren und nicht endgültigen! – Makels in ihnen selbst. Und immer weiter in dieser Tour, die heutzutage alle auswendig lernen wie ein leichtes Lied. Währenddessen ist mein Herz zersprungen, wie das Herz in einem anderen Lied, es ist trocken und rissig wie ein kahles, von Rinnen zerfurchtes Stück Land. Ich weine mit Martha T. und Emily R. und frage mich, wie sie es nur geschafft haben, sich davon zu heilen. Mit Makramee? Mit tiefem Atmen? Eine Freundin – ja, natürlich eine Frau – hat mir mal gesagt, da Schmerz nur möglich sei, wenn man in die Vergangenheit zurück- oder in die Zukunft vorausschaue, habe sie das ganze Problem beseitigt, indem sie jeden Augenblick für sich erlebe; jeder Augenblick, sagte sie, sei erfüllt von völliger Stille. Ich habe das probiert, ich bin bereit, alles zu probieren, aber ich verstehe nicht, wie es funktioniert.

Ich habe einen Stadtplan gekauft. Ich habe deine Straße gefunden, den Block, in dem dein Haus steht. Es ist nicht sehr weit von meinem Appartement. Etwa zehn Querstraßen weit zu laufen. Ich gehe noch nicht dorthin. Ich laufe, bis ich ein oder zwei Blocks davon entfernt bin, dann biege ich ab. Du wolltest nie, dass ich dieses Haus sehe. (Die Wohnungen, in denen ich lebe, sind das genaue Gegenteil; ich schmücke sie und warte darauf, dass sie zum Leben erwachen, wenn du mich besuchst.) Jetzt kann ich es sehen, wenn ich möchte. Ich kann auf der anderen

Straßenseite daran vorbeilaufen, mit klopfendem Herzen, nur fähig, ein oder zwei Mal einen Blick darauf zu werfen, mit wachsendem Mut kann ich dann langsam gehen. Die Abenddämmerung ist die Zeit, die ich mir aussuchen würde, um nicht weit von den geöffneten Fenstern vorbeizuschlendern, nach Musik oder Stimmen zu horchen. Um mir das real vorzustellen, ein reales Haus, in dem Menschen Geschirr abwaschen und verschlafen. Abends, wenn sie die Vorhänge nicht zuzieht, kann ich in deine Zimmer schauen. Sind die Bilder deine Wahl oder ihre? Weder noch. Beides. Diese Entdeckungen bereiten mir die üblichen Schmerzen.

Einmal las ich in einer Zeitschrift – es kann eine der Zeitschriften gewesen sein, für die du gearbeitet hast – eine Geschichte, die wahre Geschichte einer Frau, die ihre beiden kleinen Töchter bei einem Autounfall verloren hatte, und jeden Tag, wenn die anderen Kinder aus der Schule nach Hause kamen, ging sie hinaus und lief durch die Straßen, als erwartete sie, dass ihre Töchter ihr entgegenkamen. Aber sie ging nie bis zur Schule, sie schaute nie in die leeren Klassenzimmer, das konnte sie nicht riskieren.

Ich gehe in den Laden deiner Frau, das kann ich tun. Ich weiß nicht, wie er heißt. Ich schlage die Buchhandlungen in den gelben Seiten des Telefonbuchs nach. *Barbaras Buchmarkt,* das muss er sein. Vom Namen her erwarte ich etwas Verklemmtes und Altmodisches; ich bin überrascht, wie groß, hell, gut ausgestattet und großstädtisch er ist. Kein Mittelalter- oder Tudor-Chichi; überhaupt kein Chichi. Dies ist ein solides, ganzjährig geöffnetes Geschäft, keine Touristenfalle.

Ich erkenne sie sofort, obwohl sie sich verändert hat. Ihre Haare sind grau, grauer als meine, zu einem Dutt zusammengebunden. Die Gesichtszüge weniger scharf, als sie waren, kein Make-up, blasser Teint und immer noch dieses Aufblitzen lebhafter Anziehungskraft; ihr vibrierender, witziger, nervöser Stil. Sie trägt einen ausgeblichenen violetten Kittel mit Streifen indianischer Stickerei. Sie bewegt sich steif, da sie wieder gehen lernen musste, nachdem der Meniskus in einem Knie entfernt wurde. Und sie hat zugenommen, wie du gesagt hast; sie ist eine füllige Frau in mittleren Jahren.

Sie ist aus dem hinteren Teil des Ladens mit zwei großen Kunstbänden gekommen. Sie geht hinter den Ladentisch, legt sie auf ein Bord und spricht mit der Verkäuferin, als setzte sie ein zuvor begonnenes Gespräch fort.

»Also ich weiß nicht, wie … per Rechnung … rufen Sie sie an und sagen Sie denen, so wird das hier nicht gehandhabt … der ganze verdammte Packen muss zurückgegeben werden.«

Ich erinnere mich an ihre Stimme, dieselbe Stimme, die ich vor so langer Zeit auf ein oder zwei Partys

Sie schaut mir gerade ins Gesicht. Sie muss das Kinn recken, so viel kleiner ist sie als ich.

»Uns ist aufgefallen, dass Sie sich hier herumdrücken. Anfangs dachte ich, Sie sind eine Ladendiebin. Ich habe allen gesagt, sie sollen ein Auge auf Sie haben. Aber Sie sind keine Ladendiebin, nicht?«

»Nein.«

Sie gibt mir, was sie in der Hand hat, eine braune Tüte voller Papiere.

»Er ist tot.« Sie lächelt mir zu, wie eine Lehrerin es tun würde, die einen in der Schule beim Schlimmsten ertappt hat. »Deshalb haben Sie nichts mehr von ihm gehört. Er ist im März gestorben. Er hatte einen Herzanfall, zu Hause an seinem Schreibtisch. Ich habe ihn gefunden, als ich zur Abendbrotzeit nach Hause kam.«

Ich kann nicht und darf nicht mit ihr sprechen.

»Sollte ich sagen, dass es mir leidtut, Ihnen das mitzuteilen? Es tut mir nicht leid. Was Sie fühlen, ist mir nicht wichtig. Überhaupt nicht. Ich möchte Sie hier nicht mehr sehen. Adieu.«

Ich verlasse das Geschäft, ohne ein weiteres Wort zu ihr zu sagen.

In meiner Wohnung mache ich die Tüte auf und nehme die Briefe heraus. Es sind tatsächlich Briefe, ohne die Umschläge. Ich wusste es, ich wusste, ich würde meine Briefe finden. Ich will sie nicht lesen, ich habe Angst davor, sie zu lesen, ich glaube, ich werde sie wegpacken. Doch dann fällt mir auf, dass die Handschrift nicht meine ist. Ich fange an zu lesen. Das sind nicht meine Briefe, die sind nicht von mir geschrieben worden. In Panik überfliege ich jeden einzelnen und lese die Unterschrift. *Patricia. Pat. P.* Ich fange von vorn an und lese sie sorgfältig, einen nach dem anderen.

Mein Herzliebster,
Du hast mich so glücklich gemacht. Ich bin mit Samantha in den Park gegangen, und es war wunderschön. Ich habe sie auf der Schaukel angeschubst und ihr auf der Rutsche zugesehen und dachte, ich werde diesen Park bis in alle Ewigkeit lieben müssen, weil ich hierhin gegangen bin, als ich so glücklich war und nachdem ich mit Dir zusammen war.

Liebling,
erinnerst Du Dich an den verrückten alten Mann von nebenan? Er ist gekommen und hat die Dinger an dem rosa Baum im Garten gegessen. Ich meine den Zierpflaumenbaum, das müssen Zierpflaumen sein, sie sind hart wie Steine und bestimmt nicht dazu da, um von irgendwem gegessen zu werden, aber ich sah, wie er sie abriss und sich eine Handvoll nach der anderen in den Mund stopfte. Ich saß auf dem Boden im Wintergarten auf den violetten Kissen, wo Du mit mir …

Mein Liebling,
letzte Nacht habe ich von Dir geträumt. Es war ein schöner, seltsamer Traum. Du hieltest meine Haare in den Händen und sagtest: Die sind viel zu schwer für dich, du wirst sie abschneiden müssen, sie werden dir die Kraft nehmen. Und die Art, wie Du das sagtest, war so liebevoll, so mitfühlend, als meintest Du etwas anderes und nicht nur meine Haare. Woher soll ich wissen, Liebster, was Du in meinen Träumen sagst, wenn Du mir nie schreibst? Also bitte schreibe mir und verrate es mir, verrate mir, was Du in meinen Träumen zu mir sagst …

Liebster,
ich bemühe mich immer wieder, mich zu beherrschen und Dir nicht zu schreiben, denn ich glaube, ich muss Dir die Wahl lassen, ich will Dich nicht verfolgen und quälen, aber es ist so schwer, wenn Du einfach so vom Erdboden verschwindest, ich fühle mich entsetzlich so allein. Wenn Du mir sagen würdest, Du willst von mir nichts mehr hören und sehen, dann könnte ich mich damit abfinden, ich glaube wirklich, das könnte ich, es ist nur so schrecklich, nichts zu wissen. Ich könnte mit meinen Gefühlen fertig werden, wenn ich müsste, und mich davon erholen, Dich zu lieben, aber ich muss wissen, ob Du mich noch liebst und willst, also bitte, bitte, sag mir, ja oder nein.

Und der letzte Brief, eigentlich überhaupt kein Brief, nur große Krakel auf dem Papier ohne Anrede oder Unterschrift:

Bitte schreib mir oder ruf mich an, ich werde noch verrückt. Ich hasse es, so zu sein, aber es ist mehr, als ich ertragen kann, also flehe ich Dich an.

»Ich habe diese Briefe nicht geschrieben.«

»Sie sind das nicht?«

»Nein. Ich weiß nicht, wer sie ist. Ich weiß es nicht.«

»Warum haben Sie sie dann genommen?«

»Ich habe es nicht begriffen. Ich wusste nicht, was Sie meinten. Ich habe in letzter Zeit einen großen Kummer gehabt, und manchmal … höre ich nicht richtig hin.«

»Sie müssen mich für verrückt gehalten haben.«

»Nein. Ich wusste nicht, was ich denken soll.«

»Es ist nämlich so – mein Mann ist gestorben. Er starb im März. Das sagte ich Ihnen ja schon. Und diese Briefe kommen immer weiter. Es gibt keinen Absender. Keinen Familiennamen. Sie sind in Vancouver abgestempelt, aber was hilft das? Ich habe damit gerechnet, dass sie hier auftaucht. Sie klingt allmählich völlig verzweifelt.«

»Ja.«

»Haben Sie sie alle gelesen?«

»Ja.«

»Haben Sie so lange gebraucht, um zu merken, dass ein Irrtum vorliegt?«

»Nein. Ich war neugierig.«

»Sie kommen mir bekannt vor. Das geht mir bei vielen Leuten so, wegen des Ladens. Ich sehe so viele Leute.«

Ich nenne ihr meinen Namen, meinen richtigen Namen, warum nicht? Er sagt ihr nichts.

»Ich sehe so viele Leute.« Sie hält die Tüte mit den Briefen über den Papierkorb, lässt sie fallen. »Ich kann sie nicht länger aufbewahren.«

»Nein.«

»Sie wird eben leiden müssen, ich kann's nicht ändern.«

»Irgendwann wird sie dahintersteigen.«

»Was, wenn nicht? Na, ist nicht meine Sorge.«

»Nein.«

Ich will nicht mehr mit ihr reden, ich will nicht mehr ihre Geschichten hören. Die Luft um sie herum ist schneidend, als strahlte sie ein schädliches Licht aus.

Sie schaut mich an. »Ich weiß nicht, wie ich auf die Idee gekommen bin, Sie könnten das sein. Sie sehen nicht viel jünger aus als ich. Meines Wissens waren sie immer jünger.«

Dann sagt sie: »Sie wissen mehr über mein Leben als die Mädchen, die für mich arbeiten, oder meine Freunde oder irgendjemand sonst, außer ihr vermutlich. Es tut mir leid. Ich möchte Sie wirklich nicht mehr sehen.«

»Ich wohne nicht hier. Ich fahre wieder weg. Vielleicht sogar schon morgen.«

»So ist eben das Leben, wissen Sie. Eben das Übliche. Was nicht heißt, wir hatten zusammen kein gutes Leben. Wir hatten keine Kinder, aber wir taten, was wir wollten. Er war ein sehr netter Mann, gut zu leiden. Und erfolgreich. Ich war immer der Meinung, er hätte noch erfolgreicher sein können, wenn er sich stärker angestrengt hätte. Aber trotzdem. Wenn ich Ihnen seinen Namen sagen würde, könnte sein, dass Sie ihn kennen.«

»Das brauchen Sie nicht.«

»Nein. Ach, nein. Nicht notwendig.«

Sie verzieht das Gesicht, ein wenig bitter schluckend, und endet mit einem leichten Schmunzeln, das mich abfertigt. Ich wende mich um, fast rechtzeitig, um es nicht zu sehen.

Ich trete auf die Straße hinaus, es ist an dem langen Abend immer noch hell. Ich laufe und laufe. In dieser Stadt meiner Phantasie gehe ich an hohen Mauern vorbei steile Hügel hinauf und hinunter und sehe im Geiste dieses Mädchen Patricia. Mädchen, Frau, die Art von Frau, die ihrer Tochter den Namen Samantha gibt – sehr schlank, dunkel, modisch gekleidet, etwas nervös, etwas künstlich. Ihre langen schwarzen Haare. Ihre langen schwarzen Haare ungekämmt und ihr Gesicht fleckig. Sie sitzt im Dunkeln. Sie geht in den Zimmern umher. Sie versucht, sich im Spiegel zuzulächeln. Sie versucht, Make-up aufzulegen. Sie vertraut sich einer Frau an, geht mit einem Mann ins Bett. Sie geht mit ihrer Tochter in den Park, aber nicht in denselben Park. Sie meidet bestimmte Straßen, schlägt nie bestimmte Zeitschriften auf. Sie leidet gemäß der Regeln, die wir alle kennen und die sinnlos und unumstößlich sind. Wenn ich an sie denke, sehe ich diese ganze Art von Liebe, wie du sie gesehen haben musst oder siehst, als etwas, das in der Ferne vor sich geht; ein seltsamer, nicht einmal bemitleidenswerter Aufwand; ein unverständliches Ritual in einer unbekannten Religion. Habe ich Recht, komme ich dir nahe, ist das wahr?

Aber du warst derjenige, das vergesse ich immer wieder, *du warst derjenige, der es zuerst sagte.*

Wie sollen wir dich verstehen?

Sei's drum. Ich habe sie erfunden. Ich habe dich erfunden, soweit es meine Zwecke anbelangt. Ich habe erfunden, dich zu lieben, und ich habe deinen Tod erfunden. Ich habe auch meine Tricks und meine Falltüren. Ich verstehe zwar zum gegenwärtigen Zeitpunkt nicht, was sie bewirken, aber ich muss vorsichtig sein, ich werde nichts gegen sie sagen.

Das gefundene Boot

Am Ende der Bell Street, der McKay Street, der Mayo Street begann die Flut. Es war der Wawanash River, der in jedem Frühjahr über die Ufer trat. In manchem Frühjahr, sagen wir, in einem von fünf, bedeckte er die Straßen auf dieser Seite der Stadt, überspülte die Felder und bildete einen flachen, kabbeligen See. Das vom Wasser zurückgeworfene Licht machte alles so hell und kalt, wie es in einer Stadt am Ufer der großen Seen ist, und weckte oder erneuerte in den Menschen bestimmte vage Hoffnungen auf eine Katastrophe. Hauptsächlich am späten Nachmittag und am frühen Abend gab es Leute, die hinauspilgerten, um das Wasser zu betrachten und zu erörtern, ob es noch stieg und ob diesmal die Stadt überschwemmt werden könnte. Im Allgemeinen waren sich jene unter fünfzehn und über fünfundsechzig am sichersten, dass dieser Fall eintreten würde.

Eva und Carol fuhren auf ihren Fahrrädern hinaus. Sie verließen die Straße – es war das Ende der Mayo Street, hinter allen Häusern – und radelten geradewegs auf eine Wiese, über einen Drahtzaun hin-

euch nicht, so weit rauszukommen, das Wasser ist zehn Fuß tief!«

»Du lügst«, antworteten die uninteressiert und hatten Recht.

Die Mädchen steuerten den Baumstamm um eine Baumreihe, wichen schwimmendem Stacheldraht aus und gelangten in eine kleine Bucht, die durch eine natürliche Senke im Boden entstanden war. Dort, wo jetzt die Bucht war, würde später im Frühling ein Tümpel voller Frösche sein, und zur Mitte des Sommers würde überhaupt kein Wasser mehr zu sehen sein, nur niedriges Gestrüpp aus Schilf und Büschen, grün, was zeigte, dass der Schlamm um ihre Wurzeln immer noch feucht war. Größere Sträucher und Weiden wuchsen am steilen Ufer dieses Tümpels und ragten immer noch teilweise aus dem Wasser. Eva und Carol ließen den Baumstamm hineintreiben. Sie sahen eine Stelle, an der sich etwas verfangen hatte.

Es war ein Boot oder ein Teil davon. Ein altes Ruderboot, dem eine Seite fast ganz fehlte, das Sitzbrett baumelte lose. Es hing zwischen den Zweigen, auf der Seite, falls es eine gehabt hätte, mit dem Bug nach oben.

Der Einfall kam ihnen beiden gleichzeitig, ohne Beratung:

»He, Jungs! He, ihr da!«

»Wir haben ein Boot für euch gefunden!«

»Hört mit eurem blöden Floß auf und kommt her und seht euch das Boot an!«

Als Erstes überraschte sie, dass die Jungen wirklich kamen, sie rannten stolpernd über Land und rutschten den Abhang herunter, um es zu sehen.

»Wo denn?«

»Wo ist es, ich sehe kein Boot.«

Als Zweites überraschte sie, dass die Jungen, als sie endlich sahen, was für ein Boot gemeint war, dieses alte, von der Flut zerschmetterte, von den Zweigen gehaltene Wrack, nicht begriffen, dass sie hereingelegt, für dumm verkauft worden waren. Sie ließen sich kein bisschen Enttäuschung anmerken, sondern schienen sich über die Entdeckung zu freuen, als wäre das Boot in Ordnung und neu. Sie waren schon barfuß, weil sie ins Wasser gewatet waren, um Bauholz herauszufischen, und so wateten sie ohne zu zögern hier hinein, umringten das Boot und kümmerten sich überhaupt nicht mehr, nicht einmal auf abfällige Art, um Eva und Carol, die auf ihrem Baumstamm wippten. Eva und Carol mussten sie ansprechen.

»Wie wollt ihr das denn flottbekommen?«

»Das schwimmt sowieso nicht.«

»Wie kommt ihr auf die Idee, dass es schwimmt?«

»Es wird sinken. Blub-blub-blub, ihr werdet alle ertrinken.«

Die Jungen antworteten nicht, denn sie waren zu beschäftigt damit, um das Boot herumzugehen und vorsichtig daran zu ziehen, um zu sehen, wie sie es mit möglichst geringem Schaden befreien konnten. Frank, der belesenste, beredteste und ungeschickteste der drei, begann von dem Boot als von einer »sie« zu sprechen, eine Afferei, die Eva und Carol mit einer verächtlichen Schnute quittierten.

»Sie hängt an zwei Stellen fest. Ihr müsst aufpassen, ihr kein Loch in den Boden zu reißen. Sie ist schwerer, als ihr denkt.«

Es war Clayton, der hochkletterte und das Boot losmachte, und es war Bud, ein großer, dicker Junge, der es mit dem Rücken hochstemmte, damit es ins Wasser glitt und sie es ans Ufer hieven konnten. All das dauerte einige Zeit. Eva und Carol verließen ihren Baumstamm und wateten aus dem Wasser. Sie gingen über Land zu ihren Schuhen und Strümpfen und Fahrrädern. Sie brauchten nicht zu der Stelle zurückzukommen, aber sie kamen. Sie standen oben auf dem Hügel und lehnten sich auf ihre Fahrräder. Sie fuhren nicht nach Hause, aber sie setzten sich auch nicht hin und schauten offen zu. Sie standen sich mehr oder weniger gegenüber, blickten aber zum Wasser hinunter und zu den Jungen, die sich mit dem Boot abmühten, als hätten sie aus Neugier nur für einen Augenblick angehalten und blieben nun länger als beabsichtigt, um zu sehen, was aus diesem nicht sehr viel versprechenden Unternehmen wurde.

Gegen neun Uhr oder als es fast dunkel war – dunkel für die Menschen in den Häusern, aber draußen noch nicht ganz – kehrten alle in die Stadt zurück, gingen in einer Art Prozession die Mayo Street entlang. Frank, Bud und Clayton trugen das Boot mit dem Kiel nach oben, Eva und Carol liefen hinterher und schoben ihre Fahrräder. Die Köpfe der Jungen verschwanden fast im Dunkel des umgekehrten Bootes mit seinem Geruch nach nassem Holz und kaltem morastigem Wasser. Die Mädchen konnten nach vorn schauen und die Straßenlaternen mit ihren Blechreflektoren sehen, eine Lichterkette die Mayo Street hinauf bis hoch zum Wasserturm. Sie bogen in die Burns Street zu Claytons Haus, denn das war das nächstgelegene ihrer Häuser. Auch dies war für Eva und Carol nicht der Heimweg, aber sie gingen weiter mit. Die Jungen waren vielleicht zu sehr davon in Anspruch genommen, das Boot zu tragen, um ihnen zu sagen, sie sollten abhauen. Ein paar kleinere Kinder waren noch draußen und spielten auf dem Bürgersteig Hopse, obwohl sie kaum noch etwas sehen konnten. Zu dieser Jahreszeit war der schneefreie Bürgersteig immer noch etwas Neues und Erfreuliches. Diese Kinder gaben den Weg frei und sahen das Boot mit widerwilligem Respekt passieren; sie riefen ihm Fragen nach, wollten wissen, wo es herkam und was mit ihm passieren sollte. Niemand antwortete ihnen. Eva und Carol wie auch die Jungen weigerten sich, ihnen zu antworten oder sie auch nur anzusehen.

Die fünf gelangten auf Claytons Hof. Die Jungen verlagerten die Last, als wollten sie das Boot abladen.

»Besser, ihr bringt es nach hinten, wo keiner es sehen kann«, sagte Carol. Das war das Erste, was einer von ihnen gesagt hatte, seit sie in der Stadt waren.

Die Jungen sagten nichts, gingen aber weiter, folgten einem Sandweg zwischen Claytons Haus und einem schiefen Bretterzaun. Sie luden das Boot im Hinterhof ab.

»Das Boot ist gestohlen, wisst ihr«, sagte Eva hauptsächlich wegen der Wirkung. »Es muss jemandem gehört haben. Ihr habt es gestohlen.«

»Dann wart ihr es, die's gestohlen haben«, sagte Bud außer Puste. »Ihr habt's zuerst gesehen.«

»Ihr habt's genommen.«

»Dann waren wir's alle. Wenn einer von uns dran ist, dann sind wir alle dran.«

»Wirst du irgendwem was von ihnen sagen?«, fragte Carol, als sie mit Eva nach Hause fuhr, auf den Straßen, die jetzt zwischen den Laternen dunkel waren und vom Winter voller Schlaglöcher.

»Liegt bei dir. Ich sag nichts, wenn du nichts sagst.«

»Und ich sag nichts, wenn du nichts sagst.«

Sie fuhren schweigend weiter, gaben etwas auf, waren aber nicht unzufrieden.

Der Bretterzaun auf Claytons Hinterhof hatte in Abständen Pfähle, die ihn stützten oder es versuchten, und auf diesen Pfählen verbrachten Eva und Carol mehrere Abende, saßen darauf in feschen, aber reichlich unbequemen Stellungen. Sonst lehnten sie sich einfach an den Zaun, während die Jungen an dem Boot arbeiteten. An den ersten beiden Abenden versuchten Kinder aus der Nachbarschaft, die das Hämmern anlockte, auf den Hof zu gelangen, um zu sehen, was da los war, aber Eva und Carol verstellten ihnen den Weg.

»Wer hat gesagt, ihr dürft hier rein?«

»Wir dürfen eben hier auf den Hof.«

Diese Abende wurden länger, die Luft milder. Auf den Bürgersteigen fing das Seilspringen an. Weiter unten an der Straße stand eine Reihe von Zuckerahornbäumen, die angezapft worden waren. Kinder tranken den Saft so schnell, wie er in die Eimer tropfen konnte. Der alte Mann und die alte Frau, denen die Bäume gehörten und die hofften, daraus Sirup zu gewinnen, kamen aus dem Haus gerannt und machten Geräusche, als versuchten sie, Krähen zu verscheuchen. Schließlich trat wie jeden Frühling der alte Mann auf die Veranda und feuerte mit seiner Schrotflinte in die Luft, und dann hörten die Diebstähle auf.

Keiner von denen, die am Boot arbeiteten, gab sich damit ab, Saft zu stehlen, obwohl alle es im letzten Jahr getan hatten.

Das Holz für die Reparatur des Bootes wurde hier und da aufgesammelt, entlang der Wege zwischen den Hinterhöfen. Zu dieser Jahreszeit lag vieles herum – alte Bretter und Äste, durchweichte Wollhandschuhe, Löffel, die mit dem Spülwasser ausgeschüttet worden waren, Deckel von Puddingschüsseln, die zum Abkühlen in den Schnee gestellt worden waren, all der Krempel, der verloren gehen und den Winter überstehen kann. Die Werkzeuge kamen aus Claytons Keller – sie stammten wahrscheinlich aus der Zeit, als sein Vater noch lebte –, und obwohl sie niemanden hatten, der sie beriet, schienen die Jungen mehr oder weniger dahinterzusteigen, wie Boote gebaut oder repariert werden. Frank war derjenige, der mit schematischen Darstellungen in Büchern und Exemplaren der Zeitschrift *Popular Mechanics* ankam. Clayton betrachtete diese Abbildungen, ließ sich von Frank die Anweisungen dazu vorlesen und beschloss dann, auf seine eigene Art vorzugehen. Bud konnte am besten sägen. Eva und Carol beobachteten alles vom Zaun aus, übten Kritik und dachten sich Namen aus. Die Namen für das Boot, die ihnen einfielen, waren: Seerose, Seepferdchen, Flutkönigin und Caro-Eve, nach ihnen, weil sie es gefunden hatten. Die Jungen sagten nicht, welcher dieser Namen, falls überhaupt einer, ihnen gefiel.

Das Boot musste geteert werden. Clayton machte einen Topf mit Teer auf dem Küchenherd heiß, kam damit heraus, setzte sich rittlings auf das umgedrehte Boot und strich es langsam in seiner gründlichen Art an. Die anderen Jungen sägten ein Brett für einen neuen Sitz zurecht. Während Clayton arbeitete, kühlte der Teer ab und verdickte sich, so dass er den Pinsel nicht mehr bewegen konnte. Er wandte sich an Eva, hielt ihr den Topf hin und sagte: »Du kannst mal reingehen und den auf dem Herd heiß machen.«

Eva nahm den Topf und ging die hinteren Stufen hoch. Die Küche kam ihr stockfinster vor nach dem Licht draußen, aber sie musste hell genug sein, um etwas zu sehen, denn Claytons Mutter stand am Bügelbrett und bügelte. Sie tat das, um den Lebensunterhalt zu verdienen, nahm Wäsche zum Waschen und Bügeln an.

»Darf ich den Topf auf den Herd stellen?«, fragte Eva, die dazu erzogen worden war, zu Eltern höflich zu sein, sogar, wenn es Waschfrauen waren, und der aus irgendeinem Grunde viel daran lag, auf Claytons Mutter einen guten Eindruck zu machen.

»Dann musst du das Feuer schüren«, sagte Claytons Mutter, als bezweifelte sie, dass Eva wusste, wie man das macht. Aber Eva konnte jetzt etwas sehen, sie hob die Herdplatte mit dem Heber, nahm den Feuerhaken und schürte die Glut zu Flammen. Sie rührte den Teer um, als er weich wurde. Sie fühlte sich bevorzugt. In diesem Augenblick und noch danach. Vor dem Einschlafen kam ihr ein Bild von

Clayton in den Sinn; sie sah ihn rittlings auf dem Boot sitzen und den Teer verstreichen, konzentriert und sorgfältig, ganz davon in Anspruch genommen. Sie dachte daran, wie er sie angesprochen hatte aus seiner Abgeschiedenheit, in einem so normalen, friedlichen, selbstverständlichen Tonfall.

Am vierundzwanzigsten Mai, einem schulfreien Tag mitten in der Woche, wurde das Boot aus der Stadt hinausgetragen, was jetzt ein weiter Weg war, von der Straße hinunter über die Wiesen und Zäune, die ausgebessert worden waren, bis dahin, wo der Fluss in seinen normalen Ufern strömte. Eva und Carol, ebenso wie die Jungen, wechselten sich beim Tragen ab. Es wurde an einer von Kühen platt getrampelten Stelle zwischen frisch ergrünten Weidenbüschen zu Wasser gelassen. Die Jungen kletterten als Erste hinein. Sie johlten triumphierend, als das Boot tatsächlich schwamm, als es erstaunlicherweise auf der Strömung dahinglitt. Das Boot war außen schwarz und innen grün angestrichen, mit gelben Sitzen und außen einem gelben Streifen ringsherum. Es stand nun doch kein Name darauf. Die Jungen konnten sich nicht vorstellen, dass es einen Namen brauchte, um sich von allen anderen Booten auf der Welt zu unterscheiden.

Eva und Carol rannten am Ufer entlang, beladen mit Taschen voll mit Sandwiches mit Erdnussbutter und Marmelade, sauren Gurken, Bananen, Schokoladenkuchen, Kartoffelchips, Grahamkeksen mit Maissirup dazwischen und fünf Flaschen Limo, die im Flusswasser gekühlt werden sollten. Die Flaschen schlugen gegen ihre Beine. Sie schrien, weil sie auch an die Reihe kommen wollten.

»Wenn sie uns nicht ranlassen, sind sie Schweine«, sagte Carol, und sie schrien zusammen: »Wir haben's gefunden! Wir haben's gefunden!«

Die Jungen antworteten nicht, aber nach einer Weile brachten sie das Boot an Land, und Carol und Eva stürzten keuchend die Uferböschung hinunter.

»Leckt es?«

»Nein, noch nicht.«

»Wir haben eine Schöpfdose vergessen«, jammerte Carol, stieg aber trotzdem mit Eva ein, und Frank stieß sie ab, mit dem Ruf: »Ab geht's in ein feuchtes Grab!«

Und das Sonderbare daran, in einem Boot zu sein, war, dass es nicht auf dem Wasser wippte wie ein Baumstamm, sondern sich ins Wasser schmiegte, so dass man sich darin fühlte, als sei man nicht auf etwas im Wasser, sondern im Wasser selbst. Bald fuhren alle im Boot in gemischter Reihenfolge, zwei Jungen und ein Mädchen, zwei Mädchen und ein Junge, ein Mädchen und ein Junge, bis alles so durcheinander war, dass sich nicht mehr feststellen ließ, wer als Nächster an die Reihe kam, und es ohnehin allen egal war. Sie fuhren flussabwärts – die, die nicht im Boot saßen, rannten am Ufer entlang, um Schritt zu halten. Sie kamen unter zwei Brücken durch, eine aus Eisen, eine aus Beton. Einmal sahen sie einen großen Karpfen, der sich einfach ausruhte, er schien ihnen in dem von einer Brücke verdunkelten Wasser zuzulächeln. Sie wussten nicht, wie weit sie auf dem Fluss gelangt waren, aber die Gegend hatte sich verändert – das Wasser war flacher, das Land platter geworden. Am anderen Ende einer nicht eingezäunten Wiese sahen sie ein Gebäude, das wie ein verlassenes Haus aussah. Sie zogen das Boot aufs Ufer, banden es fest und machten sich auf den Weg über die Wiese.

»Das ist der alte Bahnhof«, sagte Frank. »Das ist Pedder Station.« Die anderen hatten diesen Namen schon einmal gehört, aber er war derjenige, der Bescheid wusste, denn sein Vater war der Bahnhofsvorsteher in der Stadt. Er sagte, das war ein Bahnhof an einer Nebenstrecke, die aufgelassen worden war, und hier hatte ein Sägewerk gestanden, aber vor langer Zeit.

Im Bahnhof war es dunkel und kühl. Alle Fenster waren zerbrochen. Glas lag in Scherben und in größeren Stücken auf dem Boden. Sie gingen umher auf der Suche nach den großen Scherben und zertraten sie, es war wie die Eisschicht auf Pfützen eintreten. Einige Aufbauten waren noch da, man konnte sehen, wo der Fahrkartenschalter gewesen war. Eine umgekippte Bank lag da. Jemand war hier gewesen, es sah aus, als ob andauernd welche herkamen, obwohl es so weit fort von allem war. Bierflaschen und Limoflaschen lagen herum, auch leere Zigarettenschachteln, Kaugummi- und Bonbonpapier, die Verpackung von einem Laib Brot. Die Wände waren bedeckt mit verblassten und frischen Bleistift- und Kreidekritzeleien und Messerritzungen.

ICH LIEBE RONNIE COLES
ICH WILL FICKEN
KILROY WAR HIER
RONNIE COLES IST EIN ARSCHLOCH
WAS MACHST DU HIER?
WARTE AUF EINEN ZUG
DAWNA MARY-LOU BARBARA JOANNE

Es war aufregend, in diesem großen, dunklen, leeren Gebäude zu sein, mit dem Lärm des zerbrechenden Glases und ihren Stimmen, die vom Dach zurückgeworfen wurden. Sie hoben die alten leeren Bierflaschen an den Mund. Das erinnerte sie daran, dass sie Hunger und Durst hatten, also räumten sie eine Stelle in der Mitte frei, setzten sich hin und aßen. Sie tranken die Limo so lauwarm, wie sie war. Sie aßen alles auf, was da war, und leckten dann die Reste von Erdnussbutter und Marmelade von dem Papier ab, in das die Sandwiches eingewickelt gewesen waren.

ten, dass ihnen etwas widerfuhr, das anders war als alles, was ihnen bislang widerfahren war, und es hatte etwas mit dem Boot zu tun, mit dem Wasser, dem Sonnenlicht, dem dunklen, kaputten Bahnhof und mit ihnen allen. Sie dachten voneinander jetzt kaum noch als Namen oder Personen, sondern als hallende Schreie, Lichtspiegelungen, alle wagemutig und weiß und laut und schamlos, schnell wie Pfeile. Sie rannten ohne innezuhalten ins kalte Wasser, und als es ihnen fast über die Beine reichte, ließen sie sich hineinfallen und schwammen. Was sie zum Schweigen brachte. Stille und Staunen kamen über sie. Tauchend, schwebend, jeder für sich, glitten sie durchs Wasser, geschmeidig wie Nerze.

Eva richtete sich mit tropfenden Haaren auf, Wasser lief ihr übers Gesicht. Es reichte ihr bis zur Taille. Sie stand auf glatten Steinen, die Füße breit auseinander, mit der Strömung zwischen den Beinen. Ungefähr einen Meter weit fort richtete Clayton sich ebenfalls auf, beide blinzelten sich das Wasser aus den Augen, schauten einander an. Eva wandte sich nicht ab, versuchte auch nicht, sich zu verstecken; sie zitterte von dem kalten Wasser, aber auch vor Stolz, Scham, Waghalsigkeit und Übermut.

Clayton schüttelte heftig den Kopf, als wollte er etwas daraus vertreiben, dann bückte er sich und nahm einen Mundvoll Flusswasser. Er richtete sich mit vollen Backen auf, formte mit den Lippen ein kleines

Loch und schoss mit dem Wasser auf sie, als käme es aus einem Schlauch, traf sie genau, erst auf eine Brust, dann auf die andere. Wasser aus seinem Mund lief ihr über den Körper. Er johlte, als er es sah, ein lautes, selbstbewusstes Geräusch, das niemand von ihm erwartet hätte. Die anderen schauten von ihren Stellen im Wasser auf und kamen näher, um zu erfahren, was los war.

Eva ging in die Knie und glitt ins Wasser, tauchte völlig unter. Sie schwamm, und als sie flussabwärts den Kopf aus dem Wasser hob, sah sie Carol hinter sich herkommen, die Jungen waren schon am Ufer, rannten ins Gras, zeigten ihre mageren Rücken, ihre weißen, flachen Hinterteile. Sie lachten und riefen sich Dinge zu, aber Eva konnte nichts hören wegen des Wassers in ihren Ohren.

»Was hat er gemacht?«, fragte Carol.

»Nichts.«

Sie krochen an Land. »Lass uns im Gebüsch bleiben, bis sie weg sind«, sagte Eva. »Ich hasse sie sowieso. Und wie. Du nicht auch?«

»Klar«, sagte Carol, und sie warteten, nicht sehr lange, bis sie die Jungen immer noch laut und aufgeregt zu der Stelle ein bisschen flussaufwärts hinunterlaufen sahen, wo sie das Boot gelassen hatten. Sie hörten sie hineinspringen und losrudern.

»Die haben es auf dem Rückweg jetzt richtig schwer«, sagte Eva, schlang die Arme um sich und zitterte heftig. »Aber was soll's? Es war sowieso nie unser Boot.«

»Was, wenn sie uns verpetzen?«, fragte Carol.

»Wir werden sagen, es ist alles gelogen.«

Eva hatte nicht an diesen Ausweg gedacht, bis sie ihn aussprach, aber sowie sie das tat, fühlte sie sich beinahe wieder unbeschwert. Er war so leicht, so spöttisch, dass beide kichern mussten, sie schlugen sich auf die Schenkel, und als sie aus dem Wasser tapsten, entwickelten sie einen dieser Lachkrämpfe, bei denen, sobald die eine Zeichen von Erschöpfung zeigte, die andere ächzte und wieder anfing, so dass sie hilflose – und bald wirklich hilflose – Grimassen zogen, sich krümmten und umklammerten, als litten sie schlimmste Schmerzen.

Scharfrichter

Helena stinkt,
Ihr Vater, der trinkt.

Was gab es deswegen zu weinen? Ich weiß nicht, ob ich geweint habe, ich kann mich nicht erinnern. Ich wurde gut vertraut mit Bürgersteigen und dem Boden unter Bäumen, neutralen Dingen, zu denen ich hinunterschauen konnte, um keinen Anstoß zu erregen. Ich wunderte mich darüber, wie manche es schafften, sich von nichts niederdrücken zu lassen – nicht davon, dass sie schielten oder einen kleinen Bruder hatten, der schwachsinnig war, oder in einem rußigen Haus neben den Eisenbahngleisen wohnten. Ich war das Gegenteil, dünnhäutig, wie Robina sagte. Ich erwartete Schimpf.

Hau ab, Helena
Hau ab, Helena
Hau ab, Helena
Hau ab, Helena

Sie scharten sich hinter mir zusammen, wenn ich den Schulhügel hinunterging. Liebliche Stimmen hatten sie, gerade am Rande der Aufrichtigkeit, der mörderischen Unschuld. Wenn ich bloß gewusst hätte, was tun, wenn ich bloß gewusst hätte, wie mich umdrehen. Das kann man nicht lernen. Es ist eine Gabe, wie die Fähigkeit, eine Melodie richtig zu singen.

Ich war sonderbar angezogen, das war eines. Ein marineblaues Blouson, das den Uniformen ähnelte, die in Privatschulen getragen wurden. (Wohin meine Mutter mich bestimmt geschickt hätte, wenn sie das Geld gehabt hätte.) Lange weiße Strümpfe, winters und sommers, egal, wie nass und dreckig unsere Straße war. Im Winter waren die Wulste der langen Unterwäsche zu sehen, die ich darunter tragen musste. Oben auf dem Kopf eine große Schleife mit abstehenden, gebügelten Ecken. Meine Haare in Ringellöckchen, hineingedreht mit einem in Wasser getauchten Kamm, kein Stil, an dem irgendjemand anders Gefallen fand. Aber hätte ich irgendetwas tragen können, das richtig gewesen wäre? Einmal bekam ich einen neuen Wintermantel, den ich wunderbar fand. Er hatte einen Kragen aus Eichhörnchenpelz. *Rattenfell, Rattenfell, hat ner Ratte das Fell abgezogen und trägt es um den Hals!*, riefen sie mir hinterher. Danach mochte ich den Pelz nicht mehr, mochte nicht mehr, wie er sich anfühlte; irgendwie zu weich, zu intim, zu erniedrigend.

Ich sah mich immer nach Verstecken um. In großen Häusern, in öffentlichen Gebäuden hielt ich Ausschau nach kleinen, hohen Fenstern, dunklen Winkeln. Das alte Gebäude der Handelsbank hatte einen Turm, den ich sehr mochte. Ich stellte mir vor, mich dort zu verstecken oder in irgendeinem anderen hochgelegenen kleinen Raum, sicher mitten in der Stadt, außer Acht gelassen, vergessen. Nur dass nachts jemand kam und mir etwas zu essen brachte.

Das mit meinem Vater stimmte. Aber er war meistens fort, zur Kur, in einem Sanatorium, auf Reisen. Vor meiner Geburt war er Abgeordneter im Parlament. 1911, in dem Jahr, in dem Laurier abgelöst wurde, erlitt er eine schwere Niederlage. Erst wesentlich später, als ich etwas von Regierungswechseln erfuhr, entdeckte ich, dass diese Niederlage nur ein Begleitumstand einer nationalen Katastrophe gewesen war (wenn man denn geneigt war, das als eine Katastrophe zu betrachten), aber als Kind glaubte ich immer, dass mein Vater aus persönlichen Gründen schmählich und schimpflich abgelehnt worden war. Meine Mutter verglich das Ereignis mit der Kreuzigung. Er war auf den Balkon vom Queen's Hotel hinausgetreten, um zu sprechen, seine Niederlage einzugestehen, und war daran gehindert worden, niedergeschrien von Tories, die brennende Besen schwenkten. Ich hatte, als ich das hörte, keine Ahnung, dass Politiker sich manchmal solchen Szenen stellen müssen. Meine Mutter setzte den Beginn seines Niedergangs auf diesen Zeitpunkt fest. Obwohl sie nicht ausführte, welche Gestalt dieser Niedergang nahm. Alkoholiker, das war ein Wort, das in unserem Haus nicht in den Mund genommen wurde; ich glaube, zu jener Zeit wurde es kaum irgendwo in den Mund genommen. Säufer, das war das Wort, das benutzt wurde, jedenfalls in der Stadt.

Meine Mutter mochte nicht mehr in dieser Stadt einkaufen, bis auf Lebensmittel, die sie von Robina telefonisch bestellen ließ. Sie mochte auch nicht mehr mit etwelchen Damen reden, Frauen von Totschlägern und Tories.

Ich werde nie mehr den Fuß auf diese Schwelle setzen.

Das sagte sie seitdem von einer Kirche, einem Geschäft, jemandes Haus.

»Er war zu *gut* für sie.«

Sie hatte niemanden als Robina, zu dem sie diese Dinge sagen konnte. Doch Robina war dafür in gewisser Hinsicht die Richtige. Sie war jemand mit einer eigenen Liste von Leuten, mit denen man nicht redete, von Läden, die man nicht betrat.

»Hier sind doch alle blöde. *Die* gehören mit dem Besen rausgefegt.«

Worauf sie jedes Mal von einer Ungerechtigkeit berichtete, die ihren Brüdern Jimmy und Duval widerfahren war, des Diebstahls angeklagt, wo sie doch nur ausprobieren wollten, wie eine Taschenlampe funktioniert.

Wenn ich die Gebäude der Stadt hinter mir gelassen hatte, musste ich noch eine Meile weit auf einer geraden Landstraße laufen. Unser Haus stand an deren Ende, ein großes Backsteinhaus mit Erkerfenstern oben und unten. Sie sahen für mich immer unangenehm aus, wie hervorquellende Insektenaugen. Ich war froh, als sie dieses Haus Jahre später abrissen; unser Land machten sie zum Städtischen Flughafen. An der Straße standen nur noch zwei oder drei andere Häuser. Eines davon war das von Stump Troy.

Stump Troy war ein Schwarzbrenner, der bei einem Unfall in Ryan's Sägewerk beide Beine verloren hatte. Es hieß, dass die Familie Ryan seine Schwarzbrennerei unterstützte und ihm die Polizei vom Hals hielt, damit er keinen Prozess gegen sie anstrengte. Jedenfalls florierte seine Schwarzbrennerei, ohne dass ihm je irgendjemand Schwierigkeiten bereitete. Er hatte einen Sohn namens Howard, der hin und wieder in die Schule kam – aus welchem Ansporn, ließ sich nicht sagen –, in irgendeine Klasse gesteckt wurde, in der gerade Platz für ihn war, und hinten hingesetzt wurde, mit, wenn irgend möglich, leeren Bänken um ihn herum, damit keine Mutter sich beschweren konnte. Kein Beauftragter gegen Schulschwänzerei, falls es damals so jemanden gab, kann sich je um diesen Fall gekümmert haben. In jener Zeit ging man davon aus, dass Menschen eben so waren, wie sie waren, und nicht gebessert oder geändert werden sollten. Lehrer machten Witze über Howard Troy in seiner Abwesenheit und auch in seiner Gegenwart, und niemand kam je auf den Gedanken, das sei nicht normal oder gar grausam. Ansonsten ließen sie ihn in Ruhe.

Bei einem seiner Schulbesuche war er in meiner Klasse, saß schräg hinter mir, und ich tat ihm einen Gefallen, dabei wusste ich nicht erst hinterher, sondern gleich, dass das ein Fehler war. Wir mussten etwas von der Tafel abschreiben. Howard Troy schrieb nichts ab. Er saß ohne Stift oder Papier da und tat nichts. Er kam ohne Utensilien in die Schule. Bleistifte, Papier, Radiergummis und Buntstifte mitbringen, das hätte ebenso wenig zu ihm gepasst, als wäre ihm plötzlich ein Federkleid gewachsen. Er sah stur geradeaus, vielleicht zur Tafel, um zu lesen oder zu verstehen, was dort geschrieben stand, vielleicht auch ins Leere. Was dachte er? Das brachte mich ins Grübeln. Ich mochte die Vorstellung nicht, dass er immer noch da war, darunter, und hinaussah, durch all die Dinge, die Dummheit und Gemeinheit, die ihm zur Last gelegt und von ihm hingenommen worden waren, und an die so fest geglaubt wurde, dass es inzwischen völlig gleichgültig war, ob sie ihm zu Recht vorgeworfen wurden oder nicht. Ich dachte nicht, dass er wie ich war, so weit ging ich nicht, ich hatte nur Angst vor ihm, und es war ein Angstgefühl, das mir bisher noch nicht in den Sinn gekommen war.

Seine Augen hatten die Farbe von Katzenaugen. Sie waren rund, klar und eng zusammenstehend.

Ich schlug meine Kladde in der Mitte auf, so dass ich eine Doppelseite herauszupfen konnte, ohne etwas zu zerreißen, und reichte sie ihm zusammen mit einem angespitzten Bleistift. Er streckte nicht die Hand aus, um sie zu nehmen. Ich legte beides auf seine Bank. Er sagte weder danke, noch zeigte er irgendeine Regung, aber ich sah später, dass er zumindest den Bleistift auf dem Papier einsetzte – ob um von der Tafel abzuschreiben oder Bilder zu malen oder einfach Drahtrollen aus Os zu kritzeln, weiß ich nicht.

Das war der Fehler, das machte ihn auf mich aufmerksam, ebenso wie der Zufall – in meinen Augen kein Zufall! –, dass wir in derselben Straße wohnten. Mir musste eine Lektion erteilt werden. Mag er gedacht haben. Wegen Anmaßung. Wegen Herablassung. Oder er mag den Schimmer einer ungewöhnlichen, interessanten, überraschenden Schwäche gesehen haben.

Die Schneeberge waren hoch, die Straße verlief dazwischen wie ein Tunnel. Unter dem frischen Schnee lagen Wälle aus altem Schnee, hart und grau. Bänder aus Hundeurin liefen entlang der freigeschaufelten Wege daran herunter. Stump Troys Auffahrt wurde stets vom Schneepflug freigehalten, und für wen wohl, fragte Robina. Sie fragte meistens in einem Tonfall, der die Antwort schon kannte. Ich trug ein Messer mit mir herum, ein aus Robinas Küche gestohlenes Schälmesser. Ich zog meinen Fäustling aus, um es in meiner Tasche zu berühren. Verborgen von den Schneebergen, in der Auffahrt seines Vaters, ein, zwei Mal jede Woche, ich wusste nie, wann, wartete Howard Troy auf mich. Er trat heraus, als wollte er vor mir hergehen, mir den schmalen Weg verstellen.

Ficken.

Du willst ficken.

Ich ging mit gesenktem Kopf und angehaltenem Atem an ihm vorbei, geradeso wie jemand, der durch eine Wand aus Feuer geht. Es war wichtig, ihn nicht anzuschauen, nicht schneller zu laufen und die Klinge zu spüren. Ich dachte nie, er würde mir hinterherkommen. Wenn er sich nicht sofort bewegte, würde er sich gar nicht bewegen. Die Gefahr lag in der Aura des Wortes.

All das ist jetzt kaum noch zu verstehen. Ich höre Kinder dieses Wort lässig aussprechen, während sie auf Fahrrädern vorbeifahren. Ich höre es aus dem Mund eines Vaters, der sich über den in der Auffahrt vergessenen Rasenmäher ärgert. Es war damals ein Wort, das einem entgegengeschleudert werden konnte, das einem den Boden unter den Füßen wegziehen konnte. Demütigung stand bevor, war vielleicht schon da, wenn man es hörte, es hören und sich eingestehen musste. Scham konnte einen ersticken. Das meine ich wörtlich. Nicht in dem Augenblick, wo es nur darauf ankam, sicher vorbeizukommen, aber später, was für Mengen schmieriger Scham, was für unverdauliche böse Geheimnisse. Die Verletzlichkeit, die selbst zum Schämen ist. Wir sind schamhaft beschaffen.

Ich hätte nie jemandem etwas davon gesagt, nie jemanden um Hilfe gebeten. Ich hätte lieber jede Gefahr auf mich genommen, jede Gewaltsamkeit oder äußerste Demütigung riskiert, als dass ich wiederholt oder zugegeben hätte, was zu mir gesagt worden war. In meinen Augen war das völlig außerhalb aller Hilfe, aller Autorität. Ich glaubte natürlich, dass dies nur zu mir gesagt werden konnte, dass Howard Troy genau wusste, wie er mich bedrohen konnte, dass es ein Zeichen war. Und darum musste es verborgen und ausgelöscht werden, ausgetreten, schnell, schnell, aber ich schaffte nie, alles davon zu erwischen, alles Wissen, alle Erinnerung, unterirdisch lief es weiter und sprudelte an einer anderen Stelle in meinem Kopf hervor.

Robina nahm mich oft mit zu ihr nach Hause. Wir gingen durch den Wald, hinter dem Gelände, wo jetzt der Flughafen ist, eine Meile oder vielleicht anderthalb Meilen weit zu der kleinen Farm mit Steinhaufen mitten auf den Feldern. Wir nahmen auch im Winter diesen Weg, und Robina zeigte mir Spuren, die, so sagte sie, von Wölfen stammten. Sie wusste von einem Fall, wo ein Baby in einen Schlitten gelegt worden war, den ein Hund zog, und der Hund hatte Wölfe im Wald heulen hören und war losgelaufen, um sich ihnen anzuschließen, mit dem Baby immer noch hintendran. Dann, als der Hund dahin kam, wo die Wölfe waren, verwandelte er sich auch in einen Wolf, und alle zusammen zerrten sie das Baby heraus und fraßen es.

Beim Gehen durch den Wald gewann Robina an Autorität oder nahm eine andere Art von Autorität an, als sie in der Küche meiner Mutter hatte, wo sie unter der unzulänglichen und irreführenden Bezeichnung Dienstmädchen waltete. Ihr großer, flacher Körper schien sich zu lockern, hin und her zu schwingen wie eine Tür in ihren Angeln, kontrolliert, aber gefährlich, wenn man in den Weg geriet. Sie war zu der Zeit vielleicht zwanzig Jahre alt, kam mir aber so alt vor wie meine Mutter, so alt wie die mächtigen älteren Lehrer, wie die Damen, die Geschäfte führten. Ihre Haare waren kurz geschnitten, dunkel, glatt über die Stirn gezogen und von einer Haarklammer festgehalten. Sie roch nach Küche und getrocknetem, verschwitztem Stoff. Sie hatte etwas Rußiges, Rauchiges an sich – an ihrer Haut und ihren Haaren und ihren Kleidern und ihrem Eigengeruch. Gegen all das schien nichts einzuwenden zu sein. Wer würde etwas gegen Robina einwenden, wer wäre so tollkühn?

Wir mussten eine Brücke überqueren, die aus nichts weiter als drei Baumstämmen in unregelmäßigen Abständen bestand. Robina schwang die ausgestreckten Arme, um das Gleichgewicht zu halten. Der eine Ärmel, der halb leer war, flatterte wie ein verletzter Flügel über dem Wasser.

Ihre wichtigste Geschichte handelte davon, wie sie immer mit ihrer Mutter mitzottelte, die vor Jahren Hausarbeit für Damen in der Stadt tat. In einem der Häuser gab es eine elektrische Wasch- und Wringmaschine, damals eine technische Neuheit. Robina, fünf Jahre alt, stand auf einem Stuhl, um Sachen in die Wringmaschine zu stopfen. (Sogar damals schon, begriff ich, war sie unfähig, von irgendetwas die Finger zu lassen, musste bei allen Vorgängen mitbestimmen.) Die Wringmaschine erwischte ihre Hand, ihren Arm. Dieser Arm endete jetzt zwischen dem Ellbogen und dem Handgelenk. Sie zeigte ihn nie. Sie trug immer ein Kleid oder eine Bluse mit langen Ärmeln. Aber ich hatte den Eindruck, sie tat es nicht aus Scham, sondern um das Geheimnis, die Wichtigkeit zu vergrößern. Manchmal liefen ihr kleine Kinder auf der Straße nach und riefen: »Robina, Robina, zeig uns deinen Arm!« Ihre Rufe waren sehnsüchtig und voller Achtung. Sie ließ sie eine Weile gewähren, bevor sie sie wie Hühner verscheuchte. Sie stand an der Spitze jener von mir erwähnten Menschen, die Behinderungen zu etwas Beneidenswertem, Hohn zu

Huldigungen machen konnten. In meiner Vorstellung war dieser Arm immer etwas, das sie sich ausgesucht hatte, ein Zeichen von Bösem und Mächtigem.

Ich sehnte mich danach, ihn zu sehen. Ich stellte mir vor, dass er gerade abgesägt war, wie ein Baumstamm, und dass Knochen, Muskeln und Blutgefäße in ihrer knorpeligen, faserigen, inneren Nacktheit zu sehen waren. Ich wusste, meine Chance, ihn zu sehen zu kriegen, war ebenso gering wie die, je einen Blick auf die abgewandte Seite des Mondes zu werfen.

Andere Geschichten drehten sich um ihre Familie.

»Duval war als kleiner Junge den ganzen Tag oben auf dem Dach und hat ihnen geholfen, es mit Schindeln zu decken. Er hätte gar nicht da oben sein dürfen, weil er eine helle Haut hat, er hat die hellste Haut von allen in unserer Familie. Unsere ganze Familie ist hellhäutig, bis auf mich und Findley, dem Anfang und dem Ende. Niemand hat daran gedacht, wie heiß es für Duval wird, oder hat ihm einen Hut aufgesetzt. Ich hätte natürlich dran gedacht, aber ich war nicht zu Hause. Aber selbst wenn sie ihm einen Hut aufgesetzt hätten, hätte er ihn wahrscheinlich abgenommen, weil er denkt, er ist zu schlau, um einen Hut zu tragen, wenn die Männer keinen aufhaben. Also hat er sich nach dem Abendbrot aufs Sofa gelegt, als wollte er ein Nickerchen machen. Nach einer Weile schlägt er die Augen auf und sagt ganz laut: *Weg mit den Federn aus meinem Gesicht!* Wir konnten keine

Federn sehen. Also haben wir uns gewundert. Dann setzt er sich auf, sieht durch uns hindurch, hat uns nicht mal erkannt. *Oma,* sagt er, *hol mir ein Glas Wasser. Bitte, Oma,* sagt er, *hol mir ein Glas Wasser.* Dabei war Oma gar nicht da, sie war tot. Aber so, wie er redete, konnte man meinen, dass sie direkt neben ihm saß, und dass wir anderen alle gar nicht im Zimmer oder zu sehen waren.«

»Hatte er einen Sonnenstich?«

»Er hatte eine Vision vom Himmel.«

Ihre Stimme klang dumpf und verächtlich.

Von allen Mitgliedern ihrer Familie, von Duval und Jimmy, die gleich nach ihr kamen, bis hinunter zu Findley, dem Fünfjährigen, sprach Robina mit sonderbarer Achtung und Ernsthaftigkeit, um mich wissen zu lassen, dass nichts, was ihnen widerfuhr, keine Bevorzugung oder Erkrankung oder Fehde oder Redensart, auch keines ihrer alltäglichen Abenteuer, leicht genommen werden durfte. Ihre eigene Wichtigkeit leuchtete durch die anderen oder deren Wichtigkeit durch sie. Ich begriff, dass ich im Vergleich dazu nicht viel wog. Trotzdem war ich das Kind des Hauses, in dem Robina arbeitete; das war immerhin etwas. Ich war nicht eifersüchtig.

Wenn wir durch den Wald gingen, kam es vor, dass wir von ferne Nüsse oder Kienäpfel fallen hörten, und Robina sagte dann: »Kann sein, Duval oder Jimmy oder die andern sind draußen und schütteln einen Baum.« Und ich fand das aufregend, die Vorstellung, in ihrer Nähe zu sein, im Revier ihrer Streifzüge und Abenteuer. Ich freute mich ebenso wie Robina auf den Anblick des ungestrichenen, etwas schiefen Hauses, dem kein Baum Schatten spendete und das auf verkrauteten Feldern umhertrieb – im Winter auf dem Schnee –, gerade außerhalb der Reichweite des Waldes, wie ein unglückseliges Boot auf einem Teich. Kinder kamen daraus hervorgestürzt, wenn sie uns sahen, hellhaarig bis auf Findley, barfuß, bis der Boden hart gefroren war. Sie schrien und gaben an und hingen sich an den Pumpenschwengel; sie wirbelten im Hof absichtlich Wolken aus Staub und Hühnerfedern auf.

Sie gingen nicht auf die Schule in der Stadt. Ihre Schule lag in einer anderen Richtung, ein oder zwei Meilen weit durch den Wald. Laut Robina stellten sie stets den größten Teil der Schülerschaft. Ich konnte mir vorstellen, wie sie die Schule mehr oder weniger zu einer Erweiterung ihres Zuhauses machten, die hohlen Hände unter die Pumpe hielten, um zu trinken, und auf dem Dach saßen, um die Aussicht zu genießen.

Das bedeutete, wenn ich zu ihnen kam, war ich frei, jemand Fremdes und Neues. Bei ihnen war ich nicht die, die ich war. Ich trug meinen Mantel; sie baten, den Pelz anfassen zu dürfen. Daraufhin spielte ich mich auf. Es war wie Zauberei, es war berauschend. *Hört mal zu,* sagte ich zu ihnen. Ich erzählte ihnen Rätsel. Ich brachte ihnen die Regeln von Spielen bei, die ich vom Zuschauen kannte. *Blindekuh. Räuber und Prinzessin. Plumpsack.* Sie, die so wagemutig und streitsüchtig, aber immer noch voller Angst vor der Stadt waren, zerlumpt, aber nicht neidisch, erkoren mich zu ihrer Anführerin. Ich nahm an. Es kam mir ganz natürlich vor. *Verstecken. Katz und Maus.* Sie hatten eine Schaukel aus Stricken und einem Autoreifen. Sie kletterten auf alles hinauf, und ich tat es ihnen gleich, wenn ich mit ihnen zusammen war. Wir legten ein Brett über einen offenen Brunnen und spazierten darauf herum. Ich war unweigerlich glücklich, oder zumindest denke ich das jetzt. Ich hatte nur ein einziges Problem, und das war das Essen. Robina, die in der Küche meiner Mutter so komplizierte Nachspeisen, solch feuchte schwarze Schokoladentorte, solch unvergleichliches Gebäck, so samtiges Kartoffelpüree zauberte, stand hier nicht an, jedem eine Scheibe Brot mit einem fettigen Stück Schinkenspeck darauf zu geben, und der fast kalt, kaum gebraten. Die anderen kauten alles hastig, schluckten es hinunter und wollten mehr; sie hatten immer Hunger. Ich hätte mein Brot gerne jemandem gegeben, aber die Etikette verlangte von ihnen, es abzulehnen.

Jimmy und Duval waren große Jungen, groß wie Männer, aber immer noch verspielt und unberechenbar. Es konnte vorkommen, dass sie uns jagten und fingen und an den Armen herumschleuderten, bis wir waagerecht durch die Luft flogen. Sie sagten dabei kein Wort und schauten die ganze Zeit über sehr streng drein. Oder sie kamen und stellten sich zu beiden Seiten neben mich und sagten: »Kannst du dich erinnern, ist das die, die nicht kitzlig ist?«

»Ich weiß es nicht. Ich kann mich nicht erinnern, ob das die ist.«

»Ich glaube, ja. Ich glaube, das ist sie.«

Sie nickten bedeutsam, nachdenklich. Dann brauchten sie nur eine Bewegung zu machen, als wollten sie über mich herfallen, damit ich in Schreie ängstlichen Vergnügens ausbrach. Ich schrie nicht nur, weil ich gekitzelt wurde oder gekitzelt werden sollte. Ich freute mich darüber, dass ich anerkannt wurde. Diese Neckerei war für mich eine Anerkennung und eine Begnadigung; ich hatte vor Duval und Jimmy trotz ihrer Größe nie Angst. Ich nahm es nie übel, wenn ich an ihrer Ernsthaftigkeit merkte, dass sie sich über mich lustig machten. In meinen Augen waren sie mächtig, gutmütig und geheimnisvoll, ganz wie Clowns. Sie konnten sogar Kunststücke, wie Clowns sie vollführen. Sie gaben manchmal stumme, erstaunliche Vorstellungen im Staub des Hofes, schlugen Rad und machten Bockspringen. Robina sagte, sie wären gut genug, um zum Zirkus zu gehen, aber sie wollten nicht von zu Hause weg, sie liebten ihr

Zuhause. Sie gingen auch nicht zur Schule. Sie waren seit dem Tag nicht mehr hingegangen, an dem der Lehrer Jimmy verprügelte, weil er den Tafelschwamm aus dem Fenster geworfen hatte, worauf Jimmy und Duval zusammen – so Robina – den Lehrer verprügelten. Das war Jahre her.

»Wessen Freundin ist sie?«, fragten sie. *Meine. Meine.* Und sie kämpften im Spiel um mich, jeder riss mich dem anderen weg und schloss mich fest in die Arme. Ich liebte ihren Geruch nach Scheunen und Motoren und Buckingham's Feinschnitt.

Sie hatten Feinde, die sich nicht so leicht loswerden ließen wie der Lehrer. Geschäftsinhaber, die Beschuldigungen gegen sie erhoben hatten, zum Beispiel. Oder Stump Troy. Ich wusste, dass er ein Feind von Jimmy und Duval – und deshalb natürlich auch von Robina – war, lange bevor sein Sohn Howard mein Feind wurde. Aber bis dahin hatte ich das nicht weiter beachtet.

Robina sagte, Stump Troy hatte Jimmy und Duval die Polizei auf den Hals gehetzt, weil sie angeblich aus einem der Autos, die an einem Samstagabend vor seinem Haus parkten, Benzin abgezapft hätten. Es stimmte schon, dass sie sich Benzin nahmen – wohl für das alte Auto, das meistens vor der Scheune abgestellt war und nicht fuhr –, aber aus dem Auto eines Mannes, der sie nie für eine Arbeit, die sie für ihn getan hatten, bezahlt hatte, und es war ihre einzige

Möglichkeit, sich schadlos zu halten. Sogar schon davor hatte Stump Troy Lügen über sie verbreitet, sagte Robina, und er war derjenige, der eine ganze Bande aus Dungannon dafür bezahlte, Jimmy und Duval vor dem Paramount-Tanzpalast aufzulauern und zusammenzuschlagen – sogar Jimmy und Duval konnten nicht mehr als drei Mann pro Nase erledigen.

Heute denke ich, vielleicht waren sie Rivalen oder zerstrittene Komplizen in der Schwarzbrennerei. Meine Mutter war strikt gegen Alkohol, was unter ihren Umständen verständlich war, und Robina schien im Hause meiner Mutter diese Ansicht zu teilen. Sie sagte, ihre ganze Familie hätte dem Alkohol abgeschworen, die Großmutter hatte es verlangt. Das mag eine Übertreibung gewesen sein. Was nun auch die Wahrheit war, Stump Troy hatte Jimmy und Duval in Schwierigkeiten gebracht und hatte es in der Hand, ihnen noch mehr Schwierigkeiten zu bereiten, und sie hassten ihn.

»Ah, sie hassen ihn! Wenn sie in einer dunklen Nacht draußen wären und der alte Stump auf der Straße unterwegs wäre, würde es ihm bald leidtun, je von ihnen gehört zu haben!«

»Wie soll er auf die Straße rauskommen?«

»Stimmt. Sein Glück, dass er's nicht kann.«

»Jimmy und Duval sind gutmütig«, sagte Robina. »Sie sind keine bösen Jungs. Aber sie vergessen es nicht, wenn ihnen jemand übel mitgespielt hat. Dann rücken sie dem auf den Pelz.«

Bestrafungen. Ich stellte mir vor, wie ich über Howard Troys Augen lief. Spikes in seine Augen trieb. Die Spikes waren an den Sohlen meiner Schuhe, sie waren lang und scharf. Seine Augäpfel traten aus den Höhlen, ungeschützt, groß wie umgekehrte Schüsseln, und ich lief darüber, stach sie blutig, trat sie platt, mit ruhigem Schritt. Mir träumte nicht von irgendetwas Sauberem und Zauberischem, nicht vom richtigen Wort, in meinem Kopf gesprochen, das ihn augenblicklich zusammenschrumpfen ließ. Ich hätte ihm gern den Kopf abgerissen, die Glieder vom Körper getrennt, das Fleisch breiig und tropfend wie eine Wassermelone; ihn mit Äxten, Sägen, Messern und Hämmern traktiert. Wenn ich ihn mit dem Messer überraschen konnte, das keinen Schlitz in ihn machte, sondern ein rundes Loch, wie man es in einen Zuckerahorn für den Sirup schneidet, würde ich es tief hineinstoßen, und dann würde der Eiter, das ganze Gift herausspritzen, alles würde auslaufen.

Das Feuer füllte das Haus, wie Blut ein Furunkel füllt. Es schien jede Minute zu platzen, aber die Haut hielt noch. Die Haut, das waren das Dach und die Wände von Stump Troys Haus. So dünn konnte Holz aussehen.

»Das Dach geht als Nächstes hoch!«, sagten die Leute, und: »Zum Glück weht kein Wind!«

Ich verstand nicht, warum das ein Glück war oder was jetzt ein Glück sein konnte. Das Haus, das ich nie recht anzuschauen gewagt hatte, erwies sich als so schlicht wie ein Haus auf einer Kinderzeichnung – in der Mitte eine Tür und auf jeder Seite ein schmales Fenster, darüber ein Erkerfenster. Beide unteren Fenster waren eingeschlagen worden, von Howard Troy, der versucht hatte, hineinzugelangen. Männer hatten ihn zurückgehalten. Jetzt saß er auf dem Boden vor dem brennenden Haus. Er war geschwächt, allem Anschein nach machtlos, genau wie in der Schule.

Die städtische Feuerwehr war gekommen, aber als die Feuerwehrmänner eintrafen, gab es für sie nichts mehr zu tun als die Windstille zu loben. Sie nahmen die Leitern vom Wagen, stellten sie aber nirgendwo an. Sie schafften es nach einiger Zeit, dem letzten Hydranten – das war natürlich außerhalb der Stadtgrenzen – Wasser abzuzapfen, und sie bespritzten verfallende Nebengebäude, den Zaun und das Klosett. Sie ließen den Wasserstrahl auch über die Flammen streichen, aber das war nur wie lächerliche Angeberei. »Ihr könntet genauso gut zurücktreten und alle drauf spucken!«, schrie Robina, die fürchterlich aufgeregt war. Sie zitterte und knisterte, war selbst wie ein brennender Balken. Sie stand an der Pforte, wo ein großer, verwilderter Forsythienstrauch erblüht war, sehr früh, kaum dass der Schnee verschwunden war. Sie achtete darauf, dass ich an ihrer Seite blieb. Meine Mutter, die uns hergefahren hatte, saß im Auto ein Stückchen die Straße hoch. Sie schaute vermutlich auch zu, mochte sich aber nicht unter die Gaffer mischen.

Ich hatte als Erste das Feuer von meinem Fenster im ersten Stock gesehen, hatte etwas Schönes gesehen, ein Aufglühen in einem Winkel der nächtlichen Landschaft, anders als der Schein der städtischen Lichter, ein warmer, sich ausbreitender Teich. Es war das Haus, das dieses Licht ausstrahlte, durch seine Risse und Fenster.

Robinas Problem, dachte ich, war, dass sie nichts gegen das Feuer unternehmen konnte. Sie konnte die Feuerwehrmänner nicht umherscheuchen. Sie versuchte es, aber die gingen nur weiter mürrisch ihrer Arbeit nach, keiner von ihnen hatte es eilig. Sie konnte die Informationen korrigieren, die die Leute austauschten; das war wenigstens etwas.

»Zum Glück ist keiner da drin«, sagte ein Neuankömmling.

Und Robina sagte streng: »Wissen Sie denn nicht, was das für ein Haus ist?«

Offenbar gab es Ahnungslose.

»Wissen Sie denn nicht, wer in diesem Haus wohnt? Stump Troy.«

Das Verständnis war ungenügend, also fuhr sie fort.

»Na Stump Troy, der keine Beine hat! Der wird da nicht rausgelaufen sein, oder? Der ist immer noch da drin.«

»Mein Gott«, sagte ein Mann ehrfürchtig. »Mein Gott, der wird ja geröstet!«

Das Geräusch des Feuers war erstaunlich. Es war wie ein schrilles Schrappen, wie Bretter oder ein Rasenmäher, die über Zement gezerrt werden. Ich hätte nie gedacht, dass ein Feuer sich so anhören würde. Ein raues, lebhaftes Tosen, das, was die Leute Krach nennen. In diesem Krach, schrie da Stump Troy, rief er um Hilfe? Falls er es tat, war das Feuer zu laut für ihn, niemand konnte ihn hören.

Es war noch vor Mitternacht, also waren die meisten noch nicht zu Bett gegangen oder bereit gewesen, wieder aufzustehen. Die Straße war jetzt von Autos verstopft. Etliche Leute saßen einfach in ihrem Auto und sahen zu, aber viele waren auch draußen, gingen den Feuerwehrleuten hinterher oder standen am Zaun mit angeleuchtetem Gesicht. Sogar Kinder rannten nicht herum, das Feuer beanspruchte zu viel von ihrer Aufmerksamkeit. Ich sah Robinas jüngere Brüder und Schwestern, wenigstens einige von ihnen. Sie mussten das Feuer von ihrem Hof aus gesehen haben – zu der Zeit musste der Feuerschein schon am Himmel stehen – und den ganzen Weg hierher gelaufen sein, nachts durch den dunklen Wald. Robina sah sie auch und rief ihnen etwas zu.

»Florence! Carter! Findley! Haltet euch da raus!«

Sie hielten sich ohnehin im Hintergrund, waren nicht so nahe dran wie wir.

Sie fragte nicht, wo Jimmy und Duval waren, die solch ein Spektakel bestimmt nicht gern versäumt hätten. Ich stellte die Frage für sie, so laut ich konnte.

»Florence! Wo sind Jimmy und Duval?«

Robina holte mit ihrem vollständigen Arm aus und schlug mich ins Gesicht, auf den Mund, der härteste Schlag, der mir je versetzt worden war oder werden würde. Er kam so plötzlich, dass ich dachte, er hätte etwas mit dem Feuer zu tun (denn viele sagten schon lange: »Passt bloß auf, das ganze Ding geht gleich hoch, Bretter werden rumfliegen!«), oder Robinas Arm wäre herausgeschossen, um zu verhindern, dass mich etwas anderes traf. Im selben Augenblick, so schien es, flog das Dach in die Luft, und die Leute hasteten zurück. Flammen schossen in den Himmel. Fast im selben Augenblick erscholl aus einem anderen Teil des Hofes ein Schrei, allerdings verstand ich erst später, weshalb der Schrei ausgestoßen wurde. In meiner Verwirrung dachte ich sogar, dass er etwas mit Robinas Maulschelle zu tun hatte. In Wirklichkeit galt er Howard Troy, der von dem Platz, an dem er gesessen hatte, in den brennenden, zusammenbrechenden Hauseingang gestürzt war, viel zu spät, um jemanden zu retten, falls das seine Absicht war, zu spät, um selbst gerettet zu werden.

Später gab es mehrere Erklärungen dafür. Eine war, dass er eigentlich in die andere Richtung rennen wollte, vom Feuer weg, aber in seinem momentanen Wahnsinn stattdessen geradewegs hineinrannte. Eine andere war, dass er seinen Vater schreien hörte und immer noch dachte, er könnte ihn herausholen. Oder meinte, ihn schreien zu hören. Dabei war Stump Troy zu dem Zeitpunkt bestimmt nicht mehr in der Lage, zu schreien. Diese Erklärung hätte aus Howard Troy einen Helden gemacht und war nicht populär, obwohl es überraschenderweise einige wenige gab, die ihr anhingen, darunter meine Mutter.

Eine andere Erklärung war, dass Howard Troy das Feuer selbst gelegt hatte, vielleicht nach einem Streit mit seinem Vater, vielleicht aus keinem besonderen Grund, allein, um zu zeigen, was er tun konnte, all die Zeit über hatte eigentlich tun wollen, während ihm die Leute zu Recht misstrauten. Es gab Rückhalt für diese Meinung, in Form eines leeren Benzinkanisters. Diejenigen, die glaubten, dass das Feuer gelegt worden war, behaupteten manchmal, dass Stump es selbst getan oder in Auftrag gegeben haben könnte, um die Versicherung zu betrügen. Er hatte vorgehabt, nicht im Haus zu sein, oder sich darauf verlassen, dass Howard ihn herausholen würde, und der hatte ihn durch Feigheit oder Saumseligkeit im Stich gelassen. Dann war Howard aus Gewissensbissen oder Angst vor der Polizei ins Feuer gerannt.

In jenen Augenblicken jedoch gab es keine Erklärungen. Die Leute konnten nichts weiter tun, als eiligst anderen Leuten alles zu erzählen, die vielleicht nichts gesehen hatten. Ich war nicht überrascht. Das Feuer selbst und der Schlag in mein Gesicht hatten mich gegen weitere Überraschungen abgeschirmt. Ich hielt die Hände an den Mund, aber wundersamerweise hatten sich meine Zähne nicht gelockert; das einzige Blut kam aus einer kleinen Wunde innen an der Lippe von der Spitze eines Zahns.

Robina schien das Feuer plötzlich sattzuhaben. Sie zog mich vom Tor weg die Straße entlang. Das Auto meiner Mutter war nicht zu sehen.

»Sie ist schon vor uns nach Hause gefahren«, sagte Robina. »Ich nehm's ihr nicht übel. Diese Idioten können von mir aus die ganze Nacht da stehen, wenn sie wollen. Ich weiß, worauf die warten. Die wollen sehen, wie sie die Leiche heraustragen. Die Leichen«, verbesserte sie sich. »Da können die lange warten.«

Ich antwortete nicht, schaute mich auch kein einziges Mal zum Feuer um. Ich ging voran. Robina stieß mich einmal an, damit ich nicht in den Straßengraben stolperte. Als sie mich berührte, schrak ich zusammen.

»Du läufst wie eine Schlafwandlerin. Ich hab dich nur gepackt, damit du nicht kopfüber in den Straßengraben fällst.«

Als wir an den Autos vorbei waren und es genug Platz gab, holte Robina mich ein, um neben mir zu gehen. Ich hatte das Gefühl, wenn sie rings um mich hätte sein können, gleichzeitig vor mir und hinter mir und auf beiden Seiten, dann hätte sie es getan. Sie wollte mich umschließen, in mich hineinspähen, bis sie fand, was sie suchte, und es umänderte. Unterdessen sagte sie: »Wenn du dir wegen so einer Sache Gedanken machst, dann wirst du es in dieser Welt sehr schwer haben.«

Ich versuchte in keiner Weise, Robina zu bestrafen oder zu ärgern. Ich hatte wirklich vor, ihr zu antworten. Eine Zeitlang glaubte ich, dass ich geantwortet hatte, geradeso, wie man sich im Halbschlaf sagt, dass man etwas tun muss – ein Fenster schließen, das Licht ausmachen –, und sich dann im Schlaf selbst überzeugt, dass man es tatsächlich getan hat. Und nach einem solchen Schlaf kann man nie ganz sicher sein, was wirklich passiert ist, was wirklich gesagt worden ist, und was man geträumt hat. Ich wusste hinterher nie, ob Robina wirklich von Zeit zu Zeit etwas zu mir gesagt hatte, wie ich es mir einbildete, mit einer untypisch weichen und besorgten Stimme, die etwas androhte oder versprach, Angst machte und beruhigte.

Oder ob sie je gesagt hatte: »Hör zu. Ich zeig dir meinen Arm.«

Falls sie es tat, gab ich ihr auch darauf keine Antwort.

Als ich auf die Highschool ging oder vom College übers Wochenende zu Hause war, sah ich Robina manchmal über die Hauptstraße laufen, mit ihrem schlenkernden Ärmel, dem weit ausholenden gesunden Arm und ihren langen Schritten, die immer bergab zu führen schienen. Sie arbeitete schon seit langer Zeit nicht mehr für uns. Als mein Vater auf Dauer nach Hause kam, mit einer Pflegerin, die in der Küche das Regiment übernahm, war kein Platz mehr für sie da und auch kein Geld. Ihr Anblick erinnerte mich unweigerlich an meine Kindheit, die so lange her zu sein schien und erfüllt von panischer Angst und Schande. Denn ich hatte mich verändert, meine Situation hatte sich verändert, ich glaubte, dass ich mit etwas Glück und klugem Verhalten eines Tages den Anschein erwecken konnte, so zu sein wie alle anderen. Und das ist mir in der Tat gelungen.

Robina sah inzwischen für mich merkwürdig aus; bizarr, verbohrt, nicht sehr sauber. Trotzdem hätte ich mit ihr geredet, ich war dazu bereit. Aber sie wandte jedes Mal den Kopf ab und sagte kein Wort, zeigte mir, dass ich eine von jenen Personen geworden war, die sie beleidigt hatten.

Robina mag inzwischen tot sein. Gut möglich, dass Jimmy und Duval auch tot sind, obwohl das schwer vorstellbar ist. Ich habe immer noch ein paar Jahre bis zum Ruhestand vor mir. Ich bin Witwe, arbeite im öffentlichen Dienst und wohne im achtzehnten Stock eines Mietshauses. Es macht mir nichts aus, allein zu sein. Abends lese ich, schaue fern. Nein, nicht immer. Manchmal sitze ich im Dunkeln, trinke Whisky mit Wasser und denke nutzlos und hilflos, fast gemütlich über Dinge wie diese nach, die ich vergessen hatte oder an die zu denken ich lange Zeit nicht ertragen konnte.

Wenn alle tot sind, die sich daran erinnern können, dann, nehme ich an, wird mit dem Feuer Schluss sein, geradeso, als wäre niemand je durch diese Tür gerannt.

Marrakesch

Dorothy saß auf einem Küchenstuhl auf der Seitenveranda und aß Nüsse. Sie hatte sich angewöhnt, Nüsse aus dem Automaten im Drugstore zu ziehen. Sie aß sie aus der weißen Papiertüte mit dem Eichhörnchen darauf. Im Alter von siebzig Jahren war sie gezwungen gewesen, wegen Schmerzen in der Brust das Rauchen aufzugeben. Die Schulbehörde hatte es nicht geschafft, sie dazu zu bewegen. Eine zuvor von den Eltern unterschriebene Eingabe hatte nichts bewirkt. Gordie Lomax – inzwischen tot – brachte ihr die Eingabe, die zuerst der Schulbehörde zugeschickt worden war. Sie sah sie kritisch durch wie ein zu korrigierendes Diktat. »Sag ihnen, es ist mein einziges Laster«, verkündete sie fest, und Gordie ging zurück und gab es weiter.

»Sie sagt, es ist ihr einziges Laster.«

Viola prophezeite, dass Dorothy von den Nüssen dick werden würde, aber Dorothy hatte schon immer essen können, was sie wollte, ohne dick zu werden. Was Viola erboste, denn sie konnte es ihr nicht gleichtun, konnte keine Nüsse und Äpfel essen. Viola trug ein Gebiss.

Dorothy war gerade allein. Viola war auf den Friedhof gegangen und hatte Jeanette mitgenommen. Morgens vor dem Frühstück hatte sie die Rabatte ihrer Rittersporne beraubt, die jetzt auf ihrem Höhepunkt waren und in allen Tönen von Blau und Violett blühten. Sie brauchte einen Strauß für das Grab ihres Mannes, einen für das Grab von Dorothys Mann (sie hatte ihn übernommen, da Dorothy selten auf den Friedhof ging) und einen für das ihrer Eltern.

»Ich dachte, vielleicht magst du eine Fahrt hinaus zum Letzten Ausguck«, sagte sie beim Frühstück zu Jeanette. So hatte ihr Mann den Friedhof im Scherz genannt. Natürlich wusste Jeanette nicht, wovon sie redete. Viola hatte vertraulich, kokett gesprochen. Sie konnte nicht anders. Zum Kassierer im Lebensmittelgeschäft, dem Autoschlosser in der Werkstatt, dem Jungen, der den Rasen mähte, neigte sie ihren silbernen, glatt gewellten Kopf in dieser geheimniskrämerischen Weise und murmelte einige entschuldigende Worte, auf die sie oft keine Antwort erhielt. Dorothy war das peinlich. Um Violas Lächerlichkeit wettzumachen, musste sie schroffer und sachlicher sein, als sie sonst vielleicht gewesen wäre.

»Sie meint den Friedhof«, sagte Dorothy.

»Oh, ich liebe den Friedhof«, sagte Jeanette mit ihrem zärtlichen, charmanten Lächeln.

»Was gibt es da zu lieben?«, fragte Dorothy und

schaute in ihre Tasse mit schwarzem Kaffee, als sei sie ein Brunnen.

»Na ja, ich liebe die Aussicht«, sagte Jeanette versöhnlich. »Und die alten Grabsteine. Ich lese gerne die Inschriften auf den alten Grabsteinen.«

»Dorothy denkt, ich bin morbide«, sagte Viola listig.

»Ich denke gar nichts«, sagte Dorothy und wurde heiterer, denn ihr war etwas eingefallen. »Glasgefäße sind auf dem Friedhof verboten.« Sie schaute zu den Sträußen, die Viola in Einweckgläser gesteckt hatte. »Du wirst sie rausnehmen und in diese Plastiktüten stecken müssen.«

»Verboten?«, fragte Viola. »Warum das denn?«

»Wegen Vandalismus«, antwortete Dorothy zufrieden. »Ich habe es im Radio gehört.«

Jeanette war Dorothys Enkelin. Die Leute hier in der Stadt, die sie mit den beiden alten Damen sahen – und mit Viola, die immer noch ihr Auto fuhr, häufiger als mit Dorothy –, waren sich dessen meistens nicht bewusst. Sie hielten sie für eine entfernte junge Verwandte. Obwohl Dorothy ihr ganzes Leben in oder in der Nähe dieser Stadt verbracht hatte, konnte sich kaum jemand daran erinnern, dass ihr Mann gestorben war, als ihr Sohn noch klein war, dass der Bobby hieß und dass er hier vier Jahre lang auf die Highschool gegangen war, bevor er die Stadt verließ, um sich draußen im Westen in den letzten Jahren vor dem Krieg Arbeit zu suchen. Seit dem Tod ihres Mannes hatte Dorothy in der Schule bis zu ihrem Ruhestand die siebente Klasse unterrichtet, und deswegen waren die Leute geneigt zu vergessen, dass sie irgendeine Art von Privatleben hatte. Sie war zu einem Fixstern im voranschreitenden, sich wandelnden Leben vieler, vieler Menschen geworden. Sie auf der Straße zu sehen erinnerte Lastwagenfahrer, Ladenbesitzer, Mütter, die Kinderwagen schoben – und inzwischen sogar Großmütter, die Kinderwagen schoben – an Landkarten, Prozentrechnung und Rechtschreibwettbewerbe, an die ernste, aber nicht bedrückende, ruhige und vernünftige Atmosphäre in ihrer Klasse. Sie selbst dachte selten an das Klassenzimmer, in dem sie den größten Teil ihres Lebens verbracht hatte, und hätte es auch nicht mehr besuchen können, selbst wenn sie gewollt hätte, denn das alte Gebäude war vor fünf Jahren abgerissen worden, und an seiner Stelle hatte man eine neue niedrige, wenig beeindruckende, pastellfarbene Schule errichtet; aber in der Vorstellung dieser Menschen trug sie es für immer mit sich herum, und sie kamen nie auf den Gedanken, in ihr noch etwas anderes zu sehen. Das Mrs. vor ihrem Namen war so leer wie ein Höflichkeitstitel.

Bobby, ihr Sohn, war vor dem Krieg umgekommen, bei einem Autounfall im Inneren von British Columbia. Davor hatte er Zeit gefunden, zu heiraten und ein kleines Mädchen zu zeugen. Das war Jeanette. Jeanettes Mutter, die Dorothy bis heute nicht kennengelernt hatte, war nach Vancouver gezogen, hatte nach zwei Jahren wieder geheiratet und eine neue, kinderreiche Familie gegründet. Als Jeanette vierzehn Jahre alt war, kam sie zum ersten Mal mit dem Zug nach Osten, um einen Sommermonat bei ihrer Großmutter zu verbringen. Danach kam sie noch einige Jahre lang jeden Sommer, wobei sich Dorothy und der Stiefvater die Kosten teilten. Dorothy wechselte Briefe mit ihm, nicht mit der Mutter, und er erklärte, dass es böses Blut zwischen dem Mädchen und ihrer Mutter und den vielen Kindern ihrer Mutter gab; es sei gut, wenn sie einmal Ferien voneinander bekämen. Er schien ein vernünftiger Mann zu sein. Inzwischen war auch er tot, und Jeanette hatte offenbar kaum noch Kontakt zu ihrer Mutter und ihren Stiefgeschwistern.

Aber sie besuchte weiterhin Dorothy, und nachdem Viola eingezogen war, Dorothy und Viola. Sie hatte Stipendien gewonnen, die sie aufs College gebracht hatten. Sie studierte weiter, um ihren M.A. zu machen. Dann ihren Ph.D. Sie blieb endgültig am College und unterrichtete. Sie reiste. Ihre Besuche dauerten nie länger als eine Woche und manchmal nur drei oder vier Tage. Sie musste Freunde aufsuchen, hatte Verabredungen getroffen. Dorothy nahm an, dass sie sich langweilte.

Als sie zum ersten Mal zu Besuch kam, als junges Mädchen, waren Jeanettes Haare kurz und braun. Später waren sie blond. In einem Jahr erschien sie, die Haare aufgebläht, so dass sie aussahen wie ein Haufen Schaum auf ihrem Kopf. In jener Zeit malte sie sich die Augenlider bis hoch zu den Augenbrauen blau an, sie trug Futteralkleider mit Mustern in orange und violett, gelb und scharlachrot. Ihr modischer, provokanter Stil war, nach ihrer introvertierten Unscheinbarkeit als junges Mädchen, eine Überraschung. Aber ihr derzeitiges Aussehen war noch überraschender. Sie hatte sich die Haare lang wachsen lassen und trug sie entweder zu einem Zopf geflochten auf dem Rücken oder offen, bleich und kraus. Sie trug Jeans, eine Bauernbluse und ein Schmucksortiment aus Holzperlen, Glasperlen und Metall. Meistens keine Schuhe. Auch trug sie kleine, kindliche Kleidchen aus bedruckter Baumwolle, kurz wie Spielhöschen, die ihren Rücken frei gaben und enthüllten, dass sie keinen Büstenhalter trug. Nicht, dass dafür eine Notwendigkeit bestanden hätte. Sie war eine Frau um die dreißig mit der Figur eines elfjährigen Kindes.

»Versucht sie, ein Hippie zu sein, was meinst du?«, fragte Viola sanft. »Die müssen das doch komisch finden, wenn sie unterrichtet.« Viola beherrschte es wunderbar, jemandem ins Gesicht zu lächeln und dabei ein Messer in den Rücken zu stoßen. Ihr Gesellschaftsleben als Bankiersfrau hatte sie darin geschult. Ihre Stichelei richtete sich eigentlich gegen Dorothy, denn Jeanette war Dorothys Enkelin. Sowohl Dorothy als auch Viola waren recht zufrieden mit dem Arrangement, zusammenzuleben. Es sparte Geld und sorgte für Gesellschaft wie auch für Hilfe bei einem Unfall oder einer Erkrankung. Sie waren einander ein Rückhalt, wie es streitsüchtige Kinder sind oder lange verheiratete, anscheinend nicht zusammenpassende Paare, wobei der Rückhalt so unerklärlich und so tief verborgen war, dass die Oberfläche – das, was sie zu empfinden meinten – hauptsächlich aus Argwohn, Reizbarkeit und taktischem Verhalten bestand.

»So kleiden sich heutzutage die meisten am College«, sagte Dorothy.

»Auch die Dozenten?«

»Da besteht kein Unterschied.«

»Ich möchte mal wissen, ob sie je heiraten wird«, bemerkte Viola keineswegs zufällig.

Dorothy hatte in Illustrierten Fotos von diesem neuen Typ Erwachsener gesehen, die ihr Erwachsensein abgelegt zu haben schienen. Jeanette war die erste dieser Sorte, die sie von Nahem und leibhaftig sah. Früher hatten halbwüchsige Jungen und Mädchen auszusehen versucht wie erwachsene Männer und Frauen, oft mit lächerlichem Ergebnis. Jetzt waren es erwachsene Männer und Frauen, die auszusehen versuchten wie Teenager, vermutlich, bis sie an der

Schwelle des Greisenalters aufwachten. Es war seltsam, in Jeanettes Gesicht das Kind bereits der alten Frau begegnen zu sehen. In einem Augenblick sah sie jünger aus als vor zehn Jahren, ihr Gesicht blass ohne Make-up, der Mund breit und verschlossen. Sie sah frisch aus, sauber, verträumt und selbstvergessen. Im nächsten, mit einem Wechsel des Lichts oder der Laune oder der Körperchemie, zeigte sich dasselbe Gesicht zerschlagen, bläulich, scharf, die Haut unter den Augen mehr als nur ein wenig runzelig. Sehr viel war einfach übersprungen worden.

Von Dorothys Platz auf der Veranda sah die Straße noch heißer und heruntergekommener aus als in jedem früheren Sommer. Das lag daran, dass die Bäume verschwunden waren. Im letzten Herbst waren Männer im Auftrag der Stadtverwaltung gekommen und hatten alle Ulmen gefällt, diese hohen, alten, tiefen Schatten spendenden Bäume, deren Zweige die Fenster im Obergeschoss vieler Häuser verdunkelten und streiften und im Oktober die Rasenflächen mit Laub zuschütteten. Die Bäume waren alle krank, manche schon halb abgestorben, und mussten gefällt werden, bevor sie durch die Winterstürme zu einer Gefahr wurden. Im Winter war nicht zu merken, wie sehr das die Straße verändert hatte, da die Bäume dann nicht das Wichtigste auf der Straße waren, sondern die Schneeberge. Aber jetzt fiel Dorothy der große Unterschied auf. Die dichten, herabhängenden Zweige hatten die Häuser voneinander isoliert und die Gärten größer wirken lassen; sie hatten auf dem geflickten, schmalen Bürgersteig Licht und Schatten dahinströmen lassen und ihn in einen Fluss verwandelt.

Jeanette hatte sofort eine Klage angestimmt.

»Die Bäume!«, rief sie aus, sowie sie aus ihrem kleinen, cremeweißen ausländischen Auto gestiegen war. »Die schönen Bäume! Wer hat sie gefällt?«

»Die Stadtverwaltung«, antwortete Dorothy.

»Das sieht denen ähnlich.«

»Ihnen blieb keine Wahl«, sagte Dorothy und tauschte mit ihrer Enkeltochter einen trockenen Kuss, eine angedeutete Umarmung. »Es war das Ulmensterben.«

»Dasselbe, was überall passiert«, fiel Jeanette ihr ins Wort und hörte kaum zu. »Das ist alles Teil derselben Zerstörung. Das ganze Land verwandelt sich in eine Müllhalde.«

Dorothy konnte nicht zustimmen. Sie konnte nicht für das Land sprechen, aber diese Stadt verwandelte sich kaum in eine Müllhalde. Der Bürgerverein hatte sogar vor Kurzem eine verwilderte Brache am Fluss trocken gelegt, gerodet und in einen sehr hübschen Park verwandelt, etwas, was der Stadt in ihren gesamten hundert Jahren bislang gefehlt hatte. Sie wusste, dass das Ulmensterben im Laufe des letzten Jahrhunderts alle Ulmen in Europa vernichtet hatte und seit fünfzig Jahren auf diesem Kontinent auf

Stelle errichtet werden würde, sie würde dem nicht den Rücken kehren. Nein, sie würde genauso dasitzen wie jetzt, vor sich hin schauen, nicht leer, sondern voller Neugier auf die Autos, das Straßenpflaster, die blinkenden Neonreklamen, die Ladenzeilen und das riesige, geschweifte, beherrschende Gebäude des Supermarkts. Alles war ihr recht; schön oder hässlich hatten für sie keine Bedeutung mehr, denn in allem ließ sich etwas entdecken. Das war ein Gefühl, das sie beschlichen hatte, als sie älter wurde, und es war überhaupt kein friedliches, loslassendes Gefühl, wie man es von alten Leuten erwartet; es war das genaue Gegenteil, nagelte sie an Ort und Stelle fest in einer gereizten, verwirrten Konzentration.

»Du siehst nicht so aus, als hättest du sehr angenehme Gedanken«, hatte Viola mehr als einmal zu ihr gesagt. »Angenehme Gedanken halten dich jung.«

»Ist das so?«, fragte Dorothy. »Also ich war mal jung.«

Ohne die Bäume war es möglich, bis zur Kreuzung von der Mayo und der Harper Street zu schauen. Dorothy sah Blair King um die Ecke biegen, auf dem Heimweg von der Arbeit. Er arbeitete bei dem Radiosender, der nur zwei Querstraßen weiter war. Wie die meisten derer, die beim Radiosender arbeiteten, stammte er nicht aus dieser Stadt und würde wahrscheinlich in ein paar Jahren weiterziehen. Er hatte mit seiner Frau das Haus gleich neben dem von Dorothy gemietet, aber seine Frau war zur Zeit nicht da. Sie lag seit einigen Wochen im Krankenhaus.

Blair King blieb stehen, um das auswärtige Nummernschild an Jeanettes Auto zu betrachten.

»Das gehört meiner Enkeltochter, die uns besucht!«

Warum hatte sie das gerufen? Sie und Viola kannten die Kings nicht besonders gut; sie besuchten einander nie. Er war recht freundlich, auf eine Art, die halb geschäftsmäßig wirkte, aber sie war kühl. Beide beschäftigten sich kaum mit ihrem Garten. Sie hatte in der Stadtbücherei gearbeitet, bis sie krank wurde. Dorothy und Viola hatten dort mehr von ihr gesehen als ums Haus herum. Sie trug den Rock und den Pullover einer Collegestudentin und eine Spange in ihren schulterlangen Haaren (sie verkörperte die Collegestudentin von vor fünfzehn Jahren und war nicht so mit der Zeit gegangen wie Jeanette), und sie sprach mit leiser, kultivierter Stimme, was viele Leute in der Stadt als unterschwellig beleidigend empfanden. Dorothy hatte außerdem selten so viel Selbstvertrauen und Reizlosigkeit sich auf einem Gesicht begegnen sehen.

»Gutaussehende Männer suchen sich oft so ein Mädchen«, sagte Viola. »Kann es sein, dass sie nicht an gutem Aussehen interessiert sind, weil sie selbst so viel davon haben?«

Blair King näherte sich auf nachbarliche Art der

Veranda. Kam aber nicht herauf. Stattdessen stellte er einen Fuß auf die Treppe und stützte sich auf sein Knie. Er sah tatsächlich gut aus, aber seine Züge wurden langsam gröber, müder. Sein Lächeln wie auch sein Tonfall waren eingeübt, mechanisch. Die Sorge um seine Frau hinterließ ihre Spuren.

»Jedes Mal, wenn ich komme oder gehe, bewundere ich ihr Auto.«

»Sie hat es voriges Jahr in Europa gekauft und per Schiff herbringen lassen. Wie geht es Ihrer Frau?«

Es machte Dorothy nichts aus, das zu fragen, obwohl sie die Geschichte kannte: Nancy King starb an Krebs. Der Tod mit sechsunddreißig mochte tragisch sein, aber um die Wahrheit zu sagen, die Bedeutung des Wortes tragisch verstand Dorothy nicht mehr. Sie fragte, um Konversation zu machen.

»Es geht ihr im Augenblick nicht allzu schlecht.«

»Ist es heiß im Krankenhaus?« Sie band ihn weiter ins Gespräch, weil ihr eine Idee kam.

»Der neue Flügel hat eine Klimaanlage.«

»Ich habe Blair King von nebenan eingeladen«, sagte Dorothy. »Ich habe ihn gebeten, herüberzukommen und den Abend mit uns zu verbringen.«

»Du lädst jemanden ein«, sagte Viola. »Was denn noch? Der Himmel stürzt ein.«

»Ich weiß nicht, was wir ihm vorsetzen sollen«, sagte sie später. »Er wird wahrscheinlich etwas Alkoholisches erwarten. Diese Leute vom Radio gehen abends nicht aus, um Tee zu trinken.«

»Vom Radio?«, fragte Jeanette. »Hat sich für mich gleich angehört wie ein angenommener Name. Ein *Künstlername.*«

»Wo ist der Sherry?«, fragte Dorothy. Sie selbst trank nichts; sie hatte die Wahrheit gesagt, als sie zu Protokoll gab, dass Rauchen ihr einziges Laster war; aber Viola hatte in ihrer Zeit als Bankiersfrau und Gastgeberin Sherry schätzen gelernt und seitdem meistens eine Flasche davon im Haus.

»Wie können wir ihm Sherry anbieten?«, wandte sich Viola hilfesuchend an Jeanette. »Du weißt, wie Sherry immer genannt wird? *Das Getränk der alten Damen.*«

»Ich fahre zum Spirituosengeschäft«, sagte Jeanette tröstend, »und hole eine Flasche Gin, ich werde auch Tonic kaufen und sehen, ob ich ein paar Limetten kriege, und das wird an einem heißen Abend sehr lecker sein. Niemand kann sich über einen Gin Tonic beschweren.«

Viola war immer noch nicht zufrieden. »Er wird etwas zu essen haben wollen.«

»Gurkensandwiches«, sagte Dorothy.

»Entzückend. Wie bei Oscar Wilde«, sagte Jeanette mysteriös. »Ich hole auch eine Gurke.« Vor sich hin summend flocht sie ihre Haare wieder zu einem Zopf – glücklich über die Aussicht, für eine halbe Stunde allein aus dem Haus zu können? –, rannte zu ihrem Auto und sang: »Gi-in u-und Tonic, Gur-ke u-und Limetten …«

»Sie geht barfuß einkaufen«, sagte Viola.

Am frühen Nachmittag lag Jeanette im Garten hinter dem Haus ausgestreckt in der Sonne. Viola konnte sie nicht sehen, zum Glück. »Nennt man das einen Bikini?«, hätte Viola gesagt. »Ich dachte schon, sie hat sich zwei Bänder umgebunden.«

Aber Violas Schlafzimmer ging nach vorn raus, Dorothys nach hinten. Beide hielten immer ein Mittagsschläfchen, es teilte den Tag auf. In ihrer Zeit als Lehrerin waren Mittagsschläfchen für Dorothy ein Luxus des Sommers gewesen. Das Unterrichten ermüdete sie in den letzten Jahren, und sie hatte nicht einmal den ganzen Sommer für sich, da das Erziehungsministerium in seiner unendlichen Weisheit beschlossen hatte, sie müsse drei Wochen in einem heißen möblierten Zimmer in Toronto verbringen und an Kursen teilnehmen, die sie befähigen würden, neue Methoden und Perspektiven in ihren Unterricht einzubringen. (Natürlich tat sie nichts dergleichen, sondern unterrichtete erfolgreich weiter so, wie sie es immer getan hatte.) Wenn sie aus Toronto zurückkehrte, kam Jeanette zu ihr. Aber Jeanette brachte ihre Lebensgewohnheiten kaum durcheinander, also ging sie jeden Nachmittag nach oben und streckte sich für ihr Nickerchen aus. Manchmal malte sie sich aus, wie Jeanette unten im Wohnzimmer saß und ein Buch las oder draußen auf der Veranda auf der Hollywoodschaukel lag und sich mit einem Fuß hin und wieder von den Bodenbrettern abstieß, damit die Schaukel in Bewegung blieb, und sie fragte sich, ob das Kind glücklich war, ob sie mehr für die Kleine tun müsste – sie zum neuen Schwimmbad bringen, sie zum Tennisunterricht anmelden. Dann fiel ihr ein, dass Jeanette zu groß war, um irgendwohin gebracht zu werden, und wenn sie Tennisunterricht haben wollte, würde sie bestimmt darum bitten. Meistens wollte Jeanette einfach lesen. Was genau das war, was Dorothy selbst gerne getan hatte, als sie jung war, und immer noch gerne tat. Es kam beiden ganz natürlich vor, bei den Mahlzeiten zusammenzusitzen, jede mit einem Buch vor der Nase. Jetzt schien Jeanette sehr wenig zu lesen. Vielleicht hatte ihr Studium es ihr verleidet.

Dorothy war damals weniger neugierig. Im Klassenzimmer wollte sie immer nur wissen, ob ihre Schüler die Grundsätze der Arithmetik und der Rechtschreibung begriffen hatten, die Fakten der Geschichte, der Naturwissenschaften und der Erdkunde, die sie ihnen beibringen musste. Sie sah in Jeanette ein schüchternes, ernsthaftes Mädchen, ein wenig älter als ihre Schüler. Wissbegierig war das Wort, mit dem sie sie beschrieben hätte, ein altmodisches Wort. Sie glaubte zu der Zeit, ohne sich kundig machen oder darüber nachdenken zu müssen, dass Jeanette auf wichtige Art eine Fortsetzung von ihr selbst war. Davon war nichts mehr zu merken; die Verbindung war entweder abgebrochen oder unsichtbar geworden. Dorothy blickte eine Weile lang aus ihrem Schlafzimmerfenster auf den dürren braunen Körper ihrer Enkelin hinunter wie zu einer Hieroglyphe auf ihrem Rasen.

»Und auf der M1 …«, sagte Blair King, um das Gespräch voranzutreiben, als er auf der Veranda saß und Gin trank. Er richtete sich an Jeanette. Dorothy folgte der Unterhaltung aufmerksam, aber nicht entspannt.

»Ach, die M1! Das war die schlimmste Erfahrung meines Lebens, im Nebel nach London fahren, und die rasen da mit sechzig Sachen durch den Nebel, man kann nicht langsam fahren, dichter Nebel, und man kann buchstäblich keine zehn Fuß weit sehen. Wir hatten gerade einen Campingwagen gemietet, und ich war gar nicht gewohnt, so ein Ding zu fahren, und wir sind in einen dieser Kreisel geraten und kamen nicht mehr raus. Wir konnten buchstäblich nicht sehen, wo wir abbiegen mussten, und sind ewig im Kreis gefahren, es war wie ein sehr symbolisches Studentenspiel.«

Wusste Blair King, was sie meinte? Anscheinend ja.

Er sah ihr ins Gesicht und murmelte ermutigend. Dorothy hörte zum ersten Mal von dem Campingwagen oder dem »wir« oder auch der M1. Zu ihrer Großmutter und Viola hatte Jeanette nicht viel mehr über Europa gesagt, als dass die meisten Orte von Touristen überlaufen waren, die Häuser in Griechenland im Winter feuchtkalt, und dass aus Athen antransportierter Tiefkühlfisch weniger kostete als der von den Leuten im Dorf gefangene Fisch. Sie hatte einige Dinge beschrieben, die sie gegessen hatten, bis Viola sagte, ihr werde übel.

War der andere Teil von dem »wir« ein Mann oder eine Frau? Dorothy sah Viola an, dass sie sich diese Frage stellte.

Blair King und seine Frau hatten vor drei Jahren sechs Monate in Europa verbracht. Er gestattete ihnen nicht, sie zu vergessen. Nancy und ich. Nancy ist in der Schweiz immer gefahren. Nancy liebte Portugal, war aber von Spanien weniger begeistert. Nancy gefiel die portugiesische Art des Stierkampfs besser. Viola warf gelegentlich etwas ein über die drei Wochen, die sie mit ihrem Mann 1956 in Großbritannien verbracht hatte. Dorothy saß da, hörte zu und nippte an ihrem Drink, dessen Geschmack sie nicht mochte, obwohl Jeanette versprochen hatte, sparsam mit dem Gin zu sein. Sie konnte sich wirklich nicht beklagen, selbst wenn sie Mühe gehabt hätte, der Unterhaltung zu folgen. Darauf hatte sie gebaut – dass Blair King sich als jemand erweisen würde, den Jeanette eher gewohnt war, mit dem sie leichter reden konnte, und dass sie selbst, wenn sie diesem Gespräch zuhörte, einen besseren Eindruck als bisher davon gewinnen konnte, wie Jeanette nun eigentlich war. Also saß sie da und konzentrierte sich, wobei sie sich auf nicht viel mehr zu konzentrieren brauchte als den Klang der Stimmen, denn es war dunkel auf der Veranda. Sollen wir Licht machen, hatte Dorothy gefragt, und Jeanette hatte ausgerufen, nein, nein, dann sitzen wir wie in einer kleinen heißen Kiste, wenn all die Viecher gegen das Gitter fliegen.

»Es macht Ihnen doch nichts aus, im Dunkeln zu sitzen?«, fragte sie Blair King, und Dorothy fiel etwas in ihrem Tonfall auf – war er schelmisch, respektvoll, abschätzig? –, das sie sich für weitere Betrachtungen aufhob.

Sie redeten über Essen und Trinken und Krankheit und Medizin und einen sonderbaren Arzt auf Kreta, der annahm, sagte Jeanette, dass alle ausländischen Frauen, die ihn konsultierten, für eine Abtreibung gekommen waren, so dass er nur mit größter Mühe dazu überredet werden konnte, eine Halsentzündung zu behandeln. Blair King erzählte von einem Arzt in Spanien, der Nancy gegen ihre Verdauungsprobleme ein derart explosives Abführmittel gegeben hatte, dass sie sich zwei Stunden später in der Alhambra verzweifelt zusammenkrümmte.

»Das bleibt immer Nancys Erinnerung an Spanien. Da sind wir also an diesem unglaublich schönen Ort, von dem wir so viele Bilder gesehen haben, und es war einer der Orte, auf den sich Nancy am meisten gefreut hatte, und wir können nur an eines denken – wo ist die Damentoilette?«

»Ah, unsere niederen Bedürfnisse«, sagte Jeanette mit gespielter Feierlichkeit. »Unsere niederen Bedürfnisse sind so lästig. Sie werden so wichtig. Ich erinnere mich an meine ersten Bauchkrämpfe. Auf dem Schiff nach Griechenland.«

So reden also Männer und Frauen heutzutage miteinander? Das dachte Viola, Dorothy sah es ihr an. Und weiter: *Kein Wunder, dass sie nicht verheiratet ist.*

»Und für Nancy natürlich. Nancy legt Wert auf Würde. Sie kennen sie nicht. Sie ist durchaus kein Snob, aber sie ist – na ja, ich hielt sie immer für ein typisches Mädchen einer Studentinnenverbindung.«

»Ah«, sagte Jeanette und mischte Schmeichelei derart mit leiser Verachtung, dass Blair King, der weiter über seine Frau redete, wahrscheinlich gar nichts davon merkte. Worauf war Jeanette aus? War das ein Flirt, eine neue Variante davon? Obwohl Jeanette sich so lebhaft unterhielt, hatte sie etwas Stilles an sich, nichts Spielerisches, sondern etwas Fügsames, fast Verlorenes.

Ihr Gespräch war von Ärzten zu Orten gelangt, an denen Leute bis aufs Hemd ausgeraubt wurden, und anderen, wo man ein unverschlossenes, vollgepacktes Auto tagelang sicher auf der Straße stehen lassen konnte. »In Nordafrika ist mir alles gestohlen worden«, sagte Jeanette. »Alles, obwohl der Campingwagen abgeschlossen war. Da war ich schon allein, wir hatten uns getrennt, weshalb es mir auch nicht gut ging …« *Es war also ein Mann,* dachte Dorothy, musste sich aber sofort korrigieren und denken, *es sei denn, es war eine Frau und sie waren …* Manchmal wünschte sie, mit der Welt nicht durch all das, was sie las, so mitgehalten zu haben.

»Das war in Marrakesch«, sagte Jeanette. »Da ist mir alles gestohlen worden, alles, entzückende Sachen – marokkanische Kleider, Stoff, den ich für Freundinnen gekauft hatte, Schmuck – natürlich auch mein Fotoapparat und alles, was ich dabeihatte. Ich saß einfach ganz alleine in meinem Campingwagen und habe geweint. Und dann kamen zwei Araberjungen – na ja, eigentlich keine Jungen, junge arabische Männer –, aber sie waren sehr schlank, und ich habe sie anfangs für jünger gehalten, als sie waren –, sie kamen vorbei und haben mich weinen gesehen und sind stehen geblieben und haben versucht, mit mir zu reden. Einer sprach ganz gut Englisch. Anfangs mochte ich überhaupt nicht mit ihnen reden, ich hasste alle Araber, ich hasste alle Marokkaner, ich gab ihnen persönlich die Schuld daran, dass mir alles gestohlen worden war. Ich mochte ihnen nicht mal sagen, was passiert war, aber sie redeten weiter auf mich ein – oder zumindest der, der Englisch konnte –, bis ich ziemlich unhöflich alles erzählte, und sie sagten, du musst zur Polizei gehen. Ha, hab ich gesagt, die Polizei hat den Dieben wahrscheinlich dabei zugeschaut. Aber schließlich haben sie mich doch dazu überredet. Sie sind eingestiegen und zeigten mir den Weg. Natürlich schoss mir durch den Kopf, dass sie mich wahrscheinlich überhaupt nicht zur Polizei brachten und dass ich gerade eine Riesendummheit beging, aber es war mir ziemlich egal. Und wissen Sie was? Ich war bereit, dem, der mit mir redete, zu trauen, weil er *blaue* Augen hatte. Was für ein bodenloses Vorurteil; die *Nazis* hatten blaue Augen. Aber seine Augen gaben mir irgendwie ein Sicherheitsgefühl, also habe ich mitgemacht, sogar, als wir den Campingwagen stehen lassen mussten und durch all diese krummen, gewundenen, übelriechenden Gassen im arabischen Viertel liefen, und als ich dann sicher war, dass wir nicht zur Polizei gingen, hätte ich sowieso nicht zurückgefunden. Ihr bringt mich doch gar nicht zur Polizei, sagte ich, und sie sagten, nein. Nicht sofort, sagte der mit den blauen Augen. Ich werde dich nach Hause bringen und meiner Mutter vorstellen!«

»Na, das war doch eigentlich sehr nett von ihm«, sagte Viola ermutigend.

Aber Blair King lachte.

»Ich *weiß*. Seiner Mutter vorstellen. Und seiner Schwester, hat er gesagt. Irgendwann sind wir dann doch bei einem Haus angekommen oder jedenfalls bei einer Tür, mehr konnte ich nicht erkennen, denn Sie wissen ja, wie die Mauern da alle ineinander übergehen. Und wir waren in einem kleinen, kahlen Zimmer mit einem Sofa und einer nackten Glühbirne. Warte einen Moment, sagte er und ging durch eine andere Tür hinaus. Sein Freund blieb da. Ich mochte den Freund überhaupt nicht. Er hatte ein finsteres Gesicht. Er redete nicht. Ich saß auf dem Sofa, und nach einer ganzen Weile kam Nr. 1 zurück und sagte, es täte ihm leid, seine Mutter und seine Schwester schliefen schon. Dann sagte er, er würde gehen und etwas zu essen kaufen. Ich bat ihn, mich zurückzubringen, und er sagte, später. Also ließ er mich wieder mit diesem Freund allein, und kaum war er weg, da passierten seltsame Dinge. Der Freund kam rüber, setzte sich aufs Sofa und fing an, meine Hände und Arme zu streicheln und mit mir zu reden. Ich versuchte, alles unter Kontrolle zu behalten, und stellte ihm Fragen – na ja, zum *Entschärfen*, aber ich bekam es mit der Angst. Ich glaubte jetzt, dass sie das miteinander verabredet hatten. Ich hatte wirklich große Angst. Er fing an, auf dem Sofa auf mir herumzukrabbeln, also stand ich auf, und da ließ er die Maske fallen, drängte mich an die Wand und zog ein Messer …«

»Oh Gott«, rief Viola. »Wie konntest du nur in ein solches Land fahren?«

»Und er hielt es mir an die Kehle und verlangte – inzwischen war seine Zeichensprache sehr deutlich geworden, aber ich sagte nur nein, *nein*, und weigerte mich, mir *irgend*etwas anzuschauen.«

»Aber das Messer war an Ihrer Kehle«, sagte Blair King fast, als wäre das ein Witz.

»Na ja, ich habe irgendwie gedacht, er blufft nur. Das war irgendwie zu merken. Es war alles wie ein Spiel. Und dann kam der Blauäugige zurück. Er war wirklich etwas zu essen kaufen gegangen; er brachte etwas Käse und so weiter, und er wurde sehr ärgerlich oder tat zumindest so, als er sah, was vorging. Der andere steckte natürlich das Messer weg. Der Blauäugige entschuldigte sich mit großer Beredsamkeit, und wir setzten uns alle hin und aßen. Es kommt einem unglaublich vor. Dann sagte der Blauäugige, er würde mir den Weg zurück zeigen. Und er tat es. Er war sehr höflich. Auf dem Rückweg bat er mich, ihn zu heiraten.«

Als Jeanette das sagte, senkte sie vor Verlegenheit die Stimme, was sie in keinem anderen Teil der Geschichte getan hatte.

»Er hoffte, ich würde ihn aus dem Land herausholen oder so was. Oder vielleicht ist es eine extreme Form von arabischer Höflichkeit. Er kam jeden Tag bis zu meiner Abreise ins Hotel und wiederholte seinen Heiratsantrag. Natürlich sagte er, er liebt mich.«

Was wird da alles nicht erzählt?, dachte Dorothy. Sie hatte viel Erfahrung damit, den Stimmen von Kindern zu lauschen, die etwas ausließen. Vielleicht hat sie mit dem blauäugigen Araber geschlafen, als sie mit ihm im Hotel ankam. Vielleicht hat sie mit beiden in dem arabischen Haus geschlafen. Irgendetwas mehr als das. Vielleicht hat sie ihn geliebt. Vielleicht ist die ganze Geschichte erfunden.

»Ich glaube«, sagte Jeanette entschuldigend, »ich glaube, ich war ein bisschen in ihn verliebt. Sehr seltsame Dinge passieren mit unseren Gefühlen in diesen Ländern. Und wenn man allein ist.«

»Seltsame Dinge passieren«, stimmte Blair King zu.

»Natürlich lässt sich unmöglich sagen, was sie für uns empfinden. Unmöglich.«

Sie hatte zusammen mit Blair King fast die ganze Flasche Gin ausgetrunken.

Dorothy machte sich fertig für die Nacht. Sie fühlte sich unruhig und überhaupt nicht müde, obwohl es weit nach ihrer üblichen Schlafenszeit war. Wenn ein Schluck Alkohol das mit mir macht, dachte sie, dann gewöhne ich mir das Trinken besser nicht an. Sie hörte Viola ins Badezimmer gehen und zurück in ihr Zimmer und die Tür schließen. Sie hörte sie die

Lampe ausknipsen. Sie machte ihre eigene Lampe aus. Jeanette schlief im Erdgeschoss. Kein Laut im ganzen Haus.

Dorothy saß in ihrem langen Nachthemd auf dem Bett, ihre Haare, die tagsüber aufgesteckt getragen wurden, lagen immer noch recht dick wie ein steifer, grauer Besen um ihre Schultern. Nach einer Weile konnte sie ihr altes Gesicht im Spiegel erblicken. Der Mond schien. Sie sah aus wie ein Kinderschreck, wie eine alte nordische Hexe. Der Anblick brachte sie zu dem Entschluss, hinunterzugehen, um ein Glas Milch oder eine Tasse Tee zu trinken, damit sie wieder zu ihrem normalen Selbst zurückkehrte.

Sie ging barfuß hinunter, mit ihrem alten kastanienbraunen Morgenmantel über dem Nachthemd. Sie machte kein Licht an. In den hinteren Zimmern des Hauses konnte sie mit Hilfe des Mondlichts sehen, in den vorderen mit Hilfe der Straßenlaterne. Sie schloss die Haustür auf und ging die Stufen hinunter.

Sie stand in ihrem Morgenmantel auf dem Bürgersteig, ihr helles Nachthemd schaute darunter hervor, und sie dachte: *Was, wenn mich jemand sieht?* Sie ging auf dem Rasen ums Haus. Das Gras war nass. Augusttau. Sie ging an den Spiersträuchern vorbei und stand an dem Blumenbeet, auf dem aller Rittersporn abgeschnitten worden war. Es gab weder einen Zaun noch eine Hecke zwischen ihrem Grundstück und dem der Kings. Auf der anderen Seite des Beetes begann der verwilderte Rasen der Kings.

Die Kings hatten auf der Rückseite ihres Hauses eine verglaste Veranda. Das Licht darin brannte. Die Veranda war vor ein paar Jahren renoviert worden, und die Fenster reichten jetzt bis zum Boden.

Dorothy ging über das Blumenbeet und versuchte, nicht auf die Pflanzen zu treten. Sie stand auf dem Rasen der Kings. In der erleuchteten Veranda konnte sie zwei Gestalten sehen, und als sie näher ging, erkannte sie Jeanette und Blair King. Jeanette schien auf einem niedrigen Hocker oder Puff zu knien. Sie zog sich ihre bestickte Bluse über den Kopf. Dann war sie nackt. Blair King, der ein Stück weit fort stand, zog sich auch aus und ließ sich dabei Zeit. Natürlich. Neuerdings bedeutete es nichts, das zu tun. Das also hatte Dorothy in Gang gesetzt, aber sie brauchte sich keine Sorgen zu machen. Die beiden selbst würden es schon morgen vergessen haben. Oder in einer Woche. Etwa nicht? Man konnte kaum sagen, dass sie verliebt waren, außerdem waren sie betrunken wie Matrosen.

Blair King kniete sich vor Jeanette und presste sein Gesicht an sie. Sie beugte sich über ihn und hielt seinen Kopf. Ihr gebräunter Körper sah im Licht der Veranda golden aus, der seine weiß. Aneinandergepresst. Dorothy musste schließlich stehen bleiben. Sie sog bei dem Anblick den Atem ein. Jetzt, wo sie ihre Kleidung und auch die Mienen und Gesten, die sie von ihnen kannte – alles, was sie ihr von sich kundtun konnten – abgelegt hatten, kamen sie ihr fremd und zugleich vertraut vor, sich selbst sowohl mehr als auch weniger gleichend. Wie Statuen in einem Museum. Aber dafür – sogar, wenn sie für Ruhe hätte sorgen können! – waren sie zu lebendig, zu unbeholfen. Sie stellten sich im Licht zur Schau, als wäre alles egal, umschlangen und verschlangen sich jetzt, genossen und plünderten sich. Wenn sie fähig gewesen wäre, ihnen mit ihrer alten Schulhofstimme zuzurufen: *Hört auf damit, hört sofort damit auf!*, wäre es eher eine Warnung gewesen als ein Tadel. So kühn sie auch waren, in ihren Augen sahen sie hilflos aus, hilflos und gefährdet wie Menschen auf einem Floß, das in der Strömung dahintrieb. Und niemandes Zuruf konnte sie erreichen. Sie stolperten, sie stürzten und zogen einander stumm hinunter, hinter dem Glas.

Jetzt fiel ihr auf, dass sie am ganzen Körper zitterte, ihre Knie waren weich, in ihrem Kopf hämmerte es. Sie fragte sich, ob man sich so fühlte, wenn einem ein Schlaganfall bevorstand. Es wäre schrecklich, hier einen Schlaganfall zu bekommen, im Nachthemd und nicht einmal auf ihrem eigenen Grundstück. Sie machte sich auf den Rückweg durch das Blumenbeet und um ihr Haus herum. Das Gehen tat ihr gut, und als sie die Stufen zur Haustür erreichte, war sie halbwegs beruhigt, dass sie doch keinen Schlaganfall bekommen würde. Sie setzte sich für ein paar Augenblicke auf die Stufen, um sich zu fassen, und schloss die Augen.

Auf ihren geschlossenen Augenlidern erschienen prompt die beiden verschmolzenen Gestalten, fest und hell, wie die Kreidebilder, die sie früher – zu ihrer eigenen Überraschung – bei festlichen Anlässen an die Tafel gemalt hatte.

Was, wenn Viola irgendetwas davon gesehen hatte? Mehr, als sie ertragen konnte. Stärke wird notwendig sein, auch so etwas wie Dankbarkeit, wenn du dich am Ende deines Lebens in eine Spannerin verwandeln willst.

Die spanische Edeldame

Lieber Hugh, liebe Margaret,
ich bin in den letzten Wochen ziemlich viel allein gewesen, habe über uns alle nachdenken können und bin zu mehreren interessanten, wenn auch vielleicht nicht originellen Schlussfolgerungen gelangt:
1) *Die Monogamie ist für Männer und Frauen kein natürlicher Zustand.*
2) *Der Grund für unsere Eifersucht ist, dass wir uns verlassen und ausgesetzt fühlen. Was absurd ist, denn ich bin eine erwachsene Person, fähig, für mich selbst zu sorgen. Ich kann also eigentlich gar nicht verlassen und ausgesetzt werden. Wir sind auch eifersüchtig – ich bin eifersüchtig, weil ich überlege, wenn Hugh Margaret liebt, nimmt er mir etwas weg und gibt es ihr. Stimmt nicht. Entweder gibt er ihr zusätzliche Liebe – zu der Liebe hinzu, die er für mich empfindet –, oder er empfindet Liebe nicht für mich, aber für sie. Sogar wenn Letzteres stimmt, bedeutet es nicht, dass ich nicht liebenswert bin. Wenn ich mich in mir selbst stark und glücklich fühle, dann ist Hughs Liebe nicht notwendig für mein Selbstwertgefühl. Und wenn Hugh Margaret*

liebt, sollte ich mich doch freuen, nicht wahr, wenn er dieses Glück in seinem Leben hat? Auch kann ich keine Forderungen an ihn stellen …

Lieber Hugh, liebe Margaret,
das, worunter ich leide, ist nicht bloß, dass ihr eine Affäre hattet, sondern dass ihr mich so geschickt betrogen habt. Es ist entsetzlich, wenn man feststellt, dass die eigene Vorstellung von der Wirklichkeit nicht die wahre Wirklichkeit ist. Margaret immerzu im Haus zu haben und zu dritt auszugehen und Margarets Getue, meine Freundin zu sein, war doch bestimmt unnötiger Betrug? Wie oft müsst ihr über mich gelacht haben, wenn ihr in meiner Gegenwart eure vorsichtigen, herzlosen Blicke tauschtet. Ihr habt mir alles zu eurer grausamen Belustigung vorgespielt, und dass ich mich so leicht übertölpeln und täuschen ließ, lieferte natürlich die Würze für euer Liebesspiel. Ich verachte euch beide. Ich könnte das nie tun. Ich könnte nie jemanden so zum Narren halten, den ich geliebt habe und mit dem ich verheiratet war, oder auch nur jemanden, der gut zu mir und meine Freundin war …

Ich zerreiße diese Briefe, alle beide, zerknülle sie und tue sie in den winzigen Abfallbehälter. Alles in diesem Schlafwagenabteil ist wohl durchdacht und zweckmäßig. In dieser Kabine aus Metall und Polsterung könnte ein Mensch ohne Unbequemlichkeit oder Unbehagen sein ganzes Leben verbringen. Der Zug fährt aus Calgary nach Westen. Ich sitze da und schaue, wie die braunen Ozeanwellen des dürren Landes zum Vorgebirge ansteigen, und ich weine eintönig, seekrank. Das Leben ist ganz anders als die düsteren, ironischen Geschichten, die ich gern lese, es ist wie eine tägliche Nachmittagsserie im Fernsehen. Die Banalität ist ebenso zum Weinen wie alles andere.

Freundin. Geliebte. Kein Mensch, den ich kenne, sagt mehr Geliebte. Freundin klingt frech, hat aber auch eine falsche Unschuld, ist merkwürdig ausweichend. Die Aura von Heimlichkeit und Leid, die das altmodische Wort umgab, ist völlig verschwunden. Violetta hätte nie irgendjemandes Freundin sein können. Nell Gwyn hingegen schon, sie war moderner.

Elizabeth Taylor: Geliebte.

Mia Farrow: Freundin.

Das ist genau die Art von Spiel, die Hugh, Margaret und ich an unseren früheren Abenden miteinander gespielt hätten, oder eher hätten Margaret und ich es gespielt, wobei sich Hugh über unsere Hingabe anfangs amüsiert und dann geärgert hätte.

Weder das eine noch das andere Wort passt gut zu Margaret.

Im vorigen Frühjahr fuhren wir in die Innenstadt, um ihr ein neues Kleid zu kaufen. Ich war charmiert und berührt von ihrer Sparsamkeit, ihrem bescheidenen Geschmack. Sie ist ein reiches Mädchen, sie wohnt im Oberland bei ihrer alten Mutter, aber sie fährt einen sechs Jahre alten Renault, der auf einer Seite eingebeult ist, und sie nimmt Brote mit in die Schule, sie möchte keinen Anstoß erregen.

Ich wollte sie überreden, ein langes, glattes Kleid aus schwerer dunkelgrüner Baumwolle mit Gold- und Silberstickerei zu kaufen.

»Darin fühle ich mich wie eine Kurtisane«, sagte sie. »Oder wie eine, die versucht, wie eine Kurtisane auszusehen, was schlimmer ist.«

Wir verließen das Geschäft und gingen in ein Warenhaus, wo sie ein rosarotes Wollkleid mit Dreiviertelärmeln kaufte, dessen Knöpfe und Gürtel mit demselben Stoff bezogen waren, die Art von Kleid, die sie immer trägt und in der sie mit ihrer hochgewachsenen, flachbrüstigen Figur unweigerlich vertrocknet, verschämt und unbeugsam aussieht. Dann gingen wir in ein Antiquariat und beschlossen, einander Geschenke zu machen. Ich kaufte ihr *Lalla Rookh*, und sie kaufte mir *Die Prinzessin*, aus der wir uns gegenseitig vorlasen, während wir die Straße hinuntergingen:

Tränen, eitle Tränen, ich weiß nicht, was sie bedeuten …

Wir waren oft albern wie Schulmädchen. War das eigentlich ganz normal? Wir erfanden Geschichten über Leute, die wir auf der Straße sahen. Wir lachten so heftig, dass wir uns auf die Bank an einer Bushaltestelle setzen mussten, dann kam der Bus, und wir winkten ihn weiter, weil wir immer noch lachen mussten. Am Rande der Hysterie. Wir fühlten uns wegen des Mannes zueinander hingezogen oder unseretwegen zu dem Mann. Ich kam immer erschöpft von den Gesprächen und dem Gelächter nach Hause und sagte zu Hugh: »Es ist komisch. So eine Freundin habe ich seit Jahren nicht mehr gehabt.«

Am Esstisch bei uns, wo sie so oft saß, sagte sie uns, sie wollte jetzt Margaret genannt werden, nicht mehr Marg. Marg, so wird sie von den meisten genannt, so nennen sie die anderen Lehrer. Sie unterrichtet Englisch und Sport an Hughs Schule, der Schule, deren Rektor Hugh ist. Marg Honecker, sagen sie, ist ein feines Mädchen, wenn man sie näher kennenlernt, Marg ist wirklich eine wunderbare Person, und man merkt an der Art, wie sie es sagen, dass sie nicht hübsch ist.

»*Marg* ist so schlaksig, genau wie ich. Ich glaube, mit *Margaret* würde ich mich anmutiger fühlen«, sagte sie am Esstisch und überraschte mich mit der bescheidenen Hoffnung hinter dem drolligen Tonfall. Ich war besorgt um sie, wie ich es für eine Tochter gewesen wäre, und ich dachte danach immer daran, Margaret zu ihr zu sagen. Aber Hugh gab sich keine Mühe, er sagte weiter Marg.

»Margaret hat recht hübsche Beine. Sie sollte kürzere Röcke tragen.«

»Zu muskulös. Zu athletisch.«

»Sie sollte sich die Haare wachsen lassen.«

»Ihr wachsen Haare. Im Gesicht.«

»Wie kannst du so was Gemeines sagen!«

»Ich habe kein Urteil darüber abgegeben, ich habe eine Tatsache festgestellt.«

Es ist eine Tatsache. Margaret wächst an den Wangen und an den Mundwinkeln ein weicher Flaum. Sie hat das Gesicht eines hellhäutigen, sommersprossigen zwölfjährigen Jungen. Wach, intelligent, auf zarte Art knochig, oft verlegen. Margaret hat etwas sehr Attraktives an sich, sagte ich oft, und Hugh erwiderte darauf, ja, sie ist genau der Typ Frau, über den andere Frauen immer sagen, sie hat etwas sehr Attraktives an sich. Und warum sagen sie das, fragte er. Weil sie keine Bedrohung ist.

Keine Bedrohung.

Warum ist es eine Überraschung, festzustellen, dass außer uns selbst auch andere Menschen dazu fähig sind, Lügen zu erzählen?

Wir hatten die jungen Lehrer zu Gast. Junge Männer in Jeans, junge Frauen auch in Jeans oder in winzigen

Lederröcken. Langhaarig, mit leisen Stimmen, passiv, aber kritisch. Die Lehrer haben sich verändert. Margaret trug ihr knielanges, rosarotes Wollkleid, saß auf einem Puff, für den ihre Beine zu lang waren, half mit dem Kaffee, sagte den ganzen Abend über keine zwanzig Worte. Ich hatte eines meiner langen Pfauenkleider an, ich bemühte mich darum, zu harmonieren. Ich war nicht darüber erhaben, mir zu meiner Anpassungsfähigkeit zu gratulieren, zu meinem Auf-der-Höhe-der-Zeit-Sein, ja, und zu meinem jugendlichen Stil. Ich produzierte mich vor jemandem. Vor Margaret? Vor Hugh? Woran Hugh wirklich Gefallen fand, das war Margaret, nachdem alle anderen gegangen waren.

»Das Problem ist, ich weiß einfach nicht, ob ich *bindungsfähig* bin. Ich weiß nicht, ob ich *Verbindung* kriege zu all diesen zwischenmenschlichen *Bindungen*. Ich meine, manchmal denke ich, ich bin zu verkopft ...«

Ich lachte auch über sie, ich war stolz auf sie in der perversen Art von Eltern, die auf ein schüchternes Kind stolz sind, wenn es wichtigtuerische Gäste nachahmt, nachdem sie fort sind. Aber eigentlich wehte dieses frische Lüftchen grenzenloser Skepsis zwischen Hugh und Margaret. Er liebte sie für ihren Witz, ihren Zynismus, ihre Täuschungsmanöver. Dinge, die mir heute durchaus nicht liebenswert vorkommen. Beide sind schüchtern, Hugh und Margaret, in Gesellschaft linkisch, leicht verlegen. Beide sind darunter kalt, das steht mal fest, kälter als wir Kontaktfreudigen mit unserem Charme und unseren Eroberungen. Sie geben nichts von sich selbst preis. Sie werden nie etwas eingestehen, nie über etwas reden müssen, nein, ich könnte ihnen die Haut aufkratzen, und es wären meine eigenen Finger, die bluten würden. Ich könnte sie anschreien, bis mir die Kehle platzt, und würde damit niemals etwas an ihrer Selbstbeherrschung ändern, an der Miene ihrer listigen, abgewandten Gesichter. Beide blond, beide leicht errötend, beide kalte Spötter.

Sie haben für mich nur Verachtung übrig.

Das ist natürlich Quatsch. Nichts für mich. Alles nur füreinander. *Liebe.*

Ich komme von Besuchen bei Verwandten in verschiedenen Landesteilen zurück. Das sind Menschen, denen ich mich durch empfindliche, fast unaussprechliche Bande der Sympathie verbunden fühle und deren Tod ich fast ebenso fürchte wie meinen eigenen. Aber ich kann ihnen nichts erzählen, und sie können nichts für mich tun. Sie nahmen mich mit zum Angeln, führten mich zum Essen aus und auf hohe Gebäude wegen der Aussicht, was anderes konnten sie tun? Sie wollen nie schlechte Nachrichten von mir hören. Sie schätzen mich für meine Fröhlichkeit, mein gutes Aussehen und meinen bescheidenen, aber greifbaren Erfolg – ich habe einen Band mit Kurzgeschichten und einige Kinderbücher aus dem Französischen ins Englische übersetzt, sie können in Bibliotheken gehen und meinen Namen auf den Umschlägen finden –, und besonders die Älteren und Unglücklicheren unter ihnen finden, dass ich verpflichtet bin, ihnen diese Dinge zu bringen. Mein Erfolg und mein Glück gehören zu den wenigen Anzeichen, die ihnen dafür bleiben, dass das Leben nicht ganz und gar eine Rutschbahn in die Tiefe ist.

So viel zu der Verwandtschaft und den Besuchen.

Angenommen, ich komme nach Hause, und beide sind da, ich komme herein und finde sie im Bett vor, genau wie in den Liebe-Abby-Briefen in der Zeitung (über die ich nicht mehr lachen werde)? Ich gehe zum Schrank und hole meine restlichen Sachen heraus, ich fange an zu packen, ich rede diplomatisch zum Bett.

»Möchtet ihr eine Tasse Kaffee, ihr müsst doch schrecklich müde sein?«

Um sie zum Lachen zu bringen. Sie zum Lachen zu bringen, als streckten sie mir die Arme entgegen. Lüden mich ein, mich aufs Bett zu setzen.

Andererseits, vielleicht gehe ich ins Schlafzimmer und greife mir ohne ein Wort zu sagen alles, was ich finden kann – eine Vase, eine Flasche Lotion, ein Bild an der Wand, Schuhe, Kleidungsstücke, Hughs Tonbandgerät –, und schleudere diese Dinge gegen das Bett, das Fenster, die Wände; dann reiße ich das Bettzeug weg und trete gegen die Matratze und schreie und schlage ihnen ins Gesicht und prügle auf ihre nackten Körper mit der Haarbürste ein. Wie es die Ehefrau in *Gottes kleiner Acker* tat, ein Buch, das ich Hugh auf einer langen, staubigen Autofahrt über die Prärien mit komischem Akzent vorlas.

Vielleicht haben wir ihr das erzählt. Viele Anekdoten aus der Zeit vor unserer Hochzeit und sogar von unseren Flitterwochen haben wir ihr präsentiert. Und damit angegeben. Jedenfalls ich. Was Hugh tat, vermag ich nicht zu sagen.

Ein Schrei kommt heraus, aus mir, überraschender Protest.

Ich lege den Arm auf meinen offenen Mund, und um den Schmerz zu verdrängen, beiße ich hinein, ich beiße in meinen Arm, und dann stehe ich auf, klappe das kleine Waschbecken aus und wasche mir das Gesicht, ich lege Rouge auf, kämme mir die Haare, glätte meine Augenbrauen und gehe hinaus.

Die Waggons im Zug sind nach Entdeckern oder Bergen oder Seen benannt. Als die Kinder klein und Hugh und ich arm waren, bin ich oft mit dem Zug gefahren, weil Kinder unter sechs Jahren umsonst mitfahren durften. Ich erinnere mich an die Namen, die an den schweren Türen standen, und wie ich die Türen aufstoßen und aufhalten und die unsicher taumelnden Kinder hindurchscheuchen musste. Ich hatte immer ein wenig Angst zwischen den Waggons, als könnten die Kinder irgendwie hinausfallen, obwohl ich wusste, das war unmöglich. Nachts musste ich dicht neben ihnen schlafen, und tagsüber saß ich da, und sie krabbelten um mich herum; mein Körper war voller blauer Flecken von ihren Knien und Ellbogen und Füßen. Damals dachte ich, es wäre eine Wohltat, eine alleinreisende Frau zu sein und nach dem Essen eine Tasse Kaffee trinken und aus dem Fenster schauen zu können, in den Salonwagen gehen und etwas trinken zu können. Jetzt fährt eine meiner Töchter per Anhalter durch Europa, und die andere ist Betreuerin in einem Ferienlager für behinderte Kinder, und die ganze Zeit der Fürsorge und des Durcheinanders, die damals kein Ende zu nehmen schien, scheint es heute nie gegeben zu haben.

Plötzlich sind wir, ohne dass es mir aufgefallen wäre, ins Gebirge gelangt. Ich bestelle mir einen Gin Tonic. Das Glas fängt das Sonnenlicht ein und wirft einen Lichtkreis auf den weißen Untersetzer. Dadurch wirkt der Gin Tonic auf mich rein und stärkend, wie Gebirgsquellwasser. Ich trinke ihn durstig.

Aus dem Salonwagen führt eine kleine Treppe hinauf in das Panoramaabteil, wo Fahrgäste zweifellos seit Calgary gesessen und auf die Berge gewartet haben. Nachzügler, die auf freie Plätze hoffen, steigen ein Stück weit die Treppe hinauf, recken die Hälse und kommen missmutig wieder herunter.

»Die da oben haben vor, die ganze Woche lang sitzen zu bleiben«, sagt eine dicke Frau mit einem Turban und wendet sich dabei um, als redete sie zu einer Prozession von Enkelkindern. Ihr massiger Körper füllt die ganze Breite der Treppe. Viele von uns lächeln, als würden uns der Umfang, die Lautstärke und die unschuldige Wichtigtuerei der alten Frau dargeboten, um uns Trost zu spenden.

Ein Mann, der allein sitzt, weiter vorn im Wagen und mit dem Rücken zum Fenster, schaut mich lächelnd an. Sein Gesicht erinnert mich an das Gesicht eines Filmstars aus einer vergangenen Ära. Altmodisches gutes Aussehen, willentlicher und bewusster, jedoch leicht zu frustrierender Charme. Dana Andrews. So jemand. Ich habe einen unangenehmen Eindruck von senffarbener Kleidung.

Er kommt nicht, um sich neben mich zu setzen, schaut aber weiter hin und wieder zu mir herüber. Als ich aufstehe und den Wagen verlasse, überlege ich, ob er mir folgen wird. Was, wenn er es tut? Ich habe keine Zeit für ihn, nicht jetzt, ich kann keine Aufmerksamkeit für ihn erübrigen. Früher war ich bereit für fast jeden Mann. Im Teenageralter und auch später, als junge Ehefrau. Jeder Mann, der mich in einer Menschenmenge ansah, jeder Lehrer, der im Klassenzimmer den Blick auf mir ruhen ließ, ein Fremder auf einer Party, sie alle konnten irgendwann, wenn ich allein war, in den Liebhaber verwandelt werden, den ich immer suchte – jemand, der leidenschaftlich war, intelligent, brutal und liebenswürdig –, und meinen Partner spielen in jenen einfachen, befriedigenden, explosiven Szenen, die jeder kennt. Später, nachdem ich ein paar Jahre verheiratet war, ergriff ich Maßnahmen, um meinen Phantasievorstellungen Gestalt zu verleihen. Auf Partys hielt ich mit meinem Push-up-BH, meinem wuscheligen italienischen Haarschnitt und meinem schwarzen Kleid mit den Spaghettiträgern Ausschau nach einem Mann, der bereit war, sich in mich zu verlieben und mich in eine vulkanische Affäre hineinzuziehen. Ich wurde auch fündig, mehr oder weniger. Sehen Sie, es ist nicht so einfach, nicht so ein klarer Fall, wie mein Gram und mein sicheres Gefühl, betrogen zu sein, jetzt jeden annehmen lassen würden. Nein. Männer haben Male auf mir hinterlassen, aber ich brauchte mir keine Sorgen darum zu machen, sie vor Hugh zu verbergen, denn es gibt Teile meines Körpers, die er sich noch nie angesehen hat. Ich bin nicht nur belogen worden, ich habe auch gelogen. Männer haben gierigen Heißhunger auf meine Brustwarzen, meine Blinddarmnarbe und die Leberflecke auf meinem Rücken demonstriert und haben zu mir gesagt, wie es ihnen auch anstand: »Jetzt mach daraus keine große Sache«, und sogar: »Ich liebe meine Frau wirklich.« Nach einer Weile gab ich das alles auf und ging heimlich zu einem Psychiater, der mir weismachte, ich hätte nur versucht, Hughs Aufmerksamkeit zu gewinnen. Er schlug vor, ich sollte sie stattdessen mit Liebenswürdigkeit, Raffinesse und sexueller Attraktivität im häuslichen Alltag zurückgewinnen. Ich hatte ihm weder etwas entgegenzusetzen, noch konnte ich seinen Optimismus teilen. Er schien mir keinen Begriff von Hughs Charakter zu haben und anzunehmen, dass bestimmte Ablehnungen nur das Ergebnis davon waren, nicht richtig um etwas gebeten worden zu sein. Für mich hingegen waren sie grundsätzlich, kategorisch. Ich konnte mir nicht vorstellen, welche Taktik sie beeinflussen würde. Aber schlau war er doch. Er sagte, seiner Vermutung nach wollte ich bei meinem Mann bleiben. Er hatte Recht; ich konnte mir nichts anderes vorstellen, konnte nicht ertragen, auch nur daran zu denken.

Der Zug hält in Field, gerade innerhalb der Grenzen von British Columbia. Ich steige aus und gehe neben den Gleisen her, in einem warmen Wind.

»Angenehm, mal aus dem Zug auszusteigen, nicht?«

Ich hätte ihn fast nicht erkannt. Er ist klein, wie diese hübschen Filmstars es wohl auch oft waren. Seine Kleidung ist tatsächlich senffarben. Das heißt, das Jackett und die Hose sind es; sein offenes Hemd ist rot, seine Schuhe burgunderrot. Er hat die Stimme von jemandem, dessen Geschäfte ihn in täglichen und abhängigen Kontakt mit dem Publikum bringen.

»Ich hoffe, Sie haben nichts dagegen, dass ich Sie frage. Sind Sie Löwe?«

»Nein.«

»Ich habe Sie gefragt, weil ich Widder bin. Ein Widder kann sehr oft einen Löwen erkennen. Diese Sternzeichen sind einander sympathisch.«

»Tut mir leid.«

»Ich dachte, Sie sehen aus wie eine interessante Gesprächspartnerin.«

Ich gehe und schließe mich in mein Schlafwagenabteil ein und lese meine Illustrierte bis hin zu den Anzeigen für Schnaps und Herrenschuhe. Aber ich habe Gewissensbisse. Wahrscheinlich meinte er nicht mehr als das, was er sagte. Ich bin eine interessante Gesprächspartnerin. Der Grund ist, dass ich mir bereitwillig alles anhöre. Das mag an jenen Artikeln in Illustrierten liegen, die ich als Teenager zwanghaft las (als jeder Titel mit dem Wort Beliebtheit darin mich ängstigte und gleichzeitig faszinierte), die dringend anrieten, die gesellschaftliche Kunst des Zuhörens zu perfektionieren. Ich will es nicht tun. Aber Auge in Auge mit irgendjemandem, der eine Überzeugung, einen Irrglauben – den die meisten Menschen haben – oder auch nur eine lange Prozession verschwommener Erlebnisse mitzuteilen hat, empfinde ich etwas wie Verwirrung, genug, um mich zu lähmen. Du solltest aufstehen und weggehen, sagt Hugh, ich jedenfalls würde das tun.

»Sie zu fragen, ob Sie Löwe sind, das war nur, um etwas zu sagen. Eigentlich wollte ich Sie etwas anderes fragen, aber ich wusste nicht, wie ich mich ausdrücken sollte. Als ich Sie vorhin gesehen habe, wusste ich gleich, ich habe Sie schon einmal gesehen.«

»Das glaube ich nicht. Nein, ich glaube nicht.«

»Ich glaube, dass wir mehr als ein Leben führen.«

Unterschiedliche Erfahrungen, viele Leben in einem, meint er das? Vielleicht will er gerade die Untreue zu seiner Frau rechtfertigen, falls er eine Frau hat.

»Daran glaube ich. Ich bin schon einmal geboren worden, und ich bin schon einmal gestorben. Das ist wahr.«

Siehst du?, sage ich zu Hugh und fange schon an, ihm in meinem Kopf eine Geschichte über diesen Mann zu erzählen. *Die finden mich immer.*

»Haben Sie je von den Rosenkreuzern gehört?«

»Sind das die, die Reklame für das Meistern des Lebens machen?«

Ironie mag an ihn verschwendet sein, aber Süffisanz nimmt er wahr. Die nervende Gekränktheit des Konvertiten verhärtet seinen Ton.

»Vor sechs Jahren habe ich eine von den Anzeigen gesehen. Mir ging es ziemlich schlecht. Meine Ehe war zerbrochen. Ich trank mehr, als mir guttat. Aber das war nicht alles. Verstehen Sie? Das war nicht das wahre Problem. Ich saß einfach da und dachte, warum bin ich überhaupt hier? Religion und so – das hatte ich alles aufgegeben. Ich konnte nicht sagen, ob es so etwas wie eine Seele gibt. Aber wenn nicht, was soll's? Wissen Sie, was ich meine?

Dann habe ich hingeschrieben und bekam einige ihrer Schriften und fing an, zu ihren Versammlungen zu gehen. Beim ersten Mal hatte ich Angst, da würde nur ein Haufen Spinner sein. Ich wusste nicht, was mich erwartete, verstehen Sie? Ich habe einen richtigen Schock bekommen, als ich sah, was für Leute da waren. Einflussreiche Leute. Reiche Leute. Leute in gehobenen Berufen. Alles kultivierte und gebildete, arrivierte Leute. Das ist keine Spinnerei. Das ist allgemein bekannt, wissenschaftlich bewiesen.«

Ich widerspreche nicht.

»Einhundertvierundvierzig Jahre. Das ist die Zeitspanne vom Beginn eines Lebens bis zum nächsten. Wenn also Sie oder ich mit, sagen wir, siebzig sterben, dann sind das … vierundsiebzig Jahre, vierundsiebzig Jahre bis zum Beginn des nächsten Lebens, wenn unsere Seele wiedergeboren wird.«

»Haben Sie Erinnerungen?«

»Von einem Leben an die vorigen, meinen Sie? Na, Sie wissen ja selbst, der normale Mensch erinnert sich an gar nichts. Aber sobald einem die Augen geöffnet werden, sobald man weiß, was vorgeht, dann fängt man an, sich zu erinnern. Ich selbst weiß mit Sicherheit nur von einem Leben. In Spanien und in

Mexiko. Ich war einer der Conquistadoren. Sie kennen die Conquistadoren?«

»Ja.«

»Was wirklich komisch war. Ich wusste immer, ich kann reiten. Ich bin nie geritten, wissen Sie, Großstadtkind, wir hatten nie Geld. Hab nie auf einem Pferd gesessen. Trotzdem wusste ich es. Dann, bei einem Treffen vor zwei Jahren, einer Tagung der Rosenkreuzer im Hotel Vancouver, kam jemand auf mich zu, ein älterer Mann aus Kalifornien, und er sagt: *Sie waren da. Sie waren einer von ihnen,* sagt er. Ich wusste nicht, wovon er redete. *In Spanien,* sagt er. *Wir waren zusammen.* Er sagte, ich war einer von denen, die nach Mexiko gingen, und er war einer von denen, die dort blieben. Er kannte mein Gesicht. Und wollen Sie wissen, was das Seltsamste von allem war? Gerade als er sich vorbeugte, um mit mir zu sprechen, hatte ich den Eindruck, dass er einen Hut trug. Dabei trug er keinen. So einen mit Federn. Und ich hatte den Eindruck, dass seine Haare dunkel und lang waren statt grau und kurz. Alles, bevor er auch nur ein Wort davon zu mir sagte. Ist das nicht bemerkenswert?«

Ja. Bemerkenswert. Aber ich habe schon vorher so einiges gehört. Ich habe von Leuten gehört, die regelmäßig Astralkörper direkt unter der Zimmerdecke herumschweben sehen, von Leuten, die ihren Tagesablauf stets nach der Astrologie richten, die ihren Namen geändert haben und umgezogen sind, damit der

Zahlenwert der neuen Buchstaben sie segnet. Das sind so die Ideen, mit denen Menschen auf dieser Welt leben. Und ich kann verstehen, warum.

»Was wetten Sie, dass Sie auch da waren?«

»In Spanien?«

»In Spanien. Das dachte ich, sowie ich Sie gesehen habe. Sie waren eine spanische Edeldame. Sie sind wahrscheinlich auch dageblieben. Das erklärt, was ich sehe. Wenn ich Sie anschaue – und ich möchte Sie nicht kränken, Sie sind eine sehr attraktive Frau –, sehe ich Sie jünger, als Sie jetzt sind. Wahrscheinlich, weil ich Sie in Spanien zurückließ, als Sie erst zwanzig, einundzwanzig waren. Und ich habe Sie in jenem Leben nie wiedergesehen. Sie verübeln mir nicht, dass ich das sage?«

»Nein. Nein, es ist wirklich sehr angenehm, so gesehen zu werden.«

»Ich habe immer gewusst, dass es im Leben noch mehr geben muss. Ich bin kein materialistischer Mensch. Nicht von Natur aus. Deshalb bin ich auch nicht besonders erfolgreich. Ich bin Immobilienmakler. Aber ich setze mich dafür wohl nicht so ein, wie man sich einsetzen muss, um erfolgreich zu sein. Kommt nicht drauf an. Ich habe niemanden als mich selbst.«

Ich auch nicht. Ich habe auch niemanden als mich selbst. Und ich weiß nicht, was ich tun soll. Ich weiß nicht, was ich mit diesem Mann anfangen soll, außer aus ihm eine Geschichte für Hugh zu machen, eine Kuriosität, einen Witz für Hugh. Hugh hat es gern, wenn das Leben so gesehen wird, er schätzt trockene Formulierungen. Nackte Gefühle kann er nicht ertragen, ebenso wenig wie nacktes Fleisch.

»Liebst du mich, liebst du Margaret, liebst du uns beide?«

»Ich weiß nicht.«

Er las gerade eine Illustrierte. Immer, wenn ich mit ihm rede, liest er. Er sagte diese Worte mit einer gelangweilten, erschöpften, kaum hörbaren Stimme. Blut aus einem Stein.

»Sollen wir uns scheiden lassen, willst du sie heiraten?«

»Ich weiß nicht.«

Margaret, auf das Thema angesprochen, gelang es, das Gespräch auf ein paar Keramikbecher abzulenken, die sie gerade für uns gekauft hatte, als Geschenk, und zu hoffen, dass ich sie in meiner Wut nicht wegwerfen würde, denn sie, Margaret, würde sie nützlich finden, sollte sie je einziehen. Hugh lächelte, als er das hörte. Solange wir Witze machen, können wir alle überleben. Ich bin da nicht sicher.

Ich habe keine Schwierigkeiten, zu entscheiden, welches der glücklichste Augenblick in unserer Ehe war. Das war in Northern Michigan, auf einer Reise, als die Kinder noch klein waren. Ein armseliger Rummel unter grauem Himmel. Die Kinder fuhren Karussell. Wir schlenderten zusammen fort und blieben vor einem Käfig mit einem Huhn darin stehen. Ein Schild besagte, dass dieses Huhn Klavier spielen konnte. Ich sagte, ich wollte es Klavier spielen hören, und Hugh steckte ein Zehn-Cent-Stück hinein. Als die Münze gefallen war, ging eine Klappe auf, ein Maiskorn fiel auf die Tastatur eines Spielzeugklaviers, und das Huhn, das nach dem Korn pickte, produzierte einen blechernen Ton. Ich war empört und nannte das Betrug; aus irgendeinem Grund hatte ich dem Schild geglaubt, ich hatte geglaubt, das Huhn würde tatsächlich Klavier spielen. Aber es war Hughs Tat, sein Einwerfen der Münze, solche untypische Albernheit, die so verwunderlich war, ein Liebesgeständnis, stärker als alles, was er zu irgendeinem anderen Zeitpunkt, irgendeinem Höhepunkt des Bedürfnisses oder der Befriedigung tat oder sagte. Diese Tat war wie etwas Aufschreckendes und Kurzzeitiges – ein sehr kleiner Vogel zum Beispiel von seltenen Farben –, ganz nah, in einem Winkel des Gesichtsfeldes, das man nicht direkt anzuschauen wagt. In jenem Augenblick war unsere Zuneigung zueinander völlig ungetrübt, nicht taktisch bedingt, und unsere Streitigkeiten kamen uns unwirklich vor. Eine Tür hatte sich aufgetan, womöglich. Aber wir gelangten nicht hindurch.

Der unglücklichste Augenblick, den kann ich Ihnen nicht erzählen. Alle unsere Auseinandersetzungen verschmelzen miteinander und sind eigentlich Neuinszenierungen ein und derselben Auseinandersetzung, in der wir einander dafür bestrafen – ich mit Worten, Hugh mit Schweigen –, so zu sein, wie wir sind. Mehr haben wir nie gebraucht.

Er ist der einzige Mensch, den ich ohne Weiteres leiden sehen könnte. Ich hätte nichts dagegen, ihn völlig abgekämpft zu sehen, mit Schweißperlen auf der Stirn vor Schmerz, damit ich sagen könnte: *Jetzt begreifst du, nicht wahr, jetzt verstehst du.* Ja. In seinem äußersten Schmerz würde ich ihm mein schmales, zufriedenes, distanziertes Lächeln zeigen. Ja, ich würde es ihm zeigen.

»Als mir endlich alles klar geworden ist, war das, als wäre mir ein Neuanfang vergönnt.«

Heutzutage glauben die Leute an Neuanfänge. Bis ans Ende ihres Lebens. Das muss erlaubt sein. Neu anfangen mit einem neuen Partner, unser altes Ich nur uns selbst bekannt; niemand darf irgendjemanden davon abhalten. Großzügige Leute machen die Tür weit auf und erteilen ihren Segen. Warum auch nicht? Es wird ohnehin geschehen.

Der Zug hat Revelstoke passiert, fährt durch die langsam auslaufenden Berge. Der Salonwagen ist leer, schon seit einiger Zeit, bis auf mich und den Rosenkreuzer. Die Kellner haben abgeräumt.

»Ich muss zurück.«

Er versucht nicht, mich aufzuhalten.

»Es war mir eine große Freude, mit Ihnen zu reden, und ich hoffe, Sie halten mich nicht für verrückt.«

»Nein. Das tue ich nicht.«

Er holt mehrere Broschüren aus der Brusttasche. »Vielleicht möchten Sie sich die einmal anschauen, wenn Sie Zeit haben.«

Ich danke ihm.

Er steht auf, verbeugt sich sogar leicht, mit spanischer Würde.

Ich ging allein in die Bahnhofshalle von Vancouver, mit meinem Koffer in der Hand. Der Rosenkreuzer ist irgendwann verschwunden, er hat sich in Luft aufgelöst, als hätte ich ihn erfunden. Vielleicht ist er nicht bis Vancouver gefahren, vielleicht ist er in einer der Städte im Fraser Valley ausgestiegen, am frühen, eisigen Morgen.

Niemand da, um mich abzuholen, niemand wusste, dass ich komme. Ein Teil der Bahnhofshalle ist mit Brettern vernagelt, abgesperrt. Sogar jetzt, zu der einen von den beiden Tageszeiten, an denen etwas los ist, sieht es hier aus wie in einer verlassenen Höhle.

Vor einundzwanzig Jahren holte Hugh mich hier ab, um diese Zeit am Morgen. Damals ein lauter, belebter Ort. Ich war an die Westküste gekommen, um ihn zu heiraten. Er hatte einen Blumenstrauß in der Hand, den er fallen ließ, als er mich sah. Weniger selbstbeherrscht zu jener Zeit, obwohl auch nicht kommunikativer. Das Gesicht gerötet, komisch streng dreinschauend, voller Gefühlsregungen, die er mannhaft ertrug wie eine private Heimsuchung. Als ich ihn berührte, blieb er starr. Ich konnte die gestrafften Sehnen in seinem Hals spüren. Er schloss dann die Augen und machte auf seine Weise voran. Er mag manches vorausgesehen haben; die bestickten Kleider, die Schwärmereien, die Seitensprünge. Und ich war nicht oft bereit, freundlich zu sein. Verärgert, die Blumen fallen zu sehen, unwillens, begrüßt zu werden wie auf Witzzeichnungen, bestürzt angesichts seiner Unschuld, die mir noch größer vorkam als meine eigene, machte es mir nichts aus, ihn ein Stück meiner Unzufriedenheit sehen zu lassen. Es gibt Schichten über Schichten in dieser Ehe, Fehler in der Wahl des Zeitpunkts, Kränkungen über Kränkungen, niemand kann je auf den Grund gelangen.

Aber wir gingen schnurstracks aufeinander zu; wir griffen nach Halt und hielten uns fest. Wir zerdrückten die vom Boden aufgesammelten, wenig gewürdigten Blumen, wir klammerten wie Menschen, die auftauchen, wundersam gerettet. Und nicht zum letzten Mal. Das konnte wieder passieren; es konnte wieder und wieder passieren. Und es wäre immer derselbe Fehler.

Auuh.

Ein Schrei füllt die Bahnhofshalle, ein wirklicher

Schrei, der von jemand anders als von mir kommt. Ich sehe, dass andere Leute stehen geblieben sind, ihn auch gehört haben. Der Schrei gleicht dem eines Angreifers, ist voll schrecklichem Groll. Viele schauen zu den offenen Türen, zur Hastings Street, als käme von dort Fürchterliches auf sie eingestürzt. Aber jetzt ist zu sehen, dass der Schrei von einem alten Mann kommt, von einem alten Mann, der zusammen mit anderen alten Männern auf einer Bank am Ende der Halle gesessen hat. Früher standen da mehrere Bänke; jetzt steht nur noch eine da, auf der alte Männer sitzen, die ebenso wenig wahrgenommen werden wie alte Zeitungen. Der alte Mann ist aufgestanden, um seinen Schrei auszustoßen, der eher ein Wutschrei ist, mit dem Willen, Schrecken zu verbreiten, als ein Schmerzensschrei. Während der Schrei verhallt, dreht er sich halb um, taumelt, versucht, sich mit hochgestreckten Armen und gespreizten Fingern an der Luft festzuhalten, und liegt zuckend auf dem Boden. Die anderen alten, auf der Bank sitzenden Männer beugen sich nicht vor, um ihm zu helfen. Keiner von ihnen ist aufgestanden, sie würdigen ihn kaum eines Blickes, sondern lesen weiter Zeitung oder starren auf ihre Füße. Das Zucken hört auf.

Er ist tot, ich weiß es. Ein Mann in einem dunklen Anzug, wohl jemand von der Bahn, kommt heraus, um ihn zu untersuchen. Einige Leute gehen mit ihrem Gepäck weiter, als wäre nichts geschehen. Sie schauen nicht hin. Andere wie ich nähern sich der Stelle, wo der alte Mann liegt, und bleiben dann stehen; nähern sich und bleiben stehen, als gehe von ihm eine gefährliche Strahlung aus.

»Muss sein Herz gewesen sein.«

»Schlaganfall.«

»Ist er tot?«

»Klar. Der Mann legt ja seine Jacke über ihn.«

Der Bahnbeamte steht jetzt in Hemdsärmeln da. Sein Jackett wird in die Reinigung müssen. Ich wende mich mühsam ab, begebe mich zum Ausgang. Es scheint, als sollte ich nicht fortgehen, als forderte der Schrei des sterbenden, jetzt toten Mannes immer noch etwas von mir, aber ich komme nicht darauf, was es ist. Durch diesen Schrei werden Hugh und Margaret und der Rosenkreuzer und ich, alle Lebenden, zurückgedrängt. Was wir sagen und fühlen, klingt nicht mehr wahr, ist nicht mehr so wichtig. Als wären wir alle vor langer Zeit aufgezogen worden und wirbelten außer Kontrolle geraten herum, surrten, gäben Geräusche von uns, könnten aber auf einen Knopfdruck hin aufhören und einander zum ersten Mal sehen, friedlich und still. Das ist eine Botschaft; das glaube ich wirklich; aber mir ist nicht klar, wie ich sie überbringen kann.

Winterwind

Aus dem Schlafzimmerfenster meiner Großmutter konnte man über die Eisenbahngleise hinweg auf die weite Niederung des Wawanash-Flusses blicken, der sich zwischen Schilf hin und her wand. Nun alles zugefroren, alles Eis und glatte Schneedecke. Sogar an stürmischen Tagen konnte der Himmel vor dem Abendbrot aufbrechen, und dann gab es einen feurigen Sonnenuntergang. Wie in Sibirien, sagte meine Großmutter, beleidigt, konnte man meinen, weil wir am Rande der Wildnis hausten. Es war natürlich alles Farmland und harmloser Wald, überhaupt keine Wildnis, aber der Winter begrub die Zaunpfähle.

Der Schneesturm fing vor der Mittagsstunde an, als wir im Chemieunterricht saßen, und wir beobachteten seinen Fortgang voller Vorfreude auf eine Unterbrechung, auf blockierte Straßen, knappe Vorräte und Schlafstellen in den Schulfluren. Ich stellte mir vor, befreit zu sein durch diese Atmosphäre der Bedrohung, unterstützt von dem Stromausfall und dem Kerzenlicht und den munteren Liedern gegen das Tosen des Windes, unter einer Decke mit Mr. Harmer, einem Referendar, dessen Blicke ich in der täglichen Morgenandacht auf mich zu lenken versuchte, getröstet von seiner Umarmung, die anfangs nur warm und kameradschaftlich war, aber in der Dunkelheit und all dem Durcheinander – die Kerze war inzwischen gelöscht worden – zu etwas Hitzigerem und Persönlicherem werden konnte. Doch so weit kam es nicht. Immerhin wurde der Unterricht früher beendet, und die Schulbusse fuhren am frühen Nachmittag mit eingeschalteten Scheinwerfern los. Normalerweise nahm ich den Whitechurch-Bus bis zur letzten Kreuzung westlich der Stadt und lief von da aus ungefähr eine dreiviertel Meile weit zu unserem Haus am Waldrand. Diesmal übernachtete ich, wie zwei oder drei Mal jeden Winter, im Haus meiner Großmutter in der Stadt.

Die Diele dieses Hauses war ganz und gar holzgetäfelt, poliert, duftend, glatt, anheimelnd wie das Innere einer Nussschale. Eine gelbe Lampe brannte im Esszimmer. Ich machte meine Hausaufgaben – was ich zu Hause nie tat, weil dort dafür weder Platz noch Zeit war – am Esszimmertisch, nachdem Tante Madge eine Zeitung ausgebreitet hatte, um die Tischdecke zu schonen. Tante Madge war meine Großtante, die Schwester meiner Großmutter, beide waren Witwen.

Tante Madge bügelte (sie bügelte alles, bis hinunter zur Unterwäsche und den Topflappen), und meine

Großmutter bereitete einen Mohrrübenauflauf fürs Abendessen zu. Angenehme Gerüche. Im Vergleich dazu mein Zuhause. Das einzige geheizte Zimmer dort war die Küche; wir hatten einen Holzherd. Mein Bruder brachte Holz herein und hinterließ auf dem Linoleum Stapfen aus schmutzigem Schnee; ich beschimpfte ihn. Ständig drohten Schmutz und Chaos. Meine Mutter musste sich oft aufs Sofa legen und über ihre Beschwerden klagen. Ich stritt mich bei jeder Gelegenheit mit ihr, und sie sagte, wenn ich erst eigene Kinder hätte, würde mir das Herz brechen. Wir verkauften zu der Zeit Eier, und überall standen Körbe mit Eiern, an denen Stroh, Federn und Hühnermist klebten, und die darauf warteten, gesäubert zu werden. Ich war überzeugt, dass der Geruch nach Hühnerstall mit den Stiefeln und der Kleidung ins Haus getragen wurde und nicht loszuwerden war.

Im Esszimmer konnte ich zu zwei dunklen Ölgemälden hochschauen, gemalt von einer anderen Schwester meiner Großmutter, die bereits in mittleren Jahren gestorben war. Auf dem einen war ein Häuschen an einem Bach zu sehen, auf dem anderen ein Hund mit einem Vogel im Maul. Meine Mutter hatte darauf hingewiesen, dass der Vogel im Vergleich zu dem Hund zu groß war.

»Wenn, dann war das nicht Tinas Schuld«, sagte meine Großmutter. »Sie hat es von einem Kalender abgemalt.«

»Sie war begabt, aber sie hat es aufgegeben, als sie geheiratet hat«, sagte Tante Madge anerkennend.

In dem Zimmer befand sich auch eine Fotografie von meiner Großmutter und Tante Madge mit ihren Eltern und der Schwester, die gestorben war, und einer weiteren Schwester, die einen Katholiken geheiratet hatte, was fast so schlimm war, als wäre sie gestorben, obwohl später Frieden geschlossen wurde. Ich betrachtete dieses Bild nie eingehend, warf immer nur einen flüchtigen Blick darauf, aber nach dem Tod meiner Großmutter und Tante Madges Verbringung in ein Pflegeheim (wo sie immer noch lebt, weiter und weiter, nicht mehr zu erkennen und niemanden mehr erkennend, völlig ihrer selbst beraubt, verhutzelt wie ein Äffchen, jenseits von allem Gedächtnis und vielleicht aller Verwirrung, frei) nahm ich es an mich, und seitdem begleitet es mich überallhin.

Die Eltern sitzen. Die Mutter fest und ohne zu lächeln, in einem schwarzen Seidenkleid, die Haare spärlich und in der Mitte gescheitelt, die Augen hervorquellend und verblasst. Der Vater immer noch ansehnlich, bärtig, die Hand auf dem Knie, ein Patriarch. Ein bisschen irische Schauspielerei, Genuss an der Rolle, der ihm zu gönnen ist, da er ihr nun nicht mehr entfliehen kann? Als junger Mann war er in den Wirtshäusern beliebt; sogar nach der Geburt seiner Kinder war er bekannt dafür, viel zu trinken und gerne zu feiern. Aber er ließ von dieser Gewohnheit ab, kehrte seinen Freunden den Rücken und brachte seine Familie hierher, um Land im neu erschlossenen Huron-Gebiet zu bewirtschaften. Diese Fotografie war das Zeugnis und der Beleg seiner Errungenschaften: Ehrbarkeit, bescheidener Wohlstand, eine besänftigte Ehefrau in schwarzem Seidenkleid, die gut geratenen, hochgewachsenen Töchter.

Obwohl ihre Kleider wirklich fürchterlich aussehen; übersät mit Rüschen und bäurisch. Bis auf das von Tante Madge; das ist eng anliegend, schlicht, hochgeschlossen, schwarz mit ein wenig Glitzer, vielleicht von Jett. Sie trägt es mit einem Sinn für Stil, neigt den Kopf ein wenig zur Seite, lächelt ohne Verlegenheit in die Kamera. Sie konnte sehr gut nähen, hatte sich das Kleid wahrscheinlich selbst geschneidert, da sie wusste, was ihr stand. Aber hat sie auch die Kleider ihrer Schwestern angefertigt, und was sollen wir daraus schließen? Meine Großmutter ist aufgeputzt in etwas mit weiten Ärmeln, einem breiten Samtkragen und einer Art Weste mit gekreuzten Samtpaspeln; in der Taille sitzt es nicht gut. Sie trägt diese Gewandung ohne Überzeugung und sogar mit verschämter, halb grienender, halb verzweifelter Entschuldigung. Sie hat etwas Lausbubenhaftes, der Haarwust aufgerollt, doch nach vorn rutschend, in Gefahr, herunterzufallen. Aber sie trägt einen Trauring; mein Vater war schon geboren. Sie war zu der Zeit als Einzige

Ich bemühte mich, gute Berichte abzuliefern. Früher, als so etwas manchmal stimmte, sagte ich, dass meine Mutter rote Bete eingeweckt hatte oder damit beschäftigt war, durchgescheuerte Laken in der Mitte durchzureißen und mit den Außenkanten zusammenzunähen, damit sie länger hielten. Meine Großmutter nahm die Bemühung wahr und spürte die durchsichtige Unwahrheit dieses Bildes (unwahr, auch wenn die Einzelheiten stimmten); sie sagte nur: Ach, wirklich?

»Sie streicht die Küchenschränke an«, sagte ich. Das war keine Lüge. Meine Mutter strich unsere Schränke gelb an und malte auf jede der Schubladen und Türen eine Verzierung: Blumen oder Fische oder ein Segelboot oder sogar eine Fahne. Obwohl ihre Arme und Hände zitterten, konnte sie den Pinsel für kurze Zeit führen. Also waren diese Bilder gar nicht so schlecht. Trotzdem hatten sie etwas Grobes und Krasses an sich, etwas, das die Starre und Intensität des Krankheitsstadiums widerzuspiegeln schien, in das meine Mutter inzwischen gelangt war. Meiner Großmutter erzählte ich nichts von ihnen, denn ich wusste, sie würde sie außerordentlich skurril und verstörend finden. Meine Großmutter und Tante Madge glaubten wie die meisten Leute, Häuser sollten derart hergerichtet sein, dass sie so weit wie möglich aussahen wie die Häuser anderer Leute. Einigen der Ideen, die meine Mutter hatte und umsetzte, gelang es, mir den Sinn dieser Einförmigkeit nahezubringen.

Außerdem blieb es mir überlassen, hinterher sauberzumachen und die Farben, die Pinsel, das Terpentin wegzuräumen, da meine Mutter immer bis zur Erschöpfung arbeitete und sich dann stöhnend aufs Sofa legte.

»Da hast du's«, sagte meine Großmutter verärgert und befriedigt, »immer stürzt sie sich auf so etwas, wo sie wissen müsste, das ist zu anstrengend für sie, und dann wird sie nicht fähig sein, die Dinge zu tun, die getan werden müssen. Sie geht hin und streicht Schränke an, dabei sollte sie deinem Vater das Abendessen kochen.«

Wahrere Worte wurden nie ausgesprochen.

Nach dem Abendessen ging ich aus, trotz des Wetters. Ein Schneesturm kam mir in der Stadt kaum wie ein richtiger Schneesturm vor; zu viel wurde von den Häusern und Gebäuden abgefangen. Ich traf mich mit meiner Freundin Betty Gosley, auch sie vom Lande, die in der Stadt bei ihrer verheirateten Schwester übernachtete. Wir waren froh, in der Stadt zu sein, und fanden es aufregend, so *ausgehen* zu können, in eine Art von Nachtleben, nicht einfach nur in die Dunkelheit und die Kälte und die peitschenden Windstöße, die unsere Häuser auf dem Land umschlossen. Hier gab es Straßen, die sich mit anderen kreuzten, gleichmäßig verteilte Laternen, ein menschliches Muster, das Wurzeln geschlagen hatte und funktionierte. Leute spielten Curling auf der Curlingbahn, liefen Schlittschuh in der Arena, sahen sich den Film im Lyceum Theater an, spielten Poolbillard im Billardsaal, saßen in zwei Cafés herum. Von den meisten dieser Vergnügungen waren wir durch Alter oder Geschlecht oder Geldmangel ausgeschlossen, aber wir konnten umherlaufen, wir konnten Cola mit Zitronenlimo – das Billigste – im Blue Owl Café trinken, schauen, wer hereinkam, mit einem Mädchen reden, das dort arbeitete und das wir kannten. Betty und ich standen nicht gerade im Zentrum der Macht, und wie nichtige Hofschranzen verbrachten wir viel Zeit damit, die Verhältnisse der Mächtigeren und Glücklicheren durchzuhecheln, Vermutungen über das Auf und Ab ihrer Laufbahnen anzustellen und harsche Urteile über ihre Moral abzugeben. Wir versicherten einander, dass wir nicht für eine Million Dollar mit bestimmten Jungen ausgehen würden, während wir in Wahrheit vor Glückseligkeit dahingeschmolzen wären, wenn diese Jungen uns auch nur mit Namen angeredet hätten. Wir überlegten, welche Mädchen schwanger sein könnten. (Im darauffolgenden Winter wurde Betty Gosley selbst schwanger, von einem benachbarten Farmer mit einer Sprachstörung und reinrassigem Milchvieh, den sie mir gegenüber nicht einmal erwähnt hatte;

worauf sie sich, verschämt und stolz, in das privilegierte Leben verheirateter Frauen zurückzog und von nichts anderem mehr reden konnte als der Aussteuer, den Hochzeitsgeschenken für die Küche, den Babysachen und der morgendlichen Übelkeit, was mich einerseits neidisch machte und andererseits abschreckte.)

Wir gingen an dem Haus vorbei, in dem Mr. Harmer wohnte. Seine Fenster waren im ersten Stock. Es brannte Licht. Was fing er mit seinen Abenden an? Er nahm keines der Unterhaltungsangebote der Stadt wahr, ging nicht ins Kino oder zu den Eishockeyspielen. Er war nicht sonderlich beliebt. Und deswegen hatte ich ihn auserkoren. Ich bildete mir gern ein, einen besonderen Geschmack zu haben. Seine hellen, feinen Haare, sein weicher Schnurrbart, seine schmalen Schultern in dem abgetragenen Tweedjackett mit den Lederflicken auf den Ellbogen, seine spitzen Bemerkungen, die im Klassenzimmer sein Ersatz für körperliche Kraft waren. Einmal hatte ich mich mit ihm unterhalten, in der Stadtbibliothek, es war das einzige Mal. Er empfahl mir einen Roman über walisische Bergarbeiter, den ich nicht mochte. Kein Sex kam darin vor, nur Streiks und Gewerkschaften und Männer.

Wenn ich mit Betty Gosley an seinem Haus vorbeiging, unter seinen Fenstern herumlungerte, gab ich mein Interesse an ihm keineswegs offen zu erkennen, sondern machte stattdessen verächtliche Witze über ihn, nannte ihn einen Schwächling und Stubenhocker, beschuldigte ihn schändlicher intimer Praktiken, die ihn abends ans Haus fesselten. Betty beteiligte sich an diesen Mutmaßungen, verstand aber eigentlich nicht, warum sie so wüst sein oder so lange dauern mussten. Um ihr Interesse wachzuhalten, begann ich sie dann zu necken, tat so, als glaubte ich, sie sei in ihn verliebt. Ich sagte, ich hätte gesehen, wie er ihr auf der Treppe beim Hinaufgehen unter den Rock guckte. Ich sagte, ich würde einen Schneeball an die Wand zwischen seinen Fenstern werfen, um ihn für sie herunterzuholen. Anfangs hatte sie Spaß an diesen Spinnereien, aber nicht lange, und sie fing an zu frieren, geriet in Verwirrung und bekam schlechte Laune, ging von sich aus zur Hauptstraße zurück und zwang mich, ihr zu folgen.

Dabei war all diese wüste, grobe Ausgelassenheit so weit wie möglich von meinen innersten Träumen entfernt, die von zärtlichsten Begegnungen handelten, von keuschen Umarmungen, die in heilige Leidenschaft übergingen, von einer Harmonie, überschattet durch die unweigerliche Trennung, von hoher romantischer Liebe.

Tante Madge war glücklich verheiratet gewesen. Ihre glückliche Ehe blieb in Erinnerung und wurde oft erwähnt, sogar in jener Gesellschaftsschicht, in der es gewöhnlich für besser gehalten wird, solche Dinge ungesagt zu lassen. (Sogar heute, wenn man Leute fragt, wie es ihnen geht, wird die Antwort oft lauten, dass es ihnen gut geht, sie haben sich zwei Autos gekauft, sie haben sich eine Geschirrspülmaschine gekauft, und solche Antworten beruhen nur zum Teil auf schlichtem, natürlichem, von Armut erzeugtem Materialismus; sie entspringen auch einem abergläubischen Taktgefühl, das sogar um Wörter wie *glücklich, besorgt, traurig* einen Bogen macht.)

Tante Madges Ehemann war ein geruhsamer Farmer mit politischen Interessen gewesen, rechthaberisch, halsstarrig und unterhaltsam. Es gab nie Kinder, die ihre Gefühle für ihn hätten abschwächen können. Sie genoss es stets, mit ihm zusammen zu sein. Sie schlug keine Einladung aus, mit ihm in die Stadt zu fahren, mit ihm über Land zu fahren, obwohl sie jedes Mal ihr Leben riskierte, wenn sie in sein Auto stieg. Er war ein schrecklicher Fahrer und in seinen späteren Jahren halb blind. Sie weigerte sich, ihn zu beschämen, indem sie etwa selber Autofahren lernte. Sie hielt in allem zu ihm. Sie hätte als ein Beispiel, eine ideale Ehefrau hingestellt werden können, nur dass sie nie den Eindruck machte, Opfer zu bringen, sich zu bescheiden, ihre Pflicht zu tun, wie man es bei Idealen erwartet. Sie war fröhlich, manchmal frech, also wurde sie für ihre Liebe nicht besonders geachtet, sondern galt als glücklich oder vernarrt, je nachdem. Nach seinem Tod hatte sie eigentlich kein Interesse mehr an ihrem Leben; sie betrachtete es als eine Wartezeit – sie glaubte fest und buchstäblich an den Himmel –, aber sie war zu wohlerzogen, um sich der Trübsal hinzugeben.

Die Ehe meiner Großmutter war eine ganz andere Angelegenheit gewesen. Es hieß, sie hatte meinen Großvater geheiratet, als sie immer noch einen anderen Mann liebte, auf den sie allerdings sehr wütend war. Meine Mutter erzählte mir das. Sie liebte Geschichten, besonders solche voller Tragik und Verzicht und sonderbarer Schicksalswendungen. Tante Madge und meine Großmutter erwähnten natürlich nie etwas davon. Aber als ich heranwuchs, stellte ich fest, dass alle darüber Bescheid zu wissen schienen. Der andere Mann blieb in der Gegend, wie damals üblich. Er betrieb eine Farm und heiratete drei Mal. Er war ein Vetter sowohl meines Großvaters als auch meiner Großmutter, also war er ebenso oft in ihrem Haus zu Gast wie sie in seinem. Bevor er seiner dritten Frau einen Heiratsantrag machte – so erzählte es mir meine Mutter –, suchte er meine Großmutter auf. Sie kam aus der Küche und fuhr mit ihm auf seinem Einspänner die Straße hinauf und hinunter, für alle sichtbar. Bat er sie um Rat? Um Erlaubnis? Meine Mutter glaubte fest daran, dass er sie gebeten hatte, mit ihm durchzubrennen. Ich habe meine Zweifel. Sie wären zu der Zeit beide um die fünfzig gewesen.

Wo hätten sie hingehen können? Außerdem waren sie Presbyterianer. Niemand hatte ihnen je ein Fehlverhalten vorgeworfen. Große Nähe, Unmöglichkeit, Verzicht. Das läuft auf eine nie endende Liebe hinaus. Und ich glaube, das wäre die Wahl meiner Großmutter gewesen, diese sich selbst glorifizierende, sich selbst verleugnende, gefährliche Leidenschaft, nie befriedigt, nie gewagt, auf dass sie ein Leben lang anhielt. Auch nie gestanden, vielleicht nur das eine Mal, ein oder zwei Mal, unter stark belastenden Umständen. *Wir dürfen nie wieder davon sprechen.*

Mein Großvater war kein Mann der Wehklagen. Er hatte eine Vorliebe fürs Alleinsein, hatte sehr spät geheiratet und hatte die gekränkte Liebste eines anderen Mannes gewählt, aus Gründen, die er niemandem verriet. Im Winter beendete er seine täglichen Arbeiten früh, erledigte alles gründlich und ordentlich. Dann las er. Er las Bücher über Ökonomie und Geschichte. Er lernte Esperanto. Er las sich mehrmals durch Borde mit dicken viktorianischen Romanen. Er sprach nicht über das, was er las. Anders als sein Schwager tat er seine Meinungen nicht kund. Seine Ansprüche an das Leben, seine Erwartungen an andere Menschen schienen so gering zu sein, dass es nie eine Möglichkeit gab, ihn zu enttäuschen. Ob meine Großmutter ihn enttäuscht hatte, insgeheim und so gründlich, dass er daraufhin alle seine Angebote zurückzog, vermochte niemand zu wissen.

Und woher weiß man denn, denke ich, während ich dies niederschreibe, woher weiß ich denn, was ich zu wissen behaupte? Ich habe diese Menschen, nicht alle, aber einige, schon früher benutzt. Ich habe sie überlistet und verändert und umgeformt, damit sie irgend meinen Zwecken entsprachen. Ich tue das jetzt nicht, ich bin so behutsam, wie ich nur kann, aber ich halte inne und stelle mir Fragen, ich empfinde Reue. Dabei tue ich nur im Großen und Öffentlichen, was immer getan worden ist, was meine Mutter und andere Leute taten, als sie mir die Geschichte meiner Großmutter erzählten. Sogar unter diesen verschwiegenen Menschen wurden Geschichten erzählt. Die Leute trugen ihre Geschichten mit sich herum. Meine Großmutter trug die ihre mit sich herum, und niemandem wäre es je in den Sinn gekommen, sie darauf anzusprechen.

Aber das erfasst nur die Tatsachen. Ich habe noch andere Dinge gesagt. Ich habe gesagt, meine Großmutter hätte eine bestimmte Art von Liebe gewählt. Ich habe angedeutet, sie wäre insgeheim hartnäckig und zerstörerisch romantisch gewesen. Nichts, was sie je zu mir oder in meiner Hörweite sagte, würde das bezeugen. Trotzdem habe ich es nicht erfunden, ich glaube fest daran. Ohne irgendeinen Beweis glaube ich es, und so muss ich glauben, dass wir auf andere Art Botschaften erhalten, dass unter uns Verbindungen bestehen, auf die wir uns verlassen müssen, auch wenn sie nicht überprüft werden können.

Dieser Schneesturm erwies sich als besonders schwer und dauerte eine ganze Woche. Aber als ich am dritten Nachmittag in der Schule saß und aus dem Fenster schaute, sah ich, dass der Wind sich offenbar gelegt hatte, Schnee trieb nicht mehr vorbei, und es gab sogar eine Wolkenlücke. Ich dachte sofort und mit Erleichterung, dass ich am Abend nach Hause gehen konnte. Mein Zuhause sah nach zwei Nächten bei meiner Großmutter immer sehr viel besser aus. Es war ein Ort, wo ich nicht so sorgfältig auf das achten musste, was ich tat und sagte. Meine Mutter erhob gegen vieles Einwände, aber in gewisser Weise hatte ich über sie die Oberhand. Schließlich war ich es, die auf dem Herd in Zubern Wasser heiß machte und die Waschmaschine von der Veranda hereinschleppte und jede Woche die Wäsche wusch; die den Fußboden schrubbte und ihr widerwillig endlose Tassen Tee kochte. Also konnte ich *Scheißmist* sagen, wenn ich die Kehrschaufel in den Herd auskippte und etwas von dem Dreck auf den Herdringen landete; ich konnte sagen, dass ich vorhatte, mich mit Männern einzulassen und zu verhüten und nie Kinder zu kriegen (in Wirklichkeit wünschte ich mir eine beneidenswerte Ehe, sowohl sicher als auch leidenschaftlich, und hatte mir schon das Negligé ausgemalt, das ich tragen würde, wenn mich mein Ehemann und Liebster zum ersten Mal in der Entbindungsstation besuchte); ich konnte sagen, dass ich es ganz in Ordnung fand, in Büchern über Sex zu schreiben, und auch, dass es so etwas wie schweinische Wörter gar nicht gab. Die laute, streitsüchtige, schockierende Person, die ich zu Hause war, hatte mit meinem wahren Ich nicht viel mehr zu tun als die unaufdringliche, zurückhaltende Person, die ich im Haus meiner Großmutter war, aber wenn man beide als Rollen betrachtet, ist leicht zu erkennen, dass die erste mehr Spielraum bot. Ich wurde ihrer nicht so leicht müde, ich wurde ihrer sogar überhaupt nicht müde.

Und Behaglichkeit verliert ihren Reiz. Die gebügelte Bettwäsche, die kuschelige Daunendecke, die Jasminseife. Ich hätte alles ohne Weiteres aufgegeben, um meinen Mantel fallen lassen zu können, wo ich wollte, das Zimmer verlassen zu können, ohne sagen zu müssen, wohin ich ging, mit den Füßen im Backofen lesen zu können, wenn es mir gefiel.

Nach der Schule schaute ich bei meiner Großmutter und Tante Madge vorbei, um ihnen zu sagen, dass ich nach Hause ging. Inzwischen hatte der Wind wieder eingesetzt. Ich wusste, die Straßen würden verweht sein, der Sturm war noch nicht vorbei. Aber ich wollte mehr denn je nach Hause. Als ich die Haustür aufmachte und den Kuchen im Backofen roch – Winteräpfel – und die beiden alten Stimmen mich begrüßen hörte (Tante Madge rief wie immer: »Na, wer kann denn *das* sein?«, wie sie es schon getan hatte, als ich noch ein kleines Mädchen war), meinte ich, das alles nicht mehr ertragen zu können – die Sauberkeit, die Höflichkeit, das Warten. All ihre Zeit war Wartezeit. Warten auf die Post, warten aufs Abendessen, warten aufs Bett. Jetzt denken Sie vielleicht, dass auch die Zeit meiner Mutter Wartezeit war, aber das war sie nicht. Sie mochte auf dem Sofa liegen, krank und gelähmt, aber sie steckte immer noch voller hanebüchener Pläne und Wunschträume, Forderungen, die nicht erfüllt werden konnten, Streit, den sie suchte; sie hielt sich in Gang. Zu Hause herrschten immer Durcheinander und Zwänge. Das Muss, Eier zu reinigen, Holz hereinzuholen, das Feuer zu schüren, das Essen zu kochen, den Dreck wegzumachen. Ich war ständig in Hetze, erinnerte mich an etwas, vergaß etwas, dann setzte ich mich nach dem Abendessen einfach hin, wartete darauf, dass das Wasser fürs Abwaschen auf dem Herd heiß genug wurde, und verlor mich in meinem Buch aus der Bibliothek.

Es gab auch einen Unterschied zwischen den zu Hause gelesenen Büchern und den bei meiner Großmutter gelesenen. Bei meiner Großmutter kamen die Bücher nicht recht zur Geltung. Etwas in der Atmosphäre des Ortes drängte sie zurück, engte sie ein, trübte sie. Es gab keinen Platz für sie. Zu Hause, trotz der Dinge, die vor sich gingen, gab es Platz für alles.

»Ich werde nicht zum Abendessen da sein«, sagte ich. »Ich gehe nach Hause.«

Ich hatte meine warmen Sachen abgelegt und setzte mich zum Tee an den Tisch. Meine Großmutter bereitete ihn zu.

»Du kannst dich doch nicht so auf den Weg machen«, sagte sie zuversichtlich. »Machst du dir Sorgen wegen des Haushalts? Hast du Angst, sie schaffen das nicht ohne dich?«

»Nein, aber ich mache mich besser auf den Heimweg. Es stürmt nicht so schlimm. Die Schneepflüge sind draußen gewesen.«

»Auf der Hauptstraße vielleicht. Ich hab noch nie von einem Schneepflug auf der Straße zu euch gehört.«

Der Ort, an dem wir lebten, war, wie so vieles andere, ein Fehler.

»Sie hat Angst vor meiner knusprigen Kruste, das ist es«, rief Tante Madge in gespielter Verzweiflung. »Sie rennt einfach vor meinem Apfelkuchen davon.«

»Das wird es sein«, sagte ich.

»Du isst ein Stück, bevor du gehst. Er hat sich gleich abgekühlt.«

»Sie geht nicht«, sagte meine Großmutter, immer noch leichthin. »Sie spaziert nicht in diesen Schneesturm hinaus.«

»Das ist kein Schnee*sturm*«, sagte ich und schaute hilfesuchend zum Fenster, hinter dem es nur weiß war.

Meine Großmutter setzte ihre Tasse klappernd auf der Untertasse ab. »Na gut. Dann geh. Geh einfach. Geh, wenn du willst. Geh und frier dich zu Tode.«

Ich hatte meine Großmutter noch nie die Beherrschung verlieren hören. Ich hätte nie gedacht, dass ihr das widerfahren könnte. Es kommt mir jetzt merkwürdig vor, aber ich hatte in ihrer Stimme oder in ihrem Gesicht noch nie so etwas wie Kränkung oder Zorn wahrgenommen. Alles war stets indirekt gewesen, wurde ruhig ausgesprochen. Ihre Ansichten hatten distanziert gewirkt, voll traditioneller Autorität, unpersönlich. Was mich umwarf, war ihr Verzicht darauf. Sie hatte Tränen in der Stimme, und als ich sie ansah, standen ihr auch Tränen in den Augen und liefen ihr dann übers Gesicht. Sie weinte, sie war wütend und weinte.

»Nun also denn. Du gehst eben. Geh und frier dich zu Tode wie die arme Susie Heferman.«

»Ach, du je«, sagte Tante Madge. »Das stimmt. Das ist wahr.«

»Die arme Susan, die ganz allein wohnte«, sagte meine Großmutter zu mir, als wäre das meine Schuld.

»Das war draußen an unserer alten Landstraße«, sagte Tante Madge tröstend. »Du kannst nicht wissen, wen wir meinen. Susie Heferman, die mit Gershom Bell verheiratet war. Mrs. Gershom Bell. Für uns Susie Heferman. Wir sind mit ihr zusammen zur Schule gegangen.«

»Und Gershom ist voriges Jahr gestorben, und die beiden Töchter sind verheiratet und fort«, sagte mein Großmutter und wischte sich die Augen und die Nase mit einem frischen Taschentuch aus ihrem Ärmel, fasste sich etwas, hörte aber nicht auf, mich zornig anzuschauen. »Die arme Susan musste allein raus, um die Kühe zu melken. Sie wollte ja unbedingt ihre Kühe behalten und allein weitermachen. Gestern Abend ist sie rausgegangen, und sie hätte die Wäscheleine an der Haustür festbinden müssen, hat es aber nicht getan, und auf dem Rückweg hat sie sich verlaufen, und heute Mittag haben sie sie gefunden.«

»Alex Beattie hat uns angerufen«, sagte Tante Madge. »Er war einer von denen, die sie gefunden haben. Er war völlig fertig.«

»War sie tot?«, fragte ich dümmlich.

»Man kann dich nicht wieder zum Leben auftauen«, sagte meine Großmutter, »nachdem du bei diesem Wetter die ganze Nacht lang in einer Schneewehe gelegen hast.« Sie hatte aufgehört zu weinen.

»Und stell dir die arme Susie vor, die nur versucht hat, vom Stall ins Haus zu finden«, sagte Tante Madge. »Sie hätte nicht an den Kühen festhalten dürfen. Sie dachte, sie schafft das. Dabei hatte sie das schlimme Bein. Das hat sie bestimmt im Stich gelassen.«

»Wie schrecklich«, sagte ich. »Ich gehe nicht nach Hause.«

»Du gehst, wenn du willst«, sagte meine Großmutter sofort.

»Nein. Ich bleibe.«

»Man weiß nie, was einem alles passieren kann«, sagte Tante Madge. Sie weinte auch, aber ungezwungener als meine Großmutter. Bei ihr war es nur ein tröstendes bisschen Feuchtigkeit um die Augen, das ihr gutzutun schien. »Wer hätte gedacht, dass Susie mal so endet, sie war eher in meinem Alter als in dem deiner Großmutter, und wie hat sie sich fürs Tanzen begeistert, sie hat immer gesagt, für einen schönen Tanzabend würde sie zwanzig Meilen weit in einem offenen Schlitten fahren. Wir haben mal die Kleider getauscht, nur so zum Spaß. Wenn wir damals gewusst hätten, was jetzt passiert ist!«

»Niemand weiß das. Was würde das nützen?«, sagte meine Großmutter.

Ich langte beim Abendessen kräftig zu. Von Susie Heferman war nicht mehr die Rede.

Ich verstehe jetzt verschiedene Dinge, auch wenn das niemandem groß nützt. Ich verstehe jetzt, dass Tante Madge Mitgefühl für meine Mutter aufbringen konnte, denn Tante Madge musste meine Mutter sogar schon vor ihrer Krankheit für eine mit Leid geschlagene Person gehalten haben. Alles, was außergewöhnlich war, hielt sie schlicht für ein Leiden. Aber meine Großmutter musste sie für ein warnendes Beispiel gehalten haben. Meine Großmutter hatte sich gezügelt, auf sich aufgepasst, hatte gelernt, was man zu tun und zu sagen hatte; sie hatte begriffen, wie wichtig allgemeine Anerkennung ist, hatte sich nach ihr gesehnt, hatte sie erlangt, und wusste, dass durchaus die Möglichkeit bestand, sie nicht zu erlangen. Tante Madge wusste das nie. Meine Großmutter mochte sich von meiner Mutter bedroht fühlen, mochte vielleicht sogar – auf einer Ebene, die sie immer hätte abstreiten müssen – jene Anstrengungen meiner Mutter verstanden haben, die sie so erfolgreich und nie ganz offen ins Lächerliche zog und tadelte.

Ich verstehe, dass meine Großmutter zornig um Susie Heferman weinte und auch um sich selbst, dass sie wusste, wie sehr ich mich nach Hause sehnte und warum. Sie wusste es und verstand nicht, wie es dazu kommen konnte oder wie es anders hätte sein können oder wie sie selbst, einst so ratlos rudernd, zu einer weiteren alten Frau geworden war, getäuscht und beschwichtigt von den Jüngeren, die es eilig hatten, von ihr fortzukommen.

Gedenken

Eileen wachte am helllichten Tag auf und sah June mit einem Tablett neben dem Bett stehen. Auf dem Tablett waren ein Becher mit Kaffee, Sahne, Zucker und selbstgebackener Vollkorntoast.

»Oh Gott. Genau das wollte ich für dich tun.«

»Was denn?«

»Dir Kaffee ans Bett bringen. Ich war schon früh wach. Ich habe nur gewartet. Ich habe darauf gewartet, dass es ein bisschen heller wird.«

Eileen sagte nicht, dass sie die ganze Nacht lang wach gelegen hatte oder fast die ganze Nacht lang, ständig mit dem Gedanken daran, wie gut die Matratze war, wie glatt die Betttücher und welch ein unwillkommener Fremdkörper sie selbst darin war.

»Wie kannst du ohne Uhr leben?«, fragte June und setzte das Tablett ab. »Bloß gut, dass du nicht aufgestanden bist und irgendwas probiert hast. Du wärst mit der Kaffeemühle nicht zurande gekommen.«

Das hatte Eileen vergessen. Sie mahlten ihren Kaffee selbst. Sie besorgten sich zwei oder drei verschiedene Sorten in einem Importgeschäft in der Innenstadt und bereiteten ihre eigene Mischung zu.

»Ich musste sowieso aufstehen«, sagte June. »Es gibt unglaublich viel zu tun.«

»Ich kann doch helfen.«

»Hilf mir jetzt, indem du deinen Kaffee trinkst und dich nicht vom Fleck rührst, bis ich ein paar von der donnernden Herde aus dem Weg habe.«

Sie meinte die Kinder, so nannte sie sie immer. Auch jetzt. Im gewohnt fröhlichen, beiläufigen Tonfall. Sie war schon angezogen, trug eine orange Hose und eine bestickte mexikanische Bluse aus ungebleichter Baumwolle. Sie sah ganz wie immer aus, die aschblonden Haare hinten mit einem Gummiband zusammengebunden, lange, strähnige Ponys fielen ihr in die Stirn. Derselbe Ausdruck vibrierender Tatkraft, Herrschsucht, Geschäftigkeit, ebenso rührend wie nervtötend. Eine Ehefrau mit einer Mission. Ihr Teint von gesunder Röte, mit rauer Haut an Hals und Wangen. Der Verlust hatte ihr, wenn überhaupt, mehr Farbe verliehen.

Eileen sah ein, dass es naiv von ihr gewesen war, eine Veränderung zu erwarten. Sie hatte gedacht, Junes Körper könnte vor Kummer schlaffer geworden sein, ihre Stimme unsicherer oder kaum hörbar. Aber gestern Abend, als sie sich auf dem Flughafen umarmten, spürte sie den Körper ihrer Schwester wie immer von seiner ureigenen Energie summen;

sie hörte Junes Stimme ihre beginnenden Trostworte mit gereiztem Nachdruck, fast triumphierend durchschneiden.

»Es ist so windig, hattest du einen schrecklichen Flug?«

June schickte die jüngeren Kinder in die Schule. June und Ewart hatten sieben Kinder – das heißt, wenn man Douglas mitzählte. Die ersten fünf waren Jungen. Dann hatten sie zwei Mädchen indianischer oder teilweise indianischer Abstammung adoptiert. Das jüngste ging noch in den Kindergarten. Douglas war siebzehn gewesen.

Eileen hörte June ins Telefon sprechen.

»Ich möchte nicht, dass sie ihre Gefühle unterdrücken müssen, aber ich will auch nicht, dass ihre Gefühle künstlich stimuliert werden. Verstehen Sie, was ich meine? Ja. Das ist ihre normale Umgebung. Ich glaube, das ist für sie besser. Aber ich möchte ihnen die Gelegenheit bieten, ihrer Trauer Ausdruck zu geben. Wenn sie ihr Ausdruck geben wollen. Ja. Genau. Ja. Danke. Ich danke Ihnen.«

Dann telefonierte sie wegen einer Kaffeemaschine.

»Ich wusste gleich, ich hätte das Fünfzig-Tassen-Modell kaufen sollen und nicht das für dreißig. Das passiert mir immer wieder. Oh, nein. Nein, das steht alles fest. Ja, das wäre mir sehr lieb. Tausend Dank.«

Danach rief sie mehrere Leute an und fragte sie, ob

sie Mitfahrgelegenheiten zur Beerdigung hatten oder zur Gedenkfeier, wie es hieß. Sie rief andere Leute an und fragte, ob sie etwas dagegen hätten, Mitfahrgelegenheiten zur Verfügung zu stellen für Leute, die Schwierigkeiten hatten; dann rief sie wieder die ersten Leute an und sagte ihnen, wann und wo sie abgeholt werden konnten. Eileen war inzwischen aufgestanden, zog sich an, ging immer wieder ins Badezimmer. Aus dem Freizeitraum unten hörte sie Rockmusik, ungewöhnlich, vielleicht rücksichtsvoll leise. Die anderen Kinder mussten dort unten sein. Sie fragte sich, wo Ewart war. Sie hatte den Eindruck, dass nicht alle der Verabredungen, die June vermittelte, wirklich notwendig waren, oder dass zumindest nicht June sie alle vermitteln musste. Bestimmt hätten die Leute sich ihre Fahrgelegenheiten selbst organisiert. Sie merkte, dass sie sogar den Ton von Junes Stimme am Telefon nicht ausstehen konnte. *Hallo, guten Morgen! Hier ist June!* Solche fröhliche, muntere, sachliche Stimme, und enthielt nicht gerade diese Heiterkeit eine Forderung, ein lebhaftes Bemühen um Beherrschung? Konnte man sagen, dass June bewundert werden wollte? Nun, warum auch nicht? Wenn es hilft. Alles, wenn es nur hilft.

Trotzdem missfiel Eileen dieser Ton, er entmutigte sie.

In der Küche wusch sie ihren Becher und ihren Teller ab. Beide waren das einzige Geschirr, das weit und breit zu sehen war. Um Viertel nach neun Uhr morgens glänzte die Küche wie eine Küche auf einem Reklamefoto. Das Geschirr befand sich natürlich im Geschirrspüler, da steckte alles. Eileen hatte nicht an den Geschirrspüler gedacht. Sie selbst wohnte in einem alten Haus, einem gemieteten Haus in einer anderen Stadt; sie lebte allein, denn sie war geschieden, und ihr einziges Kind, ihre Tochter, tourte durch Europa. Sie wusste gar nicht, wie man einen Geschirrspüler bedient.

Sie hatte die Krusten ihres Toasts übriggelassen, aber jetzt aß sie sie auf, denn es war zu schwierig, herauszubringen, in welchen Müll sie gehörten. Sie würde mindestens einen Tag brauchen, bis sie sich hier auskannte. Sie hatte gestern Abend erfahren, dass es ein neues und kompliziertes System der Mülltrennung gab, das mit dem Recycling zu tun hatte. »Das werde ich mir auch angewöhnen müssen«, hatte Eileen gesagt, worauf June fragte: »Was, du trennst noch nicht?«

Im Vergleich zu June lebte sie verantwortungslos. Eileen musste das einsehen, musste es zugeben. Ihren trägen Umgang mit allem Müll in einem Behälter, ihre Schränke, die unter der ordentlichen Oberfläche vor Chaos platzten. Einmal hatte sie mit June eine Auseinandersetzung wegen brauner Papiertüten. Wenn Eileen diese Einkaufstüten aufhob, dann stopfte sie sie in eine Schublade. June faltete und glättete sie, bis sie flach waren, so dass wesentlich mehr davon in eine Schublade passten und sich leichter entnehmen ließen. Beide Schwestern lachten wütend.

»Ich meine, es ist leichter«, sagte June. »Wirklich leichter. Am Ende sparst du sogar Zeit.«

»Du bist zwanghaft«, sagte Eileen, die, wenn sie sich keinen anderen Rat mehr wusste, Junes eigenen Sprachgebrauch gegen sie zu wenden versuchte, durch schnodderige und arrogante Benutzung. »Ordnung ist eine anale Störung. Du erstaunst mich.«

Aber sie gab sich Mühe. In Junes Küche versuchte sie ununterbrochen, sich die Ordnung einzuprägen, die immer logischen, wenn auch unerwarteten Einteilungen. Sie machte ständig Fehler. Wenn Ewart einen ihrer Fehler, etwas am falschen Platz, entdeckte, tippte er sie mit entschuldigendem und verständnisinnigem Ausdruck auf den Arm, ohne Worte, und packte, was es nun auch war, mit verstohlenem Schwung dahin, wo es hingehörte. Durch diese Pantomime, diese Freundlichkeit und Besorgtheit ihr gegenüber verstand Eileen, wie weit das alles von einem Scherz entfernt war, wie tief und ehrlich Junes Empörung sein musste. Im Haus von June und Ewart spürte sie ständig die Last der Welt der Dinge, ihre strengen Forderungen, die Unterschiede, über die sie sich hinweggesetzt hatte. Es gab hier moralische Grundsätze für das Kaufen und Benutzen, für das Konsumverhalten. Eileen hatte nie Geld gehabt, also konnte sie es sich leisten, verschwenderisch, schlampig und nachsichtig zu sein. June und Ewart, die sehr viel Geld hatten, kauften und benutzten jeden Gegenstand mit einem Sinn für Verantwortung, einer Verantwortung nicht nur sich selbst gegenüber, die besten, leistungsstärksten, haltbarsten und unverfälschtesten Dinge zu besitzen, die zu haben waren, sondern eine, wie sie gesagt hätten, gegenüber der Gesellschaft. Leute, die den *Verbraucherbericht* nicht lasen, standen für sie wahrscheinlich auf derselben Stufe wie Leute, die nicht zur Wahl gingen.

Die Dinge, mit deren Kauf sie die meisten Probleme hatten, waren solche, die keinem Zweck dienen, aber in jedem Haus notwendig sind – Bilder, Zierrat. Sie hatten das Problem schließlich gelöst durch die Wahl von Eskimo-Drucken und -Schnitzereien, indianischen Wandbehängen, Aschbechern und Schalen und einigen grauen, porös aussehenden Gefäßen, angefertigt von einem ehemaligen Sträfling, der jetzt von der Unitarischen Kirche als Töpfer gefördert wurde. Alle diese Dinge hatten den Vorteil, von moralischem Wert zu sein, außerdem waren sie als Schmuck annehmbar. Zwei Kwakiutl-Masken – grob stilisierte Drohung, tote Wildheit – hingen an der Wand über dem Kamin und fanden viel Bewunderung. Was haben solche Dinge in einem Wohnzimmer zu suchen, wollte Eileen fragen. Sie entdeckte in diesen Tagen an sich selbst eine unattraktive Überempfindlichkeit gegenüber einigen Dingen, gegenüber Kleidung zum Beispiel und Zierrat. Einen Wunsch, Betrug zu vermeiden, ernste Dinge nicht für triviale Zwecke zu missbrauchen, Dinge nicht zu missachten, indem man sie zur Mode machte. Ein illusorischer Wunsch. Sie selbst verstieß dagegen. Und Ewart und June hatten nicht vor, etwas zu missachten, sie waren ehrliche Bewunderer indianischer Kunst, sie sagten: »Ist das nicht furios? Ist das nicht phantastisch?« In Eileens eigenem Wohnzimmer befanden sich einige verschwommene Aquarelle von Blumen, auch eine zufällige Ansammlung von gebrauchten Möbeln, und wer wollte sagen, ob diese Ärmlichkeit, diese Vermeidung von Stil auf ihre Art nicht ein genauso schlimmer Snobismus waren wie das Prunken mit Kwakiutl-Masken und pockennarbigen Fruchtbarkeitsgöttinnen?

Ewart kam aus der Garage herein, in Hemd und Arbeitshose. Die Haare waren ihm bis zu den Ohrläppchen gewachsen. »Möchtest du mal meinen japanischen Garten sehen?«, fragte er Eileen. »Ich war gerade draußen und habe ein bisschen nach den Sträuchern geschaut. Wenn sie erst mal loslegen, kann man sich gar nicht an ihnen sattsehen.«

Seine Stimme klang fröhlich, aber sie nahm in seinem Umfeld einen Geruch nach schlechtem, traurigem, schlaflosem Atem wahr, überdeckt, aber nicht besiegt von Mundwasser.

»Ja, gern.«

Sie folgte ihm durch die Garage nach draußen. Es war ein milder, bewölkter Februartag. »Vielleicht kommt noch die Sonne raus«, sagte Ewart. Er bog die nassen Zweige für sie zurück, er warnte sie vor dem rutschigen Abhang auf dem großen Rasen, er war wie immer ein freundlicher und besorgter Gastgeber. Der Reichtum hatte ihn über alle normalen Erfordernisse hinaus höflich, zurückhaltend, zuvorkommend und rätselhaft gemacht. Als June ihn im College kennenlernte – sowohl sie als auch Eileen hatten Stipendien für das College in ihrer Stadt –, schien er keine Freunde zu haben. June nahm ihn unter ihre Fittiche mit demselben hartnäckigen, ermunternden Eifer, mit dem sie sich später um afrikanische Studenten, Rauschgiftsüchtige, Gefängnisinsassen und indianische Kinder kümmerte. Sie nahm ihn mit auf Partys, wo er bald seine Rolle fand als Getränkeeingießer, Gastgeber- und Gastgeberinnenhelfer, Nachbarn- und gelegentlich Polizeibesänftiger, Kopfhalter für Leute, die sich im Badezimmer übergaben, und Kummerkasten für Mädchen, deren Freund gemein zu ihnen gewesen war. June sagte, sie zeige ihm das Leben. Sie hielt ihn für sozial benachteiligt, für behindert, sein Name und sein Geld brandmarkten ihn in ihren Augen ebenso wie Blutschwamm im Gesicht oder ein Klumpfuß. Niemand dachte, dass sie vorhatte, ihn zu heiraten. Sie selbst auch nicht. Sie brauchte eine Weile, um die Möglichkeiten zu erkennen, glaubte Eileen. Sie brachte ihn zwar mit nach Hause, aber das gehörte zu ihrem Programm, ihm das Leben zu zeigen.

Eileen und June wohnten damals mit ihrer Mutter immer noch im Obergeschoss eines Hauses über einem Herrenfriseur in der Becker Street. Die Zimmer waren dunkel, aber es gab einen gewissen Ausgleich dafür. Einen frischen, seifigen, männlichen Geruch aus dem Friseurladen. Nachts im Vorderzimmer ein rosiges Aufleuchten von dem Café an der Ecke. Ihre Mutter litt an grauem Star in beiden Augen. Sie lag auf dem Sofa – sie war korpulent, auch im Liegen – und äußerte Bedürfnisse. Sie verlangte ein Glas Wasser ums andere, Tabletten, eine Tasse Tee nach der anderen; sie verlangte, dass sie auf- oder zugedeckt wurde, dass ihre Haare gekämmt und geflochten wurden. Sie verlangte auch, dass Radiosender angerufen und für ihren Gebrauch salopper, vulgärer, ungrammatischer Sprache getadelt wurden; sie verlangte, dass im Friseur- und im Lebensmittelladen Beschwerden vorgebracht wurden; sie wünschte, dass alte Freunde oder Bekannte angerufen wurden, Berichte über ihren sich ständig verschlechternden Gesundheitszustand erhielten und gefragt wurden, warum sie sie nicht besucht hatten. June schleppte Ewart an und brachte ihn dazu, sich hinzusetzen und ihr zuzuhören. Durch ihr Studium der Psychologie hatte June versucht, das Problem mit ihrer Mutter zu bewältigen, geradeso, wie Eileen es durch das Studium der englischen Literatur versucht hatte. June war erfolgreicher gewesen. Eileen hatte die Genugtuung, in ihren Büchern ein hohes Aufkommen an verrückten Müttern zu finden, aber es gelang ihr nicht, diese Entdeckung praktisch zu nutzen. June dagegen brachte es fertig, die Mutter ihren Freunden ohne Entschuldigungen vorzustellen, allerdings mit jeder Menge Vor- und Nachbereitung. Sie gab ihnen das Gefühl, bevorzugt zu werden. Ewart musste sich eine lange, melancholische, verworrene und unwahre Geschichte darüber anhören, wie ihre Familie mit Arthur Meighen verwandt war, einem früheren Premierminister von Kanada. June sagte ihm, sie gewähre ihm einen unverstellten Blick auf die Wahnvorstellungen, die bei Menschen mit bestimmten Veranlagungen durch eine ausweglose sozioökonomische Situation hervorgerufen werden. (Sie lernte damals im Eilverfahren die Ausdrucksweise, die ihr für den Rest ihres Lebens gute Dienste leisten sollte.) Eileen konnte nicht umhin, von dieser unerwarteten Verwertung, diesem plötzlichen Abstand beeindruckt zu sein.

»Es fällt mir natürlich leichter, weil ich das zweite Kind bin«, ließ June sie wissen und außerdem jeden, der vielleicht gerade zuhörte. »Ich war von der Schuld befreit«, sagte sie, »die wurde gänzlich Eileen aufgebürdet.« Unter den freundlichen, aber forschenden Blicken dieser Psychologie- und Soziologiestudenten sah sich Eileen, die inzwischen von ihrem eigenen Studium verdüstert genug war, schuldbeladen und ahnungslos herumrudern; ihre belanglosen, beliebigen Literaturseminare, ihren lästigen Liebhaber (Howie, der Mann, den sie später heiratete, und von dem sie sich dann wieder scheiden ließ) mit sich herumschleppen; herumtorkeln wie eine Fledermaus in hellem Tageslicht. Erstaunlich, wie es June gelungen war, innerhalb eines Jahres ihren Teenagerspeck abzulegen, ihr stammelndes Suchen nach Worten, ihre Unschuld, ihre Unselbständigkeit, ihre Verwirrung und ihre Dankbarkeit. Wer hätte gedacht, dass in ihr eine laute, klare Stimme, ein gerötetes, knochiges Gesicht und ein nervöser, sich rasch bewegender Körper nur darauf warteten, zum Vorschein zu kommen, ebenso wie all diese Gewissheit? Nur zwei Jahre vorher hatte sie Gedichte geschrieben, sie hatte die Bücher gelesen, die Eileen las, sie schien die vage Vorstellung zu haben, sich in allem ihrer älteren Schwester anzupassen. Davon konnte nun keine Rede mehr sein.

Womit sie natürlich Weitblick bewiesen hatte. Eileen hatte Howie geheiratet, den mürrischen Journalisten, der ihr ein kleines Mädchen hinterließ, für das sie sorgen musste. June hatte Ewart geheiratet und sich darangemacht, das gemeinsame Leben zu gestalten. Während Eileens Leben keine bestimmte Gestalt annahm, von Krisen in Stücke gerissen, von Freudigem aus der Bahn geworfen, wurde Junes Leben planvoll aufgebaut, bewusst gelebt, war *erfüllt*. Sich treiben lassen und Trübsal blasen, dafür war kein Platz. Gelegenheiten wurden beim Schopf ergriffen.

War das wieder eine Gelegenheit?

»Den hier habe ich vorige Woche gepflanzt, Douglas hat mir dabei geholfen«, sagte Ewart und zeigte ihr einen niedrigen, stacheligen Strauch. Er gebrauchte den Namen seines Sohnes genauso, wie June es tat, wie sonst auch, aber hervorgehoben. Natürliches, uneitles Feingefühl und Zaudern machten seine Hervorhebung weniger unangenehm als ihre. Dann sprach er über japanische Gärten. Er erzählte ihr, dass einst in Japan genau festgelegt war, welche Höhe die Trittsteine haben durften. Für den Kaiser waren sie sechs Zoll hoch, dann bis hinunter zum gemeinen Volk und Frauen, die auf anderthalb Zoll hohen Trittsteinen gingen. Er war gerade dabei, Wasser einzubauen.

»Das Geräusch des Wassers ist in japanischen Gärten genauso wichtig wie sein Anblick. Es wird hier herunterströmen, siehst du. Es wird wie ein winziger Wasserfall sein, zweigeteilt durch diesen Stein. Alles ist maßstabsgetreu. Dadurch erzielt man die außerordentliche Wirkung. Wenn man ihn anschaut und dabei nichts anderes anschaut – nach einer Weile wirkt er dann wie ein echter Wasserfall, in einer echten Landschaft.«

Er sprach von den Vorrichtungen für das Wasser,

dem System unterirdischer Rohre. Er besaß immer ein ungemein umfangreiches, präzises Wissen über seine jeweiligen Projekte, begleitet von unbeirrbarem Enthusiasmus. Er schien immer mehr zu wissen, als sogar jemand, der solche Dinge zu seinem Beruf gemacht hatte, zu wissen brauchte. Vielleicht lag das daran, dass er eigentlich keinen Beruf hatte, er musste nicht seinen Lebensunterhalt damit verdienen.

Eine Gelegenheit, warum nicht? Eine Gelegenheit, jene Werte, nach denen wir unser Leben ausrichten, an den Tag zu legen, zur Sprache zu bringen, auf die Probe zu stellen. Ewart und June richteten ihr Leben nach Werten aus, behaupteten sie. *Warum nicht?*, dachte Eileen, während sie sich den Vortrag über Wasserrohre anhörte und dann, als dieses Thema erschöpft war, einen über Sträucher. Sie sah es doch wohl lieber, wenn ein Todesfall vor aller Augen in seiner Gänze und Unvermeidlichkeit ausgestellt wurde? Ohne Religion ging das nicht. Das heißt, es ging nicht. Und angenommen, ihre Tochter, angenommen, Margot? Sie hatte sofort daran gedacht, als sie es hörte, wobei sich Erleichterung und Entsetzen sonderbar abwechselten. Es war, als hätte Douglas, indem er den Blitz anzog, den Kindern aller anderen einen Hauch von Sicherheit gegeben, aber gleichzeitig daran erinnert, dass der Blitz da war. Margot, die sich in jedem Augenblick in ein leckes Boot begeben konnte, in ein Flugzeug, dem die Entführung bevorstand, in einen Bus mit maroden Bremsen, in ein Gebäude, in dem Terroristen Bomben gelegt hatten, Margot lebte viel riskanter als Douglas zu Hause. Und trotzdem.

Er war bei einem Autounfall ums Leben gekommen. Die drei anderen Jungen im Wagen hatten nur leichte Verletzungen davongetragen.

Ein stämmiger Junge. Im Flugzeug hatte Eileen versucht, sich ein klares Bild von ihm zu machen. Seine blonden Haare trug er lang, im Nacken von einem Band zusammengehalten wie die seiner Mutter. Aber er teilte nicht die Neigungen der Langhaarigen seiner Generation. Veränderte Bewusstseinszustände, transzendentale Wahrnehmungen waren nicht seine Sache. Er widmete sich hartnäckig irdischen, materiellen, naturwissenschaftlichen Interessen, den Flügen zum Mond, dem Sport (als Zuschauer) und sogar der Börse. Er war wie sein Vater in seinem verbissenen, vielleicht leidenschaftlichen Anhäufen und Bewahren und Hersagen von Detailwissen. Er erklärte gerne. Er hatte wenig Freunde. Er ging mit abweisender und gebieterischer Miene durchs Haus und trank Diätcola. Ewart und June hatten die Wochenenden und die Feiertage immer mit Familienaktivitäten gefüllt. Sie besaßen ein Segelboot. Sie gingen bergsteigen und Höhlen erkunden. Sie liefen Ski und Schlittschuh und hatten sich vor Kurzem Fahrräder mit zehn Gängen gekauft. Eileen nahm an, dass Douglas an alldem teilnahm, er konnte es kaum vermeiden;

aber seine untersetzte Figur, sein geruhsamer Stil weckten Zweifel daran, wie enthusiastisch, wie überzeugt diese Teilnahme sein mochte. Er war auf die experimentelle Schule gegangen, die fast völlig auf die finanzielle Unterstützung seiner Eltern angewiesen war. Die Freiheit, auf der man dort bestand, die Bemühungen um Kreativität waren ihm vielleicht wesensfremd. Eileen konnte nur Vermutungen anstellen. Douglas selbst hätte sich nichts anmerken lassen. Er war in seiner Konventionalität nicht romantisch genug – genug gewesen –, um sich selbst als den Rebell, den Skeptiker zu sehen.

Sein Vater hockte sich hin, berührte die Sträucher, zeigte ihr die verschiedenen Nadelarten und sprach von ihren komplizierten Bedürfnissen, von Bodenanalysen, Bewässerung, Nährstoffen. Er konzentrierte sich völlig darauf. Er war kein sexuell attraktiver Mann. Warum nicht? Sein großer, schlaffer Hintern, sein verletzliches, kreuzbraves Aussehen von hinten? June hatte Eileen einmal erzählt, dass sie sich mit Ewart pornographische Filme angesehen hatte, zusammen mit anderen Paaren aus einer sogenannten Selbstfindungsgruppe der Unitarischen Kirche. Sie interessierten sich dafür, neue Stimulanzien auszuprobieren. Eileen hatte das herumerzählt und daraus ein abschreckendes Beispiel und einen Witz gemacht. Jetzt dachte sie, dass ihr Gelächter daneben gewesen war. Nicht weil es boshaft war, wie sie zu der

Zeit schuldbewusst gedacht hatte, sondern unverständig. Diese Ernsthaftigkeit war kein Scherz. Dies war ein Verdauungssystem, das alles zuträglich fand. Es schreckte vor nichts zurück. Japanische Gärten, pornographische Filme, Unfalltod. Alle wurden sie ergriffen, zerkaut und aufgenommen, umgewandelt, zerstört.

Nach der Gedenkfeier war das Haus voll mit den Freunden von June und Ewart und ihren Nachbarn und den Freunden ihrer größeren Kinder. Die Teenager waren unten im Freizeitraum, vor dem vom Boden bis zur Decke reichenden gemauerten Kamin. Viele von ihnen behaupteten, Freunde von Douglas zu sein. Vielleicht stimmte es. Sie kamen mit Gitarren, Blockflöten und Kerzen. Ein Mädchen kam in einen Quilt gewickelt. »Findet hier die Gedenkparty statt?«, fragte sie an der Tür, sanft strahlend. Andere trugen Fransentücher, dünne lange Kleider. Sie sahen nicht so verschieden von der älteren Generation aus, wie sie wünschen mochten. Unten zündeten sie die Kerzen an; nur die und das Kaminfeuer spendeten ihnen Licht. Sie verbrannten Räucherstäbchen. Sie sangen und spielten ihre Instrumente. Der aufsteigende Rauch enthielt eine Note von Marihuana.

»Ihre Art, sich von Douglas zu verabschieden«, sagte eine langhaarige, verlebt aussehende Frau, die auch in ein Tuch gehüllt war und sich über das Treppengeländer beugte. »Das ist sehr schön, wirklich, sehr bewegend.«

Aber hätte Douglas sie genossen, diese Gedenkparty? Er hätte es nicht gesagt. Er wäre vielleicht eine Weile lang geblieben, aus Höflichkeit; dann wäre er wahrscheinlich mit dem Wirtschaftsteil der Zeitung auf sein Zimmer gegangen.

»Die haben da unten ein paar Joints, so, wie's riecht«, sagte ein Mann, der die Treppe hinauf zu dieser Frau ging, und Eileen erkannte an der Art, wie sie nicht reagierte, wie sie ihr Gesicht, ihr ganzes Wesen verschloss, dass es ihr Ehemann sein musste. Anders als seine Ehefrau war er konservativ gekleidet gekommen, er sah aus, wie Männer früher bei Beerdigungen ausgesehen hatten. Solche Paare waren jetzt üblich – der Ehemann verantwortungsbewusst, seriös, verletzlich, nur ein wenig längere Haare und schüchterne Koteletten, Krawatte und saubere Manschetten, ein leicht schuldbewusstes oder spöttisches Gebaren bedauerlichen wahren Geldes und wahrer Macht; die Ehefrau ungepflegt, ungeschminkt, alles andere als damenhaft, gewandet in Kleidungsstücke exotischer Armut. Hin und wieder gab es ein Paar, das das genaue Gegenteil davon war – die Ehefrau wohlfrisiert in pastellfarbenem Kostüm und mit Ohrclips, der Ehemann in bestickter Samtweste, mit Amuletten und Kreuzen, die auf seiner behaarten Brust glitzerten.

Dieser Ehemann und Eileen begaben sich ins

Wohnzimmer, das voll war von genau solchen Leuten. Tücher und Kaftane, bedruckter Kattun aus Indien, Jeans, teure Maßschneiderei. Sogar noch vor zwei oder drei Jahren wäre es nicht schwierig gewesen, die reichen Freunde von Ewart und June und ihre Nachbarn von den Unitariern, den Freunden aus der Selbstfindungsgruppe zu unterscheiden. Jetzt war es unmöglich. Einige dieser Leute waren wahrscheinlich beides.

Ewart schlängelte sich zwischen ihnen durch und bot ihnen Getränke an. June stand im Wohnzimmer, neben dem Tisch mit dem Kaffee und den Sandwiches. Brötchen mit Würstchen, mit Spargel. Sie hatte Zeit gefunden, die zuzubereiten. Ihre Kleidung war entzückend – ein langes, handgewebtes, gold- und orangefarbenes Kleid mit passender Stola, fest und grob, mexikanisch oder spanisch. Ihre silbergrünen Augenlider waren eine Überraschung und ein Fehler, die einzige Andeutung von etwas Hektischem, Unsicherem.

»Alles in Ordnung?«, fragte ihre Schwester sie. »Ich habe es nicht geschafft, dich herumzuführen und den Leuten vorzustellen, ich überlasse dich einfach dir selbst.«

»Alles in Ordnung«, sagte Eileen. »Ich habe was zu trinken.«

Sie hatte es aufgegeben, zu fragen, was sie tun konnte, um zu helfen. Sie hatte es aufgegeben, sich nach etwas umzuschauen, was sie tun konnte. Die Küche, das Esszimmer waren voller Frauen, die wussten, wo alles hingehörte, aber sie hatten auch nicht mehr Glück als Eileen. June war ihnen allen zuvorgekommen. An alles war gedacht worden, alles war getan worden.

Die Wände und die hohe, schräge Decke des Wohnzimmers waren aus warmem Holz; der Teppichboden und die Vorhänge waren dick, cremefarben und weich. Eileen trank Wodka. Die Vorhänge waren nicht zugezogen, und so sah sie alle in ihren prächtigen, verwirrenden Gewandungen (auch sie selbst, entgegen ihren eigenen strengeren Maßstäben, in einem dunkelblauen, mit silbernen Fäden bestickten Kaftan), wie sie umhergingen, tranken, plauderten, vor dem Hintergrund des späten Nachmittags, des frühen Abends. Vor der regnerischen Dunkelheit sah sie alle hell beleuchtet, beschützt. Sie sah den Lichterteppich, das war die Innenstadt, den Streifen Schwärze, das war das Wasser.

»Wissen Sie, wo Sie sind?«, fragte der Ehemann. »Sie sind auf der Flanke vom Hollyburn Mountain. Da drüben ist Point Grey.« Er führte sie näher ans Fenster, damit er ihr genau gegenüber die Lions Gate Bridge zeigen konnte, eine ferne Kette aus sich bewegenden Lichtern.

»Phantastische Aussicht«, sagte er.

Eileen pflichtete ihm bei.

Er war ein Nachbar, erzählte er ihr, er hatte sich ein Haus ein bisschen weiter oben am Hang gebaut. Wie viele reiche Leute schien er voll einer aufrichtigen und ratlosen, fast bedrückenden Hoffnung zu stecken, alles bekommen zu haben, was ihm zustand.

»Wir hatten früher ein Haus in North Vancouver«, sagte er. »Und ich war mir lange nicht sicher, ob es richtig war, es aufzugeben. Ich war nicht sicher, ob mir diese Aussicht ebenso gefallen würde. Früher blickten wir auf den Hang dieses Berges, genau dahin, wo wir jetzt sind, und auf die Brücke und die Innenstadt, und an einem klaren Tag konnten wir Vancouver Island sehen. Wenn man nach Westen schaute, bekam man die Sonnenuntergänge mit. Herrlich. Aber jetzt liebe ich das hier ebenso sehr, ich will auf keinen Fall zurück.«

»Mögen Sie immer schöne Aussichten?«, fragte Eileen.

»Immer schöne Aussichten?«, wiederholte er und zeigte durch das Neigen des Kopfes, die toleranten Augenbrauen, dass er damit rechnete, umgarnt zu werden.

»Mal angenommen, Sie haben schlechte Laune, Sie fühlen sich sehr niedergeschlagen, und Sie stehen auf, und hier vor Ihnen ist diese herrliche Aussicht. Die ganze Zeit über, Sie können ihr nicht entkommen. Haben Sie nicht manchmal das Gefühl, ihr nicht gewachsen zu sein?«

»Ihr nicht gewachsen?«

»Ein schlechtes Gewissen«, sagte Eileen hartnäckig, obwohl es ihr bereits leidtat. »Weil Sie nicht besserer Laune sind. Weil Sie … die Aussicht gerade nicht wert sind?« Sie trank einen großen Schluck und wünschte sich natürlich, sie hätte nie davon angefangen.

»Aber sobald ich die schöne Aussicht sehe«, sagte der Mann triumphierend, »kann ich nicht mehr schlechter Laune sein. Diese Aussicht tut mehr für mich als ein paar Drinks. Mehr als das Zeug, das die da unten haben. Außerdem glaube ich nicht an schlechte Laune. Das Leben ist zu kurz.«

Bei diesen Worten fiel ihm ein, dass sie eigentlich nicht auf einer Party waren.

»Das Leben ist zu kurz. Ohne Sinn und Verstand, die Dinge, die so passieren. Oder? Ihre Schwester ist phantastisch. Ewart auch.«

Eileen ging den Flur entlang zum Gästezimmer, in der Hand einen neuen, starken Drink. Sie kam an der Tür des Zimmers vorbei, in dem die kleineren Kinder spielten. Die Kinder von Freunden, die mit Junes kleinen adoptierten Töchtern spielten. Sie spielten Quartett. Eileen blieb stehen und schaute ihnen zu. Irgendwie schüchterten die indianischen Kinder sie ein, sie fühlte sich vor ihnen auf dem Prüfstand. Natürlich geschah das, wenn June dabei war; sie spürte, wie June lauschte, aufpasste – nahezu vibrierend vor Eifer, Fehler in ihrer Einstellung zu entdecken. Wer würde jetzt glauben, dass auch June, ebenso wie Eileen, zu Hause oft in dem Pidginenglisch-Singsang geredet hatte, abgelauscht dem chinesischen Ehepaar in dem Becker-Street-Grünkramladen? Eileen betrachtete die glatten, braunen Gesichter der indianischen Kinder. Was waren sie – Junes Orden, Trophäen? Sie vermochte die Kinder nicht zu sehen, nur June.

Sie schloss die Tür des Gästezimmers, legte sich im Dunkeln aufs Bett. Sie schlug die Beine übereinander, stopfte sich das Kissen hinter den Kopf und hielt immer noch das Glas in der Hand, das auf ihrem Bauch ruhte. Sie war an dem Punkt angelangt, zu dem sie in Junes Haus immer gelangte. Douglas änderte nichts daran, der Tod änderte nichts daran. Sie wurde von einer Lähmung überkommen, konnte sich nicht behaupten. In diesem Haus machten ihr Leben, ihre Möglichkeiten (wenn sie denn welche hatte), sie selbst keinen günstigen oder gar stimmigen Eindruck. Es musste zugegeben werden, dass sie aufs Geratewohl lebte, sie hatte zu viel Zeit vergeudet, sie tat nur weniges gut. Egal, wie all das aussah, wenn sie fort von hier war, wenn sie es in komische Geschichten für ihre Freunde verwandelte. Noch dazu hatte sie nicht helfen können.

Im Flugzeug hatte sie sich vorgestellt, dass sie Plätzchen backen würde. Als wenn das in Junes Küche möglich wäre.

Die Nachricht, dass ihr Vater tot war, im Krieg gefallen, war aus irgendeinem Grund über das Telefon gekommen, um zehn oder elf Uhr abends. Ihre Mutter hatte Plätzchen gebacken und Tee gekocht und Eileen geweckt, um mit ihr zu teilen. June nicht, die war noch zu klein. Sie gönnten sich Marmelade. Eileen war gierig, aber ängstlich. Ihre Mutter, die die meiste Zeit über eine gefährliche Person war, voller rätselhafter Kränkungen, unsagbarer Beschwerden, schien ihre normale Haltung aufgegeben zu haben, neutral geworden zu sein, anspruchslos, ja sogar schüchtern. Sie sagte ihr nichts von der Nachricht. (Am nächsten Morgen weckte sie beide mit langem weißem Gesicht, einem unwillkommenen Kuss und vorbereiteter Stimme. *Daddy ist tot.*) Jahre später hatte Eileen versucht, mit June über das nächtliche Plätzchenfest zu reden, über die Verwandlung ihrer Mutter in eine zarte und stille Person, in eine beinahe, beinahe – damals beider größte Hoffnung – normale Frau. June sagte, sie hätte das alles verarbeitet.

»Schon vor Jahren, und auch in Gestaltpsychologie. Hauptsächlich in Gestaltpsychologie. Ich habe alles verarbeitet und bin damit fertig.«

Ich habe nichts verarbeitet, dachte Eileen. Und weiter: *Ich glaube nicht, dass die Dinge dazu da sind, verarbeitet zu werden.*

Menschen sterben; sie leiden, sie sterben. Ihre Mutter war an einer gewöhnlichen Lungenentzündung gestorben, nach all dem Irrsinn. Krankheiten und Unfälle. Sie müssten respektiert und nicht erklärt werden. Worte waren alle schmählich. Sie müssten vor Scham zerbröckeln.

Die Worte des Propheten, die am Nachmittag auf der Gedenkfeier verlesen worden waren, hatten Eileen empört. Welch ein Betrug, dachte sie, welch eine Unverschämtheit. Unabsichtlich – dargereicht als die moderne Entsprechung von Frömmigkeit –, aber das war keine Entschuldigung. Jetzt, in ihren betrunkenen Gedankengängen, erkannte sie, dass keine Worte besser gepasst hätten. *In der sicheren und gewissen Hoffnung* ... Kein Betrug in den Worten, aber welch ein Betrug, sie jetzt zu sagen. Schweigen war das einzig Mögliche.

Früher einmal hatten sie und June mehr Achtung verdient als jetzt. Früher einmal waren sie weniger abstoßend gewesen. Stimmte das nicht? Auch Ewart, auch die Nachbarn, auch die Unitarier. Früher einmal war darauf Verlass, dass wir alle wussten, was wir meinten, aber jetzt nicht mehr, obwohl wir es alle gut meinen. June ist in der Selbstfindungsgruppe gewesen, sie hat Yoga gelernt, sie hat es mit Transzendentaler Meditation probiert; sie ist nackt mit anderen in einem warmen Swimmingpool auf einer teuren Insel gewesen. Eileen für ihr Teil, sie hat viel gelesen und weiß, wie man an allen Sorten von Gemeinheit Anstoß nimmt. Eigentlich müsste es ihnen besser gehen als ihrer Mutter. Aber etwas stimmt trotzdem nicht. Das Einzige, auf das wir hoffen können, ist, dass wir hin und wieder in die Realität zurückfallen, denkt Eileen und nickt für ein paar Sekunden ein, um erschreckt aufzuwachen und das Glas zu umklammern.

Beinahe verschüttet. Über den Teppich, die Bettdecke. Sie trank alles aus, was noch in dem Glas war, stellte es auf den Nachttisch und schlief fast sofort ein.

Sie erwachte immer noch betrunken, ohne eine Ahnung von der Uhrzeit. Im Haus war es still. Sie stand auf mit dem Gedanken, sich für die Nacht umziehen zu müssen. Erst einmal ging sie ins Badezimmer, in ihrem dunkelblauen Kaftan, und dann in die Küche, um auf die elektrische Uhr zu schauen. In der Küche brannte Licht. Es war erst Viertel nach elf.

Sie trank ein volles Glas kaltes Wasser aus, denn sie wusste aus Erfahrung, es würde ihre Kopfschmerzen am nächsten Morgen lindern oder, wenn sie Glück hatte, ganz verhindern. Sie ging aus der Seitentür hinaus zur Garage, in der Hoffnung, dort vom Regen geschützt zu stehen und frische Luft zu schöpfen. Das Tor stand auf. Schwankend tastete sie sich an der Wand entlang vorbei an dem zusammengerollten Gartenschlauch und den aufgehängten Geräten. Sie hörte jemanden kommen, war aber unbesorgt. Sie war zu betrunken. Ihr war egal, wer es war oder was man von ihr dachte, wenn man sie dort fand.

Es war Ewart. Mit einer Gießkanne.

»June?«, fragte er. »June? Ach, Eileen. Ich habe sowieso nicht kapiert, wie es June sein kann. Sie hat zwei Schlaftabletten genommen.«

»Was machst du da?«, fragte Eileen. Ihr Tonfall war betrunken, herausfordernd, aber nicht wirklich auf Streit erpicht.

»Ich gieße.«

»Es regnet. Ewart, du bist ein Idiot.«

»Es regnet nicht mehr.«

»Es hat aber geregnet. Ich habe es gesehen, als wir im Wohnzimmer waren.«

»Ich musste die neuen Sträucher gießen. Sie brauchen am Anfang unglaublich viel Wasser. Man kann sich nicht darauf verlassen, dass der Regen reicht. Schon gar nicht am ersten Tag.«

Er stellte die Gießkanne weg. Er kam um die Autos herum auf sie zu.

»Eileen. Du gehst besser rein. Du hast viel getrunken. June hat bei dir reingeschaut. Sie sagte, du warst völlig weggetreten.«

Er war auch betrunken. Sie merkte es nicht an seiner Stimme oder an der Art, wie er sich bewegte, sondern an einer gewissen Schwere, einer Festigkeit und Hartnäckigkeit, mit der er vor ihr stand.

»Eileen. Du hast geweint. Das ist sehr lieb von dir.«

Nicht um Douglas, sie hatte nicht um Douglas geweint.

»Weißt du, Eileen, es war eine große Hilfe für June, dich hierzuhaben.«

»Ich habe nichts getan. Ich wünschte, ich könnte etwas tun.«

»Dich einfach hierzuhaben. June schätzt dich sehr.«

»Ach, ja?«, fragte Eileen, nicht ungläubig. Wie Ewart die Höflichkeit zu Gebote stand, sogar, wenn sie beide betrunken waren!

»Sie bringt es manchmal nicht fertig, aus sich herauszugehen. Sie wirkt … weißt du, manchmal wirkt sie ein bisschen … herrschsüchtig. Sie ist sich dessen bewusst. Aber es ist schwer, sich zu ändern.«

»Eileen.« Ewart ging zwei Schritte, die ihn in Kontakt mit ihr brachten.

Eileen war eine gastfreie Frau, besonders in betrunkenem Zustand. Diese Umarmung kam für sie nicht völlig überraschend. Sie war vorhersehbar, obwohl sie nicht hätte sagen können, wodurch. Vielleicht war bei Eileen – alleinstehend, launisch, zuzeiten erstaunlich schwach und dann wieder recht energisch – solch eine Umarmung immer vorhersehbar. Und sie gestand sich, gar nicht einmal ungern, wie konnte sie sich ohne grobe Unfreundlichkeit entziehen? Selbst wenn dies nicht in ihren Plänen enthalten gewesen war, konnte sie ihre Erwartungen genug herumschieben, um dafür Platz zu schaffen, und denken, was sie meistens in solchen Augenblicken dachte: Warum nicht?

Solche Frauen, Frauen, die so denken, werden im Allgemeinen für antriebslos gehalten, für willensschwach, dumpfe Gefäße, bemitleidenswert. Viele Frauen äußern diese Meinung, auch Männer, und zwar genau die Männer, die diese Frauen mit allen Anzeichen von Dankbarkeit und Genuss beschlafen haben. Eileen wusste das. Sie fand das weit von der Wahrheit entfernt. Sie nahm an, dass sie leicht erregbar war. Im Augenblick nicht so sehr; sie versprach sich keine große Befriedigung von ihrem Schwager Ewart – der sie jetzt, mit mehr Entschlossenheit und Geschick, als sie ihm zugetraut hätte, zum Rücksitz des größeren Autos lenkte –, aber sie tat mehr als ihn nur zu erdulden. Fast immer tat sie mehr als das. Sie mochte in diesen Augenblicken das Gesicht der Männer. Sie mochte ihre Ernsthaftigkeit – wunderbar hingegebene und nackte Ernsthaftigkeit, der Wirklichkeit gewidmet, ihrer eigenen Wirklichkeit.

Die Wiederholung ihres Namens war alles, was er an Sprache herausbrachte. Das war ihr schon öfter passiert. Was meinte Ewart mit diesem Namen, was bedeutete ihm Eileen? Frauen müssen sich das fragen. Nicht allzu bequem auf einen Autositz niedergedrückt – ein Bein angewinkelt und auf die Lehne geklemmt, von einem Krampf bedroht –, lauern sie immer noch auf Hinweise, merken sich alles eilig, um es später zu bedenken. Sie müssen glauben, dass mehr vor sich geht, als vorzugehen scheint; das ist ein Teil des Problems.

Was Eileen Ewart bedeutete, sagte sie sich selbst hinterher, war Verwirrung. Das Gegenteil von June, war sie das nicht? Deshalb ist es nur natürlich, wenn sich ein Mann, der seine Ehefrau liebt und fürchtet, in seinem Schmerz dorthin wendet. Für ein kurzes, erholsames Eintauchen. Eileen ist ziellos und verantwortungslos, sie kommt aus demselben Teil der Welt, aus dem Unfälle kommen. Er liegt in ihr, um all das anzuerkennen, sich all dem auszuliefern – allerdings nur vorübergehend, ungefährdet –, was seinen Sohn geholt hat, worüber in seinem Haus nicht gesprochen werden kann. Und so kann Eileen mit ihrem fruchtbaren Hintergrund großer Belesenheit, ihrer Gewohnheit der flinken Analyse (Gegenstand und Richtung anders als bei June, aber die Gewohnheit doch gar nicht so anders) es später erklären und für sich selbst einordnen. Ohne zu wissen, ohne je zu wissen, ob das nicht alles literarisch, nur Einbildung ist. Der Körper einer Frau. Vor und während des Geschlechtsaktes scheinen sie diesen Körper mit bestimmten individuellen Kräften auszustatten, sie sagen seinen Namen auf eine Weise her, die etwas Besonderes anzeigt, etwas Einzigartiges, schon immer Gesuchtes. Hinterher scheinen sie ihre Meinung geändert zu haben, es versteht sich nun von selbst, dass solche Körper austauschbar sind. Die Körper von Frauen.

Eileen war dabei, zu packen. Sie faltete den verknitterten, fleckigen Kaftan zusammen und legte ihn ganz unten in den Koffer, hastig, falls June, die schon zwei oder drei Mal an ihrer Tür vorbeigegangen war, beschloss, hereinzukommen. Sie war mit June allein im Haus. Die Kinder waren heute alle wieder in der Schule, und Ewart war in die Stadt gefahren, um Rohre für das Bewässerungssystem zu besorgen. June wollte Eileen zum Flughafen fahren.

June kam tatsächlich herein. »Zu schade, dass du so bald los musst«, sagte sie. »Ich habe das Gefühl, wir haben nichts für dich getan. Mit dir nichts unternommen. Wenn du bloß ein paar Tage länger bleiben könntest.«

»Hab ich doch gar nicht erwartet«, sagte Eileen. Sie war nicht entsetzt, wie sie es am ersten Tag gewesen wäre, nicht überrascht. Sie wusste, wenn sie ein paar Tage länger bliebe, würde June sich Mühe geben, ihr die Stadt zu zeigen, obwohl sie sie schon gesehen hatte. Sie würde zum Sessellift gefahren, durch die Parks kutschiert und zu den Totempfählen gebracht werden.

»Du musst mal zu einem richtigen Besuch kommen«, sagte June.

»Ich habe dir nicht so geholfen, wie ich vorhatte«, sagte Eileen. Kaum war der Satz heraus, schon stülpte er sich um und grinste sie an. Dies war ein Tag, an dem sie nichts sagen konnte, ohne dass es danebenging.

»Ich packe immer mehr ein, als ich brauche.«

June setzte sich aufs Bett. »Weißt du, er ist nicht bei dem Unfall ums Leben gekommen.«

»Nicht?«

»Nicht bei dem eigentlichen Unfall. Der kann gar nicht so schlimm gewesen sein. Die anderen haben nur Schrammen abgekriegt. Wahrscheinlich war er benommen. Er war bestimmt benommen. Er ist aus dem Auto gestiegen, alle sind ausgestiegen. Das Auto stand in ganz komischem Winkel auf der Böschung. Es war quasi die Böschung raufgefahren, verstehst du, und lag auf der Seite, es muss auf der Seite gelegen haben, so« – June hielt eine Hand mit gespreizten, leicht zitternden Fingern auf die andere – »aber auch auf einer Ecke, irgendwie … gekippt. Ich begreife einfach nicht, wie es gewesen sein kann. Ich versuche es mir vorzustellen, aber es gelingt mir einfach nicht. Ich meine, ich begreife nicht, in welchem Winkel es gewesen sein muss und wie es hoch genug gewesen sein kann. Es ist auf ihn gefallen. Das Auto ist einfach … es ist auf ihn gefallen, und er war tot. Ich weiß nicht, wie er gestanden hat. Oder vielleicht hat er gar nicht gestanden. Verstehst du, er kann … rausgekrochen sein und versucht haben, sich aufzurichten. Aber ich begreife einfach nicht, wie. Kannst du es dir vorstellen?«

»Nein«, sagte Eileen.

»Ich auch nicht.«

»Wer hat dir das gesagt?«

»Einer von den Jungen, die … einer von den anderen Jungen hat es seiner Mutter erzählt, und die hat es mir erzählt.«

»Vielleicht war das grausam.«

»Nein, nein«, sagte June nachdenklich. »Nein. Finde ich nicht. Man will es doch wissen.«

Im Spiegel über der Frisierkommode konnte Eileen das Gesicht ihrer Schwester sehen, das gesenkte Profil, das wartete, vielleicht verlegen, nun, wo diese Opfergabe dargebracht worden war. Auch ihr eigenes Gesicht, das sie mit seiner wunderbar angemessenen Miene von taktvoller Besorgnis überraschte. Sie war müde und fror, eigentlich wollte sie nur noch weg. Es kostete sie Anstrengung, die Hand auszustrecken. Taten, ohne Glauben getan, können den Glauben wiederherstellen. Sie glaubte daran, mit aller Energie, die sie in dem Augenblick aufbringen konnte, musste sie daran glauben und hoffen, dass es stimmte.

Das Tal von Ottawa

Manchmal stelle ich mir meine Mutter in einem Warenhaus vor. Ich weiß nicht, warum, ich war nie mit ihr in einem; das reiche Angebot dort, die solide Geschäftigkeit hätten sie, meine ich, zufriedengestellt. Ich denke natürlich an sie, wenn ich jemanden auf der Straße sehe, der an der Parkinson'schen Krankheit leidet, und in letzter Zeit immer häufiger, wenn ich in den Spiegel schaue. Auch in der Union Station in Toronto, denn als ich zum ersten Mal dort war, da war das mit ihr und meiner kleinen Schwester. In einem Sommer während des Krieges, wir warteten auf den Anschlusszug; wir fuhren mit ihr nach Hause, mit meiner Mutter, in ihr altes Zuhause im Tal von Ottawa.

Eine Kusine, mit der sie sich zwischen den Zügen treffen wollte, erschien nicht. »Wahrscheinlich konnte sie nicht weg«, sagte meine Mutter, sie saß in einem Ledersessel im dunkel getäfelten Damenwartesaal, der jetzt mit Brettern vernagelt ist. »Sicher gab es etwas zu tun, was niemand anders erledigen konnte.« Die Kusine war Anwältin und arbeitete bei, wie meine Mutter in ihrer kategorischen Art immer erklärte, »der führenden Anwaltskanzlei der Stadt«. Einmal hatte sie uns besucht, in einem großen schwarzen Hut und einem schwarzen Kostüm, mit Lippen und Fingernägeln wie Rubine. Ihren Mann brachte sie nicht mit. Der war Alkoholiker. Meine Mutter erwähnte immer, dass ihr Mann Alkoholiker war, sofort, nachdem sie verkündet hatte, dass sie einen wichtigen Posten in der führenden Anwaltskanzlei der Stadt bekleidete. Beides schien einander auszugleichen, auf unvermeidbare und schlimme Art miteinander verbunden zu sein. In gleicher Weise sagte meine Mutter von einer Familie, die wir kannten, dass sie alles hatte, was sich mit Geld kaufen ließ, aber dass der einzige Sohn Epileptiker war, oder dass die Eltern der einzigen Person aus unserer Stadt, die zu bescheidener Berühmtheit gelangt war, einer Pianistin namens Mary Renwick, gesagt hatten, dass sie den Ruhm ihrer Tochter gern für zwei Babyhändchen hingeben würden. *Zwei Babyhändchen?* In ihrem Universum warf das Glück immer auch einen Schatten.

Meine Schwester und ich gingen in die Bahnhofshalle, die mit ihren hell erleuchteten Geschäften wie eine Straße war und mit dem hohen, gewölbten Dach und den großen Fenstern an jedem Ende wie eine Kirche. Sie war erfüllt vom Donner der Züge, die gleich hinter den Wänden vorbeizufahren schienen, und von einer mächtigen, wohlklingenden Lautsprecherstimme, die kaum zu verstehende Ortsnamen verkündete. Mit dem Geld, das wir bekommen hatten, kaufte ich mir eine Filmillustrierte, und meine Schwester kaufte sich Schokoladenriegel. Ich wollte zu ihr sagen: »Gib mir einen Haps ab, oder ich zeige dir nicht den Weg zurück«, aber sie war so eingeschüchtert von der Pracht des Ortes oder verängstigt durch ihre Abhängigkeit von mir, dass sie unaufgefordert ein Stück abbrach.

Am späten Nachmittag stiegen wir in den Zug nach Ottawa. Wir waren von Soldaten umgeben. Meine Schwester musste bei meiner Mutter auf dem Schoß sitzen. Ein Soldat, der vor uns saß, drehte sich um und scherzte mit mir. Er sah Bob Hope sehr ähnlich. Er fragte mich, aus welcher Stadt ich kam, und sagte dann: »Gibt's da schon Häuser, höher als das Erdgeschoss?«, genauso scharf, todernst und klugscheißerisch, wie Bob Hope es gesagt hätte. Ich dachte, vielleicht war er wirklich Bob Hope und reiste inkognito in der Uniform eines einfachen Soldaten durchs Land. Das kam mir nicht unwahrscheinlich vor. Außerhalb meiner Heimatstadt – oder zumindest so weit fort davon – schien mir gut möglich zu sein, dass all die Großen und Berühmten der Welt frei umherschweben und irgendwo auftauchten.

Tante Dodie holte uns im Dunkeln am Bahnhof ab und fuhr uns zu ihrem Haus, meilenweit draußen auf dem Land. Sie war klein, hatte ein spitzes Gesicht und lachte am Ende jedes Satzes. Sie fuhr ein altes rechteckiges Auto mit Trittbrettern.

»Na, ist Ihre Majestät erschienen, um sich mit dir zu treffen?«

Sie meinte damit die Anwältin, die in Wahrheit ihre Schwester war. Tante Dodie war eigentlich gar nicht unsere Tante, sondern Mutters Kusine. Sie redete nicht mit ihrer Schwester.

»Nein, sie muss beschäftigt gewesen sein«, sagte meine Mutter neutral.

»Ah, beschäftigt«, sagte Tante Dodie. »Sie ist damit beschäftigt, sich die Hühnerkacke von den Schuhen zu kratzen. Was?« Sie fuhr schnell, über Furchen und Schlaglöcher.

Meine Mutter winkte der Schwärze auf beiden Seiten von uns zu. »Kinder! Kinder, das ist das Tal von Ottawa!«

Es war kein Tal. Ich hielt nach Bergen oder wenigstens Hügeln Ausschau, aber alles, was ich am Morgen erblickte, waren nur Felder und Wald und Tante Dodie draußen vor dem Fenster, die einem Kalb einen Eimer mit Milch hinhielt. Das Kalb stieß den Kopf so heftig in den Eimer, dass die Milch herausschwappte, und Tante Dodie lachte und schimpfte und schlug es, damit es langsamer trank. Sie nannte es einen Scheißer. »Gieriger kleiner Scheißer!«

Sie hatte ihre Melksachen an, die vielschichtig und vielfarbig, zerlumpt und flatterig waren wie die Kleidung einer Bettlerin in einer Schüleraufführung. Ein Männerhut, der fast nur noch aus der Krempe bestand, saß – zu welchem Zweck? – auf ihrem Kopf.

Meine Mutter hatte mich nie darauf vorbereitet, dass wir mit Leuten verwandt waren, die sich so kleideten oder das Wort Scheißer benutzten. »Ich dulde keinen Unflat«, sagte meine Mutter immer. Aber offenbar duldete sie Tante Dodie. Sie sagte, sie wären wie Schwestern gewesen, als sie aufwuchsen. (Die Anwältin, Bernice, war älter gewesen und früh von zu Hause fortgegangen.) Dann sagte meine Mutter meistens, dass Tante Dodie ein tragisches Leben gehabt hatte.

Tante Dodies Haus war kahl. Es war das ärmste Haus, in dem ich mich je aufgehalten hatte. Aus dieser Entfernung sah unser eigenes Haus – das ich immer für arm gehalten hatte, denn wir wohnten zu weit außerhalb der Stadt, um eine Toilette mit Spülung oder fließendes Wasser zu haben, und gewiss hatten wir keine wahren Anzeichen von Luxus wie Jalousien – sehr gemütlich eingerichtet aus, mit seinen Büchern und dem Klavier und dem guten Geschirr und dem einen Teppich, der gekauft und nicht aus Lumpen gemacht worden war. In Tante Dodies guter Stube gab es nur einen zu hart gepolsterten Sessel und einen Zeitungsständer voll mit alten Sonntagsschulschriften. Tante Dodie lebte von ihren Kühen. Ihr Land lohnte sich nicht für den Ackerbau. Jeden Morgen, nachdem sie mit dem Melken und Zentrifugieren fertig war, lud sie die Kannen auf die Ladefläche ihres Kleinlasters und fuhr sieben Meilen weit zur Molkerei. Sie lebte in ständiger Furcht vor dem Milchkontrolleur, der herumfuhr und Kühe für tuberkulös erklärte, und zwar, so gab sie uns zu verstehen, aus reiner Bosheit, um kleine Farmer kaputt zu machen. Er stand im Dienst der Großindustrie, sagte Tante Dodie.

Die Tragödie in ihrem Leben war, dass sie sitzengelassen worden war. »Wusstet ihr«, fragte sie, »dass ich sitzengelassen worden bin?« Meine Mutter hatte gesagt, dass wir das nie erwähnen durften, und da stand Tante Dodie in ihrer eigenen Küche, wusch das Geschirr vom Mittag ab, wobei ich es abtrocknete und meine Schwester es wegstellte (meine Mutter musste sich ausruhen), und sagte stolz »sitzengelassen«, wie jemand sagen würde: »Wusstet ihr, dass ich Kinderlähmung hatte?« oder irgend solch eine schlimme, bedeutende Krankheit.

»Ich hatte meine Hochzeitstorte gebacken«, sagte sie. »Ich hatte mein Hochzeitskleid an.«

»War es aus Satin?«

»Nein, es war aus schöner dunkelroter Merinowolle, denn es war eine Hochzeit im Spätherbst. Wir hatten den Pfarrer da. Alles war vorbereitet. Mein

Vater rannte immer wieder auf die Straße und hielt nach ihm Ausschau. Es wurde dunkel, und ich sagte, Zeit, rauszugehen und die Kühe zu melken! Ich hab mein Kleid ausgezogen und hab's nie wieder angezogen. Ich hab's verschenkt. Viele Mädchen hätten geweint, aber ich, ich hab gelacht.«

Meine Mutter erzählte dieselbe Geschichte und sagte: »Als ich zwei Jahre danach zu Hause war und bei ihr gewohnt habe, bin ich nachts immer aufgewacht und habe sie weinen hören. Jede Nacht.«

Ich war schon in der Kirche,
Stand vor dem Traualtar,
Stand vor dem Traualtar,
Doch rat mal, wer nicht kam,
Das war der Bräutigam,
Das war der Bräutigam,
Ließ elend mich im Stich.

Tante Dodie sang uns das vor, während sie an ihrem runden Tisch mit der gescheuerten Wachstuchdecke das Geschirr abwusch. Ihre Küche war groß wie ein Haus, mit einer Hintertür und einer Vordertür; ständig wehte ein Lüftchen. Sie hatte eine selbstgebaute Eiskiste, wie ich sie noch nie gesehen hatte, mit einem großen Eisklotz darin, den sie in einem Bollerwagen aus dem Eishaus holte. Das Eishaus selbst war bemerkenswert, ein überdachter Unterstand, in dem das im

Winter aus dem See gesägte Eis im Sommer in Sägemehl lagerte.

»War's natürlich nicht«, sagte sie, »in meinem Fall war's nicht die Kirche.«

Hinter den Feldern von Tante Dodie lebte auf der nächsten Farm der Bruder meiner Mutter, Onkel James, mit seiner Frau, Tante Lena, und acht Kindern. Das war das Haus, in dem meine Mutter aufgewachsen war. Es war ein größeres Haus mit mehr Möbeln, aber trotzdem draußen nicht angestrichen, dunkelgrau. Die Möbel bestanden hauptsächlich aus hohen, hölzernen Bettgestellen mit Federbetten und dunklen, geschnitzten Kopfbrettern. Unter den Betten standen Nachttöpfe, die nicht jeden Tag geleert wurden. Wir gingen dorthin zu Besuch, aber Tante Dodie kam nicht mit. Sie und Tante Lena sprachen nicht miteinander. Aber Tante Lena sprach mit niemandem viel. Sie war ein sechzehn Jahre altes Mädchen aus der tiefsten Provinz gewesen, sagten meine Mutter und Tante Dodie (was die Frage aufwarf, was war dann das hier?), als Onkel James sie heiratete. Zu jener Zeit muss sie seit zehn oder zwölf Jahren verheiratet gewesen sein. Sie war groß und gerade, hinten und vorne flach wie ein Brett – obwohl sie noch vor Weihnachten ihr neuntes Kind austragen sollte –, mit dunklen Sommersprossen und großen, dunklen, etwas entzündeten Augen wie die Augen von Tieren.

Alle Kinder hatten sie geerbt statt der sanften blauen von Onkel James.

»Als deine Mutter starb«, sagte Tante Dodie, »ach, ich kann sie noch hören. Fass das Handtuch nicht an! Nimm dein eigenes Handtuch! Krebs, sie dachte, den kann man sich einfangen wie Masern. So beschränkt war sie.«

»Ich kann ihr nicht verzeihen.«

»Und sie ließ keins von den Kindern an sich ran. Ich musste selbst rübergehen, um deine Mutter immer zu waschen. Ich hab alles mitangesehen.«

»Ich kann ihr nie verzeihen.«

Tante Lena war die ganze Zeit über starr vor dem, was ich jetzt als panische Angst erkenne. Sie erlaubte ihren Kindern nicht, im See zu baden, aus Angst, sie könnten ertrinken, sie erlaubte ihnen im Winter nicht, Schlitten zu fahren, aus Angst, sie könnten vom Schlitten fallen und sich den Hals brechen, sie erlaubte ihnen nicht, Schlittschuhlaufen zu lernen, aus Angst, sie könnten sich die Beine brechen und fürs Leben verkrüppelt sein. Sie schlug sie ständig, aus Angst, sie könnten zu Faulenzern oder Lügnern oder Tollpatschen heranwachsen, die vieles kaputt machten. Faul waren sie nicht, aber kaputt machten sie vieles; andauernd sausten sie los und grapschten nach allem; und sie waren natürlich alle Lügner, sogar die kleinsten, brillante, instinktive Lügner, die sogar logen, wenn es nicht erforderlich war, einfach zur

Übung und vielleicht aus Spaß daran. Ständig verrieten und verbargen sie, schmiedeten und brachen Bündnisse; sie hatten die raffiniertesten und rücksichtslosesten politischen Instinkte. Sie heulten, wenn sie geschlagen wurden. Stolz war ein Luxus, den sie schon lange nicht mehr kannten oder nie gekannt hatten. Wenn du vor Tante Lena nicht heultest, wann hörte sie dann je auf? Ihre Arme waren so lang und stark wie die eines Mannes, ihr Gesicht starr von ferner, unerreichbarer Wut. Aber schon fünf Minuten oder drei Minuten hinterher hatten ihre Kinder alles vergessen. Bei mir konnte solch eine Demütigung wochenlang nachwirken oder lebenslang.

Onkel James hatte den irischen Singsang beibehalten, den meine Mutter ganz und Tante Dodie halb verloren hatten. Seine Stimme war entzückend, wenn er die Namen der Kinder nannte. Mar-ie, Ron-ald, Ru-thie. Er sagte ihre Namen so zärtlich, tröstend und vorwurfsvoll, als seien die Namen oder die Kinder selbst Streiche, die man ihm spielte. Aber er bewahrte sie nie vor Schlägen, protestierte nie dagegen. Man hätte meinen können, all das hatte nichts mit ihm zu tun. Man hätte meinen können, Tante Lena hatte nichts mit ihm zu tun.

Das jüngste Kind schlief im Bett der Eltern, bis ein neues Baby es ablöste.

»Früher kam er mich immer besuchen«, sagte Tante Dodie. »Was haben wir zusammen gelacht! Er brachte immer zwei, drei von den Kindern mit, aber dann nicht mehr. Ich weiß auch, warum. Sie hätten ihn verpetzt. Dann ist er selber auch nicht mehr gekommen. Sie führt das Regiment. Aber er rächt sich an ihr, und ob!«

Tante Dodie bezog keine Tageszeitung, nur die wöchentliche, die in der Stadt erschien, in der sie uns abgeholt hatte.

»Hier steht was über Allen Durrand.«

»Allen Durrand?«, fragte meine Mutter unsicher.

»Ach, der ist jetzt ein großer Holstein-Mann. Er hat eine West geheiratet.«

»Was steht denn da?«

»Was von der Konservativen Vereinigung. Ich wette, er will nominiert werden. Da wette ich.«

Sie saß im Schaukelstuhl, hatte die Stiefel ausgezogen und lachte. Meine Mutter saß an einen Verandapfosten gelehnt. Beide schnippelten Wachsbohnen fürs Einwecken.

»Ich dachte gerade daran zurück, wie wir ihm die Limonade gegeben haben«, sagte Tante Dodie und drehte sich zu mir um. »Damals war er bloß ein frankokanadischer Junge, der hier im Sommer ein paar Wochen lang gearbeitet hat.«

»Nur sein Name war französisch«, sagte meine Mutter. »Er hat ihn nicht mal französisch ausgesprochen.«

»Davon ist jetzt nichts mehr zu merken. Er hat sogar die Religion gewechselt, geht jetzt in die St. John's-Kirche.«

»Er war immer intelligent.«

»Da kannst du drauf wetten. Ha, intelligent! Aber wir haben ihn mit der Limonade reingelegt.

Stell dir den allerheißesten Tag im Sommer vor. Deiner Mutter und mir machte er nicht so viel aus, wir konnten im Haus bleiben. Aber Allen musste auf dem Heuboden sein. Es war Heuernte, musst du wissen. Mein Vater brachte das Heu ein, und Allen verteilte es. Ich wette, James hat auch dabei geholfen.«

»James lud es auf«, sagte meine Mutter. »Dein Vater verstaute es und fuhr den Wagen.«

»Und Allen hatten sie auf den Heuboden gesteckt. Du machst dir keine Vorstellung, wie ein Heuboden an so einem Tag ist. Die Hölle auf Erden. Also dachten wir, es wäre eine gute Idee, ihm etwas Limonade zu bringen ... Nein, ich greife voraus. Ich wollte erst von der Latzhose erzählen.

Allen hatte mir diese Latzhose zum Flicken gebracht, als die Männer sich zum Mittagessen hinsetzten. Er selbst hatte eine wollene alte Anzughose an und ein Arbeitshemd, muss ihn umgebracht haben, obwohl er das Hemd wahrscheinlich ausgezogen hat, als er in die Scheune kam. Aber er hat bestimmt die Latzhose anziehen wollen, weil sie nicht so warm ist, verstehst du, luftiger. Ich hab vergessen, was daran geflickt werden musste, irgendeine Kleinigkeit. Er muss in der alten Hose schlimm gelitten haben, dass er sich dazu überwunden hat, darum zu bitten, denn er war schrecklich schüchtern. Da war er … wie alt?«

»Siebzehn«, sagte meine Mutter.

»Und wir beide achtzehn. Das war das Jahr, bevor du zum Lehrerseminar weggegangen bist. Ja. Also ich habe seine Hose genommen und geflickt, war nur eine Kleinigkeit dran zu machen, während du das Mittagessen aufgetragen hast. Und so saß ich in der Ecke von der Küche an der Nähmaschine, als ich meine Eingebung hatte, richtig? Ich hab dich rübergerufen. Angeblich, damit du mir den Stoff gerade hältst. Aber eigentlich solltest du sehen, was ich mache. Und keine von uns beiden hat gefeixt, wir haben uns auch nicht zugezwinkert, oder?«

»Nein.«

»Denn meine Eingebung war, ihm den Hosenschlitz zuzunähen!

Und dann, ein bisschen später am Nachmittag, als alle wieder bei der Arbeit waren, hatten wir den Einfall mit der Limonade. Wir machten zwei Eimervoll. Einen brachten wir raus zu den Männern, die auf dem Feld arbeiteten; wir riefen ihnen zu und stellten ihn unter einen Baum. Und den anderen brachten wir hoch auf den Heuboden und sagten, für dich. Wir hatten alle Zitronen genommen, die im Haus waren, trotzdem war die Limonade dünn. Ich erinnere mich, wir mussten Essig reintun. Aber er hat das gar nicht gemerkt. Ich habe in meinem ganzen Leben noch nie jemand gesehen, der solchen Durst hatte. Erst trank er schöpfkellenweise, dann hat er einfach den Eimer an den Mund gesetzt und ausgetrunken. Wir standen da und sahen zu. Wie haben wir's geschafft, ernst zu bleiben?«

»Keine Ahnung«, sagte meine Mutter.

»Dann haben wir den Eimer genommen und sind ab ins Haus, und da haben wir zwei Sekunden gewartet, bevor wir uns zurückgeschlichen haben. Wir haben uns im Kornspeicher versteckt. Der war auch wie ein Ofen. Ich weiß nicht, wie wir das ausgehalten haben. Aber wir sind auf die Futtersäcke geklettert und haben uns jede einen Spalt oder ein Astloch zum Gucken gesucht. Wir wussten, in welche Ecke der Scheune die Männer immer pinkelten. Wenn sie oben waren, pinkelten sie auf die Schütte. Unten im Viehstall pinkelten sie wahrscheinlich in die Rinne. Und bald, sehr bald schlendert er in die Richtung. Lässt die Heugabel fallen und schlendert rüber. Greift dabei mit der Hand nach sich. Wie uns von der Hitze der Schweiß übers Gesicht lief, und wie wir uns das Lachen verkneifen mussten. So was von grausam! Anfangs war er ja ganz entspannt. Dann, denk ich mal, wird der Drang stärker; er schaut an sich runter und fragt sich, was los ist, und bald reißt und zerrt er in alle Richtungen, versucht alles, was er kann, um sich zu befreien. Aber ich hatte ihn gründlich zugenäht. Möchte mal wissen, wann ihm aufgegangen ist, was passiert war.«

»Spätestens da, denke ich. Dumm war er nie.«

»Nein, nie. Also muss er es sich zusammengereimt haben. Die Limonade und alles. Aber ich glaube, ihm ist nicht in den Sinn gekommen, dass wir oben im Kornspeicher versteckt waren. Oder hätte er sonst getan, was er als Nächstes tat?«

»Bestimmt nicht«, sagte meine Mutter fest.

»Na, ich weiß nicht. Ihm war vielleicht alles egal. Hm? Schließlich war ihm alles egal, er gab auf und hat die Latzhose runtergerissen und ließ ihn raus. Wir kriegten alles zu sehen.«

»Er stand mit dem Rücken zu uns.«

»Stand er nicht! Als er losspritzte, gab es nichts, was wir nicht gesehen haben. Er hat sich zur Seite gedreht.«

»Daran kann ich mich nicht erinnern.«

»Aber ich. Ich habe so was nicht so oft zu sehen bekommen, als dass ich mir leisten könnte, es zu vergessen.«

»Dodie!«, sagte meine Mutter, als wollte sie zu spät eine Warnung aussprechen. (Noch etwas, was meine Mutter sehr oft sagte, war: »Ich werde mir keinen Schweinkram anhören.«)

»Ach, du! Du bist ja auch nicht weggerannt. Oder? Hast mit dem Auge am Astloch geklebt!«

Meine Mutter sah mich an, dann Tante Dodie, dann wieder mich und hatte dabei einen ungewöhnlichen Gesichtsausdruck: Hilflosigkeit. Ich will nicht sagen, dass sie lachte. Sie schaute nur drein, als gäbe es einen Punkt, an dem sie aufgeben könnte.

Der Beginn ist sehr langsam, und oft können Jahre vergehen, ehe der Betroffene oder seine Familie Behinderungen wahrnehmen. Der Patient zeigt eine langsam zunehmende körperliche Starre, verbunden mit einem Zittern des Kopfes und der Glieder. Es können verschiedene Ticks, Zuckungen, Muskelkrämpfe und andere unwillkürliche Bewegungen auftreten. Der Speichelfluss wird stärker und steigert sich häufig bis zum Sabbern. Wissenschaftlich ist die Krankheit als Paralysis agitans *bekannt. Sie wird auch Parkinson-Krankheit oder Schüttellähmung genannt.* Paralysis agitans *befällt zuerst einen Arm oder ein Bein, dann das zweite Glied auf derselben Seite und schließlich die Glieder auf der anderen Seite. Das Gesicht verliert allmählich seine normale Ausdrucksfähigkeit und verändert sich mit wechselnden Stimmungen nur noch langsam oder gar nicht mehr. Die Krankheit tritt im Allgemeinen nur bei älteren Menschen auf und ergreift hauptsächlich Personen über sechzig oder siebzig. Heilungen sind nicht bekannt. Es gibt Medikamente, um das Zittern und den Speichelfluss einzudämmen. Ihre Wirkung ist jedoch begrenzt.* [Fishbein, *Medizinische Enzyklopädie.*]

Meine Mutter muss in jenem Sommer einundvierzig oder zweiundvierzig Jahre alt gewesen sein, etwa in dem Alter, in dem ich jetzt bin.

Nur ihr linker Unterarm zitterte. Die Hand zitterte stärker als der Arm. Der Daumen schlug unablässig gegen den Handteller. Sie konnte ihn jedoch zwischen den anderen Fingern verstecken, und sie konnte den Arm stillhalten, indem sie ihn an den Körper presste.

Onkel James trank nach dem Abendbrot Porter. Er ließ mich davon kosten, schwarz und bitter. Das war ein neuer Widerspruch. »Bevor ich deinen Vater geheiratet habe«, hatte mir meine Mutter erzählt, »habe ich ihm das Versprechen abgenommen, nie Alkohol zu trinken, und er hat es auch nie getan.« Aber Onkel James, ihr Bruder, durfte ohne Einwände Alkohol trinken.

An einem Samstagabend fuhren wir alle in die Stadt. Meine Mutter und meine Schwester setzten sich in Tante Dodies Auto. Ich saß bei Onkel James und Tante Lena und den Kindern. Die Kinder nahmen mich in Beschlag. Ich war ein bisschen älter als das älteste von ihnen, und sie behandelten mich, als sei ich eine Trophäe, jemand, um dessen Gunst sie rangeln und wetteifern konnten. Also fuhr ich in ihrem Auto mit, das hoch und alt und rechteckig war wie das von Tante Dodie. Wir waren auf dem Heimweg, die Fenster hatten wir zur Kühlung heruntergekurbelt, und völlig unerwartet fing Onkel James an zu singen.

Er hatte wirklich eine schöne Stimme, eine schöne, traurige, nachklingende Stimme. Ich kann mich ganz genau an die Melodie des Liedes erinnern, das er sang, und an den Klang seiner Stimme, die zu den schwarzen Fenstern hinaushallte, aber an den Text kann ich mich nur bruchstückhaft erinnern, hier und da ein paar Worte, obwohl ich oft versucht habe, mich an mehr zu erinnern, weil mir das Lied so gut gefiel.

Als ich einst wanderte in Kil-i-kennys Bergen …

Ich glaube, so fing es an.

Dann irgendwann etwas über *Perlen* oder *Erlen* und *Manche freuen sich an* … verschiedenen Dingen, und schließlich die laute, aber traurig klingende Zeile:

Doch meine ganze Wonne, das ist der Saft der Gerste.

Es herrschte Schweigen im Auto, während er sang. Die Kinder kabbelten sich nicht und wurden nicht geschlagen, einige schliefen sogar ein. Tante Lena mit dem kleinsten auf dem Schoß war eine unbedrohliche dunkle Gestalt. Das Auto rumpelte voran, als würde es für immer durch eine vollkommen schwarze

Nacht fahren, in die seine Schweinwerfer einen schmalen Pfad schnitten; und ein Eselhase saß auf der Straße, sprang davon, aber niemand rief etwas, um auf ihn aufmerksam zu machen, niemand unterbrach den Gesang, seine weithin hallende, zärtliche Traurigkeit.

Doch meine ganze Wonne, DAS IST DER SAFT DER GERSTE.

Wir machten uns früh auf den Weg zur Kirche, damit wir nach den Gräbern schauen konnten. St. John's war eine weiße Holzkirche an der Landstraße, mit dem Friedhof dahinter. Wir blieben bei zwei Grabsteinen stehen, auf denen die Worte *Mutter* und *Vater* standen. Darunter in viel kleineren Buchstaben die Namen und Daten der Eltern meiner Mutter. Zwei flache Steine, nicht sehr groß, lagen wie Pflastersteine in dem kurz geschnittenen Gras. Ich schlenderte davon, um interessantere Dinge zu betrachten – Urnen und betende Hände und Engel im Profil.

Bald folgten mir meine Mutter und Tante Dodie.

»Wer braucht all diesen pompösen Firlefanz?«, fragte Tante Dodie und wies in die Runde.

Meine Schwester, die gerade lesen lernte, versuchte die Inschriften zu entziffern.

Bis der Tag anbricht

Er ist nicht tot, er ruht

In pacem

»Was ist *pacem*?«

»Latein«, sagte meine Mutter lobend.

»Viele Leute stellen diese pompösen Steine auf, und es ist alles nur Schau, sie zahlen immer noch daran ab. Einige von denen versuchen immer noch, die Grabstelle abzuzahlen, und haben mit dem Stein noch gar nicht angefangen. Schaut euch zum Beispiel mal den an.« Tante Dodie zeigte auf einen großen Würfel aus dunkelblauem Granit, weiß gesprenkelt wie ein Emaillekochtopf, der auf einer Ecke stand.

»Wie modern«, sagte meine Mutter geistesabwesend.

»Das ist der von Dave McColl. Schaut euch an, wie groß der ist. Und ich weiß ganz genau, dass sie seiner Witwe gesagt haben, wenn sie nicht bald was für die Grabstelle anzahlt, werden sie ihn ausgraben und auf die Landstraße schmeißen.«

»Ist das christlich?«, fragte meine Mutter.

»Manche Leute verdienen nichts Christliches.«

Ich spürte, wie etwas von meiner Taille runterrutschte, und merkte, dass das Gummiband von meinem Schlüpfer gerissen war. Ich hielt mir rechtzeitig die Hände an die Hüften – damals hatte ich keine Hüften, die irgendetwas aufhalten konnten – und sagte zu meiner Mutter in wütendem Flüsterton: »Ich brauche eine Sicherheitsnadel.«

»Wozu brauchst du eine Sicherheitsnadel?«, fragte meine Mutter, mit normaler oder lauter als normaler Stimme. Man konnte sich darauf verlassen, dass sie in solchen Momenten immer begriffsstutzig war.

Ich konnte nicht antworten, starrte sie aber flehend und drohend an.

»Ich wette, ihr Schlüpfer ist gerissen«, amüsierte sich Tante Dodie.

»Stimmt das?«, fragte meine Mutter streng und senkte immer noch nicht die Stimme.

»*Ja.*«

»Na, dann zieh ihn aus«, sagte meine Mutter.

»Aber nicht hier«, sagte Tante Dodie. »Da drüben ist die Damentoilette.«

Hinter der Kirche, wie hinter einer Dorfschule, standen zwei hölzerne Klohäuschen.

»Dann hätte ich doch nichts an«, sagte ich entsetzt zu meiner Mutter. Ich konnte mir nicht vorstellen, in einem blauen Taftkleid und ohne Höschen in die Kirche zu gehen. Aufzustehen, um die Choräle zu singen, mich hinzusetzen, und das ohne Höschen! Das glatte, kühle Holz der Kirchenbank ohne Höschen!

Tante Dodie durchsuchte ihre Handtasche. »Ich

wünschte, ich könnte dir eine geben, aber ich hab keine. Du lauf und zieh's einfach aus und kein Mensch wird was merken. Zum Glück geht kein Wind.«

Ich rührte mich nicht von der Stelle.

»Na ja, ich habe eine Sicherheitsnadel«, sagte meine Mutter unsicher. »Aber ich kann sie nicht herausnehmen. Der Träger von meinem Unterrock ist heute Morgen beim Anziehen gerissen, und ich habe ihn mit einer Sicherheitsnadel befestigt. Aber die kann ich nicht rausnehmen.«

Meine Mutter trug ein weiches graues Kleid, mit Blümchen gemustert, die aussahen wie aufgestickt, und einen dazu passenden grauen Unterrock, weil man durch den Kleiderstoff hindurchsehen konnte. Ihr Hut war altrosa, was zu der Farbe einiger der Blümchen passte. Ihre Handschuhe waren fast im selben Altrosa, und ihre Schuhe waren weiß, an den Zehen offen. Sie hatte diese ganze Ausstattung mitgebracht, wahrscheinlich extra zusammengestellt, um sie beim Kirchgang zu tragen. Vielleicht hatte sie sich einen sonnigen Morgen vorgestellt, an dem die Kirchenglocke läutete, geradeso, wie sie jetzt läutete. Sie musste das geplant und sich ausgemalt haben, geradeso, wie ich jetzt manchmal plane und mir ausmale, was ich auf einer Party tragen werde.

»Ich kann sie nicht für dich rausnehmen, sonst guckt mein Unterrock vor.«

»Die Leute gehen schon rein«, sagte Tante Dodie.

»Geh auf die Toilette und zieh ihn aus. Wenn du das nicht willst, geh und setz dich ins Auto.«

Ich machte mich auf den Weg zum Auto. Ich hatte es nicht mehr weit zur Friedhofspforte, da rief meine Mutter meinen Namen. Sie marschierte mir voraus zur Damentoilette, wo sie ohne ein Wort in den Ausschnitt ihres Kleides langte und die Sicherheitsnadel herausholte. Ich kehrte ihr den Rücken zu – sagte nicht danke, denn ich steckte zu tief in meinem eigenen Unglück und war zu überzeugt von meinen eigenen Rechten – und verklammerte das Gummiband meines Schlüpfers. Dann ging meine Mutter vor mir aus der Toilette hinaus und um die Kirche herum. Wir kamen zu spät, alle waren schon drin. Wir mussten warten, während der Chor, mit dem Pfarrer im Gefolge, sich in frommer Gemächlichkeit den Mittelgang hinaufbegab.

Alles Gute, alles Schöne,
Alles Leben groß und klein,
Alle Farben, alle Töne,
Das schuf Gott der Herr allein.

Als der Chor Platz genommen und der Pfarrer sich zur Gemeinde umgedreht hatte, schritt meine Mutter kühn aus, um sich zu Tante Dodie und meiner Schwester in eine der vorderen Kirchenbänke zu setzen. Ich sah, dass der graue Unterrock ein Stück weit heruntergerutscht war und an einer Seite schlampig hervorguckte.

Nach dem Gottesdienst wandte sich meine Mutter um und sprach mit den Leuten. Die wollten meinen Namen wissen und den meiner Schwester, und dann sagten sie: »Die sieht aus wie du.« »Nein, vielleicht sieht diese mehr wie du aus«; oder: »In der hier sehe ich deine Mutter.« Sie fragten, wie alt wir waren und in welche Klasse ich ging und ob meine Schwester schon zur Schule ging. Sie fragten sie, wann sie denn hinginge, und sie sagte: »Ich geh nicht«, was belacht und wiederholt wurde. (Meine Schwester brachte die Leute oft zum Lachen, ohne es zu wollen; sie hatte solch eine entschiedene Art, ihre Missverständnisse kundzutun. In diesem Fall stellte sich heraus, dass sie tatsächlich dachte, sie würde nicht zur Schule gehen, da die Grundschule in der Nähe unseres Hauses abgerissen wurde und niemand ihr gesagt hatte, sie würde mit dem Bus in eine andere fahren.)

Zwei oder drei Leute sagten zu mir: »Rate mal, wer mich unterrichtet hat, als *ich* in die Schule kam? Deine Mama!«

»Sie hat mir nie viel beigebracht«, sagte ein verschwitzter Mann, dessen Hand, wie ich merkte, sie nicht schütteln mochte, »aber sie war die Schönste, die ich je hatte!«

»Hat mein Unterrock vorgeguckt?«

»Wie sollte er? Du standest ja in der Kirchenbank.«

»Aber als ich den Mittelgang hinuntergegangen bin?«

»Konnte niemand was sehen. Die standen doch immer noch für den Choral.«

»Sie hätten aber was sehen können.«

»Mich überrascht nur eins. Warum ist Allen Durrand nicht rübergekommen und hat guten Tag gesagt?«

»War er da?«

»Hast du ihn nicht gesehen? Drüben in der Bank der Wests, unter dem Fenster, das für ihre Eltern eingesetzt worden ist.«

»Ich habe ihn nicht gesehen. War seine Frau da?«

»Aber die musst du doch gesehen haben! Ganz in Blau mit einem Hut wie ein Wagenrad. Sie kleidet sich sehr elegant. Aber nicht mit dir heute zu vergleichen.«

Tante Dodie selbst trug einen marineblauen Strohhut mit schlaffen Stoffblumen und ein vorne geknöpftes Kleid aus grob gewebter Kunstseide.

»Vielleicht hat er mich nicht erkannt. Oder nicht gesehen.«

»Er muss dich gesehen haben.«

»Ach.«

»Und er hat sich zu so einem gutaussehenden Mann entwickelt. Das zählt, wenn man in die Politik geht.

Und die Größe. Man erlebt selten, dass ein kleiner Mann gewählt wird.«

»Was ist mit Mackenzie King?«

»Ich meine, hier in der Gegend. *Den* hätten wir hier in der Gegend nicht gewählt.«

»Deine Mutter hat einen kleinen Schlaganfall gehabt. Sie sagt, nein, aber ich habe zu viele wie sie gesehen.

Sie hat einen kleinen gehabt, und es kann sein, dass sie noch einen kleinen kriegt und noch einen und noch einen. Dann kann sie eines Tages den großen kriegen. Dann musst du lernen, die Mutter zu sein.

Wie ich. Meine Mutter wurde krank, da war ich erst zehn. Als sie starb, war ich fünfzehn. In diesen fünf Jahren, was hatte ich da mit ihr für eine Zeit! Sie war total angeschwollen; sie hatte die Wassersucht. Einmal sind sie gekommen und haben sie eimerweise aus ihr rausgeholt.«

»Was rausgeholt?«

»*Flüssigkeit.*

Sie saß in ihrem Sessel, bis sie nicht mehr konnte, sie musste sich ins Bett legen. Sie musste die ganze Zeit über auf der rechten Seite liegen, damit die Flüssigkeit nicht aufs Herz drückte. Was für ein Leben. Sie hat sich wundgelegen, hat elend gelitten. Also hat sie eines Tages zu mir gesagt, Dodie, bitte, dreh mich mal auf die andere Seite, nur für ein Weilchen, nur zur Erleichterung. Sie hat mich angefleht. Ich habe sie gepackt und umgedreht – sie war vielleicht schwer! Ich habe sie auf die Herzseite gedreht, und kaum hatte ich das getan, ist sie gestorben.

Weswegen weinst du denn? Ich wollte dich doch nicht zum Weinen bringen! Na, du bist aber ein großes Baby, wenn du's nicht ertragen kannst, was über das Leben zu hören.«

Sie lachte mich aus, um mich aufzuheitern. In ihrem hageren braunen Gesicht waren ihre Augen groß und heiß. Sie hatte sich an dem Tag ein Kopftuch umgebunden und sah aus wie eine Zigeunerin, die mich boshaft und freundlich anblitzte, mir drohte, mehr Geheimnisse preiszugeben, als ich ertragen konnte.

»Hattest du einen Schlaganfall?«, fragte ich missmutig.

»Was?«

»Tante Dodie hat gesagt, du hattest einen Schlaganfall.«

»Nein, ich hatte keinen. Das habe ich ihr auch gesagt. Der Arzt sagt, ich hatte keinen. Aber Dodie meint ja, sie weiß alles. Sie meint, sie weiß es besser als der Arzt.«

»Wirst du einen Schlaganfall kriegen?«

»Nein. Ich habe niedrigen Blutdruck. Genau das Gegenteil von den Ursachen für einen Schlaganfall.«

»Du wirst also gar nicht krank werden?«, fragte ich drängend. Ich war sehr erleichtert, dass sie sich gegen Schlaganfälle entschieden hatte und dass ich nicht die Mutter zu sein brauchte, sie nicht in ihrem Bett waschen und abwischen und füttern musste wie Tante Dodie ihre Mutter. Denn für mein Gefühl war sie es, die darüber entschied, die ihre Einwilligung erteilte. Solange sie lebte, durch alle Veränderungen, die ihr widerfuhren, und nachdem ich die medizinischen Erklärungen für all das, was passierte, erhalten hatte, war mein Empfinden insgeheim, dass sie ihre Einwilligung erteilt hatte. Sie hatte es, für mein Gefühl, für ihre eigenen Zwecke getan: um etwas zu demonstrieren; auch um sich für etwas zu rächen. Mehr, als irgendjemand je verstehen konnte.

Sie antwortete mir nicht, sondern ging voraus. Wir liefen von Tante Dodies Haus zu dem von Onkel James, auf einem Fußpfad über die buckelige Viehweide, kürzer als der Weg entlang der Straße.

»Wird dein Arm aufhören zu zittern?«, fragte ich nach, hartnäckig und rücksichtslos.

Ich verlangte von ihr auf der Stelle, dass sie sich umdrehte und mir versprach, was ich brauchte.

Aber sie tat es nicht. Zum ersten Mal verweigerte sie sich mir völlig. Sie ging weiter, als hätte sie nicht gehört, ihre vertraute Gestalt vor mir verwandelte sich in etwas Fremdes, Gleichgültiges. Sie entzog sich, sie verdunkelte sich vor meinen Augen, obwohl sie nichts weiter tat als auf dem Pfad weiterzugehen, den sie und Tante Dodie ins Gras getreten hatten, als sie junge Mädchen waren und hin und her liefen, um einander zu besuchen; er war immer noch da.

Eines Abends saßen meine Mutter und Tante Dodie auf der Veranda und sagten Gedichte auf. Wie das anfing, weiß ich nicht mehr; wahrscheinlich fiel einer von ihnen ein Zitat ein, und die andere ergänzte es. Onkel James lehnte rauchend am Geländer. Weil wir zu Besuch da waren, hatte er sich gestattet, vorbeizukommen.

»*Wie stirbt ein Mann in Würde*«, rief Tante Dodie fröhlich.

»Als gegen Übermacht,
Zu Ehren seiner Väter
Und seiner Götter Acht?«

»Den ganzen Tag lang grollte der Donner dieser Schlacht«, deklamierte meine Mutter,

»Und hallte von den Bergen am winterlichen Meer.«

»Wir trugen seinen Leichnam auf die Zinnen,
Kein Trommelschlag, kein Klagelied erscholl …«

»Ich gehe nun den langen Weg
Zum Inseltal von Avalon,
Das weder Schnee noch Regen kennt …«

Die Stimme meiner Mutter hatte ein peinliches Zittern angenommen, so dass ich froh war, als Tante Dodie sie unterbrach.

»Meine Güte, war das nicht alles traurig, was die so in die alten Lesebücher gepackt haben?«

»Ich hab nichts davon behalten«, sagte Onkel James. »Außer …«, und er deklamierte, ohne ins Stottern zu geraten:

»Vor rauchig fernen Bergen
Steht scharlachrot der Wald,
Aus dem zu dieser Herbstzeit
Der Ruf des Hähers schallt.«

»Dein Glück«, sagte Tante Dodie, und sie und meine Mutter fielen mit ein, so dass sie alle zusammen deklamierten und dabei über sich lachten:

»Der Nebel deckt die Marschen
Bis an des Wassers Rand,
Am Himmel ziehen Vögel
Zu südlicherem Land.«

»Obwohl, wenn man drüber nachdenkt, klingt sogar das eigentlich traurig«, sagte Tante Dodie.

Wenn ich hieraus eine richtige Geschichte hätte machen wollen, dann hätte ich sie, glaube ich, damit beendet, dass meine Mutter nicht antwortete und vor mir über die Wiese ging. Das hätte genügt. Vermutlich habe ich nicht da aufgehört, weil ich mehr herausfinden, mich an mehr erinnern wollte. Ich wollte so viel zurückholen, wie ich nur konnte. Jetzt betrachte ich, was ich getan habe, und es ist wie eine Reihe von Schnappschüssen, wie die braun getönten Schnappschüsse mit den gezackten Kanten, die mit dem alten Fotoapparat meiner Eltern aufgenommen wurden. Auf diesen Schnappschüssen sind Tante Dodie und Onkel James und sogar Tante Lena, sogar ihre Kinder, deutlich zu erkennen. (Sie alle inzwischen tot, bis auf die Kinder, aus denen anständige, friedfertige Lohnempfänger geworden sind, ohne einen Kriminellen oder auch, soweit ich weiß, einen Neurotiker darunter.) Das Problem, das einzige Problem ist meine Mutter. Und sie ist natürlich diejenige, die ich zu erreichen versuche; nur dazu ist diese ganze Reise unternommen worden. Mit welchem Ziel? Um sie zu kennzeichnen, zu beschreiben, zu beleuchten, zu feiern, um sie *loszuwerden*; und es hat nicht funktioniert, sie türmt sich zu nah vor mir auf, wie sie es immer tat. Sie ist schwer wie immer, sie drückt alles nieder, und doch bleibt sie undeutlich, schmilzt an den Rändern und verschwimmt. Was bedeutet, sie hat so unerbittlich wie immer an mir festgehalten und sich geweigert, loszulassen, und ich kann immer so weitermachen, alle Fertigkeiten, die ich habe, alle Tricks, die ich kenne, aufbieten, und es wird sich nie etwas ändern.

Von Alice Munro in gleicher Ausstattung lieferbar

Himmel und Hölle
Neun Erzählungen
Aus dem Englischen von Heidi Zerning
Band 51025

Tricks
Acht Erzählungen
Aus dem Englischen von Heidi Zerning
Band 51047

Die Liebe einer Frau
Drei Erzählungen und ein kurzer Roman
Aus dem Englischen von Heidi Zerning
Band 51053

Wozu wollen Sie das wissen?
Elf Geschichten aus meiner Familie
Aus dem Englischen von Heidi Zerning
Band 51176

Tanz der seligen Geister
Fünfzehn Erzählungen
Aus dem Englischen von Heidi Zerning
Band 51219

Das gesamte Programm gibt es unter
www.fischerverlage.de

Von Alice Munro in gleicher Ausstattung lieferbar

Zu viel Glück
Zehn Erzählungen
Aus dem Englischen von Heidi Zerning
Band 51300

Der Traum meiner Mutter
Erzählungen
Aus dem Englischen von Heidi Zerning
Band 50377

Was ich dir schon immer sagen wollte
Dreizehn Erzählungen
Aus dem Englischen von Heidi Zerning
Band 50378

Offene Geheimnisse
Acht Erzählungen
Aus dem Englischen von Karen Nölle
Band 52049

Glaubst du, es war Liebe?
Zehn Erzählungen
Aus dem Englischen von Karen Nölle
Band 52050

Das gesamte Programm gibt es unter
www.fischerverlage.de

Fischer Taschenbibliothek

Weitere Titel in der Fischer Taschenbibliothek

Jonathan Safran Foer
Alles ist erleuchtet
Roman
Aus dem Amerikanischen
von Dirk van Gunsteren
Band 51049

Anna Gavalda
Zusammen ist man weniger allein
Roman
Aus dem Französischen
von Ina Kronenberger
Band 51050

Gabriel García Márquez
Hundert Jahre Einsamkeit
Roman
Aus dem Spanischen
von Curt Meyer-Clason
Band 50981

Yann Martel
Schiffbruch mit Tiger
Roman
Aus dem Englischen
von Manfred Allié und
Gabriele Kempf-Allié
Band 50956

Rebecca Miller
Pippa Lee
Roman
Aus dem Amerikanischen
von Reinhild Böhnke
Band 51150

J. R. Moehringer
Tender Bar
Roman
Aus dem Amerikanischen
von Brigitte Jakobeit
Band 51076

Audrey Niffenegger
Die Frau des Zeitreisenden
Roman
Aus dem Amerikanischen
von Brigitte Jakobeit
Band 50983

Albert Sánchez Piñol
Im Rausch der Stille
Roman
Aus dem Katalanischen
von Angelika Maass
Band 51055

Fischer Taschenbuch Verlag

Fischer Taschenbibliothek

Weitere Titel in der Fischer Taschenbibliothek

J. M. Coetzee
Schande
Roman
Aus dem Englischen von Reinhild Böhnke
Band 50951

Orhan Pamuk
Schnee
Roman
Aus dem Türkischen von Christoph K. Neumann
Band 51077

Richard Powers
Das Echo der Erinnerung
Roman
Aus dem Amerikanischen von
Manfred Allié und Gabriele Kempf-Allié
Band 51037

J. R. Moehringer
Tender Bar
Roman
Aus dem Amerikanischen von Brigitte Jakobeit
Band 51076

Audrey Niffenegger
Die Frau des Zeitreisenden
Roman
Aus dem Amerikanischen von Brigitte Jakobeit
Band 50983

Fischer Taschenbuch Verlag